百年荒蕪系列

1975裂痕

楊照

目錄

「百年荒蕪」緣起

W.H.Auden 寫過一首詩，獻給愛爾蘭前輩詩人 W.B.Yeats，詩句中有：Mad Ireland hurt you into poetry. 「瘋狂的愛爾蘭傷你為詩人」，勉強這樣翻譯，卻翻譯不出詩裡那種無奈的情感。Auden 試圖要說的，應該是愛爾蘭不尋常的歷史經驗，使得 Yeats 不得不用詩來表達，來發洩。詩與瘋狂之間，有一種既抵抗又親和的關係，應該也有一種既神妙又痛苦的彼此印證吧。

有一段時間，我常常想起 Auden 的這句詩，還有，Yeats 與愛爾蘭與瘋狂。從詩句我回頭去想，小說之於我的意義究竟為何。我知道就像詩和 Yeats 之間夾著愛爾蘭一樣，小說跟我，必然糾纏著台灣。不過，Auden 精準地替 Yeats 捕捉到了「瘋狂」這個主題，那麼台灣呢，台灣是什麼？或者說台灣逼著我不管走到哪裡，不管做了什麼事，不管別人給我掛了什麼頭銜，在內心深處都無法放棄小說，掙扎要用小說表達出來的是什麼？

一度我以為是「荒謬」。老是有不應該出現的事出現了，關連到完全預期不到的人，在錯亂不合邏輯的時間與場景中。應該就是「荒謬」。相應的感覺是啼笑皆非，是無奈慨嘆，是憤怒的情緒上升到一半，就轉成了嘲弄，對錯置與顛倒的嘲弄，也是對自己的憤怒的嘲弄。的確，台灣，過去現在與可預期的未來，都充滿了荒謬。

可是，我無法解釋，為什麼是小說？如果那逼著我不放棄，宿命地與小說綁在一起的，是深烙於我生命情調上的台灣荒誕，那麼，斷裂、跳躍、閃爍、曲折、省略、飄搖、浮動、挑戰著所有文法語法成規的詩，不才是更適合、更對的選擇嗎？

然而，我明明白白，在寫小說的時候，有某種東西，像雷雨來臨前突然遮蔽住天空的濃密烏雲般，雖然無法觸摸，卻絕對沉重、真實、無可取代。

有一天，在北海岸一家新開的時髦地中海風味咖啡館裡，望出去是一片雜亂的沙灘，有人在戲水，有人在開沙灘車，有人在放風箏，有人在擺攤賣冷飲，還有人無所事事單純只是在增加畫面上的雜亂程度。我沒來由想著，我一定要把這個畫面寫進小說裡，一定要讓一件最重要的事，在這個畫面裡發生，因為這個畫面中有我不能錯過的氣氛，一種絕對的、純粹的情緒。

那是什麼樣的情緒？是孤寂嗎？我想起馬奎斯名著《百年孤寂》，想起那本書的英文譯名

「One Hundred Years of Solitude」，突然腦中迸出了另一個字，destitute，荒涼荒蕪，destitute和 solitude 幾乎可以互相押韻，用 destitute 代換 solitude 的話，就成了「One Hundred Years of Destitute」，百年荒蕪。唯一問題，這不是對的英文，對的英文應該寫成「One Hundred Years of Destituteness」。

不管他，重點是，百年荒蕪，是「荒蕪」而不是「荒謬」。我發現了這正是我在追索探問的。一種特殊屬於台灣的荒蕪性格長期壓著我的胸臆。為什麼台灣老是缺這個缺那個，為什麼台灣的景致總是顯現著刺眼的荒乾和逼仄？是了，這是讓我多年來逃躲不掉的大問題。

荒蕪只能用複雜來接近。最複雜的文類才能碰觸到荒蕪。而小說最大的本事，小說存在的根底理由，就是複雜，就是拒絕簡化。海浪呼呼襲拍，我悟知了小說迷人與不可抗拒的地方。荒蕪來自於簡化，於是當我們用複雜的小說去探測荒蕪的歷史地景時，就建構了一片想像的，依附於荒蕪，卻又對反否定荒蕪的視野。那視野，是荒蕪的一部分，離開荒蕪便沒有了意義，然而虛構視野浮顯，荒蕪便失去了其絕對性，失去了定義主宰我們生命情調的霸道力量。在這裡，小說與荒蕪，就像詩與瘋狂，拉扯跳著漾動心魄的激烈雙人舞……

Auden 寫給 Yeats 的詩說：「現在，愛爾蘭依舊有著他的瘋狂與他的天氣。」愛爾蘭不會因Yeats 的詩而改變其瘋狂，更不會改變其天氣，不過詩不會白寫，多少愛爾蘭人藉由 Yeats 而找到了擺脫瘋狂，化瘋狂為文明力量的崎嶇道路。那路，不再通往愈來愈黯潮的精神病院，而在繞過一片割腳的嶙峋岩場後，豁然開展一片美麗的大海。

那個下午，我決定開始一個長期的小說寫作計畫。為二十世紀的台灣，寫一百篇小說，每一個年分一篇，用歷史研究與虛構想像的交雜，挖開表面的荒蕪，測探底層的複雜。在一切似乎都無可回頭地走向簡化，走向輕薄的時代，我相信，我更加相信，只有在厚重與複雜中，藏著我們文明的救贖。或許有一天，也有人會通過我的小說，看到不一樣的，荒蕪之外的台灣。

第一章

1

車子在塔城街口遇到紅燈，司機突然扳了搖桿，將前門打開，使得準備要下車提早站到門口來的徐蘭馨嚇了一跳。原來司機是要和右邊併排等燈號的另一輛公車司機講話。蘭馨尷尬地意識到自己正好處在兩個司機的視線上，連忙想要退，卻一退就碰到後面一個穿軍服的男人，趕緊又挺回來。兩個司機半說半吼地用台語講話，左邊這個將身子猛往前探，很認真地要越過蘭馨跟對方說話；右邊，另外一輛車上的那個，卻不知故意還無意，穩坐踞著方向盤，姿勢不變，只將頭轉過來，於是那視線就一直落在蘭馨身上。乍看畫面，人家會錯以為那個司機是在對蘭馨說話吧。被那樣一邊說著她不完全能懂的話一邊死盯著，蘭馨渾身躁熱起來，不快地將頭擺向左邊，換看到這邊的司機徹底單純將她當作障礙物的模樣，惹得她更不快了。

帶著這彷彿被偷襲的不快，蘭馨在中華路北站下了車。心中幽幽地閃過一陣遺憾：在這座城市要遇到好男人，為什麼那麼難？她眼前隨時能夠想像得出那樣的好男人，年輕點的、稍微年長一點的，眼神裡帶點不羈，卻又總保持著一絲笑意，讓人看不出、猜不準那笑是友善還是嘲弄，整個人身上好像包著一團光或氣，或光與氣的混和，使得他和現實拉開一點似有若無的距離。

蘭馨像是跟自己生氣般地重重嘆了一聲，發洩這分遺憾。嘆完才兀地驚覺：還能想要遇到什麼男人？羞不羞啊，兩個禮拜後就要結婚啦！你的男人就在那裡，你的男人已經確定了，不再有什麼遇得到遇不到的，竟然還沒習慣？

一陣風吹過來，涼涼的，讓蘭馨意識到自己的臉燒紅得比剛剛更厲害。臉上熱得似乎都足以將原本涼涼的風烘溫了。下一秒鐘，感覺到轟隆隆的金屬撞擊聲，還有腳下地面極輕微的震動，她才回神理解吹到的，不是自然風，是火車靠近時帶上來的，所以才會愈來愈強、愈來愈溫。

火車銑啷銑啷地晃過去，一堆臉孔從車窗中閃過。蘭馨逼自己努力想許宏仁的樣子，那樣是有個好男人的氣息吧？挺挺的，每一次長褲褲腳都留著燙過的直線痕，嘴角也總是彎著，說話時右上唇動得特別厲害，是緊張的關係嗎？然而，不管怎麼想，蘭馨就是看不到他的眼睛。連最簡單的眼睛大還是小，單眼皮還是雙眼皮都無法具體成像。要到什麼時候才能直視他的眼睛而感到熟悉？會有這樣一天嗎？突然，結婚這件事又從扎扎實實變得掏空虛幻了。

2

蘭馨和張月惠約在「點心世界」，一坐下來，熱騰騰的鍋貼和酸辣湯就端了上桌。月惠咬了一口鍋貼，誇張地瞇著眼說：「無可取代的韭黃，滿滿的韭黃，滿滿的幸福。」蘭馨笑了：「讓你幸福真容易，天天給你韭黃吃就好了。」

月惠故作鄭重狀搖頭：「不是這樣，沒這麼簡單，是鍋貼裡的韭黃，而且是『點心世界』才有的韭黃鍋貼。」蘭馨回她：「還是簡單啊！以後你丈夫只要天天帶你來吃『點心世界』的韭黃鍋貼，你就一輩子死心塌地愛他。」

月惠手中夾起第二隻鍋貼，先點頭後又搖頭：「對，也不對。有人可以天天讓我吃這裡的韭黃鍋貼，我真會一輩子愛他，真的，我的愛就那麼直接。但是你別搞錯了，要找到一個人能認真看待我的韭黃鍋貼，知道用韭黃鍋貼抓住我的愛，願意天天帶我來，哪裡容易了？天難地難好不好！不然你去問你們許宏仁，他肯嗎？」

從初中開始，認識那麼久了，蘭馨還是無法習慣月惠說的話。有一種輕微的口音，還帶著像「天難地難」這種不知哪來的用語，老讓蘭馨衝動想問月惠到底是哪裡人，然而因為是口音引發的好奇疑問，當下蘭馨反而不好意思問，覺得好像明白地在嫌她說話不標準，以至於多年竟然都沒問出口。另外更不習慣的，是月惠口裡經常冒出一點都不平常的字眼，像是「愛」、「我的愛」，蘭馨總是聽一次起一次疙瘩。

喝了口湯，月惠問：「你《一簾幽夢》看完了嗎？覺得怎麼樣？」

「好看啊！但不太適合在這裡討論吧？」

「是啦，我們用完了餐，到『蜂島』喝一杯手煮咖啡再有情調地聊啊，大小姐！」月惠細聲細氣地說，說完了馬上探前身子，換回原來的聲調：「你喜歡費雲帆嗎？你覺得紫菱嫁給他會幸福嗎？她真的可以忘得了楚濂，就當他是姊夫嗎？楚濂看紫菱嫁了那麼有錢的丈夫，心裡不會恨嗎？」

被一連串問話襲擊，蘭馨顧不得「點心世界」的氣氛，只好應話：「可是費雲帆打紫菱呢！一連打了好幾個耳光，看到那裡我幾乎把書闔起來不想看下去了……」

「那是要把紫菱打醒啊！她那個樣子，換作是我也要打她，打她個天地旋！」

「可是……可是男人就是不能打女人。你怎麼知道結了婚遇到什麼事，費雲帆不會又打她？我聽人家說，男人打老婆，有第一次就有第二次，就是不能有第一次！」

月惠認真看著蘭馨的眼睛，問：「以後，如果他打你，你會怎樣？」

「他敢打我，我就絕不嫁他！」

「那當然，我問的是如果結婚後呢？」

蘭馨沒有立刻答話，想了許久，才說：「他應該不會啦。」

3

相約時說的是去「今日百貨」看衣服，主要是度蜜月時要帶的，先選定幾件，蘭馨再找媽媽來，媽媽做最後決定並付錢。出了「點心世界」後，跨過平交道往峨嵋街去，半路蘭馨突然有點不安，想起來媽媽對「今日百貨」印象不太好，上次狠狠嫌過說因為樓上有影院、戲院還有遊樂場，連帶地使得百貨店裡很雜亂，放眼看去好些不正經的人。改變了念頭，覺得還是「第一百貨」比較符合媽媽的習慣，於是又從西門圓環再度越過平交道，沿著中華商場一樓騎樓往北走。

到了「第一百貨」逛了一圈，不知是記掛媽媽的心理作用，還是受到月惠一旁不時擠眉弄眼的影響，看到的衣服好像都缺了點什麼，沒有那種像是新嫁娘應該穿的喜氣燦亮。找不出中意的，徬徨著，月惠建議：「那去『萬年』吧！」「萬年」不是一般的百貨公司，一棟大樓裡有幾十家、上百家店，每家賣的東西都不一樣，要古板保守的，恐怕連上轎子穿的霞帔都有；要新潮摩登的，也有那種像是純賣美國貨的委託行。

蘭馨沒有像月惠那麼常到西門町，萬年新開了年餘吧，她還沒去過，也沒想起來要去。被月惠說得惹起了好奇心，學月惠說話的口氣：「那去『萬年』吧！」

於是出了「第一百貨」，越過中華路，還是走中華商場一樓的騎樓，這次朝南，相反方向。走在信棟吧，蘭馨突然停了腳步，對月惠說：「聽！聽到沒？」月惠一頭霧水：「聽什麼？」

蘭馨聽到唱片行裡傳出來的音樂。她確定從來沒聽過的音樂，她壓根不知道音樂可以好聽到這種程度。瞬間被音樂激起了奇妙的感覺，好像有個人在她耳朵上輕輕撫著、搔著，那觸感立即化為一串電流，再具體不過地沿著耳背燒過後頸細微的寒毛，往下跳過一節一節的脊椎，然後分成一左一右，左邊的繞回前胸鑽進她陡地加快的心跳裡，右邊的順時針在她的腰間轉啊轉，帶出股間一陣讓她燥紅了臉的興奮。

「怎麼會有這種音樂啊？什麼人寫得出這種音樂來啊？」她迷茫地讚嘆著。

月惠顯然無法體會蘭馨的激動感受，不過倒是認真地看待蘭馨發出的問題，蘭馨一動不動站著時，月惠走近唱片店，端詳看了店門口擺出的海報架，再走回來跟蘭馨報告：「上面說是貝多芬。就是那個貝多芬嘛，樂聖，難怪好聽。」

蘭馨痴痴站了兩、三分鐘才終於被月惠堅持拉走。走遠了，蘭馨依然留著迷茫失魂的模樣。

月惠不禁拍拍她的臉，嘲笑地說：「大小姐，太誇張了吧？到底有多好聽？」蘭馨不知該如何形容，卻又急著一定要形容，無法忍受月惠如此稀鬆平常待之，腦子裡找啊找還找不著，不知怎地口中卻冒出了自己未曾先意識到的話：「好聽到——如果這個人還活著，我就取消婚禮不嫁了！」話說出來，腦袋才跟上，思索咀嚼了下，強調地說：「對，就是這樣！」

第二章

1

媽媽問：「這隻不錯吧？你會不會覺得比那隻亮一點看起來比較有價值？」

許宏仁被打斷了原本的思路，回神同樣應付：「還不錯，你覺得好就好。」媽媽轉頭對銀樓的老闆娘嘟噥：「是我要娶某嗎？好像選戒指都沒他的事。」

宏仁將眼神移到媽媽手上，和玻璃櫃上鋪開的一片紅布，勉強盯視了一陣子，然後突然察覺自己心裡正在默念的「第四次、第四次，還有第五次、第六次呢？」

他一時納悶，剛剛到底是在數什麼？數媽媽第幾次問他戒指好不好？不對吧，光是在這家銀樓，就大概待了快半小時吧？紅布上擺的，有十幾隻了，不可能才數到四。前面還走了另外一家，媽媽看來看去也耗了半小時，但這就是第二家，沒有理由數到四。

微微低著頭搖了搖，把原來的念頭要回來，想起來了，是好奇地決定認真算，到今天為止，究竟和徐蘭馨見過了幾次面。第一次，不知該算還是不該算，宏仁自己完全沒有印象，是大嫂說的，說幾年前蘭馨有來參加大哥的婚禮，聊天時蘭馨也提過，好吧，就算是第一次。

第二次，也就是第一次有印象，蘭馨穿了一件白色的上衣，配咖啡色的百褶裙，比較特別的是上衣領子底下用了像是皺紋紙般的不同衣料，同樣是白的，卻多了變化。一方面和裙子打褶相呼應，另一方面卻也因為布料的接縫處就在胸部上方，使得宏仁無法不意識到女性突出的部位，明明是很含蓄的衣裝，卻惹得宏仁頻頻臉紅。

第三次，兩人有一小段獨處的時間，忘了前後來龍去脈，蘭馨說起有一次走在武昌街上不經意抬頭，一雙好大好大、充滿恨意的眼睛一下子衝過來，被嚇了一大跳。原來是對面電影院的超大看板上畫的男人。從此走在西門町都還是盡量不抬頭，老覺得那些高高掛著的臉有神，說到這裡如自己吐了吐舌頭修正說：「有鬼！」她那吐舌頭的模樣，在宏仁眼簾上殘留了好久。

第四次，對了，剛剛就是想到第四次，正試著要弄清哪一次才是第四次。和周書明、張玉燕四個人一起去「真北平」吃烤鴨那次早些，還是圓山附近趕著下公車那次早些？一直記得是「真北平」比較早，但道理卻不太對得上。公車經過中山橋一個大晃彎，身形歪扭中，竟然一瞥看見動物園售票處旁有一個像蘭馨的女孩。不可能真正看到，卻感覺非常有把握。他對這樣的感覺為之一驚，無法釋懷，車停圓山站，又快要起步了，他衝動地從車後往前擠，還探身拉了兩次下車鈴，要司機等著讓他下車。下了車，一回頭，人行道上有幾十個人吧，他立即看到蘭馨穿著紅色高領毛衣，臉被紅色映襯得格外白皙，遠遠就亮著。如果已經先兩對約會去過了真北平，應該不會有那麼強烈且神祕的感受吧？

才多久時間，總共才多少次，自己竟然就連第四次和第五次的順序都弄不定，卡著打結了，媽媽又再次轉頭說：「要結婚的自己來看啦！」他心頭蒙上了一層不意的暗影。

2

「蘭馨……」

聽到這兩個字從爸爸口中說出來，給宏仁難以描述的奇怪感覺，一方面太生疏了，好像經過刻意的練習後仍然說不流利；另一方面又太親暱了，傳來舌頭在嘴裡彎滑的聯想。

他猜到爸爸叫他來，是要講結婚的事。心中無意識地還自動浮起爸爸接下來的話語：「蘭馨是個好女孩……」

但這次爸爸沒有完全按照他預期地那樣說話。說了「蘭馨」之後，爸頓住了，然後再說一次「蘭馨……」，再頓一下，然後才接下去：「……她一定很單純、很沒經驗，你知道，對結婚這件事……」

宏仁盡量讓自己不要在爸爸面前皺眉頭或露出訕笑，卻一時不知道還能有什麼別的反應。對結婚很沒經驗？難道她可能對結婚有經驗？

爸又頓了一下，然後嘆了口氣，像是突然決定換了個話題：「你比較小，不像你大哥和二哥……我從來沒有帶你去看看外面，去闖一闖……」

宏仁還是不知如何反應。我當然比大哥、二哥小，又多了一句不會錯卻沒什麼道理要說的廢話。他心裡想。

「是你媽一定要我跟你說的。……其實我是覺得這種事不用講，你不可能不知道嘛！可是你媽就覺得你比較小，不像你大哥和二哥，你念書啦做事啦也都跟他們不一樣……唉，就是你媽總是把你看得很小，她覺得你和蘭馨……蘭馨和你，像兩個小孩……其實，我也沒有覺得蘭馨那麼小啊，看起來蠻懂事的……你知道，你媽喜歡她乖，可是現在卻又要擔心她太乖……呵呵呵……」

爸到底在講什麼？宏仁的疑惑持續升高，已經到了不得不強迫自己凝神注視眼前說話這個人，確定那就是爸爸沒錯。但這樣斷斷續續的句子，包括沒有完結的語尾和插入的笑聲，卻都不是爸爸平常說話時會有的。

「我說那叫你哥跟你說，比較適合吧？你媽又說一定不可以。你二哥和你根本不說話，現在還是吧?……算了,這個世界上跟他不說話的人至少有一個連。你大哥呢?你媽說他不會用講的,一定把你帶去那種地方,他覺得那樣最直接最有效,你大哥是這種人沒錯啦……」

宏仁突然懂了。來不及弄清楚自己是怎麼懂的,整個人已經被一股強烈的怒意籠罩了。爸爸竟然要跟他說這樣的事!媽媽竟然認為需要叫爸爸跟他說這樣的事!他們把他當什麼了!

二十幾年的習慣,使得他還是無法在爸爸面前顯露脾氣。極其勉強地,他牽動嘴角做出個笑容,對爸爸說:「這不用說啦,我知道,我沒有媽以為的那麼小、那麼沒有經驗。我知道怎麼處理。」

爸如釋重負,連連點頭。宏仁心頭多了新的糾結——對爸爸的反應,不曉得該覺得欣慰還是悲哀。

3

宏仁不願想起,但還是想起了。小學二年級的暑假,一個奇怪的夏天。

五個人一起去野柳,卻在海邊明顯分成了三群。大哥和二哥是一群,宏仁和那個女人是一群,爸爸和這兩群都保持一小段距離,不過眼光一直盯視著宏仁這邊。

那個女人穿著好短好短的短褲，露出了白白的一截大腿。宏仁突然驚覺，記憶中一直是「那個女人」，但她當時的年紀，或許沒有自己現在大吧？其實只是個女孩啊？

那個女人帶宏仁去看林添禎的銅像，問宏仁有沒有讀過林添禎的故事。宏仁沒讀過。女人說應該過兩年就會讀到了吧。然後她就自己站在銅像前高高昂著頭，像要參加演講比賽般帶著抑揚頓挫語調，念了一段話。五年級時，宏仁讀到了「義勇的漁夫」的國語課文，立刻想起來那女人背誦的，就是課文的最後一段。「漁夫死了，他遺下白髮的老婦，孱弱的妻子，還有七個年幼的孤兒。他為著救人，奮不顧身的犧牲了自己。這充分的表現了他的仁義、勇敢和捨己為人的精神。這種偉大的精神，將為日月增輝，永遠為世人崇敬。這個漁夫是誰？他就是台北縣萬里鄉的林添禎。」

因為這樣，宏仁忘不掉這段課文，也忘不掉那女人背誦課文時有點做作，卻充滿嬌甜表情的聲音，還有她仰著頭的側臉模樣。

那個女人又帶宏仁去看「仙女鞋」，卻在那裡將宏仁摟得緊緊的。林添禎下海去救的人，就是從「仙女鞋」被海浪捲下去的。雖然那天天氣晴朗，海面沒有什麼波浪，被女人如此抓住，宏仁不禁感覺好像下一秒鐘就要有漫天大浪撲過來了。

當然還去看了「女王頭」。那裡離海更遠了，女人卻還是緊緊抓著宏仁。隔著「女王頭」，大哥大聲叫：「許宏仁，你過來！」宏仁抬頭看了看那個女人，女人轉頭看爸爸，爸爸堅決地搖搖頭，說：「你看你的，不要去，應該他們要過來。」宏仁發現自己和那個女人不約而同地安心點點頭。

從野柳回到家，大哥又大聲叫：「許宏仁，你過來！」這時到處都看不到爸爸，也看不到那個女人了。他只好過去，才稍微靠近一點，額上就挨了大哥的一顆暴栗。大哥還沒說話，二哥先罵了：「你這麼小就這麼沒出息，抱女人大腿抱了就捨不得放！」大哥右手揪著他的衣領，左手按著他額頭逼他抬頭，惡狠狠地問：「你不知道那個女人是誰嗎？」他搖搖頭，怯生生地為自己辯護：「爸叫我跟她一起的，爸也叫你們要跟她一起……」

大哥右手添了力道，幾乎要將他凌空架起了。「誰要跟她一起！媽媽不在，她就跟爸爸睡覺，你不知道嗎？媽媽不回來，她就肖想要代替媽媽，你不知道？你蠢也該有個限度！」

他必須承認自己真蠢，蠢到聽不懂大哥說「她跟爸爸睡覺」是什麼意思。所以一直要到幾年後，大概弄懂了「她跟爸爸睡覺」究竟是怎麼回事，他才有辦法理解大哥、二哥發作的脾氣。然而，或許是事過境遷了吧，他在心底還是找不到對那個女人同等的憤怒。反而是掩藏不了淡淡的遺憾傷感——那樣的女人，為什麼要和爸爸睡覺？

然後，他覺得這整件事荒唐到了難以忍受的極點。他不願意想，但這樣的字句聲音還是在他腦裡響起：媽媽竟然要去跟爸爸討論如何教他和蘭馨睡覺？

第三章

1

蘭馨沒有注意到眼前的來人，錯身之後，才聽見後面傳來「徐小姐」的叫喚，低聲、沉緩，彷彿不是很有把握該叫還是不該。她轉身看，原來是樓下的高先生，帶點好奇地看著她。

「你剛剛從家門經過，卻沒進去？」

蘭馨抬了抬手上掛著的紙包：「剛在豆漿店買了早餐，還得趕到藥房裡拿藥呢，拿到藥了再一起給爸爸帶回去。」

高先生想了一下，說：「不然，早餐交給我，先幫你拿進去吧？」

「那樣太麻煩你了！」蘭馨說，臉上露出了衷心感激的表情。

高先生伸手來接過了紙包，搖頭溫文地說：「一點也不麻煩，我剛好去找徐先生聊兩句。」

蘭馨一時真有如釋重負之感。她爸爸從四月之後就病了，病情時輕時重，一直拖著始終沒好。病發作起來時，爸爸會虛弱得無法下床，整天都在床上度過，床邊放置了一個古老的搪瓷尿壺，連小便都不離開房間。

最麻煩的是找不出確切病因。中醫西醫換了好幾個，給了不同的診斷。醫生每給一個新的診斷、新的病名，爸爸就覺得自己身上多了一個病，病得更厲害，更好不了了。意志消沉，更不願起床，更難正常生活了。

先是哥哥和弟弟避開疏遠了病中的爸爸，然後連媽媽也愈來愈不願進房間了，晚上常常藉故擠進蘭馨的房間裡留著過夜。照顧爸爸的工作，似乎理所當然都落到蘭馨身上。幾個月來，蘭馨覺得自己每個假日都浸在藥味裡，醫院、診所、西藥房、中藥房，來來回回，當然，還有爸爸房間裡永遠散不開的濃濃混和怪味。

高先生是少數知道爸爸病了，願意探望爸爸，爸爸又願意見的人。高先生有一種特殊親切的氣味，直直走進人家沒準備沒刻意打掃的屋裡，也不會讓人覺得尷尬窘迫，好像他本來就屬於那個空間似的。連爸爸都無從拒絕他。

蘭馨拿好藥回到家，一進門就從爸爸房裡傳來高先生的聲音：「啊，小馨回來了。」改用了平常爸爸對她的稱呼，也都叫得很自然。她走進去，爸爸背直直地靠在床頭上坐著，先是對高先生客氣地說：「這病沒什麼，早該好了，不能老這樣累著家人。」然後抬頭看她，臉色突然一暗，跟著說了完全矛盾的話：「唉呀，大江南北闖蕩，結果竟然要死在中國最沒特色的城市裡了。」

高先生連忙安慰：「別說這沒道理的洩氣話，我們都還要回去呢！再撐幾年就回去了。」

蘭馨藉機退出房間。這正是比嗆鼻的藥味還讓她怕的，爸爸的意志消沉，一直將「要死在這裡了」掛在口上，她已經完全不知還能如何應對了。

2

她猜不出高先生的年紀。看外表，覺得好像和自己沒差多少，三十多，四十以下吧；但聽他說話，尤其是爸媽轉述他說過的話，卻又好像應該要屬於爸媽那個世代。

爸媽說他是個旗人，滿清貴族，「高」是他們不曉得什麼旗統一取的漢姓。還說他閱歷豐富，淪陷前就走遍了全中國，不只如此，更厲害的是去過世界上好多有名的地方。算算，來台灣之前，他至少就該有二十五、三十歲才來得及去過那麼多地方吧？加上來台灣的二十多年，怎麼算都和他外表模樣兜不攏。

因為這樣，蘭馨總叫他「高先生」，死活叫不出「高叔叔」來。連帶地，跟他說話的口氣就少了對長輩的小心禮貌。他用平輩口氣和爸爸說話，轉頭蘭馨也用平輩口氣跟他說話，於是好像只要他一來，蘭馨和爸爸之間便隨即拉近了距離似的。

高先生走出房間，細心地將房門帶上，說：「你爸爸今天精神很好嘛！我勸他別悶在屋裡，應該出去走走。我也正想到近郊晃晃，半天一天的。」

「他答應了嗎？」

「沒說好，也沒說不，他想想。」高先生停了幾秒，「你要不要一起來？」換蘭馨停了幾秒，沒立即回答。高先生又接著說：「你也該休息休息，你爸說他生病了，裡裡外外都是你忙你累。」蘭馨趕緊搖搖頭。高先生話還沒全說完：「而且還要忙結婚的事，是吧？」

說到了結婚，蘭馨覺得才有理由能嘆口氣，「準備結婚還真麻煩，好多事以前從來沒辦過，全沒頭緒。」高先生用安慰的語氣說：「這次有經驗，下回就輕鬆了。」蘭馨順著他的語氣點點頭，察覺到他眼裡閃著笑，才會過意來，皺眉說：「你這是咒我結一次婚不夠啊！太壞了！」趁這玩笑的氣氛，蘭馨讓存在心底的問題大膽問出口：「你結過婚嗎？結過幾次呢？」

「一次也沒。」高先生倒是毫不彆扭地立即回答了。而且沒等蘭馨追問，自己補上了說明：「年輕時東奔西跑晃蕩，錯過了。來台灣之後，晃不了也蕩不了了，卻也安定不下來了。總想著，過兩年回去大陸再說吧。」

蘭馨又嘆了口氣，這回是替高先生嘆的。「就這樣想了二十多年都沒成家？」

這時，爸爸在房裡叫人，蘭馨打開房門，高先生一併探頭進去，爸爸竟然下了床，站在書桌邊。爸爸連聲謝謝高先生，表示自己今天情況真的好多了，「多虧你來看我，多虧你來看我」。但一來體力還弱，二來也想趁精神清楚些時看看書，就不出門了。

高先生不以為意，幾句話表示告別。出來後，到大門口，微笑看著蘭馨：「爸爸不去，你要不要去？你今天應該不必一直守在家裡照顧了。」

蘭馨沒料到他的邀請，一時回答不了，先問：「去哪裡呢？」

「可以去北投。那地方其實很不錯，不是像人家說的那樣燈紅酒綠，頗有一些小巧的山水景色。」

「真的嗎？」蘭馨心動了。她從來沒去過北投，好女孩是不會去燈紅酒綠的北投的，然而愈是不該去、不能去，一直就愈好奇想去。

3

高先生叫了一輛計程車，去到雙連站搭火車。火車從雙連開出沒多久，就到了圓山站。蘭馨有點不好意思地半自語說：「每次都只搭到圓山，去動物園，從來沒有超過圓山呢。」

車過圓山後，也許是自覺做了件從沒做過的事吧，蘭馨興奮地要求：「高先生，能跟我講講你去過的那些地方嗎？例如，巴黎？你去過吧？」

「高書懷，〈旅夜書懷〉的『書懷』。應該唸過背過吧，細草微風岸，危檣獨夜舟。星垂平野闊，月湧大江流。你叫我高書懷吧。」

蘭馨還真第一次知道高先生的全名，照他吩咐，在心底試了一下：「高書懷」，意外地竟然不覺尷尬。

「我去過巴黎。但你真想知道巴黎？現在不太適合講吧，說了巴黎，等會到北投，你說不定就沒興趣下車了。」

「巴黎真的那麼好玩嗎？那我更是要知道了。」

高書懷稍稍提高了音量，說：「那我下車說給你聽，好吧？車上得扯著嗓子說，太累了，也不符合巴黎的風格啊！」

蘭馨這才意識到從車底下、車窗外傳來的金屬咣啷咣啷的響聲加震動，也意識到自己為了和並坐的高書懷說話，上半身都斜倚了過去，一時臊紅了臉。坐正了，越過車廂裡稀疏站著的人影，專注地看對面窗外隨著鐵軌有節奏晃動的一格格風景，突然進入一種奇特的失神狀態，將原本明知要去北投的心思掏空了，換上一層空茫的期待，要去一個尚未決定的地點……

高書懷帶她從北投後站出來，鑽進一條小巷，小巷的盡頭是一條植滿了樹的上坡道。「這樣走，就不會看到那些代表燈紅酒綠的樓房了。」高書懷解釋。

要上坡前，高書懷如約開始了巴黎的話題。「其實，燈紅酒綠也不必然壞，壞是壞在俗和醜，巴黎的燈紅酒綠就既不俗也不醜。妳聽過『紅磨坊』吧？那是再燈紅酒綠不過的地方了，舞台上一排舞女，配合音樂拉起裙子來跳『康康舞』，裙底下整條大腿都讓台下客人看得清清楚楚。……」

蘭馨不自覺驚訝地「咦」了一聲。

高書懷笑了，「很難想像嗎？還不只這樣呢，台下的看客看得喜歡了，表演結束後還可以邀自己特別欣賞的舞女出去呢，有人說簡直就是個豪華大妓院啊！」

蘭馨又「咦」了一聲，這次可就是自覺的，而且用了點強調的力氣。心中有點慌，也有點不舒服，怎麼會說這個？

高書懷卻堅持繼續說「紅磨坊」。「年輕的時候去的巴黎，我那時真年輕啊，不怕你笑，當然一定要去『紅磨坊』開開眼界，就算把我綁起來，都阻止不了我的好奇心的。去了，真是開眼界，卻不是原來以為的那樣一隻色情的眼。」

蘭馨刻意看著腳下，不抬頭，也不做任何反應。

高書懷不知是沒有注意到她的淡漠，還是不在意。「先是那個音樂，哇，節奏是節奏，旋律是旋律，歌聲是歌聲，真難形容，心底就冒出這樣的感嘆來，瞬間，自己在中國聽過的，戲啊曲啊，比較下都蒙糊糊的，有一種不乾淨、不乾脆。然後舞蹈來了，伸手就是伸手，轉頭就是轉頭，甚至射來一個眼神就是帶火帶熱得清清楚楚沒得懷疑、沒得商量的眼神。抱歉，我辭窮了，找不到別的方法形容。……被那樣的音樂和舞蹈包圍著，等到『康康舞』來了，你根本就看不見一條一條白白大腿了，那腿踢得那麼直那麼有力，高高像要飛上天的腿，一道道整齊平行踢啊踢，都剛好準準地踢在拍子上，那美啊，美得看呆了，渾然忘了那是人，更不可能感覺那是女人，乾淨、乾脆到去除了所有的遐思。」

說完了這一大段，高書懷才顯露些不好意思地問：「說太多了，你聽得煩了吧？」

本來煩的，這時反而不煩了，被高書懷的描述激發了興趣，蘭馨誠實地說：「好有意思呢，怎麼會煩？還想多聽些。」

「愛聽多少有多少，巴黎是說不盡的。『紅磨坊』在一個叫蒙馬特赫的地方，高高的坡走上去，有號稱巴黎最美的教堂，純白，白到簡直可以反映月光。教堂後面有好多擠在窄窄陡坡路上的小屋。這裡原來是巴黎最晚發展，最不適合人居住的地方，結果因為這樣，房租最便宜，就吸引了許多幻想來巴黎尋找前途的年輕藝術家，變成了一個活潑熱鬧的藝術區。

「真正到了巴黎才知道，『紅磨坊』的舞女們幾乎都過著雙重生活。一方面應付有錢人，賣藝賣身賺來大筆金錢，轉過身，就毫不吝嗇地拿這些錢去幫助情人，幾乎清一色都是懷抱夢想的詩人、畫家、劇作家。她們在蒙馬特赫的小酒館裡和情人約會，情話裡夾著詩或戲劇台詞，還有對於美術、音樂的討論，多美好啊！她們是真正藝術家的繆思啊，怎麼說呢，既是藝術最直接最真摯的對象，又是藝術最慷慨的贊助者啊！」

蘭馨忍不住問：「你在巴黎有認識這樣的舞女嗎？」

高書懷忽然不說話了，沉默地往上走，鞋子磨著碎石路，打著簡單的喳喳喳節拍。

4

彎彎曲曲的路維持著緩緩上坡，途中高書懷熟門熟路在岔路口轉了好幾次，蘭馨都弄不清方向了，幾乎要相信高書懷根本只是信步亂走時，眼前出現了一家飯店，漂亮行書寫成的木頭招牌低調安靜地在入口處顯現著「村居」兩個字。

那是蘭馨很熟悉的日式建築，也用她很熟悉的方式進行了中式的改造，曲折的迴廊上樹著漆成紅色的欄杆，進去後，一排長走道通向一間間雅致的小廳。

蘭馨想起小時候在城南的住處，雖然比這棟木樓小多了，但格局基本一樣，他們家分到半邊，另半邊住著爸爸單位裡一個姓姚的同事一家。屋中每間房基本上都有兩個大拉門，一個開向朝內的走廊，一個開向小小的庭院。庭院裡有一株之前日本人留下來的茶樹，還有一道跨越小池的小石橋。石橋保存著，但小池、流水早都沒有了，環繞著茶樹，闢成了兩片菜圃，一家一片，變換著種各種蔬菜。

念中學時，她常慶幸家裡有庭園，舒緩了她經常躁動不安的心。儘管開向庭園的拉門早早就被釘死了，但上面的紙窗格拆掉了，換成一片玻璃，她只要拉了椅子往玻璃前一坐，直接或間接的光線穿過玻璃透進來，就著光讀幾頁書，再戲劇性地猛一抬頭凝視那有一人半高的茶樹，心情就自然穩定了下來。

也就是在那個時候開始讀瓊瑤的小說，連帶地也讀些詩詞。很奇怪，在小說裡讀到的詩詞，感覺都那麼美，毫無理解上的困難，換做自己去找來的其他作品，就沒那麼容易懂了。她有點沮喪地承認，自己對於詩詞或許不是很有感受天分吧！不過，坐在書桌前怎麼都看不出所以然的詩詞，如果拿到窗下，對著外面的小園大樹，就能生發出一種雖不懂卻可以神祕呼應的知覺。

「青女丁寧結夜霜，羲和辛苦送朝陽。丹丘萬里無消息，幾對梧桐憶鳳凰。」到現在還記得這首詩，就是因為潮寒的季節裡對著庭園，突然覺得「夜霜」、「朝陽」、「梧桐」、「鳳凰」幾個詞有了具體的重量，壓著她抑鬱的少女心情。

也記得像這樣的詞：「開時不與人看，如何一霎濛濛墜。日長無緒，廻廊小立，迷離情思。細雨池塘，斜陽院落，重門深閉。」有一陣子，只要一聽到院子裡傳來一朵茶花凋零後沉沉落地的聲音，她就不自覺地將這段詞在心底背了一遍，還沒背完便已經莫名地悲從中來。

高中畢業前一年，爸爸就堅持將家搬離了那棟日式宅院，搬到現在的公寓房子。而且因為搬家前和媽媽起過的幾次爭執，爸爸恨恨地將也住了十幾年的地方說得簡直一文不值，讓她既驚訝又難過。驚訝爸爸說話時的無情、冷酷語氣，簡直不像在批評住處，而是發洩地攻擊仇敵般。難過爸爸徹底破壞了她的記憶，從此每回想起自己的成長，都要伴隨著爸爸對那老屋的詆毀，感覺連帶也貶抑了她曾經擁有過的經驗。

或許就是這樣，所以她一直到現在，都沒有真正適應，更談不上喜歡公寓居住。「掛在半空中，腳著不了地，怎麼住得安穩啊？」當年媽媽反對搬家時說過的理由，媽媽後來大概也忘了，卻在她心中深深烙下了痕跡。每次上樓梯時，就感到一股不安，是了，又要去掛在半空中了。

真討厭這公寓啊！心裡暗暗對自己再度肯定了這件事，兩個念頭立即爭相擠上來，讓她不知該先理會哪個才好。「你馬上就要離開這公寓了，去到另外那個家，夫家……」「如果沒搬到公寓，也不會認識樓下的高先生，也就沒有現在的情景了……」

5

高書懷領著她選了一個小廳走進去，蘭馨才發現自己面對著一排敞開來的落地長窗，窗外不是她理所當然以為的小院，而是一片山景。她還真沒有意識到這一路竟然爬了那麼高，著著實實到了半山腰，一層層的山色疊翠地在眼前展開。「哇，好美！」她忍不住說。

「幸好，沒有被巴黎比下去，巴黎什麼都有，就是沒有這樣煙雲微飄的青山，以及青山外半隱半現的秋陽。」

聽高書懷說話，她微微搖著頭笑了：「你說話好文啊，不像一般人會說的，好抒情。」

高書懷學她微微搖著頭笑，「都說秋陽似酒，一照人就醉了，醉漢說出來的話，當然和正常人不一樣，奇怪了，那你怎麼不醉呢？……啊，一定是你酒量好，乃女中豪傑啊——」最後那五個字，高書懷索性耍寶用平劇腔調唱起來。唱完了，自己不好意思，沒等蘭馨反應，收斂了，改換話題：「不鬧了。嗯，還要講巴黎嗎？」

「不一定要講巴黎，你去過那麼多地方，隨便挑哪個講都好，反正我都沒去過。」蘭馨說著語尾不免帶上了一點自憐的意味。

高書懷連忙說：「小姑娘，你才幾歲？以後有的是機會。」

蘭馨不接受這樣的安慰，盯著他，問：「你去巴黎時，年紀比我現在還小吧？」

高書懷誇張地瞪大眼睛，說：「怎麼可能！我怎麼可能十六歲不到就去巴黎？」

蘭馨愣了一下，才會意過來，幾乎本能地要舉手打他了，但想想也是自己無聊，人家怎麼會知道她幾歲？「我二十三了，而且我看起來就像二十三，絕對不可能被誤認為十六歲！」

高書懷又誇張地深吸口氣，神祕兮兮地說：「二十三啊——二十三啊——原來是二十三啊……」

「二十三又怎麼樣？」蘭馨被他逗得急了。

「二十三？……我二十三歲那年去了哈爾濱，十二月，一下火車看月台上掛的時鐘怎麼怪怪的，只有一根指針？再仔細看，原來是溫度計，上面指著零下二十八度。我正對著嚇人的零下二十八度發呆呢，旁邊走過一個婦人，不由分說就拉起我脖子上的圍巾，我還真以為她要光天化日下搶我呢，原來她是好心幫我將圍巾拉高包住我的鼻子和耳朵，動作熟練俐落的，一邊嘟噥：『傻了嗎？看到溫度還不包起來，一會兒鼻子耳朵就都掉地上了！』」

那一年，偽滿洲國慶祝「皇帝」溥儀登基十周年，在哈爾濱造了一座「冰宮」，真正的「冰宮」，裡裡外外全部都是用冰、只用冰打造起來的。本來是要建在偽滿的首都新京，但好像擔心新京冬天溫度不夠低，「冰宮」造起來不夠堅實，所以改到更冷的哈爾濱。

高書懷刻意選了「冰宮」將要建好的那幾天去，如願看到了建造的過程。現場堆滿了一塊塊凝結得方方正正的冰塊，大的像城牆上的石頭，小的像磚頭般。工地裡最醒目的，是好幾個日夜燒著的大鍋爐，白天爐火青而透明，晚上爐火看起來變得紅而厚實。工人不斷往鍋裡倒雪冰，也不斷往爐裡鏟煤塊，鍋的底部連接了好多根水管，遠看像是個長出許多觸角的怪物，怪物頭上還不斷冒著煙，更是猙獰可怕。

造起「冰宮」來，唯一的器具就是水。一塊冰上面薄薄地注一層水，立刻疊上另一塊冰，兩塊冰就結結實實地黏在一起了。要改變冰塊的形狀，就朝特定的位置噴水，噴了水馬上撥開，冰塊就融了一角，若是噴了水不撥開，一下子冰塊上就多隆起了一塊。

據說，造「冰宮」的技術從俄國來的，他們在凱薩琳女皇時就建過一整座宮殿。相形之下，哈爾濱建的，只是一個小屋。但也夠驚人，也夠費工夫了。鍋爐一燒起來，就不能熄火，鍋中的水結冰、融冰的力量，幾次就可以將鐵鑄的鍋子弄破。所以工人要輪班趕工，一次完成。

造出來的，不只有屋子的外表，人可以走進去，而且屋外還有一個庭院，屋裡還有整套的家具。庭院裡有噴水池，繞著噴水池有幾棵大樹，幾叢開花的灌木，樹下幾張有著漂亮彎折把手的長椅。屋裡有門有窗，有吊燈，有桌有椅有床，甚至還有垂在窗邊的窗簾。再說一次，這些，每一樣，都是用冰做成的，沒有動用任何其他材料。

噴水池的池緣是冰砌成的，高高往上噴的，是由冰雕出來的凝結的水柱。樹是冰，花也是冰，就連窗簾都是在冰上雕畫出皺褶波浪狀的。

零下二十八度，還持續變冷的夜晚，高書懷去了「冰宮」建造的現場，卻整個人渾身發熱。看到了不可思議的奇景，爐火的亮光反映在各個冰面上，隨著不同厚度、不同形狀的冰，而有著不一樣的反影，動著、扭著、跳著、舞著，簡直就像是一群活生生的光人，在神祕幻境裡不斷穿梭奔跑，一刻都不願停下來，東竄西飛，他們那麼活，活得讓人彷彿在耳裡聽見他們嬉鬧的聲音！

高書懷幾乎一夜沒睡，睡不著，不管閉眼或張眼，都看到那些光人們繼續進行著他們的神祕祭典。一大早，不，根本天都還全黑著，他就又趕去了「冰宮」場，要去參加「冰宮」的開幕盛會。去到那裡，竟然已經擠滿了和他一樣早起的人。踮著腳尖越過層層的人頭，勉強看到鍋爐撤走之後，堂皇站在廣場中央的「冰宮」，在黑暗裡散發著一股磁鐵般的吸力，好像如果沒有廣場隔開的距離，所有的東西就都會被它吸過去，吸進它那連光都逃不出來的壁面裡……

滿洲國的軍警穿著筆挺制服來維持秩序，要求大家繞著廣場排隊。那可真不容易啊，到處都有人不願接受指定的位子，到處都有抗議聲、爭吵聲，然而，在某個瞬間，四下突然一起安靜了，高書懷先聽見了那不預期洶湧而來的靜默，然後才看到最早升起的一道光打在「冰宮」上，「冰宮」呈現出水晶玻璃般的透明，卻又在透明中迴轉著種種顏色，每一種顏色在冰壁裡變換動著，有的是一條迅捷滑移的線，有的是迷離彎曲的面，還有的像是有質量的圓珠，每個看到這景象的人，都只能驚異地微張著嘴，無暇說什麼話了……

6

高書懷說了好幾次：「別光聽我說，我今天說太多了，你也說說話啊！」

每一次，蘭馨都強調地搖搖頭：「你說嘛，我喜歡聽。」

午餐用完了，高書懷又慫恿：「你也說說話啊！」這回他堅持要聽蘭馨說，蘭馨還是推辭，他就固執地一語不發了，眼睛直勾勾地盯著蘭馨看。

蘭馨被盯得沒辦法，做了個鬼臉：「要說什麼呢？」

「說說妳自己啊！樓上樓下鄰居這麼久了，才第一次有機會認識你呢。」

蘭馨低下頭避開他的目光，「我有什麼值得說的？太平常了，我這個人，和你的經歷相比……」

「沒有人是真正平常的。沒有一個人是不值得好好認識的。」高書懷認真地說。

蘭馨心底傳來了一陣如同小小電擊般的感動。在近乎不自覺的情況下，轉頭望著左側的山景，話從口中流了出來：

「有一次，只有一次，我覺得自己好像不是那麼平常。我們家從來都不是教徒，你看我爸那樣子，應該也知道吧？但我有一次被同學拉著陪她去上教會，星期天早上，說好了上完教會一起去看電影。做禮拜時，牧師說耶穌如何為了解救世人而無罪受難，然後形容了他被釘十字架痛苦死去到復活的經過。教會每個座位前面，都放了一本聖經，我隨手就拿來翻翻，但好巧，巧到神奇，我一翻就剛好翻到描述耶穌復活的那一段。牧師說耶穌復活在他的母親瑪利亞面前顯靈，讓母親不要再悲傷，可是我讀的聖經上明明說的是耶穌最先對抹大拉的瑪利亞顯靈！我翻回去看，確認這個瑪利亞和他媽媽的那個瑪利亞不是同一個人。我扯同學的袖口，跟她說：『不對，不對，先看到耶穌的是抹大拉的瑪利亞……』同學聽不懂我在說什麼，很困擾地、後來很嫌惡地發著『噓——』的警告。

「不知道為什麼，我覺得很難過，甚至有點生氣，連眼淚都衝上來，費了好大力氣才沒有讓眼淚落下。從教會出來，我就跟同學說不想看電影了，她問：『為什麼？』我氣呼呼地說：『不為什麼！』她也氣了，罵我『發什麼神經病！』

「很無聊啊，你聽了一定覺得很無聊……」

「不不不，怎麼可能無聊？」高書懷迅即反應：「說下去，後來一定又發生了什麼事？……」

蘭馨深吸口氣，音調很低：「你答應不笑我？……真的很難講發生了的事……我還是去看了電影，一個人去，因為也不想回家，又不知道還能去哪。看一部美國片，演著演著，畫面上出現了一個古城廣場，後面有一座教堂，男主角和女主角在前景說話，背景裡有閒雜人等走來走去。全電影院裡的人應該都注意看著男主角和女主角吧，只有我看到有一個模糊的人影，從教堂一直往前走，在畫面的最右邊，模模糊糊的，看走路樣子是個女人，她繼續往前走，從側邊超過了男主角和女主角，沒停，還繼續走，然後竟然就走出了畫面，一道暗影安安靜靜地沒有打擾到任何電影院裡的觀眾，沒有重量也就能輕易地穿過座位，一直走到我身旁，在我右邊的空位上坐了下來。

「那一瞬間，我就知道她是抹大拉的瑪利亞。真的。我激動地等著她會跟我說什麼，又激動地想我應該跟她說：『他們故意忘掉！他們不可以這樣，你就在那裡，明明你就在那裡，釘十字架時你在，下葬時你在，復活顯靈時你也在！我知道，你一定很愛他，我知道！我知道！』我激動得覺得自己快要坐不住了，卻一動不敢動，不知過了多久，我才鼓起勇氣偷偷轉過頭來，當然，那座位，和原來一樣，是空的。」

她說完了。好久好久，高書懷都沒有答腔，沉默著。蘭馨自己平緩了心情，正要說點鬆解氣氛的話，高書懷開口問了：「但你還是沒有變成教徒？」蘭馨搖搖頭。「為什麼？她都已經向你顯靈了啊？」

蘭馨還是搖頭，「來到我旁邊的，是抹大拉的瑪利亞，不是大家信的聖母瑪利亞。我要怎樣信她？有基督徒信她的嗎？信她的，也算基督徒嗎？」

7

下山的路邊，有人挑了擔在賣芭樂，說是剛採收的紅心甜芭，雖小但保證好吃。高書懷就掏錢買了一大包，說是要讓蘭馨帶回去，難得吃到的土產。走了幾步路，看到路邊一個手搖幫浦，高書懷興起就去壓出涼涼的井水，給蘭馨洗洗手擦擦臉，順便洗了幾顆芭樂。

兩人各拿了芭樂咬了一口，幾乎同時看向對方，交換了一個撇嘴的鬼臉，然後蘭馨先叫出來：「天啊！我的天啊！」高書懷接著說：「又酸又澀！」一起迸發出響亮的笑聲。

回程在火車上，芭樂又帶給他們另外一陣連一陣的笑聲。車廂裡人多，他們選擇站在車門口，蘭馨兩手牢牢抓著門上的鐵桿，高書懷卻因為還抱著那一袋芭樂而顯得笨拙站不穩。他假裝生氣，拿起一顆芭樂就往車門外丟，蘭馨尖叫了一聲：「丟到人怎麼辦！」高書懷又拿了一顆，調皮地說：「謝謝你提醒，這回要記得瞄準了丟！」

他瞄準的，當然不是人，而是沿著鐵路豎立的電線桿。連續瞄著丟了幾顆，竟然真有一顆丟中了，惹得蘭馨大笑。高書懷將芭樂袋子遞向前，跟蘭馨說：「來啊！你也來丟！丟中有獎！」兩人樂得邊丟邊笑。

回到雙連站，站上的鐘指著四點半，蘭馨覺得時間還早，就提議不搭計程車了，散步走回去。高書懷也不反對。兩人並肩走著，或許是剛剛在火車上笑鬧得太厲害了，芭樂全丟光之後，一時找不出別的話題來。沉默地走了一段，蘭馨突然覺得一股強烈的情緒湧上來，克抑不住地說：「對不起，真的對不起。」高書懷當然很意外，趕緊堆著笑問：「為什麼要對不起？」

蘭馨腳下踢著石頭，走了好幾步，才說：「我騙了你。真的很不應該，我也不知道為什麼要說那些話，為什麼要那樣騙你。」

高書懷還是摸不著頭緒，聲音中多加了一點掩飾不住的緊張：「什麼話，你騙了我什麼？」

蘭馨又換了一顆石頭踢了幾步。「抹大拉的瑪利亞。沒有那件事，教會裡的事是有的，電影院裡的沒有。我真的不知道為什麼要跟你那樣說。」

高書懷放下心了，他笑著說：「沒關係……那我也誠實說吧，我也騙了你。」

蘭馨還真沒料到他會這樣說，轉頭瞪著他：「你騙我什麼？」

「我沒去過巴黎，也沒去過哈爾濱，……別告訴你爸，我跟他說我去過的很多地方，其實我也沒去過。」

蘭馨的眼睛瞪得更大了，簡直不知該如何接受高書懷突然說出的話。想了一下，她猛搖頭：「不可能，不可能，沒去過怎麼可能說得那麼真又那麼仔細？……不不不，你現在說的才是騙我的，對不對？」

他們已經走到家門口了，蘭馨站定了，眼睛直視高書懷的眼睛，認真執著地又問一句：「你現在是騙我的，對不對？你一定要說清楚，你說清楚我才要上樓。」

高書懷嘴角抖了抖，笑了又立即收斂了笑容，手握在自家一樓的門把上，像是下了好大的決心，突然說：「我喜歡你。」隨即毫不遲疑地拉開門走了進去。

第四章

1

很明顯地，爸爸從四月之後，積極地關心宏仁的婚姻。大約兩年前，媽媽就開始不時叨唸他結婚的事，但媽媽唸就是唸，唸了也不會有什麼結果。但爸爸關心立刻就不一樣。

宏仁克制著，即使是獨自心中，也避免去想去解釋為什麼爸爸會有這樣的改變。他讓自己盡量認分地接受兩件事：第一，二十七歲，是到年紀了，該考慮結婚了；第二，反正自己交不了女朋友，要結婚只能靠家裡安排。

他一直忘不了那兩次經驗，即使都經過了八、九年了。兩次都在大一，從六年男校畢業，剛進入了全新的，竟然有女同學的校園。開學沒多久，他喜歡上班上一個女生，叫林麗蓉的。他告訴了高中時就同班，又一起考進同一個系裡的好友莊明龍。莊明龍就很熱心地幫他製造機會。有一次不知怎麼安排的，放學時，他和林麗蓉一路單獨走出校門。他沒有心理準備，一時簡直不知該說什麼。還好林麗蓉很大方自在地找了話題跟他說。

說莊明龍，問他對莊明龍的認識。談莊明龍讓他放鬆了心情，高中三年有很多事可講啊，尤其莊明龍一直是個鋒頭人物。創造鋒頭的條件之一，是他高中時就交過好幾個女朋友，到了高三就定下來，專注和一個女生好，每天相約一起去圖書館念書。那個女生聯考分數本來可以上東海，就是不願和莊明龍分開所以中南部的志願通通沒填，變成落到文化學院去，放榜了家裡才發現，被她爸揍了一頓……

就這樣，走出校門走到站牌下，沒一會林麗蓉等的公車來了，兩人就揮揮手說拜拜。幾天後，一個好心的同學忍不住告訴他：現在全班都知道他為了要追林麗蓉，感覺林麗蓉喜歡莊明龍，竟然不顧和莊明龍的交情，對林麗蓉毀謗莊明龍。這不只是「見色忘友」，更糟的還是「忘恩負義」啊！

於是，不只林麗蓉不理他，連莊明龍也不跟他說話了。然後，像是要證明他捏造莊明龍有女朋友似的，莊明龍和林麗蓉正式成了班對。這樣一來，班上有什麼活動都成了他的尷尬折磨，慢慢地他就都不參加了。

另外一次，上學期結束前，緊張應付第一次的期末考試，他幾乎天天跑圖書館。他不知道大學的考試會如何出題，從學長那裡得來的告誡是，絕對不能只看筆記和教科書。大學和高中最大不同，就在教授預期大學生會多讀相關書籍，會自己去查參考書，弄清楚每個名詞、每個概念。

他有時去參考室查資料，有時去借書，還有時去閱覽室佔位子。去得很頻繁，認識了一個在圖書館工讀的夜校生。那女生人很好，總是耐心地幫他，不時投來理解的笑容。考完期末考，經過圖書館，他一時衝動，鼓起勇氣進去謝她，剛好她要下班了準備晚上上課，他就陪她走出來，然後提議請她吃鹹湯圓。

寒假當中兩人相約看了幾次電影，又一起吃過兩次晚餐。第二次晚餐因為是看完電影後吃的，吃得很晚，送她回住處時，已經大約十點了。一路上，她說著要回新竹過年了，到門口，她看似無心順便提及，一同租屋的三個女生，其他兩人都先回家了。然後，應該也是費了很大的勁才下了決心吧，她問：「你要不要上來坐一下？喝杯熱巧克力？」

他完全沒料到她的邀請，簡直不知所措，先是看了看手錶，接著又咿唔地說：「很晚了……不好意思……會對你不方便嗎……」突然，她笑了笑，說：「那晚安，我進去了。」迅即開門關門，門闔上時輕輕「砰」的一聲，似乎格外堅決。

回想起來，她那最後的笑容，帶著淡淡的淒涼。但當下他完全不知該怎麼應對，甚至不知該如何理解那樣的笑容，默默地轉身回家了。

寒假過完，她沒有在圖書館出現，他寫信到她住的地址，信被退回來了，他將信改寄到她的系裡，信沒有再退，但也仍然沒有回音。一個晚上，他忍不住跑到夜間部的教室外去等，等到放學時間，用力睜大眼睛，在微弱的路燈下，看到了一個彷彿像她的身影，和幾個男男女女走在一起。他跟了過去，卻不敢跟太近，快到校門時，幾個人分頭散了，他看啊看，竟然就找不到剛剛那個像是她的人了。

中間跟丟了嗎？還是根本從一開始就看錯人了？這下子還能怎麼再回去找呢？

他一時沒有了主意，愣在路上，直到終於有一個念頭清楚地佔據了心底——根本連她長什麼樣子都沒有把握，找她幹嘛呢？換作是她，應該也不可能在暗夜中認出自己吧？

如此結束了他勉強算得上是約會追女朋友的唯一經歷。

2

這半年來，宏仁很感謝周書明，幫了很大的忙。他當然知道周書明一定也是爸爸交代了來幫他的，不過畢竟是老同學，有不一樣的情分。更重要的，周書明拉了張玉燕一起幫忙的。

周書明也是他高中同學，最要好的死黨之一，好到經常進出他家，還不時留在他家吃飯。

周書明嘴巴甜，飯桌上吃了什麼菜都會掛在口上，看到宏仁媽媽就帶些撒嬌地說：「許媽媽，我以前從來沒吃過玉米粒炒蛋，怎麼會那麼好吃！」當然，媽媽聽了就高興地留他吃飯，而且特地做了玉米粒炒蛋。

死黨們常常學周書明撒嬌講話的口吻嘲笑他，周書明也不以為意，真正自豪地當作是變相的讚美。也許因為這樣坦蕩的態度吧，宏仁不得不承認，周書明說起撒嬌的話，沒有想像中那麼噁心，不會讓人起疙瘩恨不得摀起耳朵。還有，宏仁不得不承認，和周書明一起去哪裡，遇到什麼狀況，都可以信賴讓他去找人問，必定能順利得到別人協助。

大學時，周書明念的是化工，不同校不同領域，難免就疏遠了些。畢業當兵了，周書明幸運地分發到了在台北國防部本部，營區離宏仁家很近，就又往來熱絡了。退伍前不久，周書明正在對宏仁抱怨申請美國學校很不順利，想去的要嘛沒申請上，要嘛沒獎學金，在客廳裡看報的爸爸突然以不容商量的口吻說：「那就不要出國了，到我公司來上班。」

周書明適合幫他，還有一層只有他們兩人知道的原因。周書明調到國防部之前，在鳳山的單位待過三、四個月，回到台北，卻發現女友張玉燕態度怪怪的。他懷疑自己慘遭「兵變」，和張玉燕大吵了一架。沮喪中喝得爛醉，又吐又哭，站在街頭抱著一隻公用電話，醉眼迷濛地翻著簿子，打給所有家中有電話的朋友。結果只找到了剛好也放假在家的宏仁。其實宏仁懷疑以周書明當時酒醉的程度，恐怕十通電話有九通撥錯號碼吧！

宏仁真的是去街上把周書明撿回來的，又哄又拖又扛，好不容易進了家門，再進了宏仁的房門，一看到床，周書明就躺上去立即昏睡了。宏仁只好在旁邊打地鋪，才入睡一下子，又被下床要找廁所的周書明踢醒。然後周書明就不肯睡了，痛苦地拉著他說像是通俗小說裡抄來的失戀的話。說如果張玉燕不理他，寧可去死；又說如果讓他找出張玉燕移情別戀的對象，一定要去殺那個人。

被濃濃睡意包裹著的宏仁，原本只覺得周書明好笑，加上一點自認倒楣的厭煩，但突然腦中閃過部隊裡之前剛剛進行的一次專案教育，內容就是一個士官因為感情困擾，收到女友無情的絕交信後，竟然瘋狂地拿卡賓槍對營房裡掃射，之後又試圖自殺的真實事件。那士官用槍頂著自己的喉頭，子彈打爛了他的聲帶，從脖子後面穿出來，卻神奇地沒有傷到後腦。於是軍醫們花了十幾天的時間把他救活了，然後再將他送去行刑槍斃。莒光日時，全營集中在禮堂看行刑的現場影片。先是表情嚴肅近乎兇惡的長官們進場入座，後面跟了五、六個身上帶著白布包紮的人，他們是槍擊中受傷但大難不死的人，來見證傷害他們的人接受懲罰。然後，犯人被帶進來了，跪在指定的位子上，原本靜靜不動，但就在行刑者要開槍前，犯人突然叫了起來，也許不該說「叫」，他張開嘴，從沒有了聲帶的喉頭拚命地吐出氣來，那聲音不大，卻比吼叫還要恐怖，就在他嘴巴張到最大的情況下，槍響，人被子彈射入的動能帶著急驟地往前趴落，彷彿可以聽到他張大的嘴裡牙齒激烈撞上地面的響音……

宏仁凜然一驚，睡意全消。周書明剛好換了口氣也換了話題，讓宏仁更加睡不著了。周書明說他本來覺得再怎麼樣也不會輪到他被「兵變」，因為去當兵前，確定從張玉燕那裡得到保證。一次又一次的保證。先是讓他摸了胸部做為保證，兩個乳頭都各自摸了一分鐘。張玉燕說：「都讓你這樣了，我還能跟別人在一起嗎？」然後，又讓他摸了下面的那個女人最祕密的地方。那個地方濕濕滑滑的，非常非常細緻的觸感，中間開了一個小小的縫，很奇怪很奇怪，明明只有手指，只有中指指間一點點皮膚觸到，卻整個人都會隨著震動，不知從哪裡來的巨大震動力量，像地震一樣天搖地動。他好想用整個手掌去貼那個地方，也好想用手指多探入一點那道細縫，但張玉燕似乎立即察覺了他的企圖，堅決阻止了。張玉燕又說，很害羞很害羞地說：「都讓你這樣了，我還能跟別人在一起嗎？」

而且，當兵報到前最後一天，在完全黑暗的河堤下，張玉燕自己主動將手放到他的褲檔上，先是似乎不小心碰到，猶豫地試探著，之後像是下了多大的決心般，毫無疑問地用微彎的手指和手掌覆包著他那裡。他被鼓勵了，大起膽子將自己卡其褲的拉鍊拉開，導引張玉燕的手伸進去，張玉燕先是一直搖頭，手變成緊緊握拳，但兩人繼續接吻幾分鐘，張玉燕自己悄悄不動聲色地用手指尖只隔著薄薄的內褲，反覆劃過他那裡最敏感的皮膚……

周書明說這些時都沒有看宏仁，自言自語般憤恨發洩著，宏仁卻也完全不敢有任何反應，整個人僵直靠牆坐著，一定是全身肌肉都為了維持不動而用力，後來好幾天都覺得痠痛不堪。周書明說：「她這樣還能交別人嗎？……沒關係，她交別人也沒關係，算那個人倒楣，她已經先被我這樣了，算我賺到，就算我賺到！」說著周書明努力想要讓自己笑出聲來，不意從嘴裡發出來的，卻變成了哭聲。

宏仁沒有能力安慰周書明，更不可能給他什麼勸告。但既然第一時間聽了周書明的訴苦告白，周書明也就自然地改變了和宏仁的關係，習慣性地將他和張玉燕之間發生的事，不時就講給他聽。從吵架、懷疑到和解、重建關係，過程中的一五一十，他都清清楚楚。

3

宏仁有點怕見到張玉燕，見到時無法制止自己對於她衣服底下身體祕密的想像；可是又喜歡見到張玉燕，因為聽過周書明那麼多描述，對於她感到格外親近，幾乎是全世界裡讓他覺得最親近的一個女人。

他故意叫張玉燕「大嫂」或「嫂子」，張玉燕聽了也一定故意嘟起嘴罵他：「誰是你嫂子？我有名有姓你不知道嗎？」或者說：「沒禮貌的人出去啦，我還沒結婚你叫什麼大嫂？」宏仁裝得無辜地回應：「死會了就是大嫂。」張玉燕又罵回來：「什麼死會？跟誰的會啊？你大公子才沒跟過會呢，知道什麼活會、死會！」宏仁是真的沒跟過會，其實壓根不懂這「會」講的是什麼，死會、活會都是模仿人家說，撿來的詞語。就故意裝得更無辜些：「你知道，那妳教我吧？」張玉燕就逗他說：「死會就是你一輩子不用想不會喜歡上的人，活會呢？是如果你要，你就可以追的人，有人規定你不能追我嗎？你可以追我啊，我就是活會！」這時候，周書明說話了：「有啊，有我規定他不能追，不只他不能追，全天下其他男人都不能追！」張玉燕於是收斂了口氣，撒嬌地瞥周書明一眼：「算你霸道。」

在「真北平」那次，真幸好有張玉燕在。第一面見到蘭馨，張玉燕故意表現得很拘謹，開口叫：「大嫂。」蘭馨當然傻了，宏仁也沒料到有這招，全無預備，只能一臉尷尬說：「欸欸欸……」原來張玉燕早想好了有前有後的，靠過來勾住蘭馨，說：「才怪！就算你真嫁他了，我也不要叫你什麼大嫂、嫂子什麼的，對不對啊？」蘭馨當然連忙點頭如搗蒜，張玉燕順勢對宏仁投來一個「你看吧」的眼神，對蘭馨抱怨宏仁平常如何故意叫她「大嫂」，惹得蘭馨一直笑一直笑。

真是厲害啊，才幾分鐘時間，張玉燕不只就和蘭馨手勾手像姊妹一樣，而且讓蘭馨不斷邊笑邊看宏仁，也拉近了兩人的距離。

那頓飯，吃了好久，蘭馨被張玉燕逗出了好多話。宏仁想想，這應該是聽女生講過最多話的一回吧！因為這樣，那天蘭馨和張玉燕兩人說的話，他幾乎都完整記得。送蘭馨回家後，他心緒起伏不定，就不搭車了，一路走回家，一邊走一邊將她們的話重新叫喚出來，回味般地重新聆聽了一遍，還沒到家，他心中已經篤定要結婚了。

快到家，轉入巷口，遇到大嫂走出來，他本能地打了招呼：「大嫂，要出去？」大嫂點點頭又搖搖頭，說：「沒有要去哪，只是去公園把小正叫回來。」大嫂臉上明顯有一種生份的不自在，甚至近乎驚慌。宏仁突然感覺到心頭一刺，沉沉的痛。

第五章

1

這段時間，只要身邊有突然稍大一點的聲響，都讓蘭馨全身微顫地想起爸爸第一次發病的景況。她忘不掉，自己走在最前面，手剛碰上門把，就聽到那感覺上奇大無比的悶響，應該是椅子被強力往側邊一推，瞬間移動了好幾步遠，撞上茶几，立即又倒下來發出的連環聲音，但因為太快了，而且來得毫無防備，聲音堆疊在一起，變成一個彷彿重重打上她後腦勺的實體波浪。

她驚慌回頭，先看到了那張倒下來的椅子，朝上掀翻的椅腳顯得格外狼狽，然後看到三個黑影圍成一圈，以不可思議的古怪形狀扭曲、激烈動作，中間夾著她從來沒有聽過的尖叫。她一時無法辨識那三個黑影到底是什麼，恐懼使她的眼角毫無防備地湧流下淚水來，一片水霧模糊，更看不清楚了，黑影在漫淹過來的水霧中融化成一團，糾扭得更厲害，也就更加可怕。

不知道為什麼，她一直沒有看到爸爸，一直沒辦法弄明白原來是爸爸倒了下去。哥哥後來的形容是：「崩山一樣，簡直就像是地板突然開了一個大坑似地，他人立即就不見了，我明明在他身後看著他，都沒看到他矮下去的動作，一眨眼，變魔術般就消失了，過了一下，他才又從地板裡變出來，硬僵僵地跌在那裡……」

那三個黑影，是嚇得急忙要去扶去拉爸爸的家中其他三個人，媽媽、哥哥和弟弟。他們都穿一身黑，事實上，蘭馨自己也是一身黑。爸爸倒下去時，他們正要一起出門去國父紀念館瞻仰蔣公遺容。

蘭馨不知道自己哭了多久後才真正理解發生了什麼事。那時，爸爸已經被抬到床上了，口中發著虛弱卻又刻意維持堅決的命令：「你們去，你們去，我現在去不了，但你們還是非去不可，別管我，我沒事，我死不了……」媽媽和哥哥慌亂成一團，交換著各式各樣的主意，兩人的主意往往彼此衝突，而且不管有什麼主意，爸爸都搖頭說：「不要，不要，別折騰，別弄我……」

蘭馨和弟弟站在一旁不敢插嘴，甚至不敢用力呼吸。就在這時，她第一次聽見爸爸說出那樣明顯矛盾的話：「別弄我……我死不了……我死不了……唉……要死在這個鬼地方了……要死在這個鬼地方了……」她嚇了一跳，轉頭看弟弟，弟弟卻一臉茫然，完全沒有任何反應。

2

「那天就是不應該一家人都穿全黑的，陰氣太重，沖煞到了，你爸才會莫名其妙地倒下去。」這一段時間中，媽媽不知說過多少次這套理論，後面接的就是：「所以呢，讓你熱熱鬧鬧結婚，把家裡從上到下全都弄得紅咚咚喜孜孜的，好好沖回來，你爸只要高高興興參加了婚禮，沾了自己女兒女婿的大喜之氣，病一定就好了！」

被媽媽反反覆覆地說，說到後來，蘭馨也沒辦法不相信了。結婚這件事，在她心中逐漸和爸爸的病連結在一起，而且愈連愈緊。她本來沒多想結婚的事，總覺得哥哥還沒娶，就輪不到自己，雖然會和張月惠這樣的朋友一起讀瓊瑤小說，閒聊愛情什麼的，但從來也沒有真正交過男朋友，不只她沒有，張月惠也沒有。

一切來得很突然，卻又如此順理成章指向婚姻，讓她在沒有準備的情況下，找不出一點反對、拒絕的理由。

才大她一歲的哥哥，高中重考一年，大學又重考一年，到今年六月才畢業，然後接了兵單，夏天入伍去了。哥哥入伍報到那天，蘭馨沒有能依照原先說好的到火車站月台送他。早上爸爸意外地精神很好，自己下床、自己換好了外出的衣服，為了能一起搭一輛計程車，就決定要升高三的小弟不去了，留在家裡認真準備聯考。沒想到，才走出巷口，還沒招計程車呢，爸爸突然又頭暈了。媽媽好像早有心理準備，當機立斷叫蘭馨送爸爸回家，她一個人陪哥哥去車站就好。

那天晚上，媽媽又來跟蘭馨擠小床，睡前特別跟蘭馨轉述：「哥哥走前掛記你，說爸爸病了最累的是你。不過還好，你快結婚了，婚後搬走就可以休息了。我跟他說：你們男人懂什麼，搬走就能休息？結了婚更累！嫁到人家家裡不用服侍公婆大嫂二嫂？蘭馨現在是在練習、適應，剛好趁婚前學會怎麼服侍長輩！」

媽媽一段話，讓蘭馨心上一陣亂，好多念頭一起擠撞來。想到可以離開渾身藥味，又要隨時應付爸爸像早上那樣的不預期狀況，還真有解脫之感，但卻也必然同時心頭受到罪疚的譴責。又想到自己還一直沒有具體地感受到公婆大嫂二嫂的存在，不禁刺激產生了壓抑不下去的期待：也許應該選擇嫁入一個沒有大嫂二嫂的家庭？最好連公公婆婆也沒有？這不意的期待又惹起了另外一陣罪惡感……

她不知該怎麼問媽媽，從媽媽那裡得到些指導？一時想不出適當的句子，媽媽已經自顧自笑了說：「……真可惡啊，你哥哥竟然跟我說：『我不懂，你就懂？你哪裡就服侍過公婆了？我們爺爺奶奶在哪裡？我們的姑姑們又在哪裡？』」

「在大陸。」蘭馨不自覺地喃喃回答了。

媽媽搖搖頭，嘆口氣：「還在嗎？」這蘭馨就沒辦法回答了。沉默了一陣子，蘭馨閉上眼睛要睡了，迷迷濛濛快睡著時，卻突然聽見媽媽的聲音在耳邊：「我是沒有服侍過公婆，事實上，我連公婆長什麼樣子都不知道，從來都沒見過。」

蘭馨先是隨意「喔」了一聲，然後被疑惑弄醒了，張眼問：「怎麼會？你們不是在大陸就結婚了嗎？」

3

那天夜裡，媽媽開頭說了一段蘭馨從來不知道，甚至無法想像的往事。媽媽片片斷斷地，不連續地說，說了好幾個晚上。先是說了如何和爸爸從天津逃亡的過程，然後跳回去說如何在青島認識爸爸，又再將場景換到天津，然後變成是一段從天津到上海再到台灣的驚險路程。媽媽說的時候，蘭馨都只是靜靜地聽，就算聽得一頭霧水也沒多問什麼，因為有著強烈直覺告訴她，如果問了，恐怕媽媽就不會再說下去了。

她只能自己努力將所有的片段盡量拼湊起來，拼出媽媽結婚的故事。

最讓她驚訝的，是這故事的開端，媽媽不是爸爸原本的結婚對象，爸爸也不是媽媽原本的結婚對象。民國三十七年，媽媽二十五歲，比蘭馨現在都還大一歲，已經超過了女人應該結婚的年紀了。

其實媽媽十九歲那年就訂婚了，還是就已經結過一次婚？蘭馨不確定，只知道那是在青島，她訂婚的對象在青島很有勢力，年紀輕輕就進入「中華民國臨時政府」當官了。媽媽提醒她：「別搞錯了，『中華民國臨時政府』可不是『中華民國政府』啊！還有，這種事情千萬別去跟人家說，誰都別說，別人不會了解的。」

媽媽低聲哼了幾句歌：「卿雲爛兮，糺縵縵兮。日月光華，旦復旦兮。日月光華，旦復旦兮。」，問蘭馨：「你聽過嗎？你沒聽過吧？」然後媽媽自己像個少女般抑制不住得意地咯咯笑：「傻女生，連『國歌』都沒聽過，說你傻不冤枉吧？」

「中華民國臨時政府」後來又被取消了，變成「華北政務委員會」。蘭馨弄不清楚這中間的關係，但媽媽說這不重要，重要的是民國三十四年，日本人投降了，日本人逃了，媽媽的未婚夫也跟著失蹤了。也還好他逃了，不然留下來的話，就成了「漢奸」，說不定連媽媽也會被牽連成為「漢奸家人」。

有這樣的背景，就很難嫁了。媽媽特別強調：「不是沒有人追求喔，很多人來追，我很受歡迎的。但論到婚嫁，人家就猶豫了。」

接著，聽起來好像是媽媽交了一個固定的男朋友，又準備要結婚了？就在這時候，媽媽卻決定要到天津去找爸爸。

「結婚定下來之前，不知為什麼，就是會特別覺得不甘心，覺得好像前面就是一條終點線，跨過去，那一邊，都是灰色的。覺得到達終點線之前，應該做一件比較不一樣的事，大膽一點的事，才對得起自己。

「所以就想去見你爸爸。其實認識他有好幾年了。第一次遇到時記得特別清楚，就是抗戰剛結束，我原來的丈夫跑了，離開青島，他卻相反，從重慶後方回到青島來。諷刺吧，他還是我原來丈夫的親戚，因為這樣遇到的。一個吵吵鬧鬧的飯局，他是主角，為了給他接風的，他好神氣啊，派頭的。說是西南聯大高材生，畢了業立即在重慶的什麼政府機構，物資局還是什麼的找到了工作，沒多久，勝利了，他們就自然成為『接收人員』了，紛紛派回來負責『接收』，那時候我們連私底下都不能叫他們『接收人員』，要說『接收大員』！

「別看你爸爸現在這樣，那時還真稱頭，年輕，好看。宴會上人很多，大家搶著幫他介紹年輕女孩，個個打扮得花枝招展的，而且個個未婚。他被這些女人們包圍，我看也昏頭了，絕對壓根沒注意到我。他後來說那晚就對我留了深刻印象，胡說的，騙的！

「坦白說，是我對他留了深刻印象，痛的印象。為什麼他看了這個、看了那個，對這個笑、和那個說兩句，偏偏就沒理我呢？我才二十二歲，青春年華，真的就已經那麼黯淡，完全發不了光嗎？

「從一開始就是不甘心。家人說應該要想辦法救救我原來那個丈夫，怎麼救？我說那就寫信給他吧，這個從重慶回來的有力人士，央他幫幫忙。這是個好主意吧？所以我就寫，寫了一封文情並茂的信，先描述在淪陷區的生活，再自剖胸懷，最後一段才說請他幫忙的事。告訴你，我很會寫信的，寫了寄了就有把握，幫不幫忙不敢說，但至少一定會回信。

「果然吧，沒幾天，從天津寄的回信就到了。我們就這樣有來有往，寫了三年多的信。」

4

她搭上了火車往天津去，心怦怦地跳，跳得好厲害。不是因為緊張接下來會發生什麼事，剛好相反，因為她確知接下來會發生什麼事。

她不知道自己哪來的自信，但就是有，自信她想像的事一定會發生。她也不知道自己哪來的勇氣，但就是有，她要去做一件不應該做、不許可做的事。

三年多的通信，兩人信中交換的，是愈來愈私密的生活訊息。她從信裡知道他終於訂婚了，未婚妻也是青島人，會不會就是當年宴席上這個或那個被安排包圍著他的姑娘？她也從信裡讓他知道，自己身邊有好幾個經常來往的男人。也許因為這樣吧，他們可以在信中避掉像是勾引誘惑、談情說愛的顧忌，坦白地說說想法。他說他對時局的種種觀察與憂慮，她呢？就說說奇妙的青島生活，滿街的海軍人員，殘留的外國風情，尤其是幾乎場場爆滿的電影院。好多人看電影呢！他幾乎不看電影，所以她每看完一部電影，就盡情地跟他描述電影情節和明星迷人之處。

她多喜歡《叛艦喋血記》裡的查爾斯勞頓啊！還有，電影裡出現的麵包果，樹上長出麵包來？摘下來就有比饅頭好吃一百倍的麵包可以吃？這太神奇了，為什麼中國的樹都不長麵包呢？

不過，他應該會對女明星更有興趣吧？所以她信裡就講了陳燕燕和《乞丐千金》，有人說這其實是舊片了，可是在青島之前沒演過啊！陳燕燕在片子裡可愛逗趣的平直瀏海，一下子就在青島流行起來，有人說那樣的瀏海也很適合她，但她沒上當，那些搶著剪瀏海的沒搞懂，陳燕燕會那麼可愛那麼艷麗，還要有頭上那一圈珠亮裝飾，沒有那個，單只有一排剪得直直的瀏海，看來好呆啊！

也在信中跟他說了瓊克勞馥，那不可思議的《慾海情魔》啊！光是這個電影片名就給人多少聯想，而且電影一開場，什麼都還沒看到，連瓊克勞馥都沒上場，就先死了一個人。瓊克勞馥一出場，艷光四射，場裡觀眾立刻就又心癢又恐懼地想：這就是「情魔」嗎？她果然能挑激起多麼強烈的慾望啊！

她心底明白，如果不是對著天津這個人，當時在餐宴上看都不看她一眼，現在又已經被另外一個青島女人攫獲了，自己絕對不好意思寫出這樣的內容。但連在黑暗影院裡對慾望的遐想都跟這個男人說了，卻又讓她格外想見見他。甚至不只見見他。

他在信裡給了她詳細的指引，哪裡上車、哪裡下車，如何轉搭，終點是天津最熱鬧的地方，在杜總領事路與福煦將軍路的交口處。信的最後，用顏色微微不同的墨水寫著一行顯然是後來才補充上去的字：「我會穿淺灰色的西服外套，戴深褐色的呢帽。」

那行字比信的主文來得淺淡，感覺上好像反映出了寫字的人的心虛。也許，他猶豫遲疑了很久？要還是不要加這句呢？加了明顯表示他沒有把握認出她來，必須靠她依照服裝在人群裡挑出他。可是如果不寫，那很有可能兩人真會在那熙來攘往的街口彼此錯身。

她理智上承認他加寫這句話沒有錯。但在情感上還是不愉快。是啦，兩人唯一一次見面時，他沒有正眼看過來，那時他眼裡心裡都是其他女人。他沒看見她，她卻將他看得真真切切呢。

她相信自己將這個男人看得真真切切。很長的旅途，抵達終點時是下午四點左右，比原本約的時間晚了差不多一小時。她心中有點忐忑，但仍然預期到那路口一定能看見穿灰西裝戴深褐呢帽的他。但沒有。左看右看，沒有。趕緊問了旁邊路人，確定這就是杜總領事路與福煦將軍路口，回身再左看右看，還是沒有。她慌了，怎麼可能發生這樣的事？愈是慌，好像愈是跟她作對似的，深秋的白天特別快就落幕了。黑幕降下，燈點起來，照亮了最豪華的那棟「天津勸業場」大樓，卻照不亮很多人走去走來，又很多人駐足停留的街道。

怎麼辦？還好她雖然很少離開青島，從來沒到過天津，卻已經不是個沒見過世面的小女孩了。像是原本就在心底深處預備過了，她拖著累得麻木了的腳，和刻意暫時鎖上而麻木了的感覺，遊魂般走進旁邊的惠中飯店，忍耐櫃檯人員的懷疑神情，要了一個過夜的房間。

先擺脫流落街頭的悲哀再說吧。進了房，感覺回來了一點點，她意識到這是家豪華洋式的飯店，不是單純遮風蔽雨的小客棧。於是安慰自己，沒關係，就算沒見到人，至少得了一夜的享受。然而，才這樣說完，淚水就忍不住從眼眶裡湧出來了，明明搜索自己心中，沒那麼委屈啊，但眼淚就像有了自己的生命般，止不住地一直流一直流，接著還霸道地擴張領域，流得太多太急以至於逼得她伏趴在枕頭上，讓枕頭將淚吸走。

哭了一陣子，聽到了敲門聲。她支起身，門上又被啄了幾下。她還蠻樂意有事情讓自己分神，能夠停了不自主的淚水。胡亂地抹了抹臉，走過去將門打開，門口站著一個緊抿著嘴的男人。

他。那個應該在杜總領事路與福煦將軍路口出現的人。打開門的瞬間，她心裡就暗自「天啊」大叫了一聲，這個人，這個人，剛剛的確有出現在杜總領事路與福煦將軍路口啊！

在路口時，這個人來回走過了幾次，還投來過探詢的目光，她都沒理。她心中篤定，不會，這個人和她記得在宴會上作為主客的那個人，幾乎沒有絲毫相似之處，比那個人矮而且瘦，更關鍵的是氣質不同。

但好奇怪啊，換作在飯店門前而不是在路上，室內走廊的燈光下，她卻一下子就認出來了。是他，像是變魔術般，既是青島宴會上那個人，也是剛剛街上的那個人，兩個一小時前還截然不同的人，現在疊合在一起了。

顯然，他看見門內的她，也嚇了一跳。後來知道了，等不到她，他原本以為她後悔爽約了，但在離開前一秒，決定做一件讓自己不要遺憾的事，走進繞著街口的三大飯店——國民、交通、惠中，查看有沒有一個姓蘭的女客。

原來，她沒認出他，他也沒認出她，兩人如此徹底陌生啊！以這種方式見面，真是情何以堪，簡直不知該怎麼開口說第一句話。還好，一件事拯救了他們。她恨恨地脫口而出：「你的呢帽呢？你甚至沒有穿深褐色洋外套啊！」說完，很自然地又回到了淚眼婆娑的狀態。

5

媽媽索性對蘭馨說：「錯中錯，我的婚姻是一連串的錯中錯，而你，是錯中錯的結果。我絕對不會讓我的女兒再掉進跟我一樣的婚姻裡。你結婚的事，一定每一件都安排打理得好好的，不會出錯。」

她的第一錯，錯在進了飯店才和他相認；第二錯，錯在一見了他就哭。他再怎麼覺得手足無措，都不能不進房門，並將房門關了，低聲結結巴巴地解釋：他忘了在信上寫了的穿著。他壓根忘了這件事，忘了要穿特定的衣服帽子，才能讓她辨認。

這什麼意思？這什麼意思？她在心中恨恨地問：是在責怪我記不得你長什麼樣子嗎？你可以不記得我，走來走去好幾趟甚至沒有試著靠過來問一聲：「藺小姐嗎？」我卻不管你穿成什麼樣子，都得在千萬人中認出你來？你還約了天津這鬼地方最多人的街口，萬頭鑽動，靠我要認出你？靠我三年多前的那一晚記憶？

愈問愈恨愈覺委屈，她哭得更厲害了，他怯生生地走近，貼著她坐在床沿，輕輕撫著她的手臂，說：「別哭了，別哭了，我這不是找到你了嗎？」

那一刻，她突然不知道自己為什麼會被這個男人吸引了？三年多前，自己到底看到了什麼？不管看到了什麼，顯然都不真實，和當下就篤篤實實在身邊的這個人聯繫不上。但是同時，她又覺得，手臂上被他如此溫柔撫過，真舒服。

那晚上，他就留在飯店房間裡沒走。她沒有抗拒，接受了他。要來天津之前，其實她就想過可能會發生這樣的事。但真實發生的，還是和她原來想像的很不一樣，她內心的動機不一樣。她想的，是和那個迷倒宴會全場女性的男人深情地共度春宵；現實中，這男人喪失了八成的迷人風采，使得她篤定，離開天津之後，就再也不會和他有干係了，因為這樣，所以近乎自棄地接受那從手臂延展到身體其他部位、所有部位的舒服感覺。

舒服啊，所以就又多待了一天，然後他去飯店前台，不只將兩天的房錢結清了，而且還再多付了兩天，原來他手頭還挺闊綽的，沒道理不在豪華飯店多住兩天。走過飯店大廳時，他總是輕輕扶著她的腰，原本曾經對她投以懷疑眼光的侍應生，換上了正常、恭卑的態度，唉，那麼一點點虛榮，都能讓她不捨。

其實那幾天，她愈過愈清楚。一天一天知覺到這男人裡裡外外，就是這樣，沒有比她以前遇過的男人少些什麼，也絕對沒有比她以前遇過的男人多點什麼。三年來接到他信，拆開他信，觸著他信，感覺見到聽到的那個人，只活在自己的腦袋裡。而偏偏就那麼傻，大老遠從青島跑到天津來，硬生生自己戳破這件事，換來幾天的祕密歡快。值得嗎？她對自己搖搖頭，不值得不值得。

那個人，她曾經感覺見到聽到的，就這樣消失了。離開青島時，她還深情地特別挑了幾封信帶在皮箱裡。和真實的人相處一夜之後，把信拿出來看，那信也像是被施了法術似的，正面反面都透著那個人的氣味，明明一字一句都還是原來的一字一句，但在她眼裡就完全垮蹋下來了，失去所有的力量，甚至沒辦法好好自己站住。

她想好了，不跟他道別。早上約定他來接她去車站之前一個小時，就先離去。怎麼來就怎麼回去，她不怕的。走出惠中飯店，回頭再看一眼那一排排豪華窗台，從此和這個人、和這段祕密經驗永遠告別。

結果這想像的一幕從來沒有實現。原本該是她在天津的最後一個傍晚，他急忙地快步衝進飯店，一看到在大廳裡等著要一起晚餐的她，就緊張地叫了起來：「走不了了！糟糕，你可能走不了了！」

天津市宣布暫時封鎖，除非有特殊政軍派司，否則這段時間內禁止離埠。傅作義帶領的軍隊，本來分布在承德、保定、山海關、秦皇島的，突然分路朝向北平、天津移動，為了怕引發平津居民恐慌性大批外逃，所以下了緊急禁制令，嚴格管制，主要道路設下關卡，即便是無關口處，如果被發現未攜派司擅自出城，軍隊被授權可以格殺勿論。

「天啊，怎麼會發生這樣的事？」她忍不住掩口驚呼。

他盡量保持冷靜，先將她帶上樓，進了房裡，即使只有兩人在，他依然用最低的音量，像是朝她耳中喘息般說：「這表示遼瀋丟掉了，而且敗得很慘，才會連山海關這一線都棄守了。平津以北都是草原，無險可守，軍隊南撤就只能守平津了。發生這種事，大家不會想逃嗎？不管制的話，今晚天津恐怕就走掉一半人了吧？」

「那我什麼時候才能回青島？」驚嚇之中，她只能勉強問出明知得不到答案的問題。

6

「後來你怎麼回青島的？」蘭馨真的好奇，這些她從來不知道的往事。

「再也沒回去過了，再也沒有。」媽媽輕描淡寫地回答。

蘭馨卻沒法同樣輕描淡寫地接受：「什麼？什麼？你這樣出來，然後就沒有回家了？……為什麼沒回去，從天津離開後……」

其實從天津離開，沒有像原先以為的那麼難，反而是難在離開了之後要去哪裡。封鎖沒幾天，共產黨軍隊就追來了，戰事開打了。他從政府內部打探到的消息是傅作義之所以堅持將部隊調來，平均分配在北平和天津，就是著眼於萬一狀況不妙，可以方便從天津出海離開。不管傅作義是不是真的這樣想，部隊裡有很多人不只這樣想，而且趕緊積極這樣做了。一時之間不斷有滿載的船從天津離開。

他幫她弄到了船位，不只一個位子，兩個。他決定陪她一起走。搭船走，理所當然該沿海路繞過山東半島回青島，但時局變化太快了，出發前兩天，他得到的最新消息說，蔣總統命令傅作義的部分兵力立即調往青島去，在那裡和國民政府的海軍會合，並尋求美國西太平洋艦隊協助。

這不就是說，青島是下一個戰場了？才從這個戰場逃離，自投羅網直奔下一個戰場去，不太對吧？於是臨時決定，匆忙張羅，改去上海，要走就走得遠一點吧！但結果呢，上海壞就壞在太遠了啊，船在海上走走停停，時而下錨甚至時而靠岸，走了將近五天才到達上海。上岸後迷迷糊糊沒有時間感地過了兩天，又傳來了徐蚌會戰前線即將全面潰敗的消息。

時序已經進入冬季了，她身上保暖衣物不夠，所以就到上海先施百貨買了一件大衣，百貨公司的女店員兇的呢，她不過問了一句價錢，女店員就用她聽不懂的上海話激動地比劃，旁人好心翻譯了才知道女店員指著店裡面到處都是的醜紙牌，說：「這牌我們都掛幾十年了，看不懂的不要進來！」牌上寫的是「不二價」三個大字。

對於上海，她沒有好印象，就只記得了這件不愉快的事。唉，好吧，還有一件，投宿旅店時，兩個人第一次用了夫妻的名義，他鄭重其事地在登記簿上寫「徐上平及徐蘭清碧」，給她冠上了他的姓。

上海也不能待了，那還能去哪？得人指引，先從陸路去了江西南昌，再轉到寧波，最後從寧波上船到了台灣。這一路，沒得選，也就不用商量了，兩人成了逃難的夫妻。

「可是、可是……爸爸原來的未婚妻？」蘭馨還是不敢相信這樣的故事，忍不住問，本來還想加一句「你原來的男朋友？」卻收了回去。

媽媽仍然是理所當然輕描淡寫：「他沒有提，我也就沒有問。如果不是跟我出來，他或許就再也出不來了。我是他的幸運星，他那個人，自然戴上幸運星，不管倒楣的未婚妻了！」

蘭馨一時說不出話了。媽媽補了關鍵一句：「沒有婚禮、沒有宴席請客、沒有戒指禮服、甚至連洞房都沒有。丫頭，和你媽比，你太幸福了！」

第六章

1

好混亂好可怕的安排，同一天，早上訂婚，晚上結婚。

宏仁的媽媽堅持需要有訂婚儀式，女方要送「六大件六小件」給未來的女婿，這樣婚姻才會美滿。可是媽媽又說訂婚的主人是女方，結婚才是男方的場子，蘭馨他們家原來根本沒有預期要訂婚，家裡更沒有人懂得訂婚的規矩和做法，不得已，只好由表姨當媒人，去女家協助他們準備訂婚的事。

表姨每天兩家來回走，待在許家、和媽媽在一起的時間比去徐家多得多，最後不只「六大件六小件」都是媽媽去買的，就連女家的聘金，也是媽媽去跟爸爸的往來客戶調了一張支票，面額寫著「新台幣三十萬元整」，拿過去時看得徐家幾乎要昏倒了，還得表姨再三保證支票是純展示用的，絕對不會兌現，徐家才勉強同意將支票放進裝了「六大件六小件」要送到男方家來的盒子裡。

就連中午的訂婚宴也有波折。徵得了女方同意，媽媽先代為訂了中央大飯店的阿波羅廳，想說晚上婚禮在中式的圓山大飯店舉行，中午就換西式的頂樓旋轉餐廳。日期快到了，表姨去提醒女方要預先安排座位，還給他們看了阿波羅廳的座位圖，西餐是方桌，一張桌放不了太多人，這才發現女方根本沒有發帖請訂婚宴的客人！「已經發了結婚請帖了，要如何再發訂婚請帖？」女方問。

表姨氣急敗壞地跟一頭霧水的女方說明：結婚主要請男方的客人，頂多留三桌給女方；訂婚卻是女方當主人，男方只有幾個家人出席，女方比較親近的客人，應該邀到訂婚宴來，沒那麼熟，長官啦同事啦什麼的，才邀去參加晚上的婚宴。

女方好不容易弄懂了，但還是沒解決問題，該邀的光是婚宴的三桌就差不多都邀了，要怎樣再生出十幾二十個中午的客人？總不能讓人家中午來一次、晚上又來一次，吃兩頓飯，包兩個紅包吧？

光那一天，表姨就不知搭了多少趟計程車來回徐家和許家，有一次進許家門時忍不住抱怨：「計程車錢都夠幫他們家裝私家電話了！」抱怨開了閘，就關不上了，接著說：「哪有人這樣什麼都不知道，又什麼都沒在關心的！她那個媽媽就只管自己打扮得漂漂亮亮，女兒的事就把眼睛瞪得大大的，裝傻！今天是遇到我們好心，換做別人把他們女兒拿去賣了他們都不管！」

所有這些事，媽媽一定大叫地找宏仁來，但宏仁根本無從有意見，更幫不上一點忙，只能困擾不安地看著、等著，等媽媽和表姨找出辦法來解決。

2

宏仁的不安，一小部分來自擔心結婚的事不順利。但那確定只是一小部分。他很認真問過自己，認真地設想，連場面都如實在腦袋裡走過一番：表姨衝進來，對著坐在客廳的媽媽和自己說：「害了害了，沒辦法了，婚不能結了！」不管接下來表姨給的理由是什麼，那一刻，若真有那一刻，宏仁不得不承認，自己應該不會有天崩地裂的震撼吧？說不上來，當然不是不喜歡蘭馨，也不是不想結婚，只是覺得為了結婚而必須經歷婚禮的折騰，對他來說，似乎找不到那麼強烈的動能，非得如此不可的堅持。

不安，更大一部分來自於媽媽，媽媽的改變。過去幾年，都算不出多少年，他沒有和媽媽這麼親近。體恤他要結婚，營業部主管多調了兩個人跑他負責的醫院，這幾天他主要的工作，幾乎只剩下在手提箱裡裝滿喜帖，到醫院走廊上轉一圈，遇到熟識的主任、醫生或護理長，就找出寫好名字的喜帖奉上，人家的必然反應是滿口：「恭喜！恭喜！」或許多加一句：「一定到！一定到！」還是：「早生貴子！早生貴子！」誰這時候還會跟他談什麼業務呢？

很快回到家，就不得不圍著媽媽繞。動不動就聽到：「要結婚的自己過來啦！」不能否認要結婚的是他，雖然被找去看或商量的事，其實他都插不了嘴，給不了意見。

就只能看著媽媽、聽著媽媽，愈看愈聽愈覺得陌生。也不是純粹陌生，之中會有許多熟悉、極度熟悉的片段閃動著，但他完全無從猜測、預期這些片段何時出現，反而讓他更覺和媽媽之間的距離。他正在失去以前記憶中的那個媽媽，就在他眼前，當下，現在，那個媽媽在消失，快要不見了，快要不見了。

媽媽到底怎麼變了，變成怎樣？「變成更像媽媽的媽媽。」他很驚訝地聽到這樣一句自然從心底冒上來的評論。以前的媽媽比較不像媽媽？那又是一個什麼樣的媽媽？

把他從另一個世界裡救出來，然後耐心陪著他回到這個世界的媽媽。他想起小學三年級時發生的事，看到自己趴在桌上畫圖，畫了一張又一張；看到自己兩條腿上包著圓圓厚厚的石膏；看到自己在陌生的診所裡大哭，一直哭一直哭；看見伸長雙臂，好像從好遠好遠的地方將雙臂神奇地延長了幾十倍，就是為了要把自己接過去的媽媽。

他所看到的影像，在時序上是顛倒的。真正發生了的事，是爸爸帶著他們三兄弟去北投洗溫泉。爸爸很高興，一路上跟他們說了很多話，幾乎每句話都是用「做一個男人……」開頭的。

爸爸應該是要藉這個機會，將他在做的事業，他努力打拼的方式教導給三個兒子吧。到了溫泉旅館，進了好大的一個溫泉浴室，正中間是一個方形大浴池，為了方便爬進浴池，池邊砌了三層階梯。爸爸一邊開浴池的水龍頭一邊警告：浴池到處都滑，小心別滑倒。警告完了，爸爸就走出房間。

爸爸去了好久都沒回來。浴池水灌滿了，三兄弟忙著玩水，沒有人去關水龍頭，就讓水向浴池外潑灑傾瀉，發出嘩啦啦嘩啦啦的響聲，二哥興奮地叫：「瀑布！瀑布！你看，我們自己的瀑布！」然後，大哥有了奇想：「我要去站在瀑布上！」光著身子，靈活地爬上了浴池的石沿，腳踩在不斷溢出的水上，兩手平伸，模仿走鋼索的人，一腳前一腳後在石沿上走。

二哥立刻說：「我也會！」一翻也翻到石沿上，平衡著跟著大哥。宏仁當然也跟著說：「我也會！」耳邊彷彿聽到大哥說：「老三，你不能上來！」話語還沒結束，已經來不及了，他腳下一滑，向後又向外衝，情急下兩手亂揮亂抓，就將兩個哥哥也都拉跌了下來，三個人疊在一起重重地摔在很硬很硬的水泥階上，宏仁被壓在最下面，連帶著哥哥的重量撞上去，撞斷了兩條腿。

他很不願意回想這段經驗。很痛而且很尷尬，自己犯下如此嚴重的過失，得來那麼慘的教訓。他痛得當場昏過去。大哥形容：「臉色立即慘白得像死人一樣，我那時候還沒看過死人，都覺得死人一定就長這樣。後來看過了死人，想起來必須承認，你那時候比死人還像死人。」

兩個哥哥也跌了、傷了，大哥勉強忍著痛，也只能爬到門口，開了門大叫。叫了一陣子，爸爸出現了，據說爸爸立即背起宏仁，甚至顧不得上身打赤膊，下身也只穿了短褲頭，拚命地往醫院衝。

往後好多年，一直到他上高中吧，媽媽都還常常叫宏仁幫爸爸做些瑣事，放洗澡水、添飯、開燈、削水果什麼的，然後故作欣慰狀地對爸爸說：「他在感謝你救了他，沒有你那樣救他，他當時就完了。」每次聽到媽媽這樣說，他都窘得滿臉通紅，不知該如何反應。

他很願意感謝爸爸，但他記得的，明明是媽媽，而不是爸爸救了他。別的忘了，這個怎麼也忘不了：一片黑暗裡有很大很大的力量，藉由無法形容的激烈痛苦，在將他往下拉，以致後來他弄不清楚是痛在拉他，還是因為整個人快要被拉裂開了所以那麼痛。他無法回頭看，卻強烈意識到那要被拉去的地方，深不見底，永無止盡的一層一層，如果抗拒不了拉力，自己就會被丟進去，一次又一次經歷剛剛跌落時的衝擊，撞了一次立刻再來一次，永無止盡。

他怕死了，怕到感覺自己光溜溜的腿上噴了尿，然後肛門一陣強壓，不像是想大便，而是內臟要被從那裡逼擠出來似的。這時候，有一雙手從前面將他接過去，瞬間讓他脫離了終極恐懼的狀態。他用盡力氣將眼睛撐開微瞇的一條縫，看到的，明明是媽媽，不是爸爸。

雙腿跌斷了，沒法走路，他有好幾個月沒去上學，天天都待在家裡。二哥每天放學前繞到弟弟的教室去，跟老師拿弟弟的作業。他最記得的，是白天做功課。只有那一段時間是白天做功課，通常都不點燈，就著窗口瀉下來的光。其他人想到功課，應該都和夜晚、黃黃的燈色連結在一起吧？只有他，能夠記憶白日的書桌，書桌上的作業簿，而且不是零星的一次一天，是每天，今天結束了還有明天的白日功課。他格外珍惜這項獨特驚訝。

常常，攤在白日自然光下的不只他的作業，還有媽媽的作業。那是一張張從『主婦之友』上面剪下來的衣服版型。他做功課時，媽媽就垂著長髮，低頭試畫衣服樣板，畫完了拿剪刀小心翼翼地沿著畫好的曲線剪下來，剪好一片再畫另一片。前面一片和後面一片之間，會有一個他最愛看的小動作——媽媽不自覺地乜斜看他一眼，然後同樣小心翼翼地將剪刀收回抽屜裡。那是特別為他做的，確保他不會去拿足可以輕鬆剪布料的銳利大剪刀，傷到自己。

他的功課做完了，媽媽就抬起頭來鬆口氣說：「那我的功課也做完了。我們來玩吧！」最常玩的，是翻開那個月的《主婦之友》，一頁一頁翻過去，讓他選他覺得最漂亮的女生。媽媽會提供他選擇的意見——這個額頭太凸了，不好看；這個眼睛雙眼皮，看起來很野；這個鼻子太窄了，命不好……

也是媽媽教他第一次意識到原來女生漂不漂亮，不只看臉。「啊，這個脖子太長了！」「啊，肩膀線條太直，不好看！」「腿長一點好看，而且小腿肚沒有肉，真好！」有一次，對著照片，媽媽讚嘆：「胸線好美！」但立刻收了口，他也就配合的趕緊翻到下一頁，好像沒聽到媽媽說了什麼。

找定了照片，他就和媽媽合作將照片裡的人畫在紙上。他畫一點，然後輪到媽媽畫一點。媽媽說人頭太難畫了，先畫比較好畫的衣服。他畫簡單的輪廓，媽媽加上領子、袖口、鈕扣。他給一幅圖底色，媽媽加花紋。也許是不想畫人臉吧，媽媽常常就一直停留在衣服上，給衣服加了很多原本照片裡沒有的東西。而且還會一邊畫一邊說，說花邊怎麼做，說可以用繡的繡上紋樣，說洋服剪得太緊讓它鬆一點，說著說著常常就說到別的去了，通常是她小時候的生活，還有一些親戚間過去或現在發生的事，他失去了興趣，感覺眼皮愈來愈重，於是就在媽媽的話聲中趴在桌上睡著了……

3

訂婚加結婚的前一晚上，表姨八點四十分離開了。突然之間，家裡安靜下來，不，好像全世界安靜下來了。這意謂著來不及再有什麼騷動了，明天天亮，就是那個日子了，而從現在到天亮，沒有事做。

好奇怪的感覺。表姨走後，客廳剩下他和媽媽，突然間，椅子上長了刺似的，讓他坐不住。不知道該跟媽媽說什麼，而且隱隱地也擔心媽媽還要再說什麼？他站起身來，意外地發現媽媽臉上明顯露出了疲憊加如釋重負的表情，簡直是迫不急待地說：「你早點去休息啦。」

比平常早了將近兩個小時進入浴室洗澡，水聲嘩嘩中，有一個曲調固執地在心裡轉啊轉，他認真捕捉了一下，是一首歌：「我的媽媽，妳真偉大，養育我們，不辭勞苦……」在水聲掩護下，他忍不住將歌唱了出來，邊唱邊笑。

他記得是大哥從學校學回來的歌，二哥和他學著唱，跑到媽媽面前去討好炫耀。他太小了，咬字不清，唱了這幾句，大哥在一旁就大笑：「什麼『不吃老虎』？我的媽媽不吃老虎？……哈哈哈，太好笑了，我的媽媽養育我們不吃老虎！哈哈哈，許宏仁，媽媽不吃老虎那吃什麼？」

他一時根本沒弄懂大哥在笑什麼，更回答不了大哥的問題，只看大哥笑成那樣，二哥也跟著笑，連媽媽也笑了，覺得自己是他們笑的對象，急得癟嘴快要哭了。這時，媽媽突然說：「媽媽不吃老虎，吃小孩！」媽媽的頭湊過來，作勢要咬他，大哥伸手推他一把，邊笑邊說：「不吃老虎的媽媽來了，快逃啊！」他笑開了，很認真地邁開小小的步伐，二哥跟著叫：「快逃啊！快逃啊！」媽媽轉而張著嘴攻擊二哥，二哥被追到牆角，媽媽用頭和嘴一直弄他的腋窩和肚腰，搔得他吱吱亂叫狂笑，情急之中，二哥發出奇怪的呼呼嘎嘎怪聲，媽媽暫時停止攻擊，勉強聽見二哥說：「我是老虎！我是老虎！……媽媽不吃老虎，媽媽不吃老虎……」

大哥拍手大笑，大聲唱：「我的媽媽，妳真偉大，養育我們，不吃老虎……」他和二哥也跟著唱，媽媽先拉二哥，再拉他，一起靠近大哥，將他們三兄弟一起抱住……

好久沒想起這件事了。唱完笑完了，關掉水龍頭讓自己沉浸入浴缸裡，卻感覺熱水好像正將一層薄薄晦暗的惆悵鋪上皮膚。

第七章

1

原來結婚是這樣。

早上天還沒亮就起床，聽到外面滴在頂棚上細碎的聲音，蘭馨跟媽媽說：「下雨了。」那好像就是一整天唯一一句自己主動說的話。

接下來都是別人安排好了，到哪裡、做什麼、說什麼，都有人引領著。穿禮服、化妝、捧茶、落座、起身、上車、坐在餐桌上象徵地拿起刀叉又立即放下、進飯店、換結婚大禮服、再化妝、入場、坐在餐桌上象徵地拿起筷子又立即放下、起身、敬酒、送客……

自己變成了木偶，行動像個僵直的木偶，到後來，彷彿連感覺也麻木成了木偶，什麼都不想，也什麼都不能想。化妝時、午餐時、晚餐時，她幾次像是從渾噩中驚醒過來，有強烈的衝動想要狠狠地捏捏臉頰對自己說：「你結婚了！人生唯一一次的終身大事啊！」但沒有用，什麼都是安排好的，她完全不知道應該感受什麼，只能從心底產生壓抑不住的懷疑：所以，這一切其實是要結婚的人無法記得結婚是什麼感覺嗎？這樣他們才不會被這種重大的改變嚇到以至於不敢結婚？等開始有感覺時，婚已經結成，來不及想就都確定下來了？

但就在她站在宴會廳入口，維持了大半小時微笑送完所有客人，整個人最累最累時，被偷襲似的，情況戲劇性地變了。進了下午換裝化妝休息的房間，坐在豪華的梳妝檯前，耳中聽著兩家家人在外面繼續交換著從早上就不知重複過多少次的禮貌話語，一邊任由化妝師代為卸妝。卸完妝，化妝師走出去，又走進來，將她從椅子上拉起來，牽小孩般將她牽到外面，大家就開始道別，突然間，她簡直無法理解怎麼發生的，房間安靜了下來，徹底的安靜，沒有了任何人，只剩下許宏仁。

她真是慌了，極度的慌張中甚至燃起了一絲無理的憤怒——你們怎麼可以這樣？前面安排得那麼緊，不給我一點空間，要我完全照做，這時候卻通通撒手不管把我放在這裡，突然什麼安排都沒有了？怎麼可以差別這麼大，怎麼可以不負責任到這種地步？

自知無理，卻還是生氣。怎麼辦，再下來怎麼辦？

2

剛剛在訂婚宴時，她聽見宏仁的爸爸很正式地向她爸媽說明了會將今晚的新婚洞房設在飯店裡。「我堅持的，我太太說媳婦娶了就是要進門，怎麼可以留在飯店裡？我說媳婦娶了就是我家的，她那一步左腳右腳早一天晚一天跨過我們家門檻哪有差別？」

宏仁的爸爸說話，有一種特殊的口音，一聽就知道是本省人，但又會在一些典型本省發音上刻意發得不一樣，給人很認真不苟地說話的印象。「新娘累了一天，宴席結束大概都超過她平常上床時間了，我們家這個寶貝新媳婦應該不會是個夜貓子吧？哈哈哈……那麼晚了，還要回我們家，我們家又是大家庭，大哥大嫂二哥二嫂加姪子們，不能不一一見面說幾句話，然後還要認識、適應房子，樓梯在哪房間在哪廚房在哪廁所在哪，進了浴室也沒有自己的香皂自己的毛巾，我想了就替蘭馨累啊！這樣搞到什麼時候她才能休息？不可以這樣，所以我說我決定了，先在飯店過一夜，安心好好休息一夜，恢復精神了心情好了，再回家。那時候看到新爸爸新媽媽，大哥大嫂二哥二嫂一家人，就覺得大家都是好人，對不對？」

她眼前看到了宏仁的爸爸。婚宴入場剛坐下來，他就用同樣認真用力說話的方式，尋著了她刻意壓低的眼光，說：「現在成定局嘍！來，叫我一聲『爸爸』，我是你的新爸爸，比那邊那個，」——指指蘭馨自己的爸爸——「差一點啦，但有兩個爸爸會比只有一個好。」蘭馨羞怯地照著低聲叫了：「爸」，他臉上發出誇張的滿意笑容，隨即轉向吩咐宏仁：「換你叫，站起來，正正式式好好叫這兩位！」宏仁真的站了起來，對著蘭馨的爸媽，正要開口，宏仁爸爸又加了一聲簡短堅決的命令：「要鞠躬！」

想起了這段，蘭馨才意識到，啊，自己叫了宏仁爸爸，卻沒有叫宏仁媽媽，這未來的婆婆，喔，是現在的婆婆，會不會在意？她試圖從記憶中追索宏仁媽媽，嗯，婆婆的表情，卻發現如此之難。婆婆的影跡模模糊糊的，別說表情，就連她的長相和衣裝，蘭馨都無法確切地記得。完全被那個新爸爸的形象給掩蓋了。

不只婆婆，和新爸爸相比，連宏仁都不清楚。最慘的，蘭馨無法不想起來，和新爸爸相比，自己原來的舊爸爸看起來那麼衰老、那麼笨拙。

早上等著許家來訂婚時，媽媽還高興地說：「看，沖喜有效吧？你爸精神得很，看起來什麼病都沒有，自己快手快腳下了床，自己穿好了衣服，到現在只叫過我一次，要我去幫他選袖扣和領夾，佛要金裝人要衣裝，你爸這樣裝一裝，還真有幾分當年的樣子。」

但和宏仁爸爸遇在一起，那樣子就垮了。兩位爸爸第一次見面，宏仁爸爸毫不猶豫立即快步上前，蘭馨爸爸似乎還弄不清楚誰是誰。和蘭馨爸爸握手、說話，宏仁爸爸明顯盡量放低身形，好掩飾兩人在身高上的差距。但比人家矮的蘭馨爸爸卻不知應該相對地挺直起來，還是鬆垮垮地彎著脊梁，於是宏仁爸爸好意的動作反而更凸顯了蘭馨爸爸的矮小。

婚宴上，蘭馨聽得到的，都是宏仁爸爸一直找話題問，自己的爸爸則是人家怎麼問就怎麼答，不曾換過來問問人家表達好奇。坐在新娘席上，除了微笑點頭什麼都不能做的蘭馨，幾度差點無意識地為了爸爸而皺起眉頭來，覺得他怎麼會表現得那麼高傲，在人家宏仁爸爸面前，到底在高傲什麼啊？

敬酒時，到了女方客人那幾桌，座上很多都是爸爸的同事、朋友，甚至還有老長官，結果竟然也都是宏仁爸爸在熱心招呼，沒停歇地稱讚小的、探問老的，蘭馨爸爸退在後面，只有對人家說「恭喜」反應「謝謝！謝謝啊！」而已。

她幾度試圖在心裡替爸爸辯護，爸爸病了，他只是今天表面上看起來正常，其實他應該還很虛弱，是為了女兒才強打起精神的。但幾次都失敗了，自己無法依照理智想要的那樣感謝爸爸，因為分明知道爸爸一直都是這樣，不能怪到生病上。

理智最不希望她問，她終究還是無法不在心底問出來：為什麼那麼受不了爸爸在人前顯現出來的樣子？因為自己完全不像爸爸？還是剛好相反，因為害怕自己很像爸爸？

也許是掙扎著要躲開這個無法回答的問題吧，她讓自己轉而想：那許宏仁呢？坐在鮮黃鋪布沙發上，似乎和自己一樣不知所措的這個男人，這一刻已經變成丈夫，以至於反而拿捏不準兩人該有的身體距離的男人？他也像他爸爸？如果像他爸爸，應該不錯吧？但奇怪，為什麼自己對於他爸爸的印象，強烈於「丈夫」許宏仁？

3

肩膀上被輕輕一觸，蘭馨整個人微微顫跳了一下。宏仁說：「你需不需要先去浴室？」背對著，蘭馨看不見宏仁，但光從他的聲音，立即想像感覺到說這樣一句簡單的話，都足以讓宏仁滿臉通紅。

她點點頭，說：「嗯」，轉身，還是沒看他，在箱裡收拾了用品，進浴室去洗澡。洗完澡出來，低頭和宏仁錯身而過，只看了他換上飯店拖鞋，意外地白皙的腳。她爬上了床，躺下來，一會兒又下來，繞到大床的另一邊去。原來選的那邊就在浴室門外，她想像宏仁出來後，必須沿著床走，那幾秒鐘內，他一定會看到她倒臥著的身體，突然她就不知道該怎麼躺了。絕對不可能趴著，臀部朝上，多丟臉啊？仰著，兩首擱在胸前？那又好像刻意在等待什麼？側躺呢？側這邊還是側那邊？側這邊背對著宏仁，側那邊又直接面向著他？唉呀，為什麼都不行啊？

換了邊，決定背對著宏仁的位置側躺，然後緊緊閉上了眼睛。心跳得好快，好緊張。他會說什麼呢？「累了嗎？睡著了嗎？」還是叫她名字：「蘭馨，蘭馨……」

她突然似乎聽見他說：「蘭馨，蘭馨，你喜歡我這樣叫你嗎？還是我可以幫你取一個小名，只有我能叫的名字，我們兩人之間的祕密？蘭蘭？不好。馨馨？還是小馨？不行，小馨不好，我不要你在我面前小心，我要你總是快快樂樂的。還是叫樂樂？……」她暗自搖頭，不不不，樂樂聽起來像隻小狗啊！彷彿聽到了她的抗議，他改變主意：「還是叫馨馨吧？馨馨其實就是嘻嘻，我每次看到你就笑嘻嘻的，希望你看到我也都笑嘻嘻的，這樣好不好，我們這樣一言為定了嗎？」

這好像瓊瑤小說裡的對話啊！但她忍不住繼續想像他接著說：「那你要叫我什麼呢？你想到了嗎？……你可以轉過身來看我嗎？別不好意思，我把燈都熄了，只剩下一點點月光。我數到三，妳轉過來，叫我，不管你叫我什麼，就算你叫我『小狗狗』，我都認定那就是我從此在你面前的名字了！」

她被自己想像的對話逗笑了。就在這時，房裡的燈真的全熄了，背後的床上一點點震動，她屏息豎著耳朵等著。不知等了多久，手臂上有輕輕的觸感，熱熱的手掌貼上來，停一下，然後上下摩挲著。那隻手掌伸進她睡衣寬鬆的衣袖裡，一吋一吋往上摸，摸到靠近腋窩一帶，突然就急急地越過腋窩觸及了她的胸部。

她嚇了一大跳。竟然一句話都沒有說。

第八章

1

宏仁記得進到飯店浴室裡，意外發現浴缸竟然是空的。蘭馨不是先洗過澡了嗎？為什麼沒有將浴缸裝滿熱水？他打開水龍頭，先熱水再冷水，試水溫時被狠狠燙了一下，想起來媽媽交代過幾十次，放水時要先開冷水再開熱水，他記得，卻也不記得，因為在家裡從來不會輪到他去放洗澡水。一般晚飯後，媽媽或大嫂就會去開熱水器，將浴缸裡裝八成滿，再將浴缸用三大塊檜木板蓋起來。誰要去洗澡就打開木蓋，用臉盆舀出水來，沖身體順便試溫度，不夠熱的話就添加熱水。打香皂、沖乾淨，然後跨進浴缸裡，舒舒服服地享受香皂和檜木味道充分混和的水霧。

浴缸裡沒有水，蘭馨怎麼洗澡的？他快快地故意將水量開到最大，發洩不滿，但不滿情緒沒有維持太久，就發現自己既興奮又擔憂地想著蘭馨剛剛才在同樣這個空間裡待過的身體。水才放了一點，自己的身體就有了強烈的反應，使得他不得不倉皇地將衣物全部脫去，下體從被拘束得發疼的狀況解脫出來。光著身體，頂著連自己都覺得有點陌生的昂揚下體，卻沒有辦法立即躲進浴缸水裡，讓他突然覺得好羞恥，羞恥得簡直要發怒了。

終於躺入浴缸中，他努力冷靜下來，想著等一下該如何。一張想像中的紅線十行紙在眼前展開，一行一行寫上筆記。先親吻臉頰，然後親她的嘴唇。先平平貼上去，然後轉成斜角。一邊親吻一邊碰觸她的身體。上半身，每個地方碰過去，慢慢愈來愈靠近最敏感的胸部。然後爬到她身上，然後就是那個。或是那樣。連對自己他都無法描述那動作，甚至閃躲地不能確定動作該叫「那個」，還是「那樣」。反正就是將新婚夜應該要完成的完成了。

在浴缸裡想好想清楚了，出了浴室立即關了燈爬上床，卻一切都亂了。她的身體包在睡衣裡，給了他沒有預期的阻礙。而她的睡衣又是他沒有想像到沒有準備的裙式，下襬短短的不到膝蓋，順著睡衣摸下去，竟然立即就摸到了她的大腿，手稍一動，更就觸及她的大腿根部……

他甚至也忘了自己身上穿了汗衫短褲。壓在她身上時，根本沒辦法將汗衫和短褲脫掉。手忙腳亂，慌成一片，而且自己愈是不知所措地亂扭亂動，就愈是對照地襯顯出她的平靜，不只是身體不動，好像也完全沒有任何表情。

讓他害怕的平靜，完全不在他預想中，以致不知該如何接受的平靜。

2

蜜月旅行五天中，蘭馨一直維持著這樣的平靜。他們走了一趟半環島，或該說環半島？南下台中，經中橫到花蓮，再從花蓮走蘇花公路到蘇澳、宜蘭，繞回台北。中橫和蘇花兩段車程都晃得厲害且驚險，蘭馨可能有點暈車，全程臉上沒有什麼血色，緊靠椅背一直看著車窗外，宏仁意識到她不舒服，但也不知能怎麼辦，每隔一段時間問一次：「你不舒服嗎？」蘭馨又總是趕緊轉過頭來，勉強擠出微笑，默默搖頭，頂多微弱地加一句：「還好，沒有。」

受到車程顛簸影響吧，從離開台中開始，宏仁覺得蘭馨一直都沒有開心過。她的平靜總帶有一分忍耐，不是真正的平靜，有什麼東西在底下潛伏擾動著，必須保持平靜，不然那醞釀、蓄積著的什麼，就會成形湧上來。人生之中第一次，這樣長時間和另一個人單獨、親近相處，卻也是人生之中第一次感受到撲面而來的陌生，竟然連最簡單的平平靜靜都不是他原本理解的平平靜靜，他無論如何猜不到藏在底下的到底是什麼，卻又趕不走受到隱隱威脅的不安。蘭馨愈平靜，他就愈不安。

因而宏仁格外喜愛在台中的那一天半。到達台中的那個下午，先去了中山公園划船。宏仁之前總共只在碧潭划過一次船，但實在看過太多年輕男女在小船上以湖心亭為背景的美照，覺得以這浪漫情景開始蜜月再適合不過。小心翼翼地將船划出去，立即船就不聽他使喚了。木槳好像一下子變重了幾倍，簡直不可能一手操控一隻，明知划船不過就是直行和轉彎，只要兩手平衡用力就能直行，一手划一手停就能使船轉彎，但真正做起來時，想直行船卻自己偏斜轉彎了，該轉彎卻轉不過來，眼睜睜看著船像是被磁鐵吸住般朝別人的船撞去。

滿頭大汗，窘迫不堪，還要頻頻跟別人道歉，忙到甚至沒工夫照顧船上的新娘了。還好，即使是撞到了，蘭馨都沒有尖叫，也沒有一點責備的樣子，只是一直笑一直笑。好不容易划到靠近橋的地方，宏仁已經手軟了，連腳都因緊張而微微顫抖。蘭馨說：「停一下吧？」他迫不及待地收了槳，呼了一大口氣。蘭馨又說：「讓我試試看，好嗎？我想划划看。」宏仁已經慌到大腦無法正常運作了，只會呆呆地說：「很重欸，很重欸。」蘭馨很有把握地點點頭說：「我知道。」

蘭馨叫他還是坐在原來船尾的位子，不要動，自己小心地站起了身。這時，遠遠傳來了一個吼叫聲，蘭馨伸出右掌對他示意，說：「別理他，你稍稍往右一點。」別理誰？宏仁才意識到原來吼叫聲是針對他們：「不可以在水上站起來！不可以！」

蘭馨顫巍巍地跨過了小木格，站在宏仁旁邊，遠方的叫聲持續著：「不可以站起來，會翻船啦！」和蘭馨溫和卻堅定的指示：「你慢慢換到船頭去。」混和在一起。

宏仁其實心裡很慌，船晃得厲害，每一步都給船帶來嚴重的傾側，才那麼幾十公分吧，卻走了好久，然後還要花更多時間轉過身來。轉過身才知覺蘭馨坐在船尾，兩臂撐張扶著船的兩舷，應該是藉以依照宏仁的動作調整重心維持平衡吧！

坐好了，安心了，宏仁也才有機會看到碼頭的船家站得直挺挺稍向前傾的身影，應該就是剛剛發聲警告的那個人。宏仁對那人揮手示意，表示沒有翻船危險了，人家或許把他的動作解釋為得意的表現吧，明顯地搖了搖頭。但再一想，宏仁發現其實也沒錯，自己還真的不無得意，得意著自己身邊有這樣一個懂得如何在船中換位子的妻子？得意自己竟然是在這一刻，對於妻子有了結婚以來最具體的感受，有股衝動想喊：「她是我太太！」？

蘭馨熟練地操槳，木槳在她手上，一下子變輕了，瘦瘦沒有肉的雙臂，好像也毫不費力就一槳一槳輕輕滑過水面，槳入水與出水瞬間，似乎不再是硬質的，而是魚一般跳著、扭著，宏仁簡直看呆了。

蘭馨有點不好意思地解釋，自己在新店一間女中念了六年書，從學校到碧潭走路半小時就能到，受到學姊們影響，很小就常常放學集體去碧潭玩，和船家熟了，有便宜船租，有學姊帶，學會划船是再自然不過的事。

「剛剛為什麼不說！原來你坐在這頭看我笑話！」宏仁抗議說。

「怎麼曉得你不會划？明明是你帶我來划船的。」蘭馨柔柔地解釋。

「但你怎麼敢在水上換位子啊？那個人叫那麼大聲！」宏仁問，問後自己有點後悔，覺得真是個蠢問題，不在水上換位子，不然怎麼辦？有辦法划回岸邊才換嗎？

但蘭馨給了一個讓他大為意外的回答：「小時候同學常常在換啊，兩人合租，你划一划總得換我，翻過幾次船就知道訣竅了。」

3

划過船，他們去了第二市場。宏仁跟她介紹那棟形狀特殊的六角樓，進到市場裡，指著六角形分散的通道，還說明：「你會聽到台中人把這裡叫做『六條通』，這其實是錯的，日語的『六條通』是第六條街的意思，從『一條』、『二條』、『三條』、『四條』這樣一直數下來，『通』則是街道的意思，而不是說六條通道集中在這裡。」

換蘭馨驚訝了：「你懂日語？」

「只懂一點點，我爸教我的。」

在市場裡吃了福州意麵當點心，走出來，沿著三民路再往下走，走回了市政府附近的旅館。

在那刻意顯示西方風情的大堂中，蘭馨停下了腳步，看了宏仁一眼，卻低聲像是自言自語地說：

「啊，這音樂，我聽過這音樂！」

宏仁沒有聽到音樂。隨著蘭馨變化了方向的步伐，幾秒鐘之後，他才依稀聽見了一點點類似音樂的聲音，古典音樂，對他來說就只是古典音樂，分辨不出自己聽過還是沒聽過。

音樂來自旅館附設的咖啡座，空蕩蕩沒有什麼客人。宏仁提議進房間前喝杯咖啡吧，蘭馨立即同意了。侍者裝模作樣捧著厚厚菜單過來，蘭馨的反應又讓宏仁驚訝了一次。翻開菜單，眼神幾乎完全不曾有瞬間的停留，她就說：「一杯曼特寧。」宏仁根本來不及看進單上任何一個字，就點點頭，順著說：「我也一樣。」

蘭馨露出安心、親切的微笑：「你也喜歡曼特寧啊？」

宏仁誠實、放鬆地回答：「我不知道曼特寧是什麼，我很少喝咖啡，學你點的，你喜歡的一定好喝。」說完自己身體裡暖暖的，原本不知道自己能說出這樣的話。

果然蘭馨笑得更甜了，好美。又露出那樣柔柔、不好意思的模樣，說出一個叫張月惠的人名，婚禮當天送客時衝過來激動親她臉頰的那個女生，初中同學，以前也一起划過船，應該還一起從船上翻進水裡過吧！張月惠後來考上了北一女，就沒和蘭馨同校了，但兩人還是很要好，不時相約見面，北一女離西門町近，所以都約在那裡，逛逛晃晃就到「蜂島」去喝咖啡，有一陣子特別認真喝遍各種不同咖啡，確定了自己最愛的是「曼特寧」，酸味比苦味多一點，配上了奶，有一種濃濃的甘味。

蘭馨說著，但她的口氣似乎缺少了內容中應有的熱切，在字詞間不時有極短極短的不自然停頓，像是很不容易保持專注說話。說到一個段落，宏仁正要反應，她突然起身，改變了態度和話題，說：「對不起，我去問一下……」

錯愕中，宏仁看著她走向櫃檯，吸引了櫃檯前正在準備咖啡壺的男士。蘭馨說了什麼，櫃檯男士放下了咖啡壺，轉身背對蘭馨。宏仁太好奇了，忍不住也起身走過去，走到櫃檯前時，從櫃檯後面，應該是休息區正出來了另一個男人，年紀更大些，兩鬢灑著一點近看才會發現的花白。這人正在對蘭馨說：「……我們開店時跟東海那邊的一家唱片行一起買的十幾張唱片，三年多反反覆覆放，唱片和封套都對不上了，有些封套也都被亂扔亂放不見了。……唱片上沒有寫作曲家名字，這一面，你剛剛聽到的，上面寫的曲名是《遺作》；另外一面那首作品，叫做《誘惑》，紅色標籤上就只寫了這樣……啊，《遺作》我好像還有一點印象，應該是一個法國作曲家的作品，好像是說第一次世界大戰爆發，他可能會被徵召上戰場，所以他寫了這首曲子，認定這會是他最後的『遺作』……對了，應該是這樣，結果後來他真的死在戰場上，死後才發表了這首曲子，預言成真了，真是他的最後『遺作』……」

「真的嗎？真的嗎？」蘭馨有點失神地一邊聽一邊反覆發出這樣的感嘆。

後來，從等咖啡到喝咖啡的過程中，蘭馨像是被關掉了原來的說話開關似的，安安靜靜，頂多只抬頭以簡單的表情回應宏仁在說的話。兩人上樓，進房間，宏仁做了個決定，沒說什麼就出房門又下樓，回房間時手上多了一張唱片。「送你，看來你很喜歡這張唱片。」蘭馨眼睛亮了，宏仁趁勢將她抱住，她順從地將頭貼在他胸前。

第九章

1

蘭馨說不上來那音樂為何吸引她。宏仁去上班時，她自己摸索著學會了使用他的電唱機，將唱片播了一次又一次。沒錯，就是當時和張月惠在中華路聽到的那首曲子，月惠不是說樂聖貝多芬寫的嗎？怎麼又變成了一個法國人？

聽了好幾次，她甚至都還聽不清楚音樂裡究竟有幾種樂器。確定有鋼琴，應該也有小提琴，還有比小提琴低一點的聲音，是大提琴嗎？另外有一種她沒接觸過的樂器，乍聽下有點像葬儀隊使用的嗩吶，但沒有嗩吶那麼尖那麼刺耳，如果說嗩吶吹出來的音是一大片轟炸過來，這種樂器的則是一條線，細細的，偶爾稍微粗一點，或上或下飄著飛著，像國慶晚上「四海同心聯歡會」一定有的彩帶舞表演，不同顏色的彩帶起波落浪，忽而小圈忽而大圈，高高低低若蛇若龍。但彩帶纏在人手中，再怎麼變化畢竟總是有去有回，往前伸到最遠就得拉近，那樂器聲音創造出來的線，比彩帶細得多所以也靈動得更快更炫目，而且會一直伸出去、伸出去，糾扭著藤繞著彷彿迂曲尋著空中的一條路，還是一道人眼看不到的裂縫，一個小小的開口，一旦找到了就要鑽進去。鋼琴、小提琴、大提琴以及什麼她聽不出來的樂器，陪襯著這樂器和它製造出來的亮亮的、金光的線，有時把線抬高，有時把線壓低，有時擋住線的去路，有時好意地護持陪伴著線，有時緊密地將線包裹著，有時像是被嚇到了快速逃離線的所在，讓出好大一片空曠……

張月惠來找她時，她想起來特別放了唱片。之前兩次聽到這音樂，都和張月惠有關。她形容她聽到、依稀見到的那條線時，張月惠表情凝重專注，然後，張月惠突然說：「在那裡！就在那裡！我看到那個裂縫了，很小很小的一道，哇，線衝得那麼快，變成一支箭，『咻』地射過去，準準地射穿了裂痕，呼，線進去了，線不見了！」

她的意識被張月惠的話語引導著，猝不及防地撞向一片灰白堅硬的牆，霎時間激起一股非常真實的恐慌，恐慌升到最高點，頭皮爆炸般發麻時，意識像是突然變得很窄很窄，急速地穿過一個同樣很窄很窄的甬道，在甬道的另一頭，刷地展開了一片奇異的空間，原本運動的速度陡地降了下來，陷入了濃稠狀的物質包圍中，更奇怪的是，讓那物質具備有延宕遲滯作用的，是它的顏色，一種柔軟卻堅持的黑灰色，感覺上從來不曾在任何地方看過的顏色，發著亮光，但仔細看，那光竟然不是浮在表面，而是從無從捉摸的內在某處散放出來的，並且持續在後退，於是整個人也就被那後退的光一直吸拉過去，朝向愈來愈深的灰黑色之中……

此刻，張月惠猛推了她一下，她全身顫跳地重新知覺了現實，驚慌地問：「你看到了嗎？你也看到了？」張月惠一臉不解：「看到了什麼？」

「就是那道裂痕啊，裂痕後面的……」

張月惠又推了她一把：「你發神經病啊？什麼裂痕後面的？」

「是你說的啊，從裂痕裡射穿過去……」

「我逗你的啦，你會聽不出來？」

蘭馨重重地呼出一口氣，自己也弄不清楚是嘆息還是鬆懈。看她失神的樣子，張月惠收斂了玩笑的態度，誠實地說這音樂蠻好聽的，但像她聽過的其他古典音樂曲子一樣，就是好聽，但聽不出所以然來，更不能理解蘭馨形容的那條線啊什麼的。

蘭馨就是脫離不了這音樂給她的拉扯。這音樂一直惹著她，給她一堆模糊迷濛的印象，但就是弄不明白到底是怎樣的印象。她反覆想著台中旅館那個人說的，想著寫音樂的這個法國人，應該還很年輕吧，不然怎麼會被徵召上戰場？他活著，卻決定自己寫一部遺作，好難體會的感受，卻又一直梗在心頭。有一天我死了，別人還能聽到我寫的新作品，來自另一個世界的聲音？還是我在那個世界，我的音樂留在這個世界，用遺作搭起兩個原本徹底隔絕的世界間的橋樑？

遺作，就是沒有了，以後再也沒有了，沒有這個人，沒有再多的音樂來創造，到底是什麼感覺？這樣的作品怎麼能完成，他怎麼能甘心寫到最後一個音，然後對自己說：「好了，都說完了，到此為止，再也沒有了」？

張月惠靠近過來，拉拉她的手，臉色變得凝重，說：「你想太多，一點都不像你了，別再想，也別再聽了啦！」

2

她還是又聽了，也還是又想了。每次聽那音樂，都會讓她彷彿暫時和現實拉開了一段距離。一個下午，聽過了《遺作》，她強迫自己走出房門，不要再看到唱機和唱片，坐在沒有人的餐桌上。在她沒有察覺的情況下，不知何時公公出現在她身邊。

「很無聊嗎？」公公問。

她完全沒有防備公公這種時刻會在家裡，彷彿遭到奇襲的情況下，簡直無從反應，只能笑笑搖頭。

公公沒有接受她的搖頭，「無聊就是無聊，整天待在家裡等先生回來，悶死了吧？」在她能夠找到適當的應對語言之前，公公已經在她旁邊的椅子上坐了下來，「我正想找機會問問你：以前做過什麼樣的工作，現在會願意來上班幫我嗎？」

知覺了公公不是隨便打個招呼，蘭馨趕緊讓自己打起精神來認真應對。說了幾句話，很快地她就發現公公前一個問題，不是真正的問題。對於她念的高中，高中畢業後她做過的工作，其實公公早就都一清二楚了。當她帶點歉意地承認：「高中畢業時也想過繼續念大學，但聯考太差了，差到自己都沒有信心再花一年時間重考了。」公公的回應是：「但你高中時數學學得不錯，是吧？」蘭馨心頭一凜，覺得公公好像連她聯考時各科考了幾分都調查得一清二楚？

談話於是轉到了公公提的後一個問題。蘭馨真的從來沒想過婚後還要不要上班，和宏仁的談話中也不曾出現過這話題，宏仁顯然也是認定她結了婚就待在家裡吧？但說了幾句，蘭馨又明白了，公公後面這句問話也不是真正的問話，他早就決定了，公司裡有一些比較敏感的帳務，不方便假手外人，如果有她幫忙的話，公公就可以不必都自己處理了。

沒有讓她說「不」的空間，何況她也沒有想要對公公說「不」。確定她接受了這樣的安排，公公問：「那是你來告訴宏仁，還是要我說？這是爸爸的原則，你的事你決定，我一定直接找你商量，不會先告訴宏仁。」

蘭馨說：「那就我自己說，謝謝爸爸。」點頭時，耳中反覆響著「爸爸的原則」，突然覺得「爸爸」自稱的這兩個字好溫暖、好有分量。

3

蘭馨不確定宏仁的態度是支持還是反對。唯一比較清楚的，是他顯然很習慣接受爸爸的決定，也習慣了爸爸會有突如其來、不在預期中的想法。

「為什麼想到要找你？」宏仁驚訝地問，但立即收回了驚訝，換上一個淡淡的表情，說：「那你就去吧。」

宏仁沒有問：「你想去嗎？」也沒有問：「你知道要去做怎樣的工作嗎？」好像就已經結束這個話題了。這讓蘭馨很不能了解，也不太能接受。不甘心這件事談不下去了，她問宏仁：「爸爸公司是做什麼的？我記得你只說過他公司很大，卻沒告訴我是做什麼的，又怎麼個大法？剛剛我也不好意思直接問爸。」

「精密陶瓷，他公司的專業。很大，因為好像台灣就只此一家，很多人做陶瓷，但做到那種硬度和精確度的，只有我爸他們，所以很大。但到底多大，我其實也不知道。」宏仁仍然不是很熱心地回答。

「精密陶瓷？聽起來有點神祕。」蘭馨無心地說。

宏仁突然換了一個嚴肅的表情，「別亂說，就是做生意，哪有什麼神祕的！」

蘭馨需要為自己說明：「我的意思是對我有點神祕，我完全不了解的東西，擔心做不來。」

宏仁微微搖了搖頭，蘭馨等著他解釋搖頭是「別擔心」，還是「那就別去做」？卻沒等到。

她想弄清楚，「你覺得爸為什麼要找我去？」

宏仁聳聳肩，先說：「不知道。」停了一下，才又說：「他不是說需要自己人嗎？他認為你是自己人。」宏仁的話很簡單，但不知為什麼聽在蘭馨耳中卻似乎帶著許多複雜的暗示，腦中閃跳過好多問號，卻一時形成不了任何一個問得出口的明確問題。

第十章

1

宏仁回到了醫院，走上門口台階就聞到熟悉的消毒水混雜陳舊發霉的氣味，眼光剛從腳下移上來就看到了輝瑞的李永豐。而且還是李永豐的背影，平整的襯衫誇張地顯現著筆直的燙痕，深藍色的西裝外套掛在左手上。這可真不是個好兆頭。輝瑞最近在台灣大幅提高產能，一下子壟斷了信誼、景德等四、五家原料廠的供應，明顯是要從原料端壓制台灣廠。為了將多製造出來的藥賣掉，他們又花大錢拚命宣傳，醫院裡裡外外鋪天罩地到處都看得到他們的橢圓形標誌，現在連一些不識字的病人都會說：「輝瑞的比較有效啦！」不管什麼藥，甚至輝瑞不生產的，都指名要輝瑞。

宏仁當然知道業界如何看待這場方興未艾的「輝瑞風暴」。有一家台製廠早早就決定專攻輝瑞的殘羹。意思是放棄挑戰輝瑞的藥，而是拜託醫生如果是輝瑞不生產的藥，就優先用他們家的，而且將包裝做得很像輝瑞，讓病人錯覺以為自己拿到了輝瑞的藥。這種做法還爭取到不少醫生，他們認為給病人像輝瑞的藥，能換來病人更多的感謝和信任吧？

另外幾家台製廠則是決定和輝瑞在醫生關係上決戰。不必擴廠不必撒錢做廣告，可以把錢省下來壓低藥的進價，或者提供醫生更多各種招待。流行的最新招待法，是替醫生代辦商務出國，只要醫生點頭想去，從辦護照開始，一直到回國從機場送到家，通通由藥廠處理，費用也是藥廠全數吸收。

這樣的情況讓宏仁想了就頭痛。幾家常去的醫院和大診所，最近氣氛緊張，同業之間喜歡套用軍事術語，大家像是都變成了在戰場上出生入死似的。每次聽到攻擊、防守、陣地、淪陷、反撲、偵察、奇襲一類的詞語，宏仁就無可避免想起當兵那兩年的種種不愉快，心情立即受影響而低落了。

套用戰爭的概念，李永豐應該就是大家心目中的共匪了吧！他們輝瑞佔領了最大的地盤，還繼續虎視眈眈要侵犯別人僅存的基地，將別人都趕到太平洋裡，那樣全面不留空間的野心，真的近乎邪惡。

但宏仁卻無法像其他同業一樣討厭李永豐，甚至無法阻止自己從後面幾個大跨步趕上去，拍拍李永豐的肩膀打招呼。李永豐轉過頭來，看見是宏仁，也確如宏仁預期地露出了瞬間放鬆的表情，高興地說：「你回來啦！恭喜恭喜，娶了美嬌娘，蜜月很蜜，甜甜甜，爽爽爽吧？」

宏仁趕緊制止他，「不死鬼，在這種地方，別人聽得到，別亂講話！」

「聽得到才好，他們就會知道我們這個許先生，許仔許仔，全身上下都是苦的，只有一個地方不苦，可以弄得女人甜滋滋爽歪歪！」李永豐最大的毛病，就是愛開黃腔，常常黃得不像話，全無節制。而且不只對男人，連對女人也照開不誤，有時宏仁都覺得聽不下去要去躲起來。

「對啦對啦，」宏仁模仿地也拿他的名字做文章：「你雖然姓李，但其實全身黃透透，像根香蕉一樣，無處不黃，而且搬到哪裡去都一樣黃！」

李永豐反應很快，「咦，你罵人喔？罵我是根大懶趴？你是新婚床上天天早洩還是天天不洩，回來一看到人就發洩？」

「我講不贏你，投降投降，我只是要提醒你別老是到處開黃腔，也看看場所和對象嘛！」宏仁一邊說一邊舉起手，做投降狀。

「我就是看場所看對象才說的啊！阿仁啊阿仁啊，你入行不夠久，不知道這行的苦啊，跟這些醫生護士天天在一起，會內傷你知不知道？他們啊，男人看女人，女人看男人，看到都不要看啦，男人每天叫女人脫衣服，女人每天叫男人脫衣服，然後男人女人一起叫人家去照X光，等於是連你的皮啊肉啦都脫下來，看光光、看透透，在他們眼裡沒有任何祕密、沒有任何神祕誘惑，這個插那個，插進去拔出來，就這麼回事，跟他們相處久了，我告訴你，你都忘記自己是男是女了，床上的事都沒吸引力了！……」

宏仁好不容易截斷他的話，「拜託，沒時間扯這個啦！我是要問你，我不在這幾天，有什麼變化有什麼新聞嗎？」

剛剛大刺刺說話的李永豐不自覺地降低了音量，「換了一個新主任，你知道吧？這個新的，不是我們的人，還不是，所以大家都在搶，搶得厲害……」

2

李永豐沒有將他當作敵人，經常慷慨地提供有用的訊息給他。宏仁知道那是為什麼。不是因為和輝瑞相比，他所屬的台製廠不成比例的小，不構成威脅，而是因為李永豐將他視為這個行業中極少數極少數的同類。

將近一年前，他代表藥廠去參加大診所的尾牙宴，餐桌上擺出的大排場，每桌供應的不是紹興酒，而是洋酒威士忌，隨便喝，無限供應。宏仁從來沒有喝過威士忌，前兩口喝時覺得嗆，再喝就覺得還比紹興順口，便無戒心地一杯杯敬酒乾杯了，宴席還沒上到最後的炒飯，他已經醉到去廁所吐了好幾次。

醉到走不穩，必須別人扶著才能離開會場，而且醉到根本記不得是誰將自己扶出來的。到他終於恢復知覺與記憶，是在快到家的地方，他又蹲在水溝邊乾嘔，將僅存的一點點胃酸再吐出來。吐完，醒了，認出家的所在，然後認出了在身邊的，竟然是李永豐。

他很不好意思地對李永豐道歉並道謝，匆忙看了手錶，指針指著他不敢相信的三點四十分。李永豐苦笑：「先別說對不起，先確定你知道自己的家在哪裡嗎？」

原來從會場出來，有人幫忙叫了計程車，宏仁卻使出了酒後的拗勁，手腳緊抵車門，無論如何不肯上車。計程車司機看他醉成那樣，順勢表示不願意載，擔心他吐在車上，也擔心他睡死了叫不醒不下車。只好幾個人陪他走走，想說吹吹風讓酒氣散一散。

不料，一開步走路，他就發酒瘋亂說話了。又說又笑又哭，吵死人了。沒辦法，李永豐叫其他人先回去，把宏仁交給他，陪著走了好幾條街，然後在一個騎樓下，宏仁突然就靠著柱子坐下來，立即睡著了，怎麼叫都叫不醒。醒來和睡去一樣突然，整個人跳起來，神奇地立即奔向水溝，李永豐還以為他一定會直直掉進水溝呢！

剛出會場時，宏仁曾經將自家地址告訴幫忙去叫計程車的人，那人離開了，卻沒有轉告，不管李永豐怎麼問，醉茫茫的宏仁就是死也不說家住哪，有還是沒有電話，害李永豐除了陪他半夜逛大街外，根本別無他法。

「喔，有啦，好幾次都很想乾脆把你留在街上算了，累死我，我也想回家睡覺啊！」

如果真的那樣做，宏仁也不會意外。畢竟他跟李永豐並不熟，只有醫院裡競爭同行的點頭之交，比較奇怪的倒是李永豐怎麼可能願意這樣陪他到凌晨？

李永豐作勢抓住他的領口，盯著他的眼睛，說：「你知不知道自己發酒瘋說什麼話？你記得嗎？……不記得是吧？好，我現在說的話，你給我好好記著，如果你還要繼續吃藥廠的飯，將來請你絕對別讓自己再喝到這種程度，你明白嗎？聽別人講，你們家有錢有勢，不缺這份工作，那你何必還在這裡混？去做別的事嘛，離醫院醫生離得遠遠的，不好嗎？」

宏仁酒意徹底醒了，背脊淌下一道冷汗。「……我剛剛，我，說了什麼？」

李永豐不願告訴他細節，只大略地回答：「罵醫生啊，罵醫院啊，剛開始還籠統地罵，眼裡只有錢對窮病人見死不救這一類的，然後愈罵愈起勁，變成有名有姓了，挖出人家的祕密來大說特說，還罵藥廠專門靠巴結討好這種卑鄙的醫生來賺錢，把爛藥叫這些醫生開……」

宏仁一陣頭皮發麻，冷汗流得更厲害了，「不可能吧……我不會說這種話……他們都聽到了？」

李永豐用拳頭輕輕敲宏仁的左邊太陽穴，「所以為什麼我倒楣要陪你！他們只聽到了前面一點點，後面最難聽的，只有我一個人聽到，我當時就覺得：這人發酒瘋的方式就是嘴賤，你會用這張賤嘴把自己將來的生意都葬送掉，人家要跟你搶生意，只要把你罵醫生的話傳出去就好了，還可以加油添醋傳得更難聽一點，你還能混嗎？每家醫院診所都會用掃把把你轟出來吧？

蠢酒鬼！」

宏仁覺得無地自容，也完全無從辯解，怎麼可能自己連闖了這麼大的禍，卻連一句話都記不得？咿唔了半天，只吐出了一個問題：「可是你……」

「我怎樣？」李永豐用食指尖點點自己的鼻頭，「我怎麼知道你會說出那麼嚴重的話？還是我為什麼要幫你救你？……唉，因為我也喝多了，還有，因為我同意你，這些醫生一大半是混蛋王八蛋，跟藥廠關係愈好的愈是！」

3

宏仁和李永豐約好了中午一起吃滷肉飯香菇肉羹。他提早先到廟口附近，驚訝且高興地發現竟然有一台布袋戲正在上演。中午就開台演戲，這種情況很少見啊，應該是特殊的節日有特殊的安排方式吧！

戲台前密密實實站了幾十個人，靠近過去，一路聽到好幾組人都不約而同談論《雲州大儒俠》被停播的事。有一組人在爭議停播前《雲州大儒俠》算不算已經有結局了，另一組人討論如果沒有被停播《雲州大儒俠》到底還要再演多久，還有一組人比較著面前野台戲和《雲州大儒俠》的高下。

戲台上演的應該是《封神榜》裡的故事吧，出現了黃飛虎和父親黃滾的對話。曾經，看布袋戲是生活中最大的享受，他想起來了。眼前看到了一張木頭邊磨得脫漆了的矮凳，很小又很大，很大是因為小時候要自己抱著、扛著去廟口，覺得好大好重，很小則是因為唸高中時吧，不知為什麼從儲藏室裡找出了這張凳子，發現凳子竟然又窄又矮，不費什麼力氣就能夠托舉起來。

他看到自己搬了板凳，跟在大人後面努力地追，生怕沒有追上就去不到廟口了。他不記得前面走的大人是誰了，只記得辨識她背後兩條稀稀鬆鬆的辮子。媽媽說那是一個叫阿桃的女傭，一度負責帶他，很疼他，經常不顧爸爸反對，把他高高舉起在空中「坐飛機」，逗得他咯咯咯笑得開心，就抱近了親他的臉頰。爸爸認為把孩子舉那麼高會害孩子受驚嚇，晚上會「含眠」睡不好；爸爸更反對包括媽媽在內任何人親兒子，覺得那樣會讓男孩將來依賴女人。可是阿桃不管，爸爸看不到時她堅持將他抱高高，堅持熱情親他。

可是這些他都忘了，而且簡直無法相信媽媽說的。如果真有阿桃這女人，他唯一能記得的，就是她背後兩條辮子搖啊晃啊，不斷朝前離去，不肯等他，害他緊張地一直追一直追，生怕沒追上就看不到布袋戲了。

那麼小，當然不可能都看得懂布袋戲的劇情，更不可能聽得懂木偶們說出的戲文。他記得自己的小矮凳架在大人的椅子或長條凳上，讓他坐起來能比前面大人的頭頂更高些，這時周遭的一切退卻了，只剩下眼睛裡那一方布簾圍起來的框框，框框裡有人進來了，有人說出和日常聽到很不一樣的話，有人打起來了，有人前後追逐，然後有人跑到框框外了。現實裡，旁邊有大人靠近他耳朵，跟他解釋劇情或台詞，但他從來都聽不進去，也不想聽，注意力全都在那個框框裡。

最神奇的，最讓他著迷的，是那框框，可以清清楚楚只剩下那框框。只要管框框裡正發生的事就好了，框起了另一個世界，很小很小，跟自己一樣小。

他喜歡那個小小的、框起來的世界。戲演完了，或為了任何原因必須離開戲台前，都使得他很難過，小小胸口感到緊緊的壓迫。他不能了解為什麼人不能活在框框裡就好，為什麼大人老是要離開那個框框，進到更大的世界，而且常常迫不及待地要回到大的世界？

小時候，他當然無法對任何人表達這種難過與疑惑。長大了，還是無法表達。不會有人聽得懂的，愈長大他就愈確定，沒有語言可以傳達他的那份遺憾。很強烈、很真實，超過了喜歡不喜歡，比較接近是非對錯，他會想要憤慨地對其他人說：你們錯了，你們把自己的生活搞得一團糟，逼大家都必須活在一團混亂裡，就是因為不能老老實實滿足於那個框框，讓一切都發生在框框裡就好，你們總是要去找框框以外的。

他無法對任何人說，不可能讓任何人了解，他常常在想像中將自己和身邊的人，放進到布袋戲的框框裡。只有框框裡發生的才算數。所以他就能選擇什麼樣的事發生在框框裡。像是喝醉酒了亂說話，不會在框框裡。像李永豐這種人，也不會在框框裡。

那蘭馨呢？他突然如此自問。別傻了，那框框不存在的，人生不是布袋戲。他試圖在心裡這樣回答自己。但問題仍然固執地繼續浮上來：到底蘭馨在框框裡還是框框外？蘭馨，你的妻子，現在、未來應該和你最親近的人，有可能了解你心中的那個框框？

他噩楞著，一時弄不清自己究竟在想什麼，然後感受到肩膀上輕輕的一拍，李永豐來了，那個框框外的世界來了。

第十一章

1

開始上班後的第一個星期六下午，蘭馨忍不住跑回了娘家。媽媽一副早已料到的模樣，揉揉她的頭，大約從她升初中之後媽媽就停止不做的動作，說：「丫頭，想家啊？」

是想家，不過想家的理由媽媽不可能猜得到。果然，她接下來連珠炮般說出的話，讓媽媽換上了意外的表情。她說的，是精密陶瓷。「可不是我們家裡這種碗啊盆啊的，你知道嗎？都是泥土燒的，但精密陶瓷燒得夠好夠精密，可以耐砲彈攻擊，你知道嗎？……」

她說的每句話，都以「你知道嗎？」結尾，果然，每一句話說的內容，媽媽都不知道，從來沒聽說過。

精密陶瓷的祕訣在於硬度，而硬度的產生取決於陶土的顆粒大小，和燒製的溫度。基本上顆粒愈小，溫度愈高，燒出來的陶片愈硬。但又不是那麼簡單，還有很多變數會影響。如果只是要盛水盛飯，幹嘛需要燒得多硬？精密陶瓷不是用來盛水盛飯，甚至不是拿來造砂鍋燉鍋。精密陶瓷能防火能隔熱，所以用在工業鍋爐上，也用在消防器材上。

然後，蘭馨的眉毛往上揚，聲音卻相反地往下沉，說：「在美國，他們如何使用精密陶瓷你知道嗎？用在打造防空洞上！他們的防空洞，可不是像我們的，土堆一堆就好，頂多加鋪一層水泥，我們的防空洞，就算軍用的，也不過設計了防範一五五加農砲的攻擊，美國的防空洞，可是要防蘇聯原子彈攻擊的，你知道嗎？原子彈的強光強熱幾乎可以穿透融化一切東西，但只是『幾乎』而已。美國防空洞的制式建造法，就是在兩層水泥之間，放一片精密陶瓷，水泥會被融化，陶瓷不會，最好的精密陶瓷可以耐攝氏五千度的高溫，你知道嗎？五千度！」

說到這裡她被自己的興奮弄得快喘不過氣來，也被自己的興奮嚇了一跳。像是車子在撞上障礙前吱嘎吱嘎地緊急煞車般，她突兀地收住了嘴巴裡一連串吐出來的話。險險地阻止了自己將後面的話無節制地一併說出來。

那是公公——現在她更習慣在家中叫爸爸，在公司裡叫董事長——貼在她耳邊告訴她的祕密，不能告訴別人的祕密。精密陶瓷的最新運用，是裝在美國的新型戰車上。戰車外面是厚厚的鋼甲，不怕一般的砲彈火藥，就更不用提機槍步槍子彈了。不過有一種新的武器是專門對付戰車的，一種火砲，平著射，不像其他火砲砲口朝上射。這種砲的砲彈不一樣，射中目標時不會炸開來，而是啟動另一條引信，砲彈裡的火藥瞬間發出超高溫度來，足以瞬間融化燒穿戰車鋼甲的高溫。戰車中彈的地方被燒開一個洞，高溫傳進去，一下子又引爆了戰車自身裝載的砲彈，從內爆開來，戰車就全毀了。

如何對付這種戰車殺手？如果找不出方法來，美軍的幾千輛戰車將來在戰場上就等於全沒用了。花了好多功夫研究試驗，被他們試出了突破性的方法——將耐高溫的精密陶瓷放在裡外兩片鋼板之間，這樣砲彈產生的高溫也燒熔不了戰車外殼了。

「這是很少人知道的機密，你別說出去。」董事長叮囑了。她驚訝得說話時覺得自己的雙唇不自主地微顫著，「我當然不會說出去。……可是，那麼機密的事，為什麼告訴我？」對她的問題，董事長毫不遲疑地回答了：「你需要知道，將來會需要。」

需要？在怎樣的狀況下需要？她迫急地想問，但卻同樣迫急地直覺意識到，不能問，絕對不能問，不只是問了得不到答案，而且問了，在這祕密背後另外一個祕密，就將永遠對她關閉了。正因為不知道、完全無法猜測那是怎樣的一個祕密，她絕對不願、不能冒這個風險。

2

她誠實地跟媽媽說了絕大的困擾：「我不知道該怎麼叫他，人前知道，是在自己心裡，像現在，我心裡就不知該用公公、爸爸還是董事長稱呼他，每個稱呼都怪怪的，不太對勁。他對我自稱都說『爸爸』，『爸爸跟你說……』『爸爸創辦這家公司時……』『爸爸相信……』而且我注意到只有對我這樣說，對宏仁不會，所以要叫他『公公』怪怪的。可是要就叫他『爸爸』也怪怪的，你知道，他跟爸爸那麼不一樣。但也不該叫『董事長』，太生份了……」

媽媽沒辦法解決她的困擾，媽媽根本沒見過蘭馨的祖父。和蘭馨一樣都只在照片上看到一個小小的身影，全家福照片中坐在正中間的那個人。全家福裡的爸爸只有十歲左右，是個怯生生勉強正視鏡頭的小男孩，和現實裡她們認識的那個人簡直沒有關係，連帶地就使得祖父也沒有了真實感。媽媽從來不需要去考慮該如何稱呼那個不真實的單薄影像。

媽媽倒是欣慰地對蘭馨說：「以前人家勸我，說女兒出嫁了會變，一定會變得更親近媽媽。我原來都不信，看來還真是這樣呢，現在周末一下班變成會要回來跟媽媽講話啦？」

被媽媽這麼一說，蘭馨本來想回說：「是剛好有些話要跟你說。」沒說出口，心裡多轉了轉，為什麼以前在家時不會覺得有話跟媽媽說？換了一個說法，應該是：「不是出嫁改變的，是你上回跟我說了你和爸爸怎麼結婚的事。」因為這樣才拉近了母女的距離。但還是沒有完全說服自己，又轉了轉，轉出另一個回應來：「有些話除了跟你說，我還能跟誰說去？」

三個說法，最後都沒說出口，蘭馨任由媽媽笑盈盈地盯著她瞧，沉默著。被一股突來的悲哀壓住了，是啊，還能跟誰說去？明知道媽媽沒和公公、婆婆相處過，但碰到這樣問題，她完全找不到別人可以講。還有精密陶瓷的事，除了媽媽，頂多加哥哥，她拿捏不準還有什麼人夠親近可以說這樣的祕密。

還有誰？宏仁嗎？她覺得像是小時候打針般被刺了一下，又像是冬天忘了披外套走出門被冷風迎面襲來。慌忙地將這個念頭封存起來。

3

還有另一個困擾，連媽媽都沒法說。那音樂，每天至少要聽一次的《遺作》，聽得愈來愈熟了，現在有時候，任何時候，那音樂開頭的聲音會突然地在耳中響起，清清楚楚，甚至不需要刻意自覺地去想去記，大約三分鐘的完整樂曲演奏過去，到了她還無法確切記得的段落，音樂就自動回頭，再從最前面演奏起。

每次如此想起《遺作》，都會讓她分神。明明已經在耳中聽到了，還正聽著，卻會惹起一陣強烈衝動，要立即回到家中房裡，打開電唱機，再從唱片裡播放出那具體的音樂來。她開始有點害怕了，不了解為什麼音樂會有這樣的魔力？從記憶中尋找，過去好像不曾有過類似的經驗啊？

她換一種方式和媽媽討論：「我小時候有什麼奇怪的地方嗎？像是特別喜歡什麼東西，吵著鬧著要什麼，或者堅持一定要帶著洋娃娃什麼的？」

媽媽立即肯定地回答：「有啊，特別喜歡武昌街上的排骨麵，吃過一次就一直鬧一直鬧，說還要吃。真不知那有什麼好吃的，炸得油膩膩的，說特別，頂多也不過就是撒了很多胡椒，胡椒粉不要錢似的撒，可是你就愛吃。偏偏你爸又愛去衡陽路、博愛路那一帶，別的地方你都不認識，一靠近那一帶，不知怎地就認得了，三、四歲吧，就鬧啊鬧，鬧要吃排骨麵。你爸要吃菜飯，要吃山西貓耳朵，不肯依你，好幾次父女倆吵到沒辦法，你爸就分派我另外帶你去吃排骨麵，你一個人哪吃得了一碗？結果還不是累了我只能跟你分一碗我－根－本－不－想－吃－的－排－骨－麵！」

這不是她想找的答案，不過媽媽猶有遺恨的誇張表現把她逗笑了。「排骨麵？我真一點印象都沒有，我真的有特別愛吃排骨麵？」

「難不成還我編出來的嗎？」媽媽啐她一句，接著嘆了口氣，說：「唉，你們一下子就長大了，一下子就像是變了另一個人似的，我眼裡明明還看到的那一個個小孩模樣，」伸手比了比和桌面差不多的高度，「那小孩卻就不見了，而且你們自己還都記不得了，那些小孩，就只活在這裡，在我的腦袋裡了。」

說著說著，媽媽起身開了客廳的壁櫥，拿出照相簿來。「給你看，我記得的，那個吵著吃排骨麵的小孩長什麼樣子……常常想了覺得好可惜，你們怎麼能都不記得呢？上次還來不及講你呢！你真的都不知道自己小時候去過中部橫貫公路嗎？你剛上小學時，橫貫公路通車典禮，你爸爸有受邀去參加啊！陳誠副總統還在，什麼事都還有你爸一份，我們全家坐了一輛官車，大黑頭車，不是巴士噢，從谷關上路，那沿路多美啊！到靳珩橋，我記得清清楚楚的，你爸還教我那兩個字怎麼念，說那人是開路時殉職的工程師，到了那裡，下午的大太陽，斜斜地照到溪谷裡，我的老天啊，溪底的石頭，一顆顆那麼大又那麼圓，都是白亮白亮的，會反光！白到眼睛沒法看，那美啊，我跟你爸說：『說天堂會比這裡更美，我也不信了！』然後轉頭看，你們仨也看得發獃了，嘴巴都開開的合不攏……

「這種事你會忘了？去蜜月旅行以為自己是第一次走中橫？然後竟然沒有看到靳珩橋底的天堂白石頭？真是浪費啊，浪費了我們當年帶你看了那麼美的風景！」

蘭馨真的完全不記得這一段，雖然覺得很意外，都上小學了的事，竟也忘得一點不留，但似乎總得為自己稍稍辯護般強調地問媽媽：「都那麼久的事了，你還記得？」

「久？我不覺得久啊！從中橫回來，那畫面，有時是一片片，有時是一段段，一直在我眼前繞啊繞，動的靜的，沒停過。你爸帶了相機去，但你也知道他那個人，根本沒好好學會手提相機到底怎麼用，就是這樣，一定要裝個模樣，別人有他也要有，但又不肯好好跟人家學怎麼拍，在身上掛了幾天，哼，回來什麼照片也沒有。……剛開始多想再回中橫去啊，每天想，每天跟他講，至少計畫下回什麼時候去嘛，愈是求他他就愈不肯，臭脾氣，你哄我一下說：『好好，過年我們就去哈』有那麼難嗎？不肯，寧可跟我吵，每提一次吵一次。

「到後來，我的想法也變了，不想去了。不是因為你爸，不是跟他賭氣，是真覺得不用去了，甚至是不該去了。過了那麼久，幾個月了吧，那些美得不得了的山林景色都還纏著我，不肯走，像著魔一樣纏著我，我開始怕了，不去都這樣，再去還得了！」

蘭馨心底震了一下，「像著魔一樣纏著我」？媽媽也有過這樣的感受？

4

媽媽形容十幾年後仍然記得的著魔感受。山高高低低的，樹前前後後，而且億萬片樹葉有著各種不同的深淺顏色，加上車子沿著多彎崎嶇的路不斷變換方向，創造出一種從未體驗過的景深。好像那空間第一次有了具體的意義，第一次具體感覺到自己正在走入空間，空間朝向自己開放過來。一剎那間，突然對照醒悟了，原來過去那麼多年，自己其實都活在一個像是圖片中的環境裡，也不能說是平面的，但那裡的空間是淺的，薄薄一片，眼前一點淺淺的活動空間之外，這點空間的後面，就沒有空間。在中橫，空間變得那麼深那麼深，逼著人感受到空間的後面還有空間，空間的前後左右都還有空間。

那樣的美啊，無法形容。最強烈的，是那美和現實產生的對比。痛苦在於，從中橫回來後，本來好好的現實被改變了，使得她經常陷入焦躁中。覺得房子好小好小變得像個牢籠般，走出去，街道也一樣好窄好窄，而且行人腳步、說話，加上車子駛過的聲音，都好難聽，對照在山裡聽到的，不是聲音，也不是靜寂，而是一種介乎聲音和靜寂之間，一種「凝固了的音樂」。

蘭馨沒有想到媽媽會說出這樣的話，「凝固了的音樂」，更沒有想到的，是媽媽從記憶中召喚出來的感受，竟然如此貼切地應和了她聽《遺作》時的體驗，彷彿媽媽比她自己更明白《遺作》是如何讓她著魔的。

所以她急切地問了：「那你怎麼辦？怎樣才能從著魔中抽身出來？」

媽媽想了想，搖搖頭，「好像也沒什麼特別辦法，時間過久了，印象慢慢一點一點淡了……

啊，記得了，有一個朋友，朱阿姨你認得？她那時常來我們家啊，她很壞，跟我說著魔要以毒攻毒，用嚇的，把自己嚇離開那魔境……」

「怎麼嚇？」蘭馨真的很好奇。

「她拿了一本書給我看，還叫我要認真看，裡面寫的就是一個人被一個影像迷惑住了，後來差點發瘋，又變成報紙頭條罪犯的故事。她說認真看，看到害怕自己也變那樣，就嚇醒過來了！」

「有這種說法？」蘭馨笑了：「那你看了嗎？」

「看了啊！欸，還挺好看的，那本書。」媽媽說著說著突然起身，「你等一下，說不定還找得到。」

媽媽進房窸窸窣窣弄了一陣，帶著勝利的得意回到客廳，將手上的東西遞給蘭馨，「看，就是這本，快二十年了，還保存得好好的。」

蘭馨接過來，隨手一翻，簡直不敢相信自己的眼睛，那竟然是一本日文書。「不會吧？你讀日文書？」蘭馨近乎驚呼的口氣。

媽媽皺了皺眉頭，哼了一聲，「日文書又怎麼樣？在這家裡就是被看扁了，沒有人相信我有任何本事！」

蘭馨表示冤枉：「哪有把你看扁，你曾經讓我們知道你會讀日文嗎？突然天上掉下一本日文書，怎麼能不驚訝？」

媽媽嘆了一口氣，把小小袖珍版本的書拿回去，珍惜地在手上摸啊摸。「別跟你爸講，知道嗎？就是他不讓。不讓我讀日文書，也不讓別人知道我懂日文。……丫頭，這是祕密哪，我們在青島長大，那時候學校鼓勵學日文啊，很多學校有一個中國人校長，還有一個日本人叫督導，督導只講日語，整天在學校裡巡來巡去，大家都知道他提包裡放了好多小獎狀，方方這麼點大，遇到了有學生講日語，或能讀日文，他就給小獎狀。那小獎狀比校長發的大獎狀有價值多了，可以換假日，可以換食堂的菜券加菜，可以換禮物，還能換抵懲罰呢！那時候，誰不想收到小獎狀呢？

「朱阿姨就是那時學得特別勤，結果多好，來台灣立刻就用上，台中還是彰化的一個師範學校，學生裡沒有懂國語的，知道朱阿姨會日語，也不管她有沒有學歷，立刻禮聘去教國文和史地，幾年後，靠著師範學校的資歷，她又進了台北的大學，這回更好，因為大學日文系那些本省教授國語都不通，就讓她去教日文系了，平步青雲變成個大學教授，大學教授呢！」

一邊聽媽媽說，蘭馨一邊又把書接過來，封面上寫著她認得的字，《金閣寺》，作者是三島由紀夫。「這就是朱阿姨給你的？」

「是啊！」媽媽嘻嘻地笑起來：「唉呀，她給了我，但書裡的日文太深啦，我看不太懂，不過呢，我特別去找了翻譯的來看，很奇怪很好看的故事，我看了好幾遍，雖然沒有覺得書裡寫的和我有什麼關係，但還是會想看，看了一遍又一遍，所以就把這本日文書也好好收著了。」

「喔，你的好多事，我原來都不知道呢！」蘭馨真心地感慨了。

第十二章

1

這幾天在回家的路上，宏仁總會遭到奇異情緒的襲擊。不再是簡單地回到住了十幾年的家，而是回到有蘭馨在的地方。拉著吊桿在公車上晃啊晃，或走在街上感覺空氣中愈來愈濃厚的冬季濕氣，心中會不自主地進行了預演的對話。

「今天工作順利嗎？還是去馬偕醫院？」

「是啊，一切正常。」

「那就好。」

預演的對話終止了。不行，不能這樣說。重來。

「今天工作順利嗎？還是去馬偕醫院？」

「是啊！中午吃飯時，在廟口剛好遇到人家在演布袋戲，看了一下。」

「你平常上班時，都吃什麼啊？」

「今天和一個朋友去吃滷肉飯和香菇肉羹，不過那不是重點，重點是布袋戲。」

「除了滷肉飯，你還愛吃什麼？」

「都好啊，炒麵炒米粉，煮麵煮米粉也可以，我不太挑的，尤其是工作時，有什麼吃什麼。比較特別的是看到了布袋戲，小時候常看野台布袋戲，好久沒看到了。」

「但你媽媽怪我都不知道你愛吃什麼，我真的不知道，你最好還是跟我說清楚，免得下次你媽媽問我又答不上來。」

不對，不對，不應該讓對話牽到媽媽身上，不曉得為什麼就覺得蘭馨不會對布袋戲感興趣？再重來一次。

「今天工作順利嗎？還是去馬偕醫院？」

「是啊，每天都差不多。你呢？你都習慣，都上手了吧？」

「喔，今天公司裡……」

卡住了，他想像不出來蘭馨會在公司裡遇到什麼事。

那要不然，蘭馨說：「喔，今天爸爸說……」

又卡住了，他也想像不出在他們公司裡，爸爸會說什麼？

他開始有點慌了，甚至在濕涼的空氣間感覺到額上有了一絲汗意。到底該說什麼比較好呢？自己究竟想跟蘭馨說什麼？還是想聽蘭馨說什麼？別人夫妻新婚時都會遇到這種問題嗎？為什麼自己覺得那麼難？

想要告訴蘭馨下午走回醫院的感受，覺得布袋戲和自己現在的工作詭異地疊合在一起。在那一個小小的框框裡，發生了好多激烈恐怖的事。這個人要復仇，那個人要圖謀天下，一下子這人發功讓天打雷劈，一下子劍光一閃那人的頭顱從脖子上斷開飛走了。可是這些事只要一直在框框裡，就不會讓他害怕，就算當年扛著小板凳時都不會怕吧？同樣的，在醫院裡每天都有人進來、有人出去、有人再也出不去了，每天第一手地聽見因病痛而起的哀號，或因重傷或死亡引發身邊親人的哭泣，可是好像只要是發生在醫院裡，醫院這個特殊的空間裡，就不會讓他那麼難過。就像不可能想像布袋戲裡的事發生在舞台的框框之外一樣，他總是避免去想發生在醫院裡的病與死必然也會在醫院以外發生。他不願想、不能想，用意志與習慣將病與死封鎖在醫院裡，一個本來就是為了病與死而存在的地方。

宏仁從來都不喜歡必須進出醫院的藥廠工作。但很明顯的，這幾天對於工作的負面感受變多了。不是單純地變得更討厭，而是腦中不斷浮冒出各種想法，以前想過的，和以前從來沒想過的，頻密地襲擊他。

應該是和結婚有關係？也就應該和蘭馨有關係？所以每次都會連帶想起蘭馨，連帶產生要對她說什麼的衝動。但又很怪，自己完全無法解釋的，老是同時就在心底響起質疑：「跟她說這幹嘛？她怎麼會想聽？怎麼可能讓她聽得懂？」蘭馨是又不是他要說話的對象。但如果不是蘭馨，又會想跟誰說呢？

2

蘭馨剛開始上班那幾天，他很容易猜到晚飯後兩人獨處時的話題。蘭馨總是會問和爸爸有關的事。宏仁不得不承認，這再自然不過，蘭馨突然和爸爸如此接近工作，一定會好奇、恐怕也有點緊張地想要知道爸爸到底是怎樣一個人，他的個性、脾氣、嗜好，乃至於說話和處理事情的習慣，而她探問的對象，豈不理所當然應該就是自己的丈夫，爸爸的兒子嗎？

但蘭馨的問題，卻總是讓宏仁頭痛。很多時候，蘭馨問的，他根本沒有答案。爸爸會比較希望人家隨時請示，還是不要常常打擾他？遇到不知該怎麼處理的帳目，應該去問其他同事，還是直接問爸爸？萬一有事要出去，需要正式請假告訴爸爸嗎？……宏仁從來沒跟爸爸一起工作過，哪會知道？

更糟的是，宏仁曉得這些問題應該如何回答。應該叫蘭馨去問大哥，不然也可以由宏仁去幫她問大哥。但他說不出這對的答案來。因為這答案後面是更麻煩的問題，他很不願意去面對的問題：為什麼自己從來沒有跟爸爸一起工作過？大哥在爸爸公司裡，他的同學周書明也在爸爸公司裡，二哥在爸爸的另一家公司裡，現在連做媳婦的蘭馨都進爸爸公司了，為什麼爸爸從一開始就打定主意，不容商量地幫他安排了藥廠的職務？甚至沒有讓他有機會選擇？

他不知道，真的不知道。他甚至不知道如果爸爸給了選擇，自己會怎麼選？一連串的謎，他不知道爸爸在想什麼，竟然也不知道自己在想什麼。

儘管總是做出耐心和蘭馨談爸爸的樣子，但畢竟蘭馨還是感覺到不對了吧？是自己流露出了無法完全掩藏的不耐煩？還是蘭馨發現了丈夫口中說的爸爸，和現實裡的爸爸對不上？才沒有幾天，蘭馨不再提爸爸這個話題了，她不提，宏仁當然也順勢避開，但結果就使得兩人之間聊天話題的範圍，一下子小了許多。

3

終於回到家了，還沒有見到蘭馨，竟然先見到了大嫂。大嫂還是一貫露出靦腆生份的微笑，但讓宏仁意外的，微笑招呼之後，大嫂沒有如往常那樣急急錯身而過，而是站定了，隱隱然咬了咬唇邊，又隱隱然吸口氣，下定了決心跟他說：「小弟，……好好對待蘭馨啊，好不好？」

全家就只有大嫂叫他「小弟」。剛嫁來時，她不習慣跟著大哥連名帶姓叫「許宏仁」，有一次學媽媽叫他「宏仁」，又被媽媽立即反應給了白眼，宏仁不忍看到她為了如何稱呼自己而驚慌困擾，找了機會私下教她：「就叫我『小弟』吧，你是大嫂啊，大嫂照顧小弟，媽媽聽了會比較舒服。」

他完全沒有料到大嫂會提起蘭馨，雖然同住在一個屋頂下，心底從來沒有將大嫂和蘭馨連繫在一起。大嫂這樣刻意提了，他才突然意會到一直都存在的可能：蘭馨跟大嫂說了什麼？不，應該是倒過來，大嫂跟蘭馨說了什麼？他總認定對於爸爸、對於家裡的事，蘭馨只能問自己，這時恍然了，不是還有大嫂嗎？蘭馨怎麼可能不去問大嫂？

他頭皮一陣焦麻。大嫂會跟蘭馨說什麼？他迫切想要知道，卻無論如何問不出口，只能盡量壓抑情緒，帶著笑意對大嫂說：「我當然啊，我不會欺負她啦！」大嫂又咬了咬唇邊，點點頭，回復了客氣的神色：「你當然不會，你一定會是個好丈夫。」說完，刻意地側身讓了讓，給宏仁通過。

走了幾步，宏仁忍不住轉頭，果然看見了大嫂瘦而落寞的背影，和那一次在醫院裡看到的一模一樣，印象中好像連衣服都是同一件。

那是一個冬日的早晨，他匆匆進到醫院，要趕在小兒科主任出發巡房前送最新的樣品藥，抄近路越過急診室時，眼角立即感覺到急診室裡有個人影不太尋常，背影，沒有外套，一件單衣，薄薄軟軟的裙子，和別人簡直處在不同季節裡。再多看一眼，發現那是大嫂。

為什麼大嫂會出現在醫院裡？他霎時神智渙散了，這是從來沒想像過會發生，在他意識中覺得不可能發生的事。自己的家人會變成醫院裡那些呻吟痛苦的病人或家屬？

他幾乎想要掉頭趕緊離開，但來不及了，大嫂微側轉身過來，下一秒鐘應該就會看見他。他不得已，走上前，叫：「大嫂！你怎麼會在這裡？」

小正發高燒。昨天下午就燒起來，去診所打了一針，帶回家，吃了一點晚餐，睡下去，到凌晨一點多，突然就在床上吐了，然後體溫又燒上來。用家裡的溫度計量口溫，三十九度多，都快四十度了。所以趕緊送來醫院急診室，折騰了大半夜，到現在燒還沒退，醫生吩咐去買一種進口的葡萄汁給小正喝。

驚訝中帶著愧疚，宏仁發出了連環的問題：「我怎麼都不知道？怎麼沒有人告訴我？你不知道我認識這裡的醫生嗎？你一個人？大哥呢？……」

最後一個問題脫口而出，他自己立即後悔了。原本努力維持平靜的大嫂，眼皮快速眨了好幾下，淚水滴下來。他先是在心中暗罵自己：「還用問嗎？蠢蛋，你今天才認識你大哥嗎？」然後就克制不住低聲罵出口了：「一定又是整夜不見人影！一定又沒人知道他的行蹤！從來不能有一點點對家庭的責任感！」

罵了，當然只惹來大嫂更多的眼淚。他簡直不知該如何收拾自己弄出來的場面，看著大嫂手上捧著的瓶子，才如釋重負找到了話：「這種葡萄汁很營養，喝下去有吊點滴的作用，對瀉肚子或嘔吐的病人最好了，你趕快拿過去給小正，我剛好要去找小兒科主任，我請他過來看看，你別擔心啊，大嫂。」

說完了，也不敢等大嫂的反應，起步匆忙往前。走到小兒科主任室，門鎖上，裡面沒人了。主任開始巡房了，八成還帶著一群實習醫生，他不能追過去，樣品送不了了，也沒辦法說姪兒小正在急診室的事。

他怏怏然離開，走在醫院陰暗的走廊上，錯覺好像每個轉角都會闖入大嫂那不對季節的單薄背影，以至於不得不朝著和急診室相反方向愈走愈遠，試圖擺脫在醫院裡竟然會遇見家人的扞格不安。

第十三章

1

蘭馨是問了大嫂，不過那是她不和宏仁談爸爸之後至少兩個星期的事了。晚飯後洗碗，大嫂進了廚房，一聲不響地就站定在水槽邊，幫她將碗盤沖水、擦乾。

蘭馨覺得很不好意思，每天晚餐固定都是大嫂做的，固定都至少四菜一湯，她就算下班早點回來，也從來幫不上忙，就連飯後收拾，大嫂也是快手快腳處理了，只剩洗碗的工作留給她。

「大嫂，我來就好。」蘭馨說。

「沒關係，你累一天了，要上班，早點弄好早點休息。」

「你有空時也教我做做菜，我都不會。」蘭馨歉意地對大嫂笑笑。

「你想學什麼？哪道菜愛吃想做？」

「剛剛的蒜泥白肉就很好吃。」蘭馨回想了一下。

「蒜泥白肉哪需要學？大塊肉煮熟了，放涼切薄片，再準備大蒜醬油淋上去，不就成了？」

「還有那鍋湯啊，好鮮，我以前從沒喝過。」蘭馨說的是實話。

「你怎麼專挑這種簡單的啊？那湯也沒什麼，只有材料特別，是本省人吃法，爸爸特別喜歡的，說是『酒家菜』，蒜苗、魷魚、帶肥五花，再加上罐頭螺肉，就好啦！」

「真的嗎？真的有那麼簡單，你騙我吧？」蘭馨將信將疑。

大嫂突然一邊擦盤子一邊投來一個極其親近的眼光，說：「騙你？你有那麼好騙嗎？」

2

被這句話中的奇異親切感影響吧，剛好宏仁有事晚歸，蘭馨第一次進到了大嫂的房間。蘭馨沒有刻意要問，大嫂低抑地說起了自己的婚姻，以一句驚人的開場白。

「我常常想起他，記得很多他的事。」這個「他」，指的是她的丈夫，宏仁的大哥，但光是聽大嫂的口氣，會覺得她在說一個已經死了的人吧？

她彷彿執意要忘掉那個人還活著的事實。「我常常閉上眼睛，就看到他晚上從房門口走進來的樣子，每個晚上，都像是要去參加什麼慶典似的，還是突然看到一個自己夢想了好久的禮物，雖然他真的看到的，明明只有我。」

還有，閉上眼睛就會看到每天早上他從屋裡出去，自己後腳跟著出門去買菜。提著空空的菜籃晃啊晃，光是想到才幾分鐘前，那個人也走過這條路，一段泥路上說不定還留著他的腳印，就忍不住心底吃吃地笑。

到了市場，真好，那麼多人、那麼吵鬧，她就能肆無忌憚地輕輕哼著歌了。好奇怪，耳朵裡聽到自己若有似無的歌聲，總是鼻子裡就嗅聞到一種焦焦的味道，像燻肉，卻絕對不是來自市場裡的臘肉鋪。是那男人身上的味道。他很愛乾淨，尤其注意因為抽菸而帶上的味道，睡覺前會刻意清洗，當然沒辦法都清洗掉，就留下了那樣介於香臭之間，微微有點甜、有點苦的味道。

跟著味道一起來的，還有他的力量。她以前不可能接觸過那麼有力量的手臂，還有別的地方。也很奇怪，一個人走在市場時，感覺上好像被那力量一壓，身體就有一個什麼開關開了，從裡面發出光來。害她每次都要神經質地偷偷左右看看，有別人注意到她莫名其妙發出的光嗎？

她還記得只要早回家了，晚餐前他都會比其他家人更早坐定在餐桌上。開飯了，其他人先先後後進飯廳時，她從廚房裡將一道一道做好的菜送上桌，這時只有他莊重穩坐著、神氣微笑著，彷彿顯現著這頓飯其實是為他一個人做的，其他人只是這盛宴中的陪客而已。

她也記得，房間裡的每件家具都被他反覆動過，就連那麼重的木頭高床都換了好幾個位置。不管幾點鐘，他任性地想換擺設就一定要換。好幾次把爸爸或媽媽吵醒了，媽媽特意過來制止，他都不聽。搬出一身汗來，他從來不自己擦，讓她拿著毛巾，跟著他在房間裡轉啊轉，大顆大顆的汗珠從額頭滲出，在掉到眉間前趕緊用毛巾吸走。還有他後頸到背膀的這塊，寬寬厚厚的一大片，每一顆粗粗的毛孔都冒出圓圓的汗珠來……

她都記得，但是有時候不能去記，反而刻意不要想起，因為記憶裡的影像、聲音、氣味、重量太清楚了，相較之下，會覺得現在、眼下的變得模模糊糊，不真切，有點像電視裡傳來的，尤其像半年多前，那一個月，電視裡的彩色忽然消失了，都變成黑白的，黑白影像裡一大群人密密麻麻在國父紀念館前排隊，好像人都一下子變舊了，舊照片的那種舊，讓人無法相信自己也站在那裡，一時驚慌，原來自己也一併這樣變舊了？

3

蘭馨沒有想到大嫂一下子說了這麼多，語氣還是很含蓄、保留，但內容卻如此直接。她一時不知該怎樣回應大嫂用今昔對比，用如同懷念一位死者的方式表達出來對婚姻的感慨，也靜不下來仔細想想大嫂對自己說這些話單純只是感慨嗎？她只能找了一個不直接相干的話題，問大嫂：「你也去了？國父紀念館前面？我爸爸就是要去瞻仰遺容的時候，突然一下昏過去，把我們都嚇壞了！」

大嫂關心地探問了蘭馨爸爸發病的情況，以及後來的發展，並告訴蘭馨，她也是和娘家的家人一起去國父紀念館的。知道消息的那個中午，應該早上來的報紙竟然拖到快中午才出現，電視也是中午開播後全面報導，她根本沒有心情做飯吃飯，鼓起勇氣來去問爸爸能否回娘家。還好，爸爸馬上就了解了，讓她趕緊回家看看。

蘭馨忍不住嘟噥：「啊，回娘家還要問爸爸啊？我回去從來沒問哪？」

大嫂拍拍她的手臂，「你跟我不一樣，我不在，很多事就沒人做，而且有兩個孩子到底帶還不帶的麻煩問題。帶，好像離家出走似的；不帶，要說一聲請人幫忙照顧啊！」

蘭馨很義氣地拍拍胸脯，「以後都找我，我一定幫你帶。」說完自己不好意思起來，吐了吐舌頭：「啊，可是不知道兩個小的願不願讓我帶？好像跟他們還不夠熟……」

大嫂又拍拍她，「謝謝。他們一定喜歡跟你，總比跟阿嬤好吧，至少他們聽得懂你說的話。」

既然大嫂提了，蘭馨趕緊趁機問：「她，宏仁他媽媽，婆婆，唉，媽媽，唉，我總是叫不慣不知該怎麼叫，她是不是不太聽得懂國語啊？」

大嫂先回應稱呼的問題：「我比較容易，有小孩之後就跟著小孩叫『阿嬤』。」然後又笑著說：「你別搞錯了，她什麼都聽得懂呦！反正在她聽得到的地方別亂講話。她聽得懂的才多呢，台語、國語、日語，好像還懂客家話。她只是不愛說國語，國語說得很差，所以在家裡都只願意講台語。可是他啊，」作勢努了努嘴，「還有小弟啊，有時候連爸爸啊，都跟她講國語。」

蘭馨敏感地察覺到大嫂話中的差別了，「你叫『爸爸』，不是叫『阿公』？」

大嫂不自覺地掩口，「啊，真的，一邊是『爸爸』，另一邊是『阿嬤』，糟糕，這亂倫了……」說了自己雖尷尬卻真開心地笑著。

這不是蘭馨的意思。蘭馨想知道的，是為什麼叫「爸爸」就比較自然？但立即她心中明白，不用問了，大嫂和自己的感覺應該是一樣的，公公比婆婆容易親近得多了。

4

後來又回頭說了四月那天的事。

大嫂先說：「之前沒直接問過你，聽說你們家是山東人？」

蘭馨點頭，補充：「山東青島。」

大嫂也點頭，「那是海邊，屬於齊。所以我們算同鄉，又不算。」

蘭馨迷惑了，什麼算又不算？

原來大嫂籍貫上的老家在山東和河北邊上，歷來有時劃在山東省，有時改劃在河北省，她爸爸離家時家鄉屬山東，但後來共產黨來了，又改劃給河北了。所以他們通常自稱「河北山東人」或「山東河北人」。不過，老一輩的人真正在意的又不是山東或河北，而是「魯」，說他們那裡其實屬歷史上的「魯」故地，算孔子家鄉的一部分，要特意和更東邊的「齊」區分開來。「齊」是方術之地，出怪力亂神的道教份子，和傳承儒家正統的「魯」絕對不能混為一談。

「啊？有這種事？我從來沒聽過，下次回家問問我爸。」蘭馨說。

大嫂趕緊制止：「千萬別問，問了氣壞你們家老爺子。……我只是要告訴你，我們家這麼守舊、這麼傳統，別說現代國際知識了，就連山東都還沒進到我爸的腦袋裡，他想的還是兩千年前的『魯』和『齊』呢！」

守舊，必然固執，認定了的事，很難讓他改。他認定了蔣總統是永遠的蔣總統，絕對不會變的，所以聽見了消息，大嫂才會那樣坐立難安。完全不敢想像那對她爸爸會是多大的打擊，更不敢想像她爸爸會有怎樣的反應。從小到大，他們家小孩每個都不知道為了蔣總統挨了多少罵、多少打。一不小心，一句話一個動作，有時甚至只是一個表情，就被爸爸認為對蔣總統不敬，輕則爆喝斥責，中則面壁罰站，重則巴掌打到頭上臉上。

蔣總統不在了！這怎麼得了！

「跟你說，也許你懂。」大嫂低頭看著自己的手，「心神不寧，一半為爸爸，一半也為自己。蔣總統沒了，像是天塌了一半，我也需要和家人在一起，看看接下來該怎麼辦。這裡，他們，沒有這種感覺，就是不一樣，驚訝啊，意外啊，但沒有難過，也沒有那種揪心的難過。」

蘭馨鄭重點點頭，表示真的理解。「那回去了，怎麼樣？」

倒還好，大嫂的爸爸挺平靜的。只是從過年到四月，兩個多月沒見，人似乎老了許多，露著深深的疲態。看她趕回去，爸爸強打精神，只說：「回來得好，能住個幾天吧？」以前回娘家，爸爸從來不會這樣說，總是催她別在娘家待太久。所以她就多留了幾天，宣布可以瞻仰遺容，爸爸又跟她說：「回來得好，一家人一起去看看吧！」

聽到這裡，蘭馨突然明瞭了一件事，對大嫂說：「唉，你爸比我爸堅強。我爸應該就是無法接受去瞻仰遺容這件事，所以臨出門崩潰了吧？」

5

蘭馨和大嫂的談話，被婆婆打斷了。婆婆在外面叫大嫂，好像是小孩洗澡一類的事？大嫂趕緊起身，卻刻意在蘭馨肩上按了按，要她別急著離開。蘭馨不知道大嫂的意思是要留她再多說說話，還是不想讓婆婆看到她在大嫂房裡？

才去了幾分鐘，大嫂就回來了。蘭馨趁機表達她這段日子的一項恐懼：「『阿嬤』說台語，你都聽得懂啊？我每天都好怕萬一沒有別人在時，她對我一個人說話怎麼辦？我聽不懂啊！」

「你一點都聽不懂？那有點麻煩呢。我可以聽一點，半聽半猜，剛嫁來的時候，就猜啊，猜了用國語講一次，問她是不是這個意思？只要她沒修正，就表示對了。如果她說『不是』，那就再聽再猜。如果連猜都沒辦法猜，你就只好直接請她跟你說國語了。」大嫂露出了替她感到為難的表情。

蘭馨更怕了，「那她會不會生氣？她明明會國語，為什麼不說啊？幹嘛這樣為難我們？」

她連串的問題，大嫂不知該先回答哪個。遲疑想了想，才說：「她覺得自己講得不好，特別不願在兒子或我們面前講，怕我們會在背後偷偷笑她吧！不過，我想她應該不會對你生氣啦，不用太擔心。」

「為什麼？為什麼不會對我生氣？」

「你真不知道嗎？她還有點怕你呢！」大嫂伸了右手食指，別有意味地對蘭馨指了指。

「什麼？怕我？你別亂說！」蘭馨驚訝地猛搖頭。

「不是真的怕你這個人，是怕你後面那隻老虎。聽過『狐假虎威』的故事吧？你現在是那隻在森林裡走的狐狸，你後面跟著這家裡最大最威風的老虎……」

「你是說爸爸？」

「不然還有誰？這個家什麼都是爸爸說了算，你沒發現，爸爸在時，『阿嬤』說話都輕輕的，不會大聲。『阿嬤』也感覺得到爸爸疼你吧，她會和你保持一點距離……」

蘭馨覺得自己臉紅了，低聲辯白：「只是叫我到公司上班，給我一點事做……」但馬上想到大嫂嫁進來那麼久了卻沒得到同樣的待遇，又不好再多說下去。

「你本來就討人喜歡，我也喜歡你，很自然的。」大嫂挪了位置，過來和蘭馨一起坐在床沿，親密地攬了攬她。「但大嫂給你一個建議，你要聽進去。有一個習慣要改掉，你可能自己沒注意到，家人吃飯時，『阿嬤』每次說話，說台語，你都會習慣地抬頭看爸爸，你知道嗎？那模樣像是在跟爸爸求救，說『她說什麼、她說什麼？』而且常常被你這樣一看，爸爸就把話接過去，順便翻譯『阿嬤』說的。每次發生這種事，我就看到不只『阿嬤』臉色不太好，還有小弟表情也怪怪的。能改最好改一下，求救也該看小弟比較好。」

蘭馨臉更紅了，真的不知道自己有這樣的習慣，更不好意思對自己追究為什麼會有這樣的習慣了。

第十四章

1

距離年底沒剩下幾天了，溫度明顯下降，而且天變陰了，厚厚的雲層持續壓著，好久沒見到陽光，黑夜也愈早籠罩了。

這種季候裡，宏仁格外沒耐心等公車、擠公車，進出幾乎都招計程車。不過偶爾也會遇到在路邊招不到計程車的情況，開過來的紅紅綠綠車輛，都不是空車。招不到，反而在他心裡激起了一點罪惡感，認真算算，自己花在計程車上的錢，恐怕都有薪水的三分之一了吧？又想起上午拜訪的一個醫生，為了暗示藥廠該給更高的回扣吧，竟然扳著指頭在他面前算自己薪水的分配流向，第一根指頭，大拇指，是拿回家給老父老母的錢，第二根，食指，是交給太太養家的錢。

宏仁自己從來不需給爸媽錢。婚前一度想過、擔心過夫妻財務該怎麼安排。媽媽早早就斬金截鐵告誡：「要自己管錢，不要懶，有些男人懶，錢通通給女人管，那樣不會好。女人不會懂那麼多，耳朵又軟，不小心給人使弄了，這裡給一點、那裡放一點跟會什麼的，到什麼有錢都弄到沒錢。你爸就不會這樣，他都自己管，男人在外面，知道怎樣用錢生錢，錢生錢，比人生錢快！」雖然他早就知道家裡的錢都握在爸爸手裡，但聽媽媽這樣稱讚爸爸，還是覺得怪怪的。

他本來想，錢就自己管吧，但定期將存摺給蘭馨看，有大筆錢開支或投資，也一定讓她知道。不過，婚後還來不及討論這件事，蘭馨就被爸爸找去上班了。蘭馨或爸爸都沒有告訴他那份工作薪水多少，倒過來，蘭馨也從未表現對他收入的好奇，很自然地就變成了兩人各管各的。加上住在家裡，蜜月旅行之外，兩個月裡不曾有比較大的開銷，更沒有理由讓兩個人談錢了。

所以自己也不用拿錢給太太，才能毫不節制地搭計程車，宏仁想。如此一來，招車的手就一時抬不起來了，他調轉了頭，朝公車站牌走去。像是考驗他的決心般，離站牌還有幾步路，眼前就來了一輛空計程車，他搖搖頭，不受誘惑，繼續走向公車牌。

但考驗還沒結束。公車等了好久都不來，過程中當然有好多輛空計程車經過。一輛、兩輛、三輛……宏仁無法制止自己無聊地計數，數到第十四輛，公車才轟呼呼喘吁吁地出現。那麼久才來的車班，當然擁擠。夾在人眾中擠了大半程，到家之前，車才總算空了開來。宏仁找了個位子坐下，坐了兩站，起身下車。一下車，又細又冷的雨絲冰上了頭皮。

他楞了一下，傘呢？自己帶傘了沒？帶了，但放在公車座位邊了！抬頭看，雨霧迷濛中看到公車兩顆紅紅的尾燈，還在前面路口停著。他算計了一下，應該來得及跑過去，敲敲門讓司機開門。然後呢？能叫司機和車上的人等著？還是坐到下一站，再撐傘走任何小雨都會積水的馬路回來？

就在他猶豫時，路口燈號變了，公車又起步往前，追不了了，但他還是在心中認真決定，不追，寧可淋這樣的小雨回家。

2

進了門，媽媽就驚呼：「怎麼濕成這樣，趕快去換衣服，不然要感冒了！」宏仁拿了居家衣褲，進了浴室，媽媽窸窣的腳步聲立即跟來，問：「要不要先放水洗澡？……可是現在放水會比較久……你鎖門做什麼？」

宏仁嘆了一口氣，本來想回：「我進浴室當然要鎖門！」忍住了，只說：「沒有那麼濕啦，我擦擦、換衣服，馬上就好。」儘管這樣說了，可以感覺到媽媽仍然在門外站了一陣子才離開。

蘭馨呢？他突然想。突然，身體裡好像被挖出了一個洞來，一種從來沒有過的空洞。沒有看到蘭馨，也沒有聽到蘭馨的聲音。兩個「沒有」，不再是簡單的「沒有」，取得了特殊的重量，在心頭重重的「沒有」。喔，這就是結婚的感覺了？不再是一個人，會覺得應該有另一個人也在。原來，原來結婚是會有這樣實實在在的重量的。

出了浴室，在走廊上，又遇到了媽媽。媽媽手上揚起一條毛巾，對著他走來，作勢就要踮起腳尖把毛巾佈到他頭上幫他擦頭髮了。他趕忙伸手將毛巾抓過來，自己放到頭上去。為什麼今天媽媽像是又把他當小孩了？媽媽老番顛忘記了兒子幾乎十年前就長得比她高了嗎？

媽媽的口氣裡有種危機般的緊張：「我叫你大嫂去煮一點薑母湯，不過不知道家裡有沒有紅糖，沒有的話，吃完飯再去買，飯後一定要喝一碗薑母，這種天，寒氣一下子進入體內太深，就趕不出來了。」

「哪有那麼嚴重？」宏仁笑笑說。

「別鐵齒，到時候發燒流鼻水才來唉！……先吃飯啦，喝點熱湯也好。」媽媽說。

宏仁點點頭，走向房間。沒有蘭馨。走進房間，還是沒有蘭馨。他立即出了房間，進飯廳，媽媽正在管兩個小孩入座，還是沒有蘭馨。一會兒，大嫂從廚房端著湯也進來了，宏仁覺得不能再不問了，只好對著大嫂問：「蘭馨呢？還沒回來嗎？」大嫂將湯放下，好像刻意多遲疑了一下，頭低低的，然後抬起頭來，瞥了宏仁一眼，立即將眼神轉向媽媽。

媽媽才說：「蘭馨加班，說大概要八點以後才能回到。……你爸爸打電話來說的。蘭馨可以搭你爸爸的車一起回來。」

宏仁「喔」了一聲，一時不知還能如何反應，接觸了媽媽投過來的眼神，他突然帶些惱怒地補了一句：「加班就加班，沒有什麼好大驚小怪的吧？」

3

吃過飯，陪媽媽在客廳看了一會兒電視，但究竟看了什麼節目，宏仁幾乎沒留下任何印象。很用力地目不轉睛盯著螢幕盡量不動，以避開媽媽不時投過來的眼光，也避開媽媽可能要談的話題，不管媽媽想說什麼，他很確定自己當下一定不會想聽，以至於反而沒有辦法將心思放在電視上。

螢幕上閃著「本節目由……提供」的畫面時，他知道已經八點了。八點，也就幾乎是八點以後了。他坐不住了，離開客廳，離開媽媽可能在背後凝視的眼光，回到房間。進了房，一時也不知要做什麼，無意識地對房裡的東西這裡摸摸、那裡碰碰。摸到了唱機，上面還放著那張他去要來的唱片。像是找到了靈感，他高興地將唱針小心地對準了唱片最外圍的溝痕，聽聽音樂，時間應該會過得比較快吧？

音樂來了，聽聽看，也想想看，為什麼蘭馨那麼喜歡這音樂？她在這音樂裡聽到了什麼？聽著想著，宏仁發現自己很難專心，一下子就分神了，弄不清楚自己到底在聽什麼。他試著閉上眼睛聽，但那些不同的聲音仍然聚攏不在一起，好像故意跟他惡作劇般，不斷地散開、亂竄，讓他一直想起小時候打躲避球時，老師一將球傳進場內，躲避的那方立即人影飄忽移動，還帶著女生的尖叫……

他聽不到，聽不到蘭馨聽到的。蜜月旅行時，在台中的那個夜晚，蘭馨的身體極有彈性地回應他，弄得他也格外興奮，一切動作都結束了，蘭馨甚至還靜靜地流淚，但那絕對不是傷心的哭，因為他驚訝不知該從何安慰她時，蘭馨明明給了一個掛著淚珠卻再甜美不過的微笑。

當時他以為那代表婚姻中兩人的身體關係晉升了一個等級，還因此內心微顫地想像會有比這樣更高的等級嗎？那樣的等級又將帶來怎樣的體驗？他又以為蘭馨的變化，應該是下午開心划船引發的吧！

現在看來，兩個「以為」都錯了？沒有新的等級，只有那麼一夜、那麼一次。第二天從台中出發時，蘭馨就恢復了平靜得近乎冷淡的模樣，白天路上如此，晚上房裡也如此。或許，那晚上的激動，包括眼淚和掛淚的微笑，不是來自划船的喜悅，而是來自音樂？

宏仁猛然張開眼睛，燈光射進眼簾，但感覺上卻似乎比原先閉眼時的黑暗帶來更大的阻力，他聽不懂的音樂化身為一層又一層，不知多少層，也估算不出多厚的灰白濛霧，擋住了一切，只剩下那兀自轉著的唱盤，還有唱盤上方指著八點二十分的時鐘。

確確實實是八點以後了，蘭馨還沒回來。

第十五章

1

元旦放假，宏仁提議出去走走，蘭馨其實很想去看電影，結婚、上班，改變最多的是好久沒看電影了，不過想到和宏仁一起去西門町，就有了擔心自己表現得太熟悉、太喜歡那鬧區的壓力，所以什麼都沒說，依隨宏仁的意思，到陽明山去。

宏仁包了一輛計程車上山，直接先到花鐘前。可能是連下了很多天的雨一時停了，儘管多雲沒有陽光，花鐘前擠滿了出遊的人。而且花鐘離公路局站不遠，人一多，排隊等車的人都蔓延到花鐘邊來了。要等車下山的人，好像都累了，心情脾氣都不好，小孩哭、大人吵架，有的家人、同伴之間吵，有的就在推擠中和陌生人吵，夾在這些人之間，真難有興致欣賞花鐘啊！

除了花鐘之外，公園裡沒有太多可看的。杜鵑、桃花、櫻花全沒開，僅有兩棵開得比較像樣的梅花，又成了另一個推擠中心，好多人爭先恐後搶在樹下拍照。

計程車司機建議去看看瀑布，換換景色也換換心情。一條窄窄的路往下走，沒走幾步，蘭馨就感覺到濕寒的空氣直往皮膚裡刺，再走一段，聽見水聲了，嗤啦啦、嘩啦啦、啪啦啦，隨著路轉彎而變化著，讓人精神一振。但再靠近，真正看見瀑布了，一來水花流濺的規模，和傳來的聲音不成比例，顯然聲音是山谷回響放大了的；二來漫天的水氣被谷底不定向旋飛的風吹來吹去，簡直防不勝防，一下子衣服表面都潮了，冷得蘭馨根本待不住。

坐回車上，看蘭馨緊緊抓住外套才能勉強止住發抖的模樣，計程車司機就建議別留在山上了，陽明山後山開下去，就是北投，可以去泡溫泉暖暖身體。對這個建議，宏仁表現得很熱中，先是說從來不曉得陽明山有路通到北投，向來都是從仰德大道上山下山的，接著又說早想到去泡溫泉，根本就不必浪費時間到陽明山來人擠人了。

蘭馨不好掃宏仁的興，順從接受了。但真的到了北投，進了一家日式的溫泉旅社，蘭馨畢竟抵抗不住自己內心的反感與不自在。她跟宏仁說：「你自己去洗吧，我可以等你。」宏仁臉上一片黑霧，完全不掩飾地表現了不快：「為什麼？你要在哪裡等？這種旅社怎麼會有地方讓人家等的？」

蘭馨怎麼會知道「這種旅社」？「這種旅社」不就是她家裡教她一定要避開的嗎？她從來不知道洗溫泉怎麼洗啊！她想問宏仁：「洗溫泉到底怎麼洗？你怎麼對『這種旅社』這麼熟？」

但話幾次衝到嘴邊，她都找不到不像是要吵架般的口氣來說，就幾次都吞下去了。很為難地擠出稍帶一點討好意味的笑容，說：「我今天真的不太想洗溫泉。」說完了忍不住覺得委屈。沒想到宏仁竟然還脫口反應：「你今天好像什麼事都不想做。」

宏仁話裡的口氣刺激她一時情緒上來，蘭馨反身決然地從旅館裡走出來，盡量不帶任何表情，只看著前面一條不認識、沒來過的路直直地走。她當下唯一能想得出來的行為，走，讓自己專心地走，就不用去想那麼多。

包括不去想宏仁會怎麼樣。他會如何理解她走出來？覺得她生氣了、還是鬧彆扭？知道她為什麼生氣或鬧彆扭？他會跟著出來，會趕上來拉她，會說什麼？還是就不理她，真的自己去洗溫泉，或乾脆離開上計程車？

她不想，她不要想。想了也沒有用。想不出來的。完全不知道宏仁會怎麼樣。一點基本的方向或把握都沒有。她只能想：這算是人生的第一遭吧？這樣跟一個人鬧彆扭，對於鬧了彆扭之後會發生的事，完全茫然。這樣是好事還是壞事？應該怨嘆嫁了一個讓自己陷入茫然的男人；還是應該慶幸兩個人之間到現在才第一次遇到這種情況，所以沒有經驗、沒有概念？

她不管，她不要想，不管、不想，那麼唯一的方法，就只能繼續走路，一直走下去。走著走著，她發現眼前的路沒有那麼陌生，一個名字突然在眼前的樹梢上飄了出來。抹大拉。為什麼是抹大拉？記得了，因為上次和高書懷來北投，自己說了一個抹大拉在電影院裡顯靈的故事。

寒風中，她卻渾身發熱。不是走路帶來的運動熱能，而是羞紅的臉製造的效果。為什麼？為什麼自己要編那樣的故事？經過了那麼久，心中還是一團糊塗，沒有一點答案。經過了那麼久，糊塗甚至還更濃更糊了。她依稀記得，荒唐得不像事實，卻又壓抑不下去的感覺，當時對高書懷說那件事，內在有一種清澈自然，沒有阻礙地講下去，沒有一道分隔事實與編造的線，從來都沒有跨過那條線的不安與猶豫。

幾乎自己都分不清事實和編造了。去教堂是事實，聽到牧師講道是事實，隨手翻聖經應該也是事實。但再來呢？發現牧師說的和聖經不符合，第一次從口中說出抹大拉的名字，是事實嗎？憤憤不平的情緒是事實嗎？如果不是事實，那從哪裡來的，怎麼編造出來的？還有更奇怪的，那天後來自己去看電影，是事實啊，但怎麼會變成自己去，而不是和同學去呢？她努力地回想，卻怎麼想也想不出來。

又為什麼會對高書懷說了，還說得那麼流暢、自然？如果當下，宏仁就在身邊，自己可能跟宏仁說這個故事？她明確地搖了搖頭，不可能，百分之一百、百分之一千的不可能，跟他說這幹嘛？怕他笑？怕他看穿了這是編造的？不，不是這樣，宏仁不會笑，是他和這樣的事，第一個目睹耶穌復活，穿越時空走到身邊來的抹大拉，不可能有任何關係。

那麼……她的思考朝一個危險的方向轉了個彎，來不及制止了，那麼，高書懷說：「我喜歡你」是什麼意思？跟自己編造了、說了抹大拉的故事，有關係嗎？……

她知道不應該繼續想了，但腦袋卻反而愈發地加速跑著。還好此刻身邊一個聲音打斷了她：

「我兩腳好好的，都快要追不上你了。」

是宏仁。在她的左後方一步。她不想理，但又不能不理，因為宏仁說了奇怪的話。

她停下來，半轉過身：「你說什麼？」

宏仁微微喘著，深吸口氣，才說：「我說你可以不用走那麼快吧？」

「我沒有特別走快。我沒有。」蘭馨說，知道自己帶著賭氣的意味。然後回身故意繼續用原來的速度往前走。

這回就刻意聽了一下腳步聲，確定宏仁默默地跟了上來。保持在左後方半步的距離。沒走幾步，她心軟了，稍稍放慢了速度，側著臉，換了盡量正常的語氣，問：「你剛剛還說了別的？我沒聽清楚。」

3

宏仁告訴蘭馨，追著她走，讓他想起自己小時候曾經跌斷腿，差一點就變成跛腳了。說了三兄弟在北投洗溫泉摔跤的事，當時痛到快昏倒時，隱約聽見醫生警告說：如果沒有好好治療，說不定一輩子都會是「長短腳」。

「長短腳」是用台語講的，說完宏仁意識到了，要翻譯，蘭馨搶先說了：「這我聽得懂。」又走了幾步，蘭馨轉頭說：「可以現在都看不出來啊！」說了擔心宏人會以為她刻意轉頭觀察他走路的模樣，又趕緊補充解釋：「你走路當然很正常，我的意思是說腳上都沒有疤痕什麼的……」說了，又臉紅了，覺得凸顯了自己曾經那麼親近地看過和碰觸過宏仁的腳。

唉，真恨這種動輒尷尬的感覺！蘭馨在心中恨恨地叫著，究竟要到什麼時候才能跟身邊這個人正常的說話、正常的生活？應該有那麼一天吧？不管什麼樣的夫妻，都能熬到那一天吧？

宏仁好像沒有特別注意到她的尷尬。慢慢地，兩人走路的方式，變成了蘭馨跟隨著宏仁，宏仁似乎對於北投這一帶挺熟悉的。

宏仁提醒她聞到了空氣中不太一樣的味道。「硫磺，那是硫磺味。」宏仁說：「溫泉就是這裡的硫磺燒熱的，陽明山上有一個大油坑，還有一個小油坑，其實坑裡的都不是油，是硫磺。據說我們家的祖先還做過採硫磺、出口硫磺的生意。你知道硫磺有什麼用吧？」

其實蘭馨知道，學校裡教過的，硫磺是火藥的原料。然而當下她覺得寧可配合宏仁的口氣，故意裝傻：「你剛剛不是說了嗎？燒熱水用的啊？」

宏仁果然被逗笑了。「不是啦！誰會要千里迢迢運硫磺去燒洗澡水？……是做火藥用的。有時候我會忍不住想，這些從我們家經手的硫磺，後來都造了火藥，都成了武器嗎？是不是運到了歐洲，在歐洲還是哪裡的戰場上殺了多少人呢？甚至會不會是運到了大陸，那又成了軍閥使用的火藥，還是革命軍使用的火藥？」

蘭馨真的很驚訝，宏仁竟然會從硫磺產生這樣的想法，忍不住說：「你想太多了。」

但宏仁想的還不只這樣。他還想到了自己在醫院裡看到即便是現代的醫療，那麼多訓練有素的醫生和護士，那麼多器材和藥物，要救回一條性命都多艱難啊！經常不得已走在通往太平間的廊道上，他都得強力制止去算從身旁經過了幾個蓋滿白布的推床，那些，都是沒救回來、救不回來的人。可是相對的，火藥、武器殺一個人多容易呢？一顆砲彈炸開來，幾個人就炸飛，沒命了；機關槍一排掃射過去，又是幾個人就中槍倒地，一樣沒命了。

聽到這裡，蘭馨低聲說：「勇士們。」

宏仁停下腳步，驚奇地專注看蘭馨：「對，《勇士們》，你怎麼知道我就是想起了《勇士們》？」說完高興地笑了。

蘭馨也笑了。終於感覺到和宏仁之間也可以有自然的親近連結。

3

蘭馨會想起《勇士們》，毋寧是自然的。那是最糟糕的時候，還來增添她麻煩的討厭因素。到現在他無法理解，怎麼可能會發生這樣的事情。四月初，爸爸倒下去了，連續好幾天，不是進出醫院就是臥病在家。一周之後，蔣總統奉厝大典，爸爸原本堅持一定要回到單位參加路祭，卻又跟瞻仰遺容那天一模一樣，簡直就像電視裡轉播棒球時最新流行的「重播鏡頭」似的，出門的那刻，爸爸又倒下去了。雖然不曾正式商量過，這次家中其他人都有準備了，沒有尖叫、沒有慌亂，很快就將爸爸扶回床上，很快就決定了蘭馨留在家中照顧，其他三人去參加路祭。

爸爸躺下去後，蘭馨打開電視，看奉厝大典的轉播。看了幾分鐘，從房裡傳來模糊、像是喘氣呻吟的聲音，她嚇得趕緊衝進去，原來是爸爸在盡力叫喊，要她將房門打開，這樣他也能聽見電視轉播。蘭馨立即的反應，是去扭開爸爸床頭的收音機，卻被爸爸堅決地制止了，爸爸略帶激動地說：「要電視，要電視，電視才真實！」

「可是你這樣看不到畫面，只能聽到聲音，不是嗎？」蘭馨將本來想說的這句話吞了下去。算了，他要怎樣就怎樣，他是爸爸，又是病人，要聽電視的聲音就讓他聽吧。

蘭馨坐在客廳裡，爸爸在床上透過打開的房門聽電視轉播。當電視裡的聲音說到靈柩抵達大牌樓下暫時停止，讓蔣夫人及家屬對各國使節團答禮時，爸爸發出了可怕的哀嚎哭聲，邊哭邊勉強聽得出叫喚著「小馨、小馨」。蘭馨遲疑了一下，雖然不情願，還是進去走到床邊。

那不是她認識的爸爸。比陌生還要更陌生，不只完全不像任何她認識的人，而且完全不像是她可能會認識的人。眼淚鼻涕弄得他滿臉水油亮亮的，蘭馨拿起了枕頭邊的毛巾要替他擦臉，還沒擦，手就先被抓住了。緊緊抓著她的手，爸爸說：「要死在這裡了。闖蕩大江南北，也走了那麼多地方，大山大水沒少看過，大城小鎮也沒少去過，竟然就要死在這個鬼地方了！」還是沒有接過毛巾，把著蘭馨的手胡亂往臉上抹了抹，說：「對不起你們啊！沒辦法帶你們回去了，沒辦法帶你們回去了……」剛剛抹過的臉上立即又是一團水汪汪了。

第一次聽爸爸說出這話，聽得蘭馨很難過，差點也陪著落淚了。不過她難過的，不是爸爸遺憾的回不去了，而是爸爸如此赤裸裸地表現出來，原來一直到這時候他都還相信真能回去。這樣的信念，不是太天真了嗎？和爸爸的年紀，尤其和他自己口中說的「闖蕩大江南北」資歷，很不配襯？

竟然自己會覺得爸爸天真！這讓蘭馨驚訝，更讓她難過。

奉厝大典之後，爸爸有了新的習慣，察覺到客廳有人看電視，他就會要求將房門打開，聲音放大。播放新聞報導時，家人一定毫無異議照做給爸爸聽，但其他節目可就引發了不同的意見。

最麻煩的，就是夜裡重播的《勇士們》影集。不知道為什麼，完全找不出任何道理，華視突然在四月底開始重播《勇士們》，而且是密集地播，周一到周五晚上十點，每天都有。華視不是國防部的電視台？選擇在國喪期間播美國大兵打德國人的戰爭影集《勇士們》，不是很奇怪嗎？

蘭馨覺得很奇怪，哥哥和弟弟卻興奮得不得了，將之視為每天生活中不容錯過的大事，十點一到必定守在電視機前。可是媽媽和蘭馨都覺得那麼晚了還看電視，一定會吵到爸爸，太不應該了！十點還沒到，經常是晚飯才過，家中的氣氛就為了《勇士們》開始變得緊張。

哥哥想出的妥協辦法，是關了聲音看。「反正有字幕，戰鬥畫面時就自己在內心配音，步槍是『砰』，機關槍是『答答答』，手榴彈是『轟』，有什麼難的？」哥哥聳聳肩瀟灑地說。

弟弟也同意了。可是真的開演看起來了，每到有戰鬥時，弟弟就坐立難安的嫌看起來不過癮，半哀求半強迫的對與其說一起看電視，還不如說坐鎮監視的媽媽說：「開一點點聲音就好，一點點，房間有門啊，爸爸在裡面聽不到的……」

開一點點，再多一點點，再多一點點，媽媽無法制止弟弟第三次或第四次傾身向前去調音量時，爸爸的房裡有動靜了。媽媽立即果斷地將音量鈕向左轉到底，弟弟做出無聲哀號的表情，但來不及了，蘭馨看了媽媽一眼，媽媽絕望地盯著電視想要假裝什麼都不知道，蘭馨只好起身，進了爸爸的房間。

照爸爸要求的，房門開了，電視聲音也開了，一直到這集《勇士們》演完。蘭馨沒有留在客廳，幾分鐘後就進了房間，一方面表示自己需要休息一下，就這麼一點時間讓其他三人接手照顧爸爸；另一方面，坐在那裡一直想著：完全不懂英文的爸爸，到底要聽什麼？不時爆發出來的槍聲、砲聲有什麼特別的吸引力嗎？這裡面透出的一股荒唐，不曉得為什麼，讓她覺得很沮喪。

弟弟得逞了，能夠用甚至比平常更大的音量享受戰爭情景。食髓知味，第二天，當然又來這套了。「開一點點聲音就好，一點點……」媽媽用嚴厲的語氣阻止他，威脅只要電視發出聲音，就乾脆關掉通通不准看。弟弟不放棄，下一場戰鬥戲開始幾秒鐘後，起身動了音量鈕，媽媽火大了，跳起來真的將電視關了。

結果是原本安安靜靜看著電視的哥哥爆發了。哥哥失控和媽媽爭執的聲音引發了爸爸房裡的反應。於是又和前一天一樣，房門開了，音量開大了，直到這集《勇士們》演完。

再一天，從晚飯開始，媽媽就和弟弟間歇地開戰了。媽媽激動地訓弟弟：「你不能替爸爸想想嗎？那是你爸爸，他生了那麼重的病，你就不能不害他嗎？」弟弟很不能接受：「我只不過要開一點聲音看電視影集，被你說得好像要害死自己的爸爸？」媽媽更激動了：「你把那個字給我收回去！你把那個字給我收回去！爸爸病成這樣，你這麼狠心說得出那個字來？你還像個兒子嗎？」哥哥趕緊做樣子搥了弟弟，說：「你別說話了，不說話沒人當你是啞巴！」好不容易暫時中止了這回合的戰事。

但沒多久，下一回合就又開始了。媽媽說：「你爸爸，唉，你爸爸，是經過戰爭的，你們不懂。當年在重慶，被日本人炸得多慘啊！早上炸一次，下午再炸一次，每次編隊轟隆隆一大批飛機過來，然後就遠遠近近炸彈開花。他曾經來不及躲進防空洞，只能趴在乾田溝裡，不敢抬頭，感覺鬼子飛機低空飛過，整個背像是燒了起來般，根本搞不清楚自己到底有沒有中彈⋯⋯也曾經在防空洞裡，一顆砲彈掉下來，就在防空洞口炸開了，炸得每個人一時都變聾了，不曉得會不會下一秒，另一顆隨著就直接炸到防空洞，也不曉得空襲完了人還出得去出不去，會不會就被活埋在洞裡了！你不能想想嗎？我沒生腦袋給你嗎？能讓他聽那些槍聲砲聲？」弟弟勉強聽完，忍不住頂回來：「我讓他聽？我幾時讓他聽了？他自己要聽的！」這次，蘭馨趕緊拉媽媽袖子：「你少說兩句吧，等一下不開聲音就是了，弟弟，對吧，等一下不開聲音了，一點點聲音都不許開。」

等一下，要播《勇士們》之前，蘭馨藉口頭痛，早早進了房間，眼不見為淨，不想再知道會發生什麼事了。

4

嗅著新發現的硫磺味，蘭馨隨著宏仁走回了原來的溫泉旅館前，找到了等著的計程車，計程車司機說：「這種時候洗個溫泉很舒服吧？」後座的兩人都沒有答腔。

第十六章

1

馬上要過舊曆年了。宏仁帶了一疊藥廠印製的賀年卡、一疊紅通通的信封、加上一張花了好幾天累積記錄的名單回家。一吃完飯就進房間，埋頭準備一張張賀卡，每一張都需要工整寫上對方的名字，同樣工整地簽好自己的名字，再小心地在信封上抄寫地址與收件人。

他發現，最難的竟然是寫自己的名字，稍一不留意很容易就寫得潦草了。他忘不了小時候第一次寫賀年卡給爸媽，才剛說完：「爸爸、媽媽，新年恭喜恭喜！」爸爸打開信封抽出賀卡，臉上原本的笑容馬上消失了。「宏仁，你這是什麼？」爸爸將賀卡攤著遞過來，一隻指頭指著卡上「許宏仁」三個字。

當時大概小學四年級的宏仁不懂爸爸的意思，不敢答話，只隱約意識到自己犯錯了，卻怎麼樣也猜不出「許宏仁」三個字能出什麼錯。

停了十秒鐘等不到回答，爸爸的臉色明白地表現生氣了。「許宏仁是誰？哪個大明星嗎？爸爸是在跟你要簽名嗎？」爸爸的音量比剛剛大了許多。

宏仁慌了，但還是沒弄懂爸爸在氣什麼，只能喃喃地說：「不是……」

「老師沒教嗎？你是兒子，這裡要用比較小一點的字寫『兒』，你不是我朋友，不是我長官，你就是兒子。你是我兒子，我會不曉得你姓許嗎？所以『許』不用寫，寫『宏仁』就好，讓我知道這賀卡是你送的，不是大哥或二哥。最沒體的就是這名字寫那麼草！我是你長輩，你對我是要恭敬禮貌，你恭敬禮貌時寫字會寫成這樣？人家看起來就覺得你在囂擺，你有什麼好囂擺的？名字一定要寫整齊，知道嗎？一定要寫整齊！」

一定要寫整齊，潦草就變成明星簽名了，他一直記得。同樣的「許宏仁」或「宏仁」反反覆覆地寫，要寫得整齊還真費力呢！感覺上寫了老半天，才寫完不到一半的賀卡。他讓自己抬頭，扭扭脖子鬆弛一下，正考慮著是不是該起身動一動，看到了房裡的鐘，九點二十分。

九點二十分了！但蘭馨還沒回來？可能嗎？他猛地推開椅子起身，往門外走，蘭馨應該回來了在吃飯吧？還是吃完飯了在廚房洗碗？其實從房門口就能看到飯廳和廚房是一片黑暗，根本沒點燈，他還是快步走去，用力扳上飯廳牆面的開關，飯桌邊當然沒有任何人影，甚至桌上也沒有任何碗盤，收得乾乾淨淨的。像是堅持要完成什麼原本設定的計畫般，他又走進廚房，伸手按開垂吊下來的日光燈開關，同樣的，沒有人，水槽裡也沒有未洗的碗盤。

媽媽跟著他進來了，「你要找啥？肚子餓想吃啥是嗎？」

不，他一點都不餓，甚至根本想不起來才兩小時前，桌上到底都擺了些什麼菜，自己到底都吃了什麼。他也一點都不想跟媽媽說自己在找什麼。

他沒說話，關了廚房燈、又關了飯廳燈，走出來，媽媽跟在後面。顯然媽媽已經知道他在找什麼，甚至媽媽早就等著他會找，或許還疑惑他怎麼能撐到那麼晚才出來找？

媽媽在他身後說：「蘭馨加班，今天又加班。」看不到媽媽的表情，宏仁無法確定媽媽的態度，但那個「又」字聽起來格外刺耳。

他轉過身問：「她打電話回來講？是她自己？還是爸爸？」

從媽媽立即停步，幾乎不自覺倒退的反應，宏仁知道自己的表情一定很不對勁，但他沒辦法考慮到那麼多了。

「……我接到的是你爸爸的……她自己有打還沒有，要問你大嫂，看她有沒有接到……」媽媽猶豫地說。

「為什麼你沒告訴我？為什麼接到電話沒跟我說？她是我太太，你不知道嗎？」說完了一連三個問題，不願看媽媽的反應，宏仁大步走回房間，手握著門把，必須費很大的力氣，才抑止住了將門狠狠甩上的衝動。

2

憤怒。宏仁當下唯一能有的情緒，整個人被憤怒佔滿了，沒有任何餘裕可以想別的。甚至好像內在有一股強烈的意志，要將自己維持在單純的憤怒狀態中，不想別的，不去感受別的。

這樣的純粹狀態，既極端飽實，飽到滿出來了，卻又極端空洞的感覺，似乎維持了好久好久。慢慢地從這種癱瘓中一點一點抽離出來，他疲憊地看了一眼，時鐘上竟然指著九點三十五分。才九點三十五分！他覺得自己沒有力氣再去碰桌上那堆賀卡，沒有力氣做任何事。但不可以，不可以什麼事都不做，那樣時間會過得更慢。至少要走過去，像上次一樣，去放蘭馨的唱片。要不然，就去把唱片從唱盤上拿下來，換一張別的唱片。換什麼？他腦袋裡一片空白，能換什麼不一樣的唱片？自己的唱片？自己有什麼唱片？不記得了，還是根本沒有？會買這台唱機，其實從來都不是為了唱機。是為了要有新的收音機，電器行的人建議不如買最新的「二合一」機型，才多一點錢，有收音機還有電唱機。買來之後，興沖沖地聽了中廣的棒球轉播。在美國還是歐洲哪裡打的成棒賽。少棒、青少棒、青棒都有電視轉播，成棒只有中廣電台轉播。又聽了好多電台都會播放的相聲節目——「魏龍豪、吳兆南，上台一鞠躬！」那樣字正腔圓的國語吸引了他，還有他們風趣來往互開玩笑的氣氛。好像拿過二哥的唱片來放過，還沒跟二哥吵翻之前。但真不記得那是什麼唱片了。悲哀的事實是，自己沒有唱片，沒有任何一張唱片，除了那張從台中帶回來的唱片，至少是自己付了錢去要來的。

那不然就起身將唱片拿起來摔到牆上去？他相信自己有權利這麼做，畢竟那是他送給蘭馨的禮物。但有權利做不表示應該做。應該做嗎？為什麼要做？宏仁發現自己無法回答，於是思緒又被癱瘓了，一動不能動，心理反覆卡著一個念頭：「唱片是摔不壞的，唱片是摔不壞的，唱片是摔不壞的……」這句話像是跳針了般重複一直播一直播。

不知過了多久，門突然被打開，宏仁覺得整個人跳了起來。但開門的，不是蘭馨，是媽媽，臉色似乎特別蒼白，帶著濃厚的不情願，說：「電話，去聽電話，別再怪我沒叫你。」

宏仁到客廳拿起了話筒，但話筒那方，也不是蘭馨，是爸爸。爸爸好像也很意外他竟然會來聽，咿唔嗯啊了一下，才說：「蘭馨跟我在一起，接待美國來的客戶，你知道，他們有時差，現在他們是白天，所以還在跟他們開會……還要一陣子，我跟你媽說了不用等門，你也先去睡，有爸爸照顧蘭馨，不用擔心，你去睡，明天還要上班，知道嗎？」

宏仁說不出「知道」，卻又一時找不到別的有準備的話說，那邊爸爸沒多等，幾秒鐘後就掛了。將話筒擱回去，宏仁立即痛恨自己有那麼多話該說竟然都沒說。「蘭馨呢？我要跟她說兩句話。」「會大概要開到幾點？」「蘭馨需要留在公司？我可以去先接她回來。」「蘭馨又不懂英文，幹嘛跟美國人開會？」「那你叫蘭馨等一下打電話回來給我。」「我不睏，你跟蘭馨說我沒有那麼早睡。」……那麼多句，每一句都是天經地義可以說的，為什麼自己不說？

他的手又摸到了話筒。卻想到自己不知道爸爸公司的電話號碼。或者應該說不記得爸爸公司的電話號碼。從來沒有打過那個號碼。那個號碼，蘭馨的公司的電話，自己太太工作地方的電話號碼。

耳中突然響起自己剛剛對媽媽說的話：「她是我太太，你不知道嗎？」心頭像是遭受了一記猛力奇襲似的，痛得他幾乎要站不住，勉強轉身，在比他預期中近得多，幾乎跨前一步就會撞上的地方，就站著媽媽，媽媽臉上有一種他沒看過的擔憂，不，更接近憂愁吧，而且一察覺他轉身，媽媽也立即忙不迭的轉身，將那張愁容藏了起來。

第十七章

1

回到家時，蘭馨的頭還暈眩著。口很乾，卻不想進廚房去找水喝，覺得喝水也解不了這種口乾，而且她必須立刻進到房間裡去，不然就更沒有勇氣進去了。

房裡燈是亮的，但宏仁躺在床上，棉被包得緊緊的。她馬上知覺到他是醒著的，從很乾很乾的嘴巴裡擠出一點點沙啞的聲音：「我回來了。」床上的宏仁沒有動。她小心翼翼靠近，到可以清楚看見宏仁露在棉被外，側靠在枕上的頭。他的眼睫毛明顯地顫動著，再仔細看，他的嘴角也微微顫動著。蘭馨又用沙啞的聲音說：「欸，對不起……」

他仍然不動。蘭馨不知該怎麼辦了，剛剛回家路上想的所有的話，還有不斷給自己灌注的勇氣，這時都漏光不見了。她失神地再盯著床上的人看了幾秒鐘，突然全身起了恐懼的疙瘩，這是誰？為什麼自己會和這個人單獨在這麼小的一個房間裡？她幾乎要尖叫著逃出門外去了。

下一刻，她的理智恢復了——這是她的丈夫，之後她這一生最親近的人。但這從理智中傳來的聲音，如此虛弱，如此空洞。甚至不足以給她力量和勇氣換衣服。她去關掉了大燈，改成五燭的小燈光。雙手往後碰到了頸背上的拉鍊頭，然後就維持在那裡動不了。脫了衣服換睡衣？如果這時候宏仁突然張開眼睛呢？她無法想像自己要近乎光著身體接受他的詢問，不，即便不是詢問，只是投過來的眼光都會讓她不知所措。

她怕。怕宏仁在等一個什麼樣的機會，他是不是從顫動的睫毛後面微張著一點小縫觀察著她的動靜？她試圖告訴自己：別荒唐了，他不會這樣，你又不是自己一個人，你又不是沒讓他知道你的行蹤，他不會這樣。但沒有用，那恐慌、那想像不肯離去，她不知道宏仁會還是不會怎樣。

暫時放棄了脫衣服換衣服的念頭，她走到床的另一邊去，靠近桌子的那邊。昏暗中，桌上有奇怪的東西讓她不能不注意。散落著黑黑一片一片。她本來想撿起一塊拿到小燈下仔細看，但一撿起來，她立刻知道那是什麼了。被剪開來的唱片碎片，只比銅板大一點。只可能是那張唱片。被剪得很碎很碎，幾十個碎片吧！

她呆愣在那裡。這是她無論如何想像不到的，也無從理解的。此時，床上有了一點點動靜聲響，直覺的反射動作，她衝出了房間，幾乎撞上房門對面的牆，跑了兩步，被房門外的靜寂震懾住了，不敢再往前，就靠著牆站著。

恍惚間，好像看到有個影子浮貼在打開了的房門口，她發現自己的身體劇烈地發抖，抖到站不住，只能頹然靠著牆坐下來，下一瞬間，在自己來得及意識之前，淚水來了，連帶著是幾乎要吞沒她的強烈抽搐，她只能一隻手用力摀住嘴將聲音逼擠回去，另一隻手仍然握著那黑膠碎片，碎片粗糲不規則的邊緣割著她。

2

她後來在房間的桌上趴著睡了一下。覺得自己一直沒有真正睡著，但抬起頭來卻發現宏仁不在床上了。她神經質地趕到門口，將耳朵貼在門上聽，聽見大嫂在催小孩上學的模糊話語，心底稍有了些安全感，落了鎖，然後才換下穿了一整天又一整夜的衣服。

她沒去上班。回來時就說好的，爸爸讓她放一天假。但中午之前，她正愁著該如何和婆婆、大嫂同桌吃飯，爸爸的司機來了，說要接她去公司。她匆忙準備好，匆忙到除了招呼之外，沒法和婆婆多說一句話。整個人繃緊著上了車，猜不出發生了什麼事，讓爸爸改變主意催她上班。

結果因寡言而特別受到爸爸信任的司機，竟然將她送到西門町。然後才說：「董事長說讓你去逛逛街，可以約朋友吃飯，也可以看看電影，如果累了，在電影院睡一覺，會比較自在。」

原來如此。她內心無法抑遏地起了一陣波瀾。爸爸是單純的體貼？還是早上婆婆說了什麼、宏仁說了什麼？他們都在早餐桌上碰面了嗎？回到家都已經快天亮了，爸爸還能照時間起來吃早餐、出門上班？爸爸應該也很累了吧，還想得到要叫司機來解救她？

但這不是真正的解救，只是拖延。從午餐拖到晚餐。晚餐時，宏仁從頭到尾一語不發。倒是婆婆表現得比平常多話，不斷地跟大嫂討論小孩的事。詭異的是，話題說的是兩個姪子，婆婆的眼神卻有意無意地偏離飄向蘭馨。更詭異的是，晚餐還沒結束，大哥竟然出現了。其他人都不免顯現出錯愕，大哥卻似乎毫不在意，大剌剌地坐下來，立即用他的談論與笑聲佔領了整個飯廳。像是急於把握這難得的掩護般，宏仁就悄悄離座回房去了。

雖有千般不願，蘭馨還是跟著宏仁回房。宏仁背對著門口，正緩慢地一片一片收拾桌上的唱片殘屍。蘭馨關了門，背靠在門上，小心地說：「對不起，昨晚……爸爸有告訴你……」才說了這一點點，宏仁就忿忿地將手上的殘片擲進垃圾桶裡，回身，避開完全不看蘭馨，以他迫近過來的氣勢逼得蘭馨連忙向右閃躲，宏仁就堅決地打開門出去了。

夜裡，蘭馨又試了一次。她坐在自己這邊的床沿，背對躺著的宏仁，說：「對不起，不該晚上沒回來。但那真的是工作應酬，我不知道自己的酒量……」宏仁忽地起身，仍然以同樣的速度走向房門，堅決地打開門出去。

蘭馨放棄了。咬著牙，在心裡說：「算了，你不想聽就不要聽。我幹嘛強迫你知道發生了什麼事，又怎麼強迫你關心在我身上發生了什麼事，或我有什麼感覺？你是你，我是我。算了，你不想講話就不要講話，除非你主動跟我講話，不然我到死都不會再跟你多說一句！」

3

早上，宏仁還是沒有對蘭馨說任何一句話。蘭馨出門往公車站牌走，不禁想著：如果兩個人真的就一直這樣，生活在一個屋頂下，睡在同一張床上，卻從此再也不說話，再也不碰觸彼此，那會如何？

大出她自己意料之外，心底浮上來的竟不是悲哀，更不是害怕，而是一份空蕩蕩，像是處在一個可以往任何方向去，沒有固定道路的大草原上。

第十八章

1

宏仁將這一天的日子切成了一步接一步的賭局，前一步的結果決定後一步的走法。他清楚自己要賭的是什麼，卻沒有辦法決定到底怎樣是贏，怎樣是輸。

早上進藥廠開會，如果會議在十點之前結束，那就有充分時間到醫院裡將耳鼻喉科診間走一圈，但如果會開到超過十點，那就不去醫院了。

快十一點了才從藥廠出來，到門口等每小時往台北市區開的交通車。如果是往台大醫院的班車先來，那就上車，進懷寧街窄小的業務辦公室，將自己多時未整理的凌亂辦公桌收拾一下，然後準備寫季報。至少想想季報的主題該選什麼，在季報中如何處理外國藥廠的競爭因素，還有幾家醫院的業績變化以怎樣的順序來呈現。

但先來的是往榮民總醫院的交通車。宏仁上了這班車，中午到了士林。從士林車站沿著文林路走，走經過高中同學蔡崇義開的唱片行。如果唱片行還沒開，或者唱片行雖然開了而蔡崇義不在，那就繼續往前走，走到圓山飯店，去金龍廳好好吃一頓午飯，連要點的菜都想好了，冰花煎餃加紅豆鬆糕，也許還點一個青菜豆腐湯。

他沒有吃到煎餃和鬆糕，因為蔡崇義根本就站在門口，簡直像故意在那裡等他似的。隨著蔡崇義走進唱片行時，他又想好了，如果蔡崇義不知道這張唱片，那就任意帶一張蔡崇義推薦的唱片走出來。

蔡崇義熱情地歡迎他。兩人交換了一點關於高中班上其他同學現況的情報，然後蔡崇義驕傲地炫耀著自己店裡有多少很可能是台灣其他唱片行都找不到的獨家商品。

「你怎麼弄來的，這些稀有唱片？」宏仁盡量表現得好奇地問。

「我有門道。」蔡崇義眨眨眼作神祕狀。「我每天都在找門道，有時甚至南北奔波，只要可能找到特別唱片的地方，再遠我都願意去。全台灣沒有人比我更勤勞了。」

宏仁終於克服了內在阻力，描述了他要找的唱片。古典音樂、法國作曲家，標題叫《遺作》。

蔡崇義思考著。「拉威爾嗎？他的鋼琴三重奏？好像是他的鋼琴三重奏，因為第一次世界大戰爆發，所以他認為會是他上戰場犧牲之前的最後作品，會是他去世之後才發表的遺作。……

我來找找看。」

對宏仁來說不可思議，蔡崇義竟然真能夠從擺滿了幾千張唱片的木架上，只花幾分鐘時間，找出一張唱片來。「是這個嗎？」

宏仁遺憾地搖搖頭，「我不知道。從來沒看過那張唱片的封套。」

「沒關係，那就用聽的。」蔡崇義立即往裡面櫃檯走，一會兒，空氣裡充滿了宏仁不熟悉的音樂。他本來決定的賭法是，不管蔡崇義找到的唱片播出了怎樣的音樂，他都會說：「啊，應該就是這個，謝謝你幫我找到了。」就付錢帶著唱片離開。

然而，音樂一響起，他不自覺地搖了搖頭，還來不及開口就被蔡崇義看見了。「不是？」蔡崇義皺著眉問，根本沒等宏仁回答，就轉身又往架上搜尋。宏仁聽著陌生的樂音，突然不知道下一步應該怎麼做了。

「等一下，你的意思是標題上就寫著《遺作》？」蔡崇義拿下一張唱片，回頭問。

「對，唱片中間貼的紙上有《遺作》兩個字，但也就只有這樣兩個字，沒有其他的了……」宏仁回答，內心湧現著蔡崇義不可能了解的窘迫，因為他想起了自己拿著大剪刀恨恨一刀一刀剪下去的模樣。整個過程中，著魔般地瞪著那張唱片。

「會是這張嗎？但這是劉寬的作品，不是什麼法國作曲家。」蔡崇義邊說邊將手上的唱片從封套裡拿出來，黑色的唱片中間一圈有紅色的紙，紙上的確寫著《遺作》，而且只有這樣兩個字。

宏仁看了一眼，遲疑著沒有回覆是或不是，蔡崇義急急地將唱片拿走，一下子，播放的音樂改變了，完全沒有提防地，宏仁瞬間差點就落下淚來……

2

這算是命運的安排嗎？

回家的路上，宏仁一直想著。發生這樣的事，機率多高？不可能準確地算，但應該小於八分之一吧！不，蔡崇義會有那張唱片，至少又將機率降低十倍，那就是八十分之一。蔡崇義還要能找到那張唱片，再降低十倍也不為過吧？那就到了八百分之一。

買一張十元的愛國獎券，能夠中五十萬元頭獎的機率多高？印象中好像低於百萬分之一。但八百分之一，至少是三獎、四獎的中獎機率吧？

但命運安排了什麼？安排了讓自己有和蘭馨恢復說話的理由？注定了不管發生什麼事，不管自己那晚多麼生氣，夫妻就是夫妻，總會要結束冷戰，回到正常的夫妻關係上？恢復了之後呢？

他急忙阻止自己想下去。再想下去一定會想起蘭馨的身體，細滑滑的皮膚和好柔卻又好有彈性的肌肉。不願承認又無法否認，這幾天和蘭馨總是刻意隔著不互相碰觸的距離，給了他一種之前不曾經歷過的奇特渴望，會在和蘭馨錯身而過時，好像每一個毛孔都刷地張開，每一根毛髮用力豎直起來產生了一種麻麻的感覺。

想些別的。想著懷中抱著的那張唱片，看到唱片蘭馨會有怎樣的反應？知道唱片裡的音樂其實不是法國人寫的，蘭馨又會有怎樣的反應？

他將唱片拿高，再看一眼封套上那個叫劉寬的作曲家的照片。很小很小一張，放在唱片封面的右上角，小到反襯了封面好空闊，只畫上了幾道凌亂無序的色條，帶點抽象畫的味道。照片也小到顯現出幾分不情願與不得已，百般無奈才勉強放上去似的。

一個還活著的人！是嘛，畢竟活著的人才能寫作品，對吧？沒有道理因為作品叫《遺作》，就理所當然認定作者已經死了。蔡崇義說得好，「聽古典音樂的人，他們認識的作曲家，從巴哈到柴可夫斯基，都是死人，喔，連我們剛剛聽的拉威爾，雖然我覺得他的時代那麼晚，好像跟我們很接近，但想想拉威爾也死了幾十年，所以他們很自然覺得每首樂曲背後一定都是一個死人。」

宏仁突然感受到一股不耐，看看錶，很不願相信現在還不到四點，他想要趕快見到蘭馨，趕快給她看劉寬的小小照片，讓她知道，這是個活人！

你最喜歡的音樂，是個活人寫的！你應該要知道！

3

晚飯時，宏仁和蘭馨還是沒有直接對話。只是因為爸爸也在，爸爸習慣性不讓飯桌上沉寂，逼得他們兩人都多說了些話。過程中，宏仁一度恍神，想像眼前的空間出現了看不見的線，連接對話的端點。蘭馨和爸爸說話，那條線最粗；然後蘭馨和大嫂說話，一條稍微細一點的線；更細的一條聯繫蘭馨和媽媽。蘭馨是這三條線的中心。另外有一條線，從自己拉向爸爸；再一條線，差不多粗細，拉向媽媽；還有一條，比較細些，從自己拉向大嫂。自己也是三條線的中心。然而在蘭馨和自己之間，沒有線。空蕩蕩的。

宏仁將新買回來的唱片放在房間桌上。他想像的場景應該是飯後兩人進了房間，蘭馨看到了唱片，會故作冷淡地說：「這是什麼？」這就是冷戰的和解。然後他會將怎麼找到這唱片的過程一五一十告訴蘭馨。尤其想到要說：「你喜歡的音樂，是個活人寫的！」不知為什麼就讓他心底有著興奮與沮喪的奇異矛盾混雜。

現實並沒有依照他想像的那樣發生。蘭馨和前幾天一樣，坐在桌前，就打開抽屜拿出一本書，將書攤開，執意專心地閱讀，渾身散放著拒絕被打擾的氣息。好像根本沒有看到唱片。

等了好久，不得已，本來坐在床上假裝看藥廠文件的宏仁，只好下了床，繞過床，靠近蘭馨。蘭馨仍然堅持不抬頭，沒有任何反應。遲疑了一下，宏仁拿起唱片，輕聲地說：「你看。」

蘭馨應該有點驚訝，但依舊保持一副不願搭理的模樣。像是被書吸引了，非得看完一個段落，才願意稍稍抬頭問：「什麼？」

「這張唱片。我去找到了這張唱片，還你。」宏仁說，每一個字好像都變成了千斤重，好不容易才從嘴巴裡吐出來，臉都漲紅了。

相對，蘭馨的話好輕好輕，立即飄出來：「謝謝，但不用了，我不需要，我沒有要再聽這張唱片。」

宏仁完全沒料到會是這樣。蘭馨竟然狠心地甚至不肯看唱片一眼。他不知道該怎麼辦了。結結巴巴地，他努力逼迫自己還是要將本來準備好的話說出來：「……你不知道……《遺作》這個人還活著……你不是最喜歡嗎？……所以我去找了……而且還找到他活著……他不是死人，你喜歡的不是死人……」

在近乎語無倫次的話語中，他更意外地發現自己哽咽了，眼淚簌簌地滴流下來，完全沒給他阻止抑制的機會……

第十九章

1

蘭馨真的沒想到宏仁會哭。這幾天不是沒有想過該怎樣和解，她原本的態度就是絕不先說話，一定要宏仁開口。但宏仁開口了，說的是唱片，不知為什麼，她突然對自己提高了要求，不能只是這樣，唱片被剪破的情景被叫喚回來，引發了一股電流從腳底快速沿著背脊上升，使得她又氣又怕。他是故意用唱片在暗示什麼嗎？怎麼可以這樣嚇人？她堅持，為了唱片、為了用這種手段嚇人，宏仁不能只先打破冷戰的沉默，還一定要道歉，明白地道歉。

她還猶豫想著是不是該明白跟宏仁說：「我討厭被威脅的感覺，請你保證以後不管兩人之間怎樣，都不能動手更不能動刀」時，宏仁就哽咽了。她瞬間堅持不下去了，讓步從宏仁手上接過唱片來，同時發出：「好啦，好啦」介於有意和無意義之間的聲音。

她本來要說：「好啦，好啦，唱片找回來就好了……」來不及說，宏仁蹲了下來，用全身的重量緊緊地抱住她。她覺得椅子被宏仁的力量往後推挪，馬上要倒翻過去了，趕忙用盡力氣站了起來，宏仁大概是誤會她要離開，就更使勁地抱她，蘭馨腳底一踉蹌，失去平衡跌在床上，背腰間撞上了床板，痛得她叫了一聲。

宏仁也一併跌壓在她身上。她還來不及從瞬間刺痛中回神過來，宏仁已經將嘴湊上了她的嘴，厚厚溫溫的舌頭一下子伸進她口中，然後一隻手則伸進她衣服裡，急切地朝她的胸部探索著……

她想叫：「你在幹嘛！」卻叫不出來。掙扎了一會兒，她最後只能無力地說：「燈……不行……燈還開著……」宏仁從她身上忽地跳起來，探長身子將燈關了，接著手忙腳亂剝脫了他自己的外褲，立即又壓回蘭馨身上。

蘭馨放棄了所有的動作，任宏仁擺布。

2

宏仁平靜了，翻過身似乎睡著了，蘭馨卻平靜不下來。身體還持續感受著宏仁剛剛猛力的撞擊。和以前都不一樣，宏仁好像要將自己整個人撞進來，撞不進來被彈了回去，立即又固執死命地再撞一次，一次又一次之間，甚至不容許一點點的間歇，於是形成了快速、機械的節奏。久久，她的下肢和腦門，彷彿繼續隨著那節奏動著，停不下來。

那節奏讓她極度不安。如同被放置在持續的地震中，會一直擔心房子樑柱牆壁是不是夠堅固，搖啊搖什麼時候會被搖垮了。可能要垮掉鬆開的，不是房子，是自己的身體。而且整個過程間，她沒辦法不意識到其他家人還醒著，連兩個小姪兒都還沒睡吧？他們會察覺到叔叔嬸嬸的房間裡發生了奇怪的事？還是婆婆或大嫂？傳出去的聲響，一定足以讓她們立即猜出房裡的事？唉呀，偏偏今晚連爸爸都在！

她阻止不了自己心中一股厭惡，近乎絕望的感受。宏仁怎麼會變這樣？這不是她認識的宏仁。不，更糟的是，她根本就不認識宏仁，她原本也不認為宏仁會做出那樣的事，將好好一張唱片不只剪破，而且刻意剪成那樣一小片一小片，凌遲虐待。這一下又一下急切的撞擊，也是凌遲的一種嗎？她也不認識會突然淚流滿面的宏仁。還有多少她不認識的宏仁，將要選怎樣的時機跳出來嚇她？

想起淚流滿面的宏仁，連帶想起了他說的話，關於唱片和音樂。那是什麼意思？他要說唱片什麼？唱片這時又在哪？

她動了念頭想找應該落在床邊的唱片，才將手臂伸開，宏仁就醒了。大約花了五秒鐘弄明白自己在哪裡，記起了剛剛發生的事，宏仁在黑暗中說了：「對不起。我不該剪掉你的唱片。」

或許是說出「對不起」產生的冷靜效果吧，宏仁收拾了各種不同的激動，翻側過身，告訴蘭馨自己中午特別去了士林，在同學開的唱片行中找到了劉寬的《遺作》。劉寬當然不是法國人，是中國的音樂家，從封套上的簡單說明看來，四十多歲吧，曾經到日本學作曲，是中國少數積極創作管弦樂曲的音樂家，這張唱片是和省立交響樂團合作灌錄的。

從蔡崇義的店裡拿著唱片出來，宏仁依照原來的計畫走到圓山飯店，還沒走到金龍廳，在富麗堂皇的大廳看見旁邊整齊排列的公用電話，突然有了一個想法。他撥了唱片封套上的號碼，找了唱片公司，問他們還有沒有劉寬的其他唱片。接電話的人顯然不知道劉寬是誰。費了一番唇舌，那人才弄明白宏仁說的是哪張唱片。經過了必須多投兩次銅板的時間，問了其他同事，電話那頭才確定了：關於這張唱片的事，他們什麼都不知道，想知道的話，得去問省交。

還好，他們至少給了省交的電話。省交在台中，得打長途電話。他去櫃檯換了一堆銅板，找了長途台，接通省交電話，從飢腸轆轆打到餓過頭失去食慾，最後只換到兩個情報，第一，劉寬確實和省交合作過；第二，省交不便給予其他資料，但若有需要可以寫信過去，他們願意代為轉交給劉寬。

「對不起，本來以為能多知道一點劉寬的事，但問了半天，還是只知道那麼多。」宏仁說。

蘭馨知道宏仁要表達的，不是真的沒問到訊息的「對不起」，而是為了補償剪掉唱片的莽撞，付出了很大的代價。但蘭馨一時卻無法如自己預期地被感動，而是凜然一顫。這真的是活著的人寫的音樂？她想起第一次在中華路聽到這音樂時，自己對張月惠形容音樂有多好聽的說法：「好聽到——如果這個人還活著，我就取消婚禮不嫁了！」

當時她就不知道這想法怎麼來的，也不知道這算是玩笑話嗎；這時，她更不知道了。

3

後來開了燈。蘭馨先去洗澡，洗完了換宏仁去。一個人在房間時，蘭馨將新買回來的唱片放到唱機上，帶點緊張心情，等著好幾天沒有聽到的音樂再度傳出來。

緊張，因為泡在浴缸中，她一度突然不是那麼有把握自己確切記得那音樂，尤其渙散無法集中回憶為什麼那曲子如此吸引她。

曲子真的有那麼好嗎？吸引她的，真的是音樂本身，還是一種輕佻的心情，對於結婚有點期待又有點抗拒而產生的心情？

音樂來了。從第一個音開始，立刻讓她放心了。那應該是鋼琴的聲音，可以感覺到像是來自按壓琴鍵的重量，然後卻馬上飄飛起來，細碎而快速的音符持續在高處抖動抖動，直到一條長長的旋律由小提琴演奏出來，溫柔但堅決地將那些抖動的音都串接起來，變成一條拉住空中翻飛風箏的線，風箏下一翻，翻到另一條線邊，那是一條金屬的聲音，吹出來的，剛開始很亮很亮，如陽光又如黃金，然而就在讓人覺得周遭都染上金色時，突然無預警地，光快速地一層層暗了，鋼琴聲音回來了，但這次卻變成了一大塊一大塊的敲擊，震在心上，像是預告著什麼災難的逼近，原先明明是金屬的，被剝奪了光亮，露出內在的斑駁木質來，蘭馨腦中湧上了電影《香格里拉》中，女主角走出香格里拉之後，瞬間變老了幾十歲的恐怖畫面，時間，從白天到黑夜，或從光榮到腐朽，神奇地被音樂加速了……

慢慢地，那個感覺又出現了。音樂在編織一個立體的網，網包圍著一個神祕的空間，網愈來愈密、愈來愈密，到後來網眼都不見了，變成像是一堵厚實的牆，空間被藏在牆後面了，只剩下編織過程中不知是遺忘了還是尚未補上的一道窄窄細細的裂痕，唯有通過那道裂痕，在裂痕被發現補上之前，倏然果決穿越，才進得了那個消失了的空間……

這時，房門打開，宏仁走了進來，蘭馨本能地伸手將唱機音量調低，但宏仁卻特別過來又將音量調回原來的大小，然後挨著蘭馨在床邊坐下來。兩人肩並肩靜靜地一起聽音樂，幾分鐘後，宏仁盡量不動聲色地用手攬住了蘭馨的腰，再多用了一點點力，讓蘭馨的上身朝他的方向倚斜，蘭馨順從地靠過去了，又將頭歪在他的肩窩裡，也許是一隻耳朵因此被遮擋住了的關係？音樂迅即滑退，如同衝到盡頭後的波浪，捲著翻起來的一切離開，帶著一份無情、不容商量的意志；但又和灘上之浪不一樣，那音樂去了就去了，不理會蘭馨的耐心等候，沒有再回來的下一個浪頭。

她沒辦法不記得，宏仁進來了，裂痕後面的空間就離開，不知去處。

第二十章

1

宏仁起晚了。應該是蘭馨起床後拉開了窗簾，飽滿的光線正從毛玻璃灌進來，使得宏仁迷濛中直覺認為外面應該是夏天，草率地掀開被子，立即被潮寒的空氣凍得直打哆嗦。

肌肉痠痛，尤其是腰間和大腿。宏仁暗自驚訝「唉呦」了一聲，納悶自己的身體怎麼了，驀地想起來了，昨天晚上瘋狂地壓在蘭馨身上激烈動作，到了夜裡要睡時，又不知哪裡來的強烈衝動，側躺著摸向不知睡了還是醒著的蘭馨，蘭馨沒有明確反應，他就大起膽子拉褪了她的底褲，直接從旁邊進入她的身體，進去後持續動作了好久，好久才從慾望的最高之處跌落下來。

難怪會痠痛，也難怪會睡到日上三竿。不過，剛剛發生了什麼事？宏仁忍不住好奇，蘭馨來叫過，自己太累了起不來，就這樣繼續不省人事地睡？還是蘭馨根本沒叫他、不叫他？知道經過了昨晚那樣兩場不尋常的激情，他沒辦法那麼快恢復？

真是體貼。說不定還帶著嬌羞，經過了昨晚兩場不尋常的激情，早上起來變得不好意思碰觸他的身體？還是另一種嬌羞，怕把他叫醒了，他會延續著昨晚的激情，又要黏著她、摸著她、壓住她？……

想到這裡，宏仁自己有點不好意思，卻同時又有更高的喜悅。喜歡想像蘭馨被自己撫摸時的嬌羞模樣，雖然從來不曾真正看到過。不能再想，身體開始有了反應，去醫院已經遲了，必須趕緊讓自己回神來應付新的一天。

他強迫自己換了衣服，走進浴室盥洗，卻發現洗臉台上好多蘭馨的東西，今天早晨特別引他注意。不行，不能再想這些，必須想點別的吧！什麼別的呢？有什麼別的可以想呢？

突然一個疑問進入腦中，蘭馨對於男人知道多少，又怎麼知道的？婚前，她是怎樣一個女孩？她……

他意識到自己開啟了一個更不該想的題目，像是要逃避房裡突然冒出來的敵人般，他邁著誇張的快步，以誇張的大動作拉開了浴室的門，讓自己迅速進入公共的空間裡，阻止正在心底醞釀的，不管、不能管那是什麼。

2

他以為會遇到媽媽，沒想到坐在餐桌前的，是大嫂。不曉得是他那麼晚還在家裡，或是他匆忙的步伐使得大嫂露出有點不知所措的模樣。大嫂以對上小心翼翼報告的態度說明：媽媽去買菜了，平常當然都是大嫂買菜，但今天媽媽要去選干貝，大嫂不懂怎麼買日本干貝，所以媽媽就說順便買菜吧，所以剛剛也和司機約好時間去接媽媽。

大嫂的神情使得他不好意思立即掉頭離開。他找話問：「咦，平常你買菜，司機也會去市場接？」

「我怎麼好意思叫爸爸的司機接？」大嫂有點覺得他問得離譜吧。

宏仁也覺得原來自己對家裡的事那麼不清楚。但既然表現了無知，乾脆就更無知些吧：「你現在才吃早餐？」

早餐一般是稀飯配醬菜，再加一道蛋或肉，宏仁起床時，飯菜都在桌上擺好了，每個人位子上擺了碗筷，自己盛了稀飯就吃，吃了就去上班，不會要到齊了一起吃，所以他從來沒注意過大嫂的習慣。

「是啊，孩子要上學事多，而且剛起床沒胃口，就等閒下來靜一點再吃。今天吃得比較慢啦，想說媽媽替我去買菜了，到媽媽回來前不會有事，邊吃邊發呆，就被你看到了。」大嫂說。

宏仁知道大嫂不可能真的是「剛起床」所以沒胃口，她起得比全家每個人都早，要煮稀飯還要張羅菜。他根本不敢問大嫂究竟幾點起床的。還有一個不能問、不敢問的問題，那就是大哥在不在。大嫂會說「閒下來靜一點」，應該就表示大哥不在吧，如果這個時間不在，那也只有一種可能——昨晚又沒回來。

他坐下來，大嫂立即將他面前的空碗拿去，正要盛稀飯，忽然在半空中硬是停住了動作。「啊，稀飯涼了，我去幫你熱一下。」宏仁趕忙說：「不用、不用，不必麻煩。」大嫂說：「不麻煩，我用小缽熱大概兩碗的份量，沒有要熱這一大鍋，很快，你先吃幾口蛋，稀飯就熱好了。平常也都是這樣幫爸爸熱的。」

這麼一說，宏仁就更不要大嫂去熱稀飯了，他心中的真話是：「別把我當爸爸或大哥，我不是，也不想跟他們一樣。」但說出來的是：「其實我蠻喜歡吃冷稀飯的，難得可以吃一次，你不要剝奪我的機會。」

大嫂沒有完全相信，側著頭，碗還握著，「真的嗎？」宏仁表現得更積極些，伸出手，「我自己來盛。」

吃著冷掉了的炒蛋配冷掉了的稀飯，從宏仁的胃裡傳來了些微的冷顫。大嫂不可能看得出來，但她立刻說：「冬天吃冷稀飯，抖一抖。」宏仁疑惑地看了大嫂一眼。

大嫂微笑，解釋：「那是我們家裡的話。我爸常說，他的同鄉朋友也這樣說。每年冬天，寒流來的時候，家裡會有一餐刻意吃冷稀飯。我們小孩當然不喜歡，會苦張臉。我爸就訓我們：這怎麼叫冷？這種氣溫梨都還長不出來呢！媽媽在旁邊就會插嘴說：『你們山東人就只在意梨長不長！』

「吃冷稀飯有用意的。讓人抖一抖，意思是讓你從習慣的環境裡跳出來想一想。據說是鄉裡一個官員提倡的，清朝、說不定明朝時的人，反正說起來就像戲文嘛！很窮很窮，窮到要過飯的孩子，後來考上了進士成了大官。富了貴了，卻要提醒自己『莫忘冷稀飯的滋味』，別忘了當年討飯的出身。所以主張小孩都要吃過冷稀飯，尤其是冬天吃，『抖一抖』，不要把山珍海味、綾羅綢緞當天經地義了。

「我們家可沒什麼山珍海味、綾羅綢緞，但我爸還是要我們記得『抖一抖』。」說完，大嫂笑出聲了。

宏仁捧著碗，幾乎忘了要吃冷稀飯了。印象中，好像這還是第一次聽到大嫂的笑聲，這麼些年來。好像也是大嫂第一次一口氣說這麼多話。「這是很好的家庭教育。」宏仁真心地說。

大嫂又微笑了。「我們家裡，這種道理可多了。遇到什麼事，我爸都有話，而且都說是我們鄉里的習俗，我們山東先人的智慧。但看來也沒把我教得比較有智慧些。」

宏仁好奇，另外也想把對話延續下去，問：「還有些怎樣的話？」

「你真的要聽？不會吧！趕快吃吃上班去了。」大嫂不好意思地想起自己碗裡也還沒結束，低頭扒了兩口。

「我今天不趕時間，而且你說的時候我有在吃。」宏仁說。

「好吧……」顯然大嫂心裡早已想到了：「像這種季節啊，稍微再早一點吧，有時候還聽得到蟬叫聲。爸爸就會說：這隻蟬不知死活，過了季節還叫，馬上就死了。秋天的蟬，是『寒蟬』，不叫的，要把力氣節省下來多活幾天，一叫，費掉了力氣，不對的季節裡是補不回來的。多耗一分就快死一天。所以鄉里的智慧就是艱困的時機裡，一定要把嘴巴閉緊，別亂叫別亂說。」

「這聽起來很有道理。」

受到宏仁的反應鼓勵，大嫂又說：「像這種季節，或早一點，發現了蚊子在飛，我們小孩會習慣地要打，或者要找蚊香來點，爸爸就阻止。他說，秋冬的蚊子叫『哀蚊』，悲哀的蚊子。生錯了季節，來得太晚，活不了，馬上就要凍死了。鄉里的說法，人必須披上棉袍時，蚊子就凍死了。這種蚊子別打。大半叮不了人，光是要把嘴刺進人的皮膚大概就耗掉牠僅剩的力氣了。不打哀蚊，鄉里的智慧是看大環境，在大環境裡不利的人，就算你再討厭他，都別打他別欺負他，讓大環境對付他就好了。」

「但也不用同情他？」宏仁隨口問。

「當然！難道秋天裡還要想辦法養蚊子嗎？」大嫂又笑了。

3

宏仁從來沒有想過會這樣和大嫂聊天，更從來沒有想過大嫂是如何長大的，成為「大嫂」之前，又是個什麼樣的人。一時情緒來了，忍不住問：「你那時候，在家裡的時候，交過男朋友嗎？」

大嫂臉上刷地紅了。還好，大嫂看起來沒有被這問題冒犯，爽朗地回答了：「唉呀，你亂說什麼，我如果交過男朋友，怎麼可能還會嫁進你們家來？」

宏仁忍不住又追問一句：「會覺得後悔嗎？」問出口才知覺問得多魯莽，趕緊補充說明：「我的意思是沒交過男朋友就結婚……」說明是為了避免大嫂以為他要問的是會不會後悔嫁進他們家，但說明之後更覺魯莽，這不是顯示了他明明知道對於嫁給大哥這件事，大嫂應該會後悔？

果然，大嫂頭低低的，什麼都沒說。

為了消除自己製造的尷尬，宏仁換上另一個問題：「交男朋友，也不一定就嫁那個人啊。很多女生不都交過男朋友，有的還不只交一個，然後才選了丈夫結婚的？」

這回大嫂抬頭了，眼光中閃過一絲絲的銳利，像是要確認宏仁說這話的態度。應該是看不出任何惡意，大嫂才鬆懈地搖搖頭說：「你真的不知道？……你們家查過，確實知道我過去清清白白，沒和任何男生靠近過，才來說媒的。」

宏仁真的不知道。他不會知道當時大哥怎麼選上大嫂結婚的。他第一次見到大嫂，是在他們的訂婚宴上；第一次記得大嫂的名字甚至還要更晚，是他們婚宴的前一夜，爸爸鄭重其事地練習誦唸兩人的結婚證書，才聽了、記住了大嫂的名字。

而且不好意思地想起，婚宴時坐在旁邊的周書明問他：「覺得這個新大嫂如何？」他說的是：「很好啊，很平常的好，不是我會喜歡的那種平常。」

他搖著頭，忽然意識到了大嫂話中似乎另外有話的部分，他變得警覺地，甚至有點緊張地說：「所以，……也有這樣查過……查過蘭馨？你知道？……」

大嫂沒有立刻回應，似乎沒有聽見他問了什麼。恢復成宏仁平常熟悉的落寞神情。好一陣子，大嫂好像才聚集了足夠的精神，微抬了抬頭，說：「這你怎麼問我？你的事，你更明白才對。」

宏仁從大嫂的語氣中察覺了什麼，急切地沒理會大嫂的問題，直接說：「你一定知道，告訴我。」

大嫂大概想想覺得沒理由隱瞞吧，但還是先小心解釋：「我以為他們應該都讓你知道的……他們有時會在我面前說，問一下我意見……他們說因為都是外省家庭的女生，我會比較明瞭他們得到的消息……」然後順著宏仁燒著高度期待的眼光，大嫂說：「她當然沒有，沒交過男朋友。家裡很單純，蘭馨也很單純，她看起來就很單純啊，不是嗎？」

宏仁點點頭，卻隨即又搖搖頭。「算單純嗎？我常常弄不清楚她在想什麼。她一定在想什麼，卻好平靜，又都不說。」宏仁第一次讓這樣的話從心裡流露出來。

像是被傳染了，大嫂也搖搖頭，「你說話沒道理，平靜不好嗎？平靜就是沒事，為什麼你要覺得她有話不說？她就不能真的沒有話要說？」

「但是……」宏仁猶豫著，不確定該不該說這麼多，但終究捨不得失去可以跟別人討論這件事的難得機會：「她在公司，在爸爸那裡，可能那麼安靜嗎？如果那麼不願說話，能和爸爸工作？爸爸會喜歡她？」

大嫂還是搖搖頭，表現出不能理解宏仁的疑惑：「爸爸喜歡她，有什麼不好？她能去爸爸公司上班，很好啊……」

宏仁知道大嫂沒說出來的言外之意是羨慕，去爸爸公司上班就不需要像她自己一樣留在家裡了。那樣的羨慕惹惱了他，使得他失控地說出：「喜歡到留她過夜不回家，也好嗎？」說完顧不得大嫂的反應，也不敢看大嫂的反應，立即放了碗起身，頭也不回地往房間走。

第二十一章

1

蘭馨覺得好奇怪，二十多年從來不曾到過北投，卻在這麼短的時間內密集地來北投。

她一手撐著傘，一手捏著那已經潮潤了的信封，儘管反覆背熟信封上寫的地址，還是不願將信封放回皮包裡，不時弄得自己有點狼狽，要調整皮包位置不從肩上滑落，風吹過來了又要拉拉脖子上鬆開的圍巾，只有兩隻手真是不夠用呢。

她搭計程車來的，原本大可以將地址交給司機，將找路的責任交給司機，直接坐到門口，就不會有這些麻煩了。但上了車的那一瞬間，她還是說了「北投公園」，從北投公園步行去找。

是為了讓自己還有機會可以反悔，在這段路上改變主意不去了？蘭馨邊走邊想。不，不是，她搜遍了內心，沒有找到一點點的懷疑。那又是為什麼？為了要更明確地知道自己究竟來到一個什麼樣的地方嗎？以便下次能再找到這個地方？為什麼會有下次？……

還沒有想清楚，就在一個上坡路找到了那個地址。信中說明了，門上沒有門牌，只能借助隔壁的門牌來辨識。那是一個平常、簡單的紅門，但或許是在斜坡上的關係吧，紅門傳遞出了一種站不穩的感覺，好像已經在那裡站得很累了，帶著一份厭煩的意志，對來客說著：「要進去趕快進去，不然說不定下一分鐘我就倒下來不當門了。」

信中也說明了，不必試著找門鈴，門鈴不會響，也別敲門，裡面聽不到。別看門好像很堅固，輕輕一推就開了，可以直接進去。蘭馨輕輕地推，很輕很輕，因為相反地，那門看起來一點都不堅固，她生怕稍多用點力，就把門推垮了。

門裡面是一個小院子，有樹有花，樹下好像還有曾經開成菜圃種菜的痕跡。蘭馨無法細看，只是在一眼之際，得了奇怪的直覺，好像自己身處的，不是現在、當下的院子，而是過去的、記憶中的院子。

她吸口氣，按照想好的稍提高音量叫：「劉先生，劉先生，你在嗎？劉先生？……」短短院落小徑盡頭的紗門很快就開了，那一剎那，蘭馨聽見了音樂，就是她熟悉的《遺作》的開頭音樂搶著從門裡湧了出來。

那就是劉寬。穿著一件灰色的套頭毛衣，黑色呢褲，如同她預期地蓬亂著一頭藝術家式的長髮，雙手插在口袋裡。和她想像中僅有的最大差別是，劉寬嘴角沒有叼著菸，只掛著淺淺的微笑。

「江玲燕，進來吧！」劉寬的第一句話，完全不像和第一次見面的人打招呼的口吻。

2

宏仁買回唱片的第二天，一進辦公室，趁著新鮮的衝動，蘭馨坐下來就寫了給劉寬的信，說自己非常喜歡《遺作》這個作品，也好像跟這作品特別有緣，意外地得到唱片，一度又意外地失去，在昨晚竟又意外重得，所以覺得應該寫信致意，同時也許可以藉此得知如何可以聽到劉寬的其他作品。

專心、快速地寫著，寫完了，抬頭才發現江玲燕坐在桌子那頭盯著自己看。江玲燕出現在那個位子，一點都不意外。她對蘭馨有一份特別的親近，甚至愈來愈像依賴。

江玲燕是爸爸原來的秘書，被蘭馨取代了的。蘭馨來了之後，從交接中感受到了江玲燕的恐慌，那種不知道交接之後自己會怎麼樣的前途茫茫。更糟的是，來接她工作的人身分特殊，她沒有任何一點機會跟老闆的媳婦競爭，甚至不能對老闆的媳婦表現出一點點不滿或忌妒。

蘭馨同情她。幾天之後，從爸爸那裡探知江玲燕應該會被解職，蘭馨就更同情她了。一次，和爸爸一起搭車外出時，蘭馨鼓起勇氣，試探地替江玲燕求情——難道公司裡沒有別的位子能讓她換過去嗎？只是讓她試試，如果她真的做不來再要她走，不行嗎？

對於蘭馨的請求，爸爸問：「是因為你代替了她的職位，你覺得自己搶了她的飯碗不好意思，還是有別的理由？」

蘭馨一時答不上來。爸爸正色認真地說：「你知道她是怎樣的人？你說得出來她是怎樣的人、適合做怎樣的事？我沒有辦法像你說的那樣給她試試看，我要先知道先預測，如果將這個人放在這個工作上，大概會發生什麼事，正面的、負面的，看來正面的大於負面的，我才決定試試看。試的過程，我要看的，是現實結果和原先預期的有多大差距。你能告訴我你認識的江玲燕是一個怎樣的人嗎？」

蘭馨還是沒有回答爸爸的問題。此刻，一個更大的疑惑困住了她，無暇想江玲燕，她忍不住問：「董事長，那我呢？……你決定試我，你看到什麼嗎？……現在的結果……」

爸爸阻斷不讓她繼續問，「讓我先弄明白，不，應該是你要先弄明白，你現在是在對董事長發問，還是對爸爸發問？」

蘭馨真的糊塗了，「……這有差別嗎？」

「天差地別。你不能問董事長這個問題，我能夠管一家公司，帶得動那麼多人，因為我從來不會、也從來不需要對任何人解釋用人的道理。這是我的權力，做人事決策的重要權力，尤其你是我用的人，更不可以這樣探問。但如果是問爸爸……那可以，我也會回答，因為我願意把我的本事展給媳婦看看，也願意教她……」

蘭馨太好奇了，立即帶點羞怯地改口說：「爸，……」

「婚宴要結束時，我一直觀察你送客，你有發現嗎？……看得出來你很累很累了，說不定捧著那個銀色的盤子，手都忍不住發抖了，是不是？……你自己沒注意到，臉上的妝都已經快花了，才站了一分鐘，笑容就僵掉了，看起來簡直像是要哭了一樣……」

爸爸的口氣比剛剛輕鬆多了，因為她叫「爸」的關係？她也放鬆了些，帶點撒嬌地抗議：「沒有那麼糟啦！」

爸爸繼續說下去：「那麼累了，換做別人一般就只能行禮如儀，勉強繼續掛著那樣想哭的笑容撐著，奉糖時暗中期待客人別囉嗦任何一句話，讓這最後的折磨能盡快結束。但我看你，應該是知道自己的笑容有多僵多醜吧，但不知是出於愛美還是禮貌，你改變了方法。你主動跟每個客人都說幾句話，說話的臉部動作就取代了僵掉的笑容，只要在語氣中帶著笑意，表情上自然讓人覺得在笑，是吧？我看到你用這種方式，把對自己最不利的情況轉變了，反而給人家親切、甜美的感覺，當下我就想：這女孩不錯，有意志，又有辦法，還有人際上的應對才能，很適合做秘書啊！」

蘭馨想說：「我有嗎？我完全不記得自己有這樣應對送客的情景了。」然而聽著爸爸那麼直率的稱讚，一時說不出口來。

爸爸望向車前的擋風玻璃，沒看蘭馨，又說：「我預期你在工作上能夠學得很快，預期你能盡量降低作為老闆媳婦可能引來的反感，預期你會找到不同方法對待公司裡的不同人，也預期你可能有壓力要討好所有的人，所以失去了做事情的原則。……我試了，我也試出來，我的預期沒有太大的出入。」

蘭馨有點感動，覺得該跟爸爸說：「謝謝。」但那兩個字又顯得太有距離了。於是轉而半開玩笑地說：「這樣不是挺無聊的嗎？原來我這個人那麼容易看穿。……難道都沒有出乎意料的地方嗎？」

爸爸立刻宏聲說：「有！」嚇了蘭馨一跳。「一點都不無聊，有一樣我應該是看錯了，你其實不討好人，連宏仁你都不討好。」

蘭馨低下頭來，爸爸看出來他們兩人間的問題？爸爸畢竟還是指責她不夠服從、討好宏仁，爸爸畢竟還是宏仁的爸爸，自然站在宏仁那一邊。

但爸爸的下一句話，又嚇了蘭馨一跳，他說：「這樣好，我很欣賞。」

3

爸爸明確地要求蘭馨，必須說明她對江玲燕的認識與了解，說明江玲燕是個什麼樣的人，才願意考慮留用江玲燕。

蘭馨真的花了兩天時間觀察、思考，寫了一份書面報告，遞交給爸爸。但爸爸拒絕看，叫蘭馨當面用說的。蘭馨真的很不願意：「這樣討論人家，好嗎？」臉上呈現了尷尬的紅漲。

爸爸不回答，只直直地盯視蘭馨。蘭馨只好拿起報告，準備唸出內容，卻被爸爸明確命令：「放下，別看，用說的，就說你真正感覺的、真正相信的。不要去管自己原來到底寫了什麼。」

蘭馨只好無奈地照做。「她很可愛，外向容易親近，和很多同事都有話說。目前她還少有機會和外面的相關人士接觸，我覺得她可以得到人家的喜愛……」

爸爸雙手交握，手肘支在桌面上，問：「什麼樣的喜愛？」

「……嗯，她要去接近別人，人家不會拒絕，而且有話說，沒有冷場……」

爸又問：「負面的預期呢？」

這蘭馨有準備：「她有點孩子氣，說話不是很正式很莊重，比較難和人家談重要的事，但她反正也不可能去談什麼重要的事，不是嗎？」

爸又問：「你的意思是正面的減掉負面的之後，還有剩？」

蘭馨鄭重點點頭。

爸將雙手打開又交握起來，搖搖頭，看得出有點失望。「她和男同事、女同事都處得好？」

蘭馨想想，說：「應該是吧。」

「你有注意到她和男同事、女同事相處的方式不一樣？」

「董事長的意思……爸的意思是？」

爸用手梳理自己的眉毛，說：「跟女同事在一起是用姊妹淘的方式，說些瑣瑣碎碎的事；跟男同事在一起，就變得很嬌很無知，什麼都要人家幫她、告訴她，是這樣吧？……明白告訴你吧，就算你沒有進公司，我也不會繼續用她當秘書，我受不了她裝無知和無辜。我明明曉得她知道的事，她都要故意瞪大眼睛表示不知道，或故意問我，她以為那樣會讓我覺得有威嚴、有派頭嗎？

「你看人，至少要看到這個。這樣的人，放在身邊會出問題；這樣的人，去外面也會出問題。放在身邊，她一天到晚跟我撒嬌，看到我就靠過來，這個要問我，那個也要問我，還怎麼幫我省工作省時間？秘書不能幫老闆省工作省時間，還算秘書嗎？而且說話很嬌，有時嬌到沒有分寸，人家看到了聽到了，會怎麼想？你說，會怎麼想？」

爸爸停下來不說了，顯示一定要蘭馨回答這問題。蘭馨說：「她不是故意的，她沒那麼多心眼……」

爸爸不滿意她的答案，「我問你人家會怎麼想？……你知道的啊，人家會想，而且會在背後說，她一定跟我有怎樣。怎樣到怎樣程度，都是人家說的、人家想的，說了、想了，又看到她跟我講話的模樣，當然就相信了，就想得更嚴重，說得更厲害了。你有看到這個問題嗎？」

蘭馨嚴肅認真地搖搖頭，承認：「對不起，我還看不到這層……」

爸爸手抬起來制止她道歉，「沒什麼對不起的，學就好。」但立即又不放鬆地追加了一個問題：「那你想想，這樣的人為什麼放出去也會出問題？」

蘭馨皺著眉，瞇著眼，不敢懈怠地用力想。「……她也會用這種態度對待工作上、業務上遇到的男人，雖然因此容易親近，但人家喜歡的是她撒嬌，甚至會要佔她便宜，卻不會真把她當一回事，信任她、把生意交付給她。是這樣嗎？……對不起，我只能想到這樣……」

爸爸的臉上，突然在原本的陰霾中開出光亮來。「很好，很好。只差一點點，那對女人呢？」

蘭馨還是很用力地想，這回想得久些，爸爸沉默耐心地等著。

「她喜歡和女生閒聊，多話，會說出不該說的？」蘭馨就只能答得出短短一句。

「所以你還要拜託我讓這個江玲燕留下來？」爸爸說，但口氣很溫和，甚至帶著喜悅。蘭馨只能搖搖頭，然後又點點頭，拿起這時自覺如此愚蠢的報告，邊起身邊說：「我知道了。謝謝爸爸。」

蘭馨轉身離開董事長室，一出去，卻就接觸到江玲燕專注看過來的眼光。她直覺猜到蘭馨去找董事長和她有關？江玲燕瞪大了的眼睛，看起來好天真，一下子又讓蘭馨不忍了。她駐足在董事長室門口，低下頭不看江玲燕，簡直不知該怎麼走回自己的座位。那樣不動停了不知多久，半分鐘一分鐘吧，她猛地轉回身，在門上敲了幾響。

進了門，面對爸爸的疑惑，蘭馨吸口氣，關了門，沒有勇氣再往前走，背幾乎貼著門，輕聲地說：「爸，可是我一定要補充一件事。我是女生，我和江玲燕工作了超過兩個禮拜，每天上班都說好多話，但她從來沒有講任何一件不該說的事，公司的祕密、別人的祕密，她沒有。」

爸爸像是下意識地重複了蘭馨剛剛說了的話，「她沒有，她沒有……」

4

江玲燕留了下來。也許是猜的，也許是董事長明白告訴她，江玲燕知道她能留下來，和蘭馨的態度有關。所以就格外喜歡來找她。

那天早晨，蘭馨寫信給劉寬時，江玲燕又來了。看到了江玲燕，蘭馨不願表現好像有什麼祕密，就主動輕描淡寫說了自己如何聽了這個作曲家的音樂而大受感動，想寫一封信表達感謝和佩服。這信只能寄到省立交響樂團請他們轉交，其實也沒有把握劉寬一定能收到。

江玲燕聽了，表達了擔心。這樣好嗎？中間要有人轉手，而且收信的那人蘭馨根本完全不知道是怎樣的一個人。江玲燕有了想法，建議蘭馨用個假名，自我保護一下，別暴露在陌生人前面，給人那麼容易找到。

蘭馨覺得江玲燕說的也有道理，正想要說：「那該取個怎樣的假名呢？」突然一個念頭阻止了她。「但，如果用假名，我就收不到回信了……他就算收到，八成也不會回啦，可是……」

江玲燕又靈機一動，說：「那你就用我的名字！寫『江玲燕』！回信地址是公司對不對？回信寄來了，我幫你收，萬一有別的事，人家找到我，我也可以說那信不是我寫的，與我無關，信真的不是我寫啊！」

蘭馨接受了江玲燕的好意，將信重謄了一次，信末署名改成「江玲燕」。

信寄出去不到一個星期，一個下午，江玲燕故作神祕狀尾隨蘭馨進女廁，將一封信塞進她口袋裡，在她耳邊低語：「這應該就是你在等的信。」蘭馨拿起來看，信封得好好的，收件人是「江玲燕」，寄件人的地方有「劉緘」二字。

之後，維持著大約每五天來回一趟，通信了三次，劉寬邀請蘭馨去北投找他。蘭馨的第一個反應是絕對不可能，自己當然不會去，也不能去，劉寬邀的甚至不是自己，而是那根本不存在的，另一個「江玲燕」啊！

然而想到「江玲燕」，卻隨著轉念受了誘惑。反正寫的是「江玲燕」，劉寬邀的是「江玲燕」，去見了劉寬的也只能是「江玲燕」，從頭到尾都不干「徐蘭馨」的事，不是嗎？牽扯不到自己，那就可以躲在「江玲燕」背後去看看啊？

想了一個晚上，「江玲燕」接受了劉寬的邀請。

5

劉寬的客廳有著磨石子地板，中間鋪了一塊色澤淡雅、上面有抽象圖形的地毯。一條深灰色的長沙發，配上兩張個人座、顏色近似卻不是同一套的短沙發。沒有正式的茶几，取而代之的，是散放在地毯上的幾隻木箱，木箱上都還留著打印的黑色英文字樣，最醒目的是KEELUNG，顯然原本是海運用的。

落座之後，劉寬很真摯地重說了信中寫過的話，「你想知道《遺作》如何寫出來的，又為什麼會叫《遺作》，我真的沒辦法在信上回答，一定只能當面談。」

然後有了信裡沒提到的條件，一改剛剛的自在，好像慢慢有一層霧罩上了劉寬，使得他變得沒那麼清楚，隱入了說不上來的抽象距離中。而且隨著他說的話，霧愈來愈濃。

他要求蘭馨讓他完整的說，別打斷他。蘭馨客氣地回應：「這樣的禮貌我當然懂，您放心，我不會插嘴，就是聽。」但劉寬很不放心地強調：「不是禮貌的問題，是一定有些話你會聽不懂，可能還有一些事你覺得沒法相信，但都請你先不要問……請你先相信，不然我就說不下去了。」

蘭馨有點不安，情不自禁地對門口瞄了一眼，確定了儘管又冷又下雨，劉寬還是將門敞開著，就認真地點頭同意。

劉寬說了，開始時蠻正常的，有條有理，但說著說著，句子開始跳躍，再來句與句之間似乎破裂了……

「三年多前的事。我遇到戴團長，聊起來，他一再提到要退休了要退休了。我知道他才剛過六十，年紀沒有那麼大，會想退休一定是出了什麼事，但不知道是團裡的事，還是學校系裡的事。給他打氣，我就半開玩笑地說：『退休好啊，就有時間演奏了，慶祝你退休時，我替你寫一首小提琴協奏曲！媽的，要玩就玩大的！』

「他當真了。我後來了解，他把我說『要玩就玩大的！』做了自己的解釋。我本來的意思單純只是說寫一首完整的協奏曲，動用整個管弦樂團的編制，我還從來沒寫過那麼大的作品。

是這樣大。他以為我在鼓勵他對抗那些要逼他退休的勢力，讓他們看看，他不只當團長、教學生，到這個年紀還能演奏，他不在意退休。

「他變得好積極，以前一年頂多見一兩次吧，這下子他大約兩星期就不辭辛勞，從學校轉兩班公車到北投來找我。他很了解我們這種創作者的毛病吧，一定要有壓力才會寫，才寫得出來。每次他要來之前的晚上，我就伏案趕工，至少趕出一段來，給他看，和他討論。他很認真啊，有時還帶了小提琴，直接在小提琴上一邊拉一邊建議改譜。我開始寫一點樂團的部分，他看著總譜就想，樂團現在的長笛首席是誰，他吹這段會怎麼吹……已經想好了就是要和樂團演出這首曲子。

「但沒多久，我在創作上遇到了瓶頸。是第一樂章的發展部，我想到的手法，是將呈示部裡小提琴拉的第一主題，在發展部原原本本交給木管輪流吹奏，由低而高，低音管、豎笛、雙簧管再到長笛，然後讓小提琴變換角色，先是拉出長串的琶音，低調單調，變成了在幫木管伴奏，再來這些琶音上下幅度逐漸拉大，愈來愈大，也就從原來的伴奏角色衝脫出來，變成了一趟旅程，離開有限的人間，下降下降下降降到地獄，再升上來，升上來升上來升到天堂，好幾個來回，而且上下的速度愈來愈快，愈來愈快……

「這是什麼？這是變形版的但丁《神曲》啊！讓但丁不只從地獄、煉獄、天堂走了一遭，還再走第二遭、第三遭、第四遭！如果但丁不只走一次，不只是書裡的那個意外的旅人，是還要再走第二遭、第三遭……甚至他被困在這永遠不能停的旅程中，註定一直上上下下呢？那意味著什麼？

「我剛開始碰到的問題是尋找、安排和聲。我需要讓音樂在短短的八小節中，從最光明的聲音變到最陰暗的，再在四小節中，從陰暗轉成鬼魅，然後又花八小節快速爬回光明開朗。我毫不困難地找到了光明的、中庸的部分，卻在陰暗和鬼魅上觸了礁，一直有一條線拉著，不斷拉，指引向一個我看不到的地方，那裡藏著有更陰暗、更鬼魅的聲音，不管我寫了什麼，每一個音符都好像做著鬼臉在嘲弄地說：『這樣哪算陰暗和鬼魅啊？』……」

蘭馨果然聽不懂了。她乖乖地依照原先答應的，一句都不問。

6

「找不到陰暗、鬼魅的聲音，曲子就寫不下去了。我停歇了一下，好奇地拿出《神曲》來讀，腦袋突然被一個念頭盤據了——在天堂與地獄間恆常地循環旅行，永遠不得停歇，是最可怕的懲罰。那是比地獄更可怕的地獄。我無法解釋這個念頭，為什麼會是這樣，為什麼會這樣想。不能解釋，就不能擺脫。

「這時戴團長又給了我另外的困擾。發現我進度停滯，他只維持了兩三星期的正常反應，說幾句安慰鼓勵的話，然後他就失常爆炸了。先是憤怒指控我，用我聽不懂的奇怪說法。每說幾句就冒出一個『他們』來。『他們』是誰？我遇到瓶頸干『他們』什麼事啊！他愈說愈多，愈說愈確鑿，說成了是我聽了『他們』的話，我拿了『他們』的好處，所以不幫他寫協奏曲了。不管我怎麼跟他說沒有『他們』，跟『他們』徹底無關，他都不相信。

「再來，更怪的事發生了。有一次，他走進來，就坐在你現在坐的位子上，面色蒼白，整個人似乎虛弱得連一句話都無法講得完，一語不發，我跟他說什麼也都沒反應，沉默地坐著，坐了可能有半小時吧，突然像是從椅子上虛脫滑下來般，我趕緊要去扶他，他卻跪著抓住我的腳，歇斯底里地說：『拜託你告訴我，他們是誰？他們是誰？我知道你和他們有聯絡，還是你就是他們？至少總可以讓我知道他們是誰，他們在哪裡吧？』他氣若游絲，卻又激動說話，發出了我從沒聽過的可怕聲音，我心中悲哀地浮現了自己躲避了好久的結論：『啊，他竟是瘋了啊！』……

「我不記得他終究怎麼離開這裡了。但更可怕的事還在等我。他一走，我回身進入書房，急切地翻開筆記本，立即寫下了一連串的音樂，邊寫邊發抖，先是手抖、腳抖，然後到內臟都在抖，但即使全面、強烈的顫抖都不能阻止我繼續寫、繼續寫……我找到了原先怎麼都找不到的陰暗、鬼魅的聲音，從陰暗到鬼魅，又從鬼魅到陰暗……」

7

「他來了，他看了，他兩眼迸出淚水來，老淚縱橫。他沒說話，遊魂般又走出去。他竟是瘋了呢！我出了一趟門，和老史他們喝酒聊天，老史不能喝酒了，令人遺憾，但他還是最好的聊天夥伴。說起了戴團長，當年他在巴黎的風光。永遠在腋下夾著他的小提琴，那個年代他不提琴盒的，總是那樣抱著，既顯現他的高大英挺，又有一副『琴在人在，琴亡人亡』的氣概。跟人家語言不通，或跟人家意見不合時，他也就不多說話了，拿起琴來，一段巴哈或一段易沙意的無伴奏，用音樂的氣勢壓倒人。那個年代，巴黎的人吃這一套，尤其是一個東方面孔拉小提琴，他們馬上就融化了，幾天之內他無往不利，替我們國家爭取到了外交官爭取不到的。

「說完，快午夜回到家，見鬼了似的，戴團長就抱著琴盒站在我家門口。也不知道他等了多久。進來就餓鬼般索要樂譜，拉了一次又一次，愈拉臉愈白，而且和他的小提琴家傳說相反，愈拉愈糟，愈拉愈是荒腔走板，到後來我幾乎忍不住要摀住耳朵躲避他拉出來的聲音了。然後他收了琴，一語不發地又走了，他前腳一走，我後腳就像鬼使似的，衝進書房裡，攤開草稿，繼續再寫了下一段音樂，仍然是整個人發抖，抖得符桿都畫不直，匆忙記錄在腦中快跑著的音樂，等到第二天再來抄寫。

「然後，他那天來，不拉琴了，跟我說『他們』的事。『他們』夜裡出現在他家，吉普車，黑西裝，左胸上誇張地別著青天白日徽，就如同聽過幾百次的傳言中說的。他被『他們』帶到一個空曠的房間裡，感覺上有國際學舍的籃球場那麼大。高高的屋頂，高到簡直看不到。要他坐在房間中央唯一一張椅子上，一般學校課堂用的桌椅。把他留在那裡一整夜，卻什麼也沒問他，什麼也沒要他做，他睏了想睡一下，恍惚間聽到空房間這裡那裡響起了各式各樣聲音，因為有回音，所以聽起來格外陌生、恐怖，怎麼樣也弄不清楚究竟是人是動物還是什麼別的發出的聲音。

「每次都把他帶到那空曠的房間。天亮送回來。有時早一點，把他放在剛開門的豆漿店門口。有時晚一點，把他放在學校門口，時間掐得恰恰好，他走到教室就打響了上課鐘。沒人問他，也沒人解釋帶他去哪裡要做什麼。好像就是要讓他聽那些聲音似的。那些聲音愈來愈幽微，藏在房間不同的角落，而且愈藏愈隱蔽。但他反而愈是無法不注意，無法不努力去聽。好像遠方，某個不同的時空中，有千軍萬馬在調度中，要發生或正在發生什麼可怕的戰事。

「有一夜待得特別久。可以感覺到天大亮了，好像都過中午了，口渴和飢餓感覺從造成不安到變為痛苦了。終於有一個人出現，是他的幻覺嗎？那人的青天白日徽特別大特別圓，好像還會自己發光，讓他無法直視。那人很冷靜很客氣，用好聽的男中音告知他，這回恐怕不能放他回去了。『想回去嗎?不回去行嗎?』那人客氣地問。他拚命點頭,想回去,當然想回去。『那就答應我們幾件事吧!』那人很冷靜地說。沒有任何猶豫掙扎,他就答應了,都答應了。而從團長和系主任位子上退休,是其中答應了的一項,只是其中一項。

「說完了這一段,他退到門邊,像是要走了。我不知道該不該跟著起身送客。然後他突然說:『我知道你也在那裡,你就是「他們」,所以你才會寫出那個房間的聲音,你知道那個房間裡發生了什麼事。』說完他轉身倉皇拉開門逃出去,真的是用逃的,黑暗中我看到他的背影先絆了一下,仍然不停足,立刻又摔了一下,爬起來,又再繼續衝走……」

8

「……我在院子裡,你剛剛走進來在你左邊,看到沒,正要開花的桃樹,這兩年像發了瘋般開花,一開就滿滿一大樹,開到掩蓋住了原本的樹形,在樹下,我燒了小提琴協奏曲的草稿,稿子沒了,戴團長也沒了,聽說他退休,急急搬到國外去了,曾經風光過的巴黎嗎,應該不是,不是巴黎,稿子沒了,音樂還在,還在腦子裡,腦子能跟著沒了嗎?音樂一在腦子響起,那房子就出現了,我在那房子裡,我為什麼會在房子裡?一起出現的,疊在一起,是《神曲》的開頭，行過人生的半途，我發現自己迷失在濃蔭的森林間，竟然迷失在並未偏離的路上，難以形容這是什麼，野蠻的，濃密的，艱困的，即便回想都使得當時的恐懼如此新鮮……我必須找一個方式離開這野蠻的，濃密的，艱困的，這野蠻的，濃密的，艱困的音樂，房間在音樂裡，音樂在房間裡，停止這音樂，停止這音樂，音樂不肯停止，房間，他們的房間，不肯離開，戴團長離開了，他的房間卻留給了我，太不公平了吧，我必須離開，我必須有不一樣的音樂，巴哈，海頓，莫札特，貝多芬，孟德爾頌，都沒有用，我必須自己找出離開的音樂，我要寫一首離開的音樂，重新攤開畫好五線譜的筆記本，我就坐到了戴團長坐過的那個位子，很硬很硬的木頭椅，一條條木板片組成的，學生用的木頭椅，一張學生用的木頭桌，桌面上用小刀還是什麼畫了一張鬼臉，又笑又哭，舌頭伸得長長的，逼自己看著那張鬼臉，鬼臉盯著我我還是要寫離開的音樂，樂念是什麼，再簡單再單純不過，就是離開，一段可以代表離開的旋律，寫了又劃掉，劃掉了又寫，飄走的音樂，消失的音樂，堂皇踏步走開的音樂，寫了劃掉，我不會寫離開的音樂，我以前寫的原來都是到來的音樂，很好寫很迷人，從遠方來的微細聲音，風聲雨聲雷聲人聲車聲狗吠聲，都可以，由遠而近，一層一層加上去，原來我只會寫這種，不會寫離開，我不需要再到來，不想來都已經來了，我要離開，我要離開，想到了蕭邦，離別賦，為什麼能讓大家都聽到離別，我分析，我模仿，蕭邦救了我，但不是離別賦，蕭邦還有別的，葬禮，葬禮進行曲，貝多芬《英雄》裡也有葬禮，葬禮進行曲，那就對了，沉重的步伐，沒有商量餘地走開，真正離開的音樂，知道了，離開的不是腳步，抬棺材的人踩的腳步，腳步還會回來，但死者不會回來，真正離開，徹底離開，我必須寫真正的離開，不是人離開，不是抬棺材的人離開，參加葬禮的人離開，是我離開，靈魂離開，寫音樂的人被音樂帶走，遺作，遺作真正的定義，寫了這作品作者就離開，他沒辦法留著聽這作品，靈魂離開只留下作品，那叫做遺作，那叫做遺作……

「不是離開，是離開世界，離開生命，一段音樂，最後的音樂，我寫的但我自己聽不到的音樂，我知道我不會有機會聽到的音樂，要這樣的一段音樂，絕望地放棄自己和這音樂之間的關係，只有這樣的音樂能把我帶出去，不然我會和他一樣瘋掉，野蠻的，濃密的，艱困的音樂會把我搞瘋，倒過來就對了，明礬會將濁水逐漸變得澄清，我要那樣的過程，或是用大量的水稀釋一碗黏稠的羹，再加多一點再加多一點再加多一點，即使還是知道羹裡面的材料不會融化不肯消失，但再也看不見撈不到，不完全是水卻無限趨近於水，把一條細細的線放大再放大，光學鏡片裡會有的像魔術的效果，不斷換倍數愈來愈高的放大鏡，本來很細很細的線愈來愈粗，粗到手可以輕易準確描那條線，難的變簡單了，我要這樣的效果，我要音樂依隨模仿這樣的效果，我找了又找，被我找到了，被我找到了……」

劉寬長長的獨白終於休歇了，這過程中他的眼光逐漸從對著蘭馨，一步一步移開，移向右邊窗戶所在的地方，到最後，他像是在對窗外的一叢杜鵑花說話了，話聲落下，靜了，他才轉回頭再度面對蘭馨。

蘭馨極度困惑。一時弄不懂自己究竟聽了什麼，究竟經歷了什麼，茫然失憶忘掉了自己怎麼會來到這裡，也就沒有任何餘裕整理自己的感受。靜下來的片刻，她稍稍回神，最先湧上來的是一份內在的警告，不應該，不應該，怎麼能讓自己和會這樣錯亂說話的人獨處一室，然後記起來，門是開著的，門依舊還開著。但很奇怪，那強烈的警告竟無法激發任何行動的企圖，另外有些什麼力量，將她定著在椅子上，不能走，也不想走。

《遺作》，離開的音樂。她忍不住低聲地說：「但你畢竟還是聽見了自己的音樂，你聽得見自己的音樂。」

劉寬迅即接話，快得讓蘭馨顫了一下，「不是，是，但不是那麼簡單，沒那麼簡單聽到自己的遺作，我去了，又回來，這對我已經是未來了……」

蘭馨呆呆地看著他，劉寬攤攤手，聲音中突然增加了原來沒有的沮喪：「江玲燕，我不知道為什麼要告訴你這些，明知道你不可能了解，但是，但是……你寫信的方式，你說《遺作》的那些話，讓我覺得沒辦法跟你說些表面的，我對別人說的假話，真的很抱歉，我說了這些很難理解的真話，實話……對不起……」

換成「江玲燕」感到深深抱歉。因為她根本不是江玲燕，江玲燕就是個假話。蘭馨覺得極度愧疚，後悔當時沒有誠實地用真名。一半出於歉意的補償，一半出於湧動未經認真思考的直覺，蘭馨說：「你別笑我，我覺得好像沒那麼難理解你在說什麼。」

「你的意思是？」

「我回想起那開始的音樂，對不起，你知道我不懂音樂，甚至分辨不出哪個樂器發出了哪個聲音，但是當你說著，我回想那開始的音樂，突然覺得裡面有一個隔斷，怎麼說呢？是這樣嗎？好像音樂先在另外一個房間，不是真正的房間，而是不一樣的空間裡發生，音樂讓我感覺到那個空間，我沒辦法有任何明白的印象，但就覺得那是和現在、這裡，不一樣的空間。好像音樂是在那個空間演奏的，還是為了那個空間演奏的？然後，不知道為什麼，也不知道怎麼做到的，音樂過來了，過到我們這邊來。我有這樣的感覺。」

聽著蘭馨的話，劉寬眼睛瞪得大大的，單眼皮的眼眶簡直像要撐不住那麼用力的睜張了。他的聲音裡有壓抑不住的激動：「你聽到了？你真的聽到了？你能夠再說一次你聽到的感覺？」

蘭馨雖然覺得自己說得凌亂、荒唐，但還是努力地再說了一次。還沒說完，劉寬就以幽幽嘆息的低語發出：「江玲燕……」聽到這個名字，又提醒了蘭馨自己的不誠實。有一股衝動想要告訴劉寬真相，但衝動只維持了不到半秒，她又失去了說出來的勇氣。糾結掙扎中，出於她自己都無法細想的動機，她脫口說出：「你別笑我，我覺得我好像曾經到過你音樂來的那個空間，也許不是我去到，而是遇到了那裡來的人，只有短短的幾秒鐘……」

對著好奇且期待的劉寬，蘭馨將曾經跟高書懷說過的抹大拉的故事又說了一遍。聽完，劉寬探長了上半身，下巴幾乎都要碰觸到蘭馨的膝蓋了，鄭重地說：「抹大拉還會再來找你的。」

第二十二章

1

真正的江玲燕不安地站在宏仁面前，儘管宏仁說了好幾次請她坐下來，她勉強照做，但沒幾秒鐘當要跟宏仁說話時，就又站了起來。

宏仁想起了小學時，規定和師長說話一定要站起來，而且一定要站好站直。媽媽還教過他，和老師對話，上半身要有自然不做作的變化，老師說話時，微微朝老師的方向傾斜五度，表示專心在聽，等老師說完自己要回答，立即將上身又移回來挺直。

媽媽說那是修身課教的，很遺憾後來的小學都不教了，不像他們那個時代般重視修身，小孩當然都沒那麼有禮貌了。用日本時代的標準衡量的話，宏仁他們這些小孩都是野孩子，不受教。不過，用媽媽的日本時代標準衡量，宏仁的老師們，或許也都是「野人」，沒有了可以被敬畏的尊嚴，穿衣服邋邋遢遢，拖著步伐歪著步伐走路，沒個樣子。

媽媽還教過宏仁看人家的鞋子。從一雙鞋就能看出一個人的人格。看他的鞋是不是隨時維持乾淨，走路時人人平等，每個人的鞋都會沾上土灰，半天不擦就看出差別了。再看他的鞋底磨的程度，有的人鞋跟還沒怎麼磨到，前面鞋底就破了，那最糟糕，一定是拖著步伐走路的，沒精神，而且不頂真。還有一種人鞋底磨一邊，如果磨的是外邊，那一定粗心大意、大主大意沒把別人放在眼裡。如果磨的是內邊，倒過來，這人一定小裡小氣，斤斤計較囉嗦不完。

媽媽會比較地回想起自己小時候的老師。他們要穿制服，甚至還要配刀呢！一把刀隨身掛在腰間，你要不好好走路都不行。沒有直著走、挺著走，一手安穩地扶住劍柄，怎麼走？個子小的老師，因為配劍，要站得更挺，盡量邁大步，看起來整個人好像長高了半尺似的，就有威嚴了。

小時候，宏仁很不愛聽媽媽說這些。因而很意外地發現自己竟然對這些話記得那麼清楚那麼多。以至於感覺到眼前的江玲燕似乎感染著一份小學生式的天真。甚至錯覺她的腦後應該是掛著兩根早上媽媽才剛幫她綁好的長長馬尾？

不，江媽媽並不像還能幫她綁馬尾的樣子。宏仁有點後悔帶他們進到醫院的員工福利社來，雖然過了中午最繁忙的時刻，福利社還是有很多穿白衣的醫生和護士進進出出，他們會習慣地對沒穿白衣的人多看兩眼。江媽媽那個樣子，一看就像個病人，醫生、護士最討厭病人進到福利社來，覺得他們好不容易能擺脫病人和家屬的權利被侵犯了。

江媽媽很憔悴，神情呆滯，眼神會隨著誰在講話而移動，卻很少對人家說的話有反應。江玲燕本來說媽媽有事要請教宏仁，關於病情和用藥，不過看來這場會面江媽媽不可能有任何意見，都是江玲燕安排的吧。

宏仁聽懂了。其實大概江玲燕第二次站起來，宏仁就懂了。江媽媽平常就固定吃血壓藥，最近看病時，醫生又多開了一份說是刺激腦血管血液流通的藥，以免媽媽的大腦運作開始遲鈍退化。藥費當然很貴。兩種藥都要長期吃，很大的一筆開銷。她要問：可不可以不吃那份腦血管的藥？還有，有沒有可能拿到比較便宜的藥？

懂了，而且一直察覺意識到醫生、護士投過來的不友善眼光，宏仁卻還是耐心地聽江玲燕一點一點，遲疑尷尬地將請求吐露出來。他解釋自己沒有失去耐心沒有催，是因為能體會遇到這種事的龐大壓力。她需要對一個陌生人表示：女兒不想再花那麼多錢救媽媽，如果不吃藥不至於等於立刻謀殺了媽媽，那就不要再買藥了。她還需要向一個陌生人乞討同情，將大家都說絕對不能討價還價的藥費打折。

對這樣一個小學生般天真的女孩來說，的確是太困難了些。

2

但，江玲燕是個小學生般天真的女孩嗎？

過年時，年初三吧，公司裡的一群同事照例到家裡來拜年，以前宏仁都早早出門避開了，今年不一樣，他陪蘭馨留在家裡，還陪蘭馨一起招待他們。

在拜年的人眾中，很容易看見江玲燕。她的年紀、她的打扮，一看就和其他人不太搭調。果然，她第一次參加這樣的活動，也許以她的等級、在公司的資歷，還沒到過年進董事長家的程度，但因為和蘭馨熟，所以破格受邀了？

宏仁還蠻高興江玲燕來了。讓蘭馨和他都不至於覺得那麼拘束。面對都不認識的客人，宏仁不自主地一直跟著蘭馨，離開了蘭馨就沒有安全感；像是闖入了大人場所的江玲燕，也同樣緊緊跟著蘭馨，拿蘭馨當救命索般。

拜年的同事們待了一小時左右吧，中午之前要離開了，爸爸吩咐蘭馨和宏仁送客人出門，在門口，同事們順便約了往後的活動，有人要打牌，有人要去看電影。江玲燕撒嬌地請求蘭馨一起去看電影，蘭馨為難地看看宏仁，江玲燕會意了，趕緊一起請宏仁，宏仁不置可否地聳聳肩。

後來一共六個人去看了電影，不必多討論，立刻決定了看《梅花》，今年首選必看的大片。大片就是大片，光是在西門町都有好幾家戲院聯映，還是一票難求，排了好久的隊，只能看到三點半的場次。

經過了吃飯、輪流排隊、買到票後等開場的時間，閒聊中江玲燕知道了宏仁的工作，當場就不斷說這是老天爺的禮物，幫助她可以度過家裡的難關。宏仁一直強調：「不一定幫得上忙，別把我想得太厲害，我只是藥廠裡的小員工，因為需要天天進出醫院，所以多認識一些醫院裡的人而已。」宏仁愈是這樣說，江玲燕就愈是虔敬地雙手合十，說：「大哥，請一定幫忙，一定幫忙。」話被旁邊一個同事聽見了，就打趣教江玲燕：「別叫『大哥』，你該改口叫『姊夫』，懂嗎，一聲『姊夫』立刻拉近了關係，還討好了『姊姊』，兩個人都不好意思不幫你了。」江玲燕接受建議，真的就嬌聲地叫了「姊夫——」，眼睛還故意瞄向蘭馨，但一叫完，立即翻身打了同事一下，說：「你這什麼主意！怎麼知道徐蘭馨比我小，是姊姊？這樣把她叫老了，他們就不幫我了啦！」然後做出兩手握拳誇張揉眼擦淚的動作。大家都笑了，蘭馨正要回應，一看，雙拳稍稍放下的江玲燕，竟然露出了兩道真實的淚痕。蘭馨趕緊靠過去摟了摟她，輕聲說：「你別真哭啊，別難過，宏仁一定幫你，我們一定會幫你……」蘭馨抬頭給宏仁一個眼色，宏仁識趣地也立刻說：「當然幫啊，怎麼可能不幫呢？」

過完年，重新上班了，一個傍晚宏仁回到家進門沒多久，大嫂叫他，說有電話。電話那頭就是江玲燕，怯生生地問還記得上次提到要請他幫忙的事？奇怪的是，宏仁和江玲燕講電話的過程中，大嫂反常地一直留在客廳裡，宏仁一直感覺到背後傳來的一股隱隱威脅，以至於不敢回過頭去。

掛了電話，隱隱的威脅爆發成明確的敵意。大嫂用他從來沒聽過的語氣說：「她竟然敢打電話到家裡來找你？你跟她什麼關係？你太太知道嗎？」

這太怪了！宏仁渾身起了雞皮疙瘩，直覺自己轉過身會看到一個陌生女人莫名其妙進到家中客廳，莫名其妙地發出嚴厲指控。硬是強迫自己轉過身，兩手緊緊抱胸的，還是那個大嫂，臉上依舊落寞哀傷，但多加一種可怕的蒼青顏色。

宏仁盡量平靜地解釋電話那頭是江玲燕，不是什麼出身、來歷不明的女人，江玲燕是爸爸公司的員工，還是蘭馨的好友，蘭馨當然知道。

大嫂沒有放鬆那可怕的蒼青警戒，直勾勾盯著宏仁看，看得他不禁話中多夾了好多咿咿啊啊碎字，好像真有心虛之處。說完了，鼓起勇氣對上大嫂的眼光，大嫂沒有說話。宏仁將眼光移開，大嫂還是沒有說話。令人難耐的沉靜維持了一、兩分鐘，宏仁決定走回房間去。

走了幾步，大嫂冷峻的聲音將一股冷流灌入他的背脊，「她勾引你爸爸，你不知道嗎？……她這樣的年紀，主動勾引你爸爸！」

宏仁停步，沒有回頭。好冷。他站著，一時不知該如何吸收大嫂說的話，而且直覺還沒到可以認真想大嫂說了什麼的時候。等著。在突然徹骨襲來的寒冷中等著。

失去了時間感之後，等到了大嫂的下一句話，憤怒中帶著一點欲哭的衝動：「你爸不用她再當秘書，你知道為什麼？為什麼急著叫蘭馨去上班？她還勾引你大哥，勾引過了你爸去勾引你大哥！」

宏仁眼前一黑，真的不知該繼續往前走，還是回頭面對大嫂。

3

宏仁沒有取消在電話裡和江玲燕說好的約會。他說服自己的理由是：重點在她媽媽，不在江玲燕，她媽媽需要協助，難道她會要帶著生病的媽媽來勾引男人？別荒唐了！

就在年前，宏仁好不容易終於見到了大醫院裡最有權力的副院長，什麼都沒來得及說，就被訓了一頓，然後結結實實一點面子都得不到地被從辦公室趕出來。

副院長說：「少年家，我肯定你的堅持，怎麼樣都要來找我見我。所以我願意特別多說一句，這不是針對你個人，問題在你的行業，你選錯行業了。你的行業，我本來很尊重，後來很討厭，現在變得很看不起。在日本念書的時候，做一個醫學生，實習生，我們看到的藥廠，比做醫生的還更努力。藥廠自覺他們的角色，如果將救人比做打仗，藥廠的戰線比醫院醫生都還要前面。沒有藥，再好的醫生都像沒有武器的戰士一樣，發揮不了作用。藥廠用生死拚搏的態度在做藥，跟醫生密切合作，醫生能想得出來的治病方法，他們就限期去試驗去開發，務必要把藥做出來。

「但回到台灣來，就沒遇過這種藥廠了。這裡的藥廠只要做賣得掉的藥，那就是醫生熟悉，習慣會開的藥。他們的目的是賣藥，不是做藥。日本藥廠拚命做藥，做出能救人的藥再來想怎麼賣，台灣藥廠不是，為了賣藥才去做藥，就算不是藥，不像樣的藥，能賣得掉他們也願意做。我很討厭這樣的藥廠。

「你們呢？你們現在是每天跑來找醫生，從來沒有要問醫生臨床上有沒有欠什麼樣的藥，而是來把你們做出來了賣不掉，或賣得不夠的藥推銷給醫生。實際上，你們隨時在侮辱醫生，把醫生當作你們的同行，比你們更接近付錢病人的推銷員。你們把賺來的錢分給醫生，不需要我提醒你是用什麼樣的方法分給醫生，只要願意賣你們的藥的，就是好醫生，就能賺大錢。你們敗壞了醫生的標準！你們問過醫生會不會、有沒有救人命嗎？你們連自己的藥會不會、有沒有救人命都不問了！你們幫助救過任何人嗎？你們有想過自己的行業跟救人有關係嗎？你們有對自己在妨礙醫生救人良心不安過嗎？

「出去！你臉皮要有多厚，能夠我講到這樣還站在這裡？出去！」

宏仁多想忘掉，但怎麼也忘不掉副院長的話，經常在沒防備的時候驀地想起，一句一句敲在太陽穴上，敲出一顆顆冷汗珠來。要去見江玲燕和她媽媽之前，這些話又不馴地響起了，加強了他赴約的決心。

4

聽江玲燕說完了母親的狀況，宏仁跟她要了醫生的處方。正如他所料，醫生開的降血壓藥，已經是最低層藥廠生產的廉價藥了，至於那據說是可以刺激腦血管血液流通的藥，是外國廠的新藥，一定很貴，而且沒有什麼降價的空間。如果藥是宏仁公司生產的，那當然最容易，宏仁可以給優惠成本價，甚至還可以挪用樣品藥給她；如果藥是其他國內廠產的，宏仁至少也還能請同行賣個交情，給幾盒樣品藥，至少免費支撐一、兩個月。外國廠，又是新藥，那太難了，他們都有嚴格管理規範的。

宏仁幫不上忙，很明白的。這裡不存在他的主觀選擇，無關他要不要。他鬆了一口氣，不需掙扎疑惑，答案自然浮現了。

他對著額頭上滲著緊張汗意的江玲燕表明自己的立場：「抱歉，我……」說了三個字，江玲燕眼眶就紅了，抽著鼻子，不斷點頭。她那麼快就知道答案了？那麼快就放棄了？原本就不覺得有太大的希望？宏仁一時不知該怎麼說下去。江玲燕從口袋裡掏出手帕來，那一霎時，宏仁徹底心軟了，說：「我不確定能幫得了多少，但我來試試問問好嗎？你別難過，沒那麼嚴重，總有辦法的。總有辦法的。」

轉了彎的回答，果然驚訝了江玲燕。下一個霎時，她破啼為笑，對自己失態落淚很不好意思，紅著臉努力擠出了：「謝謝！你真好……」

她那一雙沾淚的睫毛，半抬起來又立刻害羞垂下的眼神，先是因為淚意後又因為害羞而從眼眶散佈到臉頰和耳根的一大片柔紅，彷彿讓人能遠距感受到燒燙的小小耳朵，一下子放大了進入宏仁的腦中。他當下很確定她畢竟還是個天真得像小學生般的女孩。

第二十三章

1

這兩天，蘭馨心中不時繞著「金銅鳳凰」，站在樓閣高處永恆臨風展翅，卻總也飛不走的金銅鳳凰。

假日逛街時，買到了媽媽提過的小說《金閣寺》，一回到家，好奇地就翻開來看。開頭巒沉悶的，她簡直不敢相信媽媽能看得下這種書。猶豫著考慮是不是要放棄時，關於金銅鳳凰的描述出現了，抓住了她。

小說裡的溝口想像那隻閃著金光的銅鳥。集合著最大的矛盾，產了不可思議的美。空中飛翔的鳥，其姿態最是短暫難留。即便是大老鷹看似固定的滑翔，也都隨時變換著位子。金銅鳳凰卻能將飛行的姿態，甚至飛行的動感凝結起來，不受時間的影響。書裡沒有圖像，沒有照片，小說中溝口也還沒有具體看過金閣上的那隻鳳凰，讀著書蘭馨無法確切看到金銅鳳凰的形象，但好奇怪，儘管想破頭都想不出來金銅鳳凰會長什麼樣子，內在卻有一份心念，固執地相信那樣抗拒時間，將時間中的飛翔凝結起來，動態的美轉化為純粹靜態的幻影，必定存在。

問題不是以什麼模樣存在，而是在什麼樣的時空中存在，蘭馨隱約地察覺這中間微妙的差異。在日本，在小說裡描述的京都，一所叫「鹿苑寺」的廟裡，臨著一片水塘，站著一座表面貼滿了金箔的「金閣」，「金閣」的倒影從水面反射上來，呈現出一種不一樣的金光，被水的質地增添了重量，更沉靜更成熟，沒那麼年輕幼稚衝動炫耀的金光。兩種金光以水面為界並列著，好像一個人竟然遭遇了老年的自己，或倒過來，一個人竟然遭遇了過去的、少年的自己。金銅鳳凰也在那裡，空中一隻，水裡還有一隻。水裡的那隻，微波蕩漾間尾上的羽毛枝枝分明地顫晃著，更像在風中在空中；現實空中的那隻，寂然不動，這時應該是繃著等著，下一秒鐘就會倏地展翅朝另一個自己飛去。左右相反的兩隻鳳凰，在一個不可解的空間撞在一起，以不可解的方式又合而為一，回復到那永恆的動與不動間的曖昧狀態……

蘭馨不知道自己為什麼會被這樣的形象糾纏著，遲遲擺脫不了。身體裡有一種焦躁，遙遠卻又似曾相識的感覺，一定何時有過相近的，甚至是完全一樣的焦躁如此不間斷地襲擊，但怎麼想都想不起來，也就無從找到解決的辦法。她放下書，站起來踱步，她將書放得遠些，又將書放進衣櫥裡闔上門，然後無來由地憤恨自己的幼稚，再將書拿出來，丟在床上，人也一屁股坐下，但立即又彈了起來，箭般闖到唱機前面，播放起音樂，當然還是一直放在唱盤上的《遺作》……

音樂傳來，一句又一句，一段又一段，並無助於緩和焦躁，但慢慢地，有一個影像幽幽掙扎著要成形，蘭馨煩躁地閉上眼睛，眼前逐漸暗了，變成了愈來愈純粹的黑，在終極的黑底上，反白呈現了輪廓，一下子她認出來了，那是一個小女孩，那是十年前左右的自己，那是……初經來潮前，受著同樣莫名焦躁折磨的自己。

那個焦躁的小女孩走向一條映著淡淡黃光的甬道，彷彿還回頭給了蘭馨一個召喚的手勢，若有似無，蘭馨不由自主地在想像中隨著她走進甬道，走向光源的來處……

光很微弱，蘭馨不得不張大眼睛辨識腳下與周圍，感覺上看得見到處都是濕濕的，薄薄一層水亮鋪滿了各個方向，蘭馨覺得自己浮在幾乎無法確知的水亮上，不再是靠腳步的運動前進，難道是水中鳳凰的飛行方式？然後更深的困惑來了，自己到底是閉著眼睛還是張開著？剛剛不是閉上眼睛才看到那小女孩的白影嗎？她試著要張開眼睛，卻又發現自己的眼睛已經是張著的，而且張得很大很大，不能再大，稍稍多用一點力氣，從眼眶到眉毛到耳骨傳來了細細的痛楚。

她繼續往前走，前方有一股她從來不曾經歷過的吸力，使得她如同在失重中一直滑過去、滑過去……

光開始變亮了，愈來愈亮，亮到一定程度，蘭馨連瞇著眼都禁受不住那刺激，閉上眼，弄不清到底閉上的是哪隻眼，稍稍習慣了，又張開眼，也不知道又是張開了哪隻眼，眼前有個人，是劉寬。

「你怎麼會在這裡？我在哪裡？」蘭馨驚訝地問。

「這裡，」劉寬顯然早已料定她的問題，「就是我寫《遺作》的地方。你想要進來嗎？」

2

音樂似乎變形了，蘭馨卻說不上來到底哪裡不一樣，更說不上來的，是自己的心情。一點都不像在夢裡，雖然從剛剛的經驗只能推想自己也不可能在現實裡。有驚訝，但驚訝的強度很低很低，無法形容的一種溫溫的驚訝。因為完全沒有害怕，蘭馨第一次發現原來如果心中沒有害怕，就連問「我在哪裡？」聽起來都好怪，不真實。她不禁試著讓自己再問一次，試著至少激發出一點慌張，「我在哪裡？我為什麼會在這裡？」

「你沒有在哪裡。應該說，你還沒有到那裡。這裡什麼地方都不是，勉強只能說是個像入口般的地方吧，你快要走進去了，如果沒有遇到我，你可能就已經進去了。」劉寬回答。

蘭馨還是沒辦法讓自己驚慌，發出的聲音中比較多的毋寧是好奇：「進去哪裡？我該進去嗎？你為什麼會在這裡？我的意思是你剛好、湊巧、偶然……就遇到我？」

「當然不是。應該是我的音樂帶你來的，我覺得有責任該跟你說，那邊，再過去，是什麼樣的地方。你再決定要不要進去。」

劉寬接下來對「那邊」的說明，沒有一句不奇怪不荒唐，但蘭馨依舊耐著性子聽完了，還是沒有一點驚慌或拒斥。

如果就這樣走進去，「那邊」和現實沒有兩樣。「你剛剛在哪裡，在做什麼？」「在房間裡放唱片聽音樂啊！」「那你就回到房間裡，你以為你回到了原來的房間裡。」

但其實不是。慢慢地，你會一點一點注意到不一樣。最明顯的是你的心情。你的心情會愈來愈輕鬆，一直持續地，像是有專業、認真的搬運工不斷將你身體裡的壓力和重量朝外搬走，一直搬一直搬，你的身體愈來愈輕，直到你開始覺得不敢相信，自己身體裡原來怎麼可能堆積那麼多不好不要的東西？

然而事實就是你進入了簡直無止境地變輕的過程。變輕一點，你就多能做一些本來想做卻不能做不敢做的事。再變輕一點，你就開始能夠想本來從來不敢想的念頭。再輕一點，念頭又可以成為行動了。不管你相不相信，你愈來愈自由，在這個和現實平行的空間裡，本來綁著你、約束你的種種限制以一種自然、不驚擾你、使你無法明確察覺因而有所提防阻礙的方式，給你自由。你會過得愈來愈輕鬆，愈來愈舒服。

「我的房間還在？我的家人還在？我的工作還在？我的國家還在？……」

「你剛進去的時候都在。」

「那為什麼不讓我就這樣不知不覺地走進去，如果真像你說得那麼好，我進去了，什麼都不知道，卻就自由了，如果你的音樂可以帶人進這樣的世界，你為什麼要我在不是地方的地方停留？」

劉寬的神色變得極為凝重。「這基本上是一條單行道，進去了，就出不來了。你會希望先想想再決定吧？我進去的時候，沒有想清楚『那邊』的規則，等我察覺等我弄清楚了，就已經來不及了。」

「等一下，我明明是在這邊認識你的啊，你不在『那邊』，怎麼會說回不來？你不是回來了嗎？本來就夠糊塗，你把我弄得更糊塗了！」蘭馨真切地問。

「不是這樣的，沒有那麼容易回來的。」這時劉寬的臉色比剛剛更陰沉了。

3

劉寬就是在痛苦尋找離開的音樂時，闖進「那邊」。「那邊」的入口處有一個他以前認識的人等著他。他離了婚的妻子，後來許多年都沒有聯絡，許多年都沒有聽得她消息。妻子是被正式派來的使者，告知他「離開」現實到「那邊」去的種種情況。一聽說在「那邊」人會擺脫所有的限制，變得愈來愈自由，他幾乎當下毫不猶豫地選擇了「那邊」，沒有理由要回現實。

然後前妻盡到義務地進一步告訴他：在「那邊」生活久了，不一定多久，但夠久之後，會開始察覺另一項和現實的具體差別。你認識的人、共處的人會開始死去。現實裡的人也會死去，在「那邊」不一樣的是，他們死去的順序、快慢，潛在地由你決定。你愈愛的人，你愛得愈深愈強烈，那個人就會死得愈早。

劉寬只想弄清楚一件事：「這些人，在『那邊』我認識的人，他們和現實裡是一樣的嗎？他們在『那邊』死了，就是在現實裡死了？」

使者前妻明確地為他解釋：「不，只有你進到『那邊』，他們沒有。在現實裡，你失蹤了，沒有人找得到你，也沒有留下任何讓人能找到你的線索，沒有了你，他們繼續過現實的生活。你在『那邊』會看到會遭遇的熟人，絕大部分都是幻影，他們是被你帶進來的、由你自己產生的幻影。他們是你享受自由的代價，你自由了，幻影就開始離開，一個一個，以我剛剛形容的順序，一直到全部消失，最後消失的一個，會是你最厭惡、最痛恨的仇敵吧。到那時候，你身邊沒有任何從現實帶來的幻影了，只剩下『那邊』的人。像我，我屬於『那邊』，我不會消失，不管你愛或不愛我。」

既然那些都只是幻影，劉寬不在意，幹嘛在意假的、注定要消失的幻影呢？所以他立即邁開步就走進去了。就像蘭馨當下感受的，他也沒有一絲懷疑「那邊」的真實性，走進去時，他腦中想的，給他痛苦，同時給他對「那邊」更高期待的是：恐怕沒有誰會認真找他吧？他失蹤了，好像不會對誰的生活帶來巨大的、長遠的打擊吧？

劉寬不確定自己在「那邊」住了多久之後，開始動搖了，開始尋找回到現實的可能。那些他帶過去的幻影們，當然不會有答案。費了好多工夫，他才學會如何分辨幻影和「那邊」的人，又費了好多工夫，他終於又聯繫上了前妻。但前妻只是重申：「我那時候就告訴你，只有進來的路，沒有出去的。我該告訴你的，都說了。」聽了，劉寬發瘋般反覆吼叫：「能進來的就能出去！帶我到進來的路去，那裡就一定可以回去！」

中間發生了許多事，他遇到了「那邊」的另一個人，那個人正在「那邊」稱之為「代換狀態」的最終階段，好心地提醒他，前妻當時並未告知他，還有「代換狀態」的選項。「代換狀態」是為那些還有太多現實感情牽連的人設計的，如果你不願意受到所愛之人死去的打擊，即便是幻影都仍然讓你受不了的話，你可以接受代換別人的記憶，以別人的身分來享受自由。

「代換狀態」需要一段時間，也就是說會有一段記憶重疊的過程，保留了部分自己尚未消失的記憶，卻又疊上了部分別人的記憶。但好處是，還沒有徹底離開自己的記憶之前，只要開始接受別人的記憶，你就能享受愈來愈輕的生命，享受自由。

那個在「代換狀態」最終階段，即將完全喪失舊身分的人，好心地提醒劉寬，如果他真的從來都不知道「代換狀態」選項，那應該可以向「那邊」的最高管理單位申訴，請他們調查並予以補救。

又費了好大的力氣，劉寬才找到接洽的管道。經過漫長手續，終於被允許動用「那邊」的另一項法條，判定在自願償付代價之後，回到現實裡。

「江玲燕，你好好想想，你一定要好好想想！」劉寬以關心至近乎痛苦的語氣懇求著。

4

「我不進去，我知道了，我不要進去。」蘭馨明確地說。說出這句話，好像本來包圍著她和劉寬的光就變暗了一層。

劉寬點點頭。蘭馨在他臉上看到雜混了釋然與遺憾的表情，但一時無法細思他為了什麼感到釋然，又為了什麼感到遺憾。

「那我現在該怎麼辦？」蘭馨問。

「背過身去，只要轉過去就可以了，這裡是無處之處，Nowhere Land，只有方向沒有地點，你了解嗎？……不了解也沒關係，轉過身，你就會滑回原本來的地方。」

蘭馨點點頭。但在背過身去之前，一定要再問一個問題：「那你呢？」

劉寬難得有了笑容，「我還是回到我住的地方，不必擔心，你不會發現我跟著你回到房間裡。」

蘭馨堅持澄清：「我擔心的不是這個。」

劉寬的笑意更深了，「難道擔心我消失嗎？……我會回到北投，你去過的地方，其實我一直在那裡啊！」

蘭馨又點點頭，轉身了。後面傳來劉寬的補充：「你可以來北投找我。……再見了，江玲燕。」

第二十四章

1

宏仁將三個月份的血壓藥，牛皮紙袋裝了一大袋，交給江玲燕，並且明確地拒絕了她的錢，「就是要讓你把錢省下來去買腦血管藥的。」江玲燕感激地再三道謝，出於義務吧，又再三探問這些免費血壓藥怎麼來的。

為了阻止江玲燕繼續問，宏仁轉守為攻，索性問了一直好奇的問題：「家裡沒有其他人嗎？我的意思是你一個人擔負照顧媽媽的責任嗎？……」宏仁猜江玲燕的父親應該不在了，所以加了一句：「不會沒有兄弟姊妹吧？」

江玲燕臉色煞白，讓宏仁覺得自己似乎講了什麼可怕的話。連忙反省，但沒有啊，問家中還有什麼人，不是很正常的社交對話嗎？

江玲燕停了一下，說：「上面有一個哥哥……哥哥……」說不下去，竟然就哭了。看得出來，她很努力壓抑著盡量不讓自己哭，卻還是哭了，而且是那種強烈抖動肩頭，摀著嘴都還是發出「呼呼」聲音的哭法。

宏仁覺得很歉疚，也覺得心疼。哥哥發生了什麼可怕的事，才會光是提到「哥哥」就難過成這樣？

幾秒鐘後，江玲燕一波大慟過去了，稍稍平和點，宏仁給自己下台階似地說：「你跟你哥哥感情很好吧？……唉，我也有哥哥，但常常我都寧可自己沒有。……有也等於沒有。我和我二哥，已經差不多五年不講話了。……連我婚禮上，他都沒過來跟新娘打招呼，也沒跟我說過一聲恭喜。」

這樣的提法，果然有效。江玲燕收了淚，一併也收了尷尬，理所當然地抬頭問：「為什麼會這樣？」

2

為什麼會這樣？因為那個人做了太可惡的事，而且從小不管做了什麼事、闖了什麼禍，都死不認錯，絕不道歉。宏仁對自己發誓，甚至也對著爸媽認真地宣告：「除非他道歉，不然永遠別想要我跟他再說任何一句話！」就連爸媽都沒有認真地勸宏仁不該這樣對待二哥，只有媽媽口頭上不時唸一下：「兄弟代，稍寬一點，對他寬一點。」

就是大家都對他太寬了，宏仁每次都咬牙切齒地在心裡回應。

五年前的導火線，是宏仁當兵時，突然在單位裡接獲通知，要他在特定的時間到駐地的憲兵隊報到。當兵時，誰沒被警告過絕對別惹憲兵，在路上看到憲兵最好躲得遠遠的？必須去憲兵隊報到，這是嚴重的大事啊！

他必須向單位請假才能在要求的報到時間中離營外出，也就必須附上通知當作請假理由的證明。連長收到他的請假單，不敢留在桌上，立即送給營輔導長，營輔導長也不敢做決定，再送到處長那裡去。聯絡憲兵隊，弄清楚了原因：宏仁在營外開車，超速被攔查，發現無照，又是軍人身分，所以警察單位將罰單送交憲兵隊處理。

這真是晴天霹靂，宏仁不會開車，也從來沒有開過車，怎麼可能發生這種事？在營輔導長前面說了一次，到處長前面又說了一次，宏仁信誓旦旦說開車違規的絕對不是自己。處長鐵著臉，問了一句：「你要到憲兵隊否認這張罰單？」宏仁當然要否認。沒想到處長就叫陪同來的營輔導長把宏仁帶出去，營輔導長也鐵著臉，站在處長室門口，跟宏仁分析這中間的差異：如果承認罰單，那就是休假時的個人行為；但如果不承認罰單，要求憲兵隊調查，事情就大條了。

一種可能，有人冒用宏仁的身分，那得將這個人找出來，還要調查清楚如何冒用，以及冒用過程中產生的所有連帶責任。包括宏仁自己可能的責任。「你有將證件借給別人？甚至讓人家有機會偽冒你的證件？」營輔導長問。宏仁拚命想都想不出來，一直搖頭一直搖頭，但營輔導長維持著一副不相信的表情。

還有一種可能──根本查不出有冒用的人，那就是宏仁不只違規開車，還說謊，而且是對部隊長官和憲兵說謊。更嚴重了！不只宏仁要送軍法，還要追究長官的連帶責任，到時候看軍法的認定，最輕最輕是「營內違紀」，處分到排長、連長；如果被認定「陣前抗命」，那就一路往上處罰到旅長了！

營輔導長提醒宏仁：「為什麼主官都沒出面，由我們政戰官處理？是保護你，不要讓你留下可能欺騙長官的紀錄，蓄意欺騙長官，到了軍法那裡真的就可大可小，沒個準了。」

「怎麼可能？」宏仁不相信，「真的不是我做的事，說不定被開罰單那天我根本就沒休假，一定能證明那不是我，真的不是我！」

營輔導長根本沒有要聽宏仁的抗辯，他只要知道宏仁會不會承認送到憲兵隊的罰單。宏仁還是不願承認。營輔導長就叫他稍息站好在門口，自己進了處長室，幾分鐘後出來，給他一張紙條，冷峻地說：「一六〇〇到禁閉室報到。」

他被處以奇怪的八天半禁閉，中間包括星期天。關到要去憲兵隊報到前兩小時放出來。那是他第一次被關禁閉。分分秒秒都很難度過，心中滿是痛苦、害怕和困惑。他猜處長和營輔導長的用意是要讓他屈服承認憲兵隊的罰單。他們一定希望這樣把事情簡化。但明明不是他做的，真的要承認嗎？還有，到底是誰開車嫁禍給他，警察為什麼會記錄成他呢？完全沒道理的事，怎麼會掉到他頭上來？

他想破頭了，想不出那個人是誰，又如何假冒他？證件明明都在自己手上啊？終於，在本來就是漆黑一片的禁閉室裡襲來的一道更黑的念頭，他記得了，他搞懂了，二哥，一定就是他！

他跟禁閉室衛兵千求萬求，好不容易見到了營輔導長。他解釋：最近台北的總福利中心有一個新規定，發行了個別的通行證，通行證上有照片，有兵籍號碼，而且長得很像軍人補給證。二哥跟他長得像，所以就借走了他的通行證，一定是警察不察，把通行證當補給證，誤認開車的是他。

既然知道是二哥，那就好辦了，不是嗎？聯絡到二哥，請他作證，證明開車的不是弟弟宏仁，也許還可以順便證明連通行證都不是宏仁交給他的，這樣大家都沒有責任，和部隊根本沒有任何瓜葛，罰單歸還給二哥，二哥本來就該自己受罰！

營輔導長還是半信半疑，但至少同意去聯絡二哥。宏仁還在禁閉中，不能和外界聯絡，只能將想得到二哥的所有聯絡方式都交給營輔導長。

幾天之後，在禁閉室裡都分不清幾天了，另一道晴天霹靂透過衛兵打在宏仁身上。他們終於找到了二哥，二哥徹底否認他跟這件交通罰單有任何關係。不是二哥？窩坐在牆角，宏仁彷彿看到了二哥說出否認的話的模樣，應該慶幸自己此刻關在什麼都沒有的禁閉室裡，要不然他一定會狠摔任何眼前看到的物品！

當然是二哥，而且當然二哥會否認。他用拳頭捶自己的胸口，用力到引發一陣暈眩和噁心。應該要叫他們找媽媽的，不，應該找爸爸，只有爸爸治得了二哥。

但太遲了。衛兵不理他，營輔導長不理他，沒有人可以幫他聯絡爸爸。

被放出來時，眼睛一時無法適應外面的光亮，只能從聲音辨識前面站的是營輔導長。沒有任何別的話，只問：「你會承認罰單吧？」

再怎麼不情願，他別無選擇，必須點頭。營輔導長才又說：「去澡堂沖乾淨，換好裝，一小時後門口警衛室報到。」

他突然感到空前的委屈，心底反覆計較著：難道如果自己不同意承認罰單，營輔導長會連洗澡都不准他去嗎？會叫他就留著這一身八天禁閉的臭氣去憲兵隊，那會是多大的羞辱！

營輔導長陪他一起去憲兵隊，毋寧比較接近是監視的性質吧？他看到了罰單，指著上面記錄的日期、時間，跟營輔導長說：「不是放假日，我在營裡，真的不是我，明明我在營裡！」營輔導長作勢要他降低音量，小聲回應：「你瘋了嗎？你要弄到師部派人來查出缺勤嗎？最後的結論一定罪加一等：你不假外出，我們督導不周軍紀渙散！你要害多少人啊？」

不，他不害人，他不能害任何人。他只能絕望地任由自己被二哥害得慘慘的，全無脫身機會。

3

宏仁把和二哥的這段恩怨說給江玲燕聽。說完了，強調他的結論：「有這種家人還不如沒有。你會覺得我五年不跟他說話，過分嗎？奇怪嗎？」

他以為他說完了，但江玲燕卻激動地追問：「那後來呢？你回家找你二哥了嗎？你有告訴你爸嗎？」

宏仁擠出一絲苦笑，「喔，這『後來』還沒那麼快。從憲兵隊回來，部隊裡又以『休假在外行為不檢』的理由，記了我一個小過，連帶再關五天禁閉。……」

江玲燕搗著嘴驚呼：「他們怎麼可以這樣！」

「他們就是可以啊！被關八天之後，再關五天，我沒差了啦，我比較放不開的是記過理由，他媽的，我幾時『休假在外』了？要這樣記我過，那至少還我一個『休假在外』的日子吧！」

說起當兵時的往事，宏仁不覺將在部隊裡的口頭禪都撿回來了。

江玲燕仍然是一副不可置信的表情。事實上，從宏仁開始說這段故事，她就是那樣緊張地兩手握拳，穿插頻頻驚呼。

宏仁繼續說：「弄得很久很久沒回家。終於回家了，一進門，沒跟任何人打招呼，背包放了，立刻闖進二哥的房間，我早想好、早準備好了，衝過去揪住他就打，兩個人大打一架，從房間打到客廳，又從客廳打到樓梯……」

江玲燕又是一聲驚呼。然後怯生生地問：「……你打贏了嗎？」

宏仁完全沒想到會有如此一問，被逗得大笑起來。「你真的想知道？我以為你會理所當然認為一定是我打贏了！」

江玲燕依然那樣怯生生，不確定地說：「可是你看起來不像很會打架……」

宏仁又大笑，「你看對了，從小我就打不贏我哥，大哥二哥都一樣。……會從房間打到客廳，是二哥把我推出來的，他本來想關門鎖門不理我，我狠狠推門，門撞上他的鼻子，撞得很痛，他氣極了，才又衝出來揍我，我被壓倒在地上打，是爸爸和大哥過來，才硬把他拉開。

「拉開之後，家人當然要問為什麼打架，我又氣又喘，說不出話來，指著二哥：『叫他自己說！他很明白！』二哥先裝蒜，然後支支吾吾說什麼和我之間有點誤會啦，聽到這裡，我受不了了，我又衝過去，衝擊的力量把他推到牆上，換我壓著他，掄拳就打，他被背後的牆限制了，沒有反擊的空間，結結實實挨了幾拳後，趁大哥還是爸爸過來拉我時，他就往大門口跑，拉開門衝向樓梯，那真是他的失策，我追過去，根本還沒打，光是一撞，他就被撞下樓梯，摔個七葷八素，而且這樣一來，他的位置比我低，他還沒站穩我抬腿就踢，他更難招架了。結果呢，這混蛋就往下逃，一直逃到巷子的馬路上，回身挑釁地擺出一個李小龍的架式，叫罵說：『來啊，有本事來街上打啊，中華民國軍人穿著軍服到街上打架啊，打得狠一點，憲兵會來得快一點！』

「他還敢提憲兵！我要再衝出去，但已經被大哥從後面緊緊架住了。掙扎了兩下，放棄了，這混蛋，竟然拿我穿軍服的弱點來自保！算了，他這樣沒自尊地逃到街上，還威脅叫憲兵，等於表明不敢再跟我打了，我就這樣當作自己應該是打贏了吧！」

宏仁說完又是一陣大笑。江玲燕卻還是沒有放下擔心害怕的表情，又加問一個問題：「很痛吧？這樣打？」

宏仁轉為瞇眼微笑，「不痛不痛，現在不痛了。」

4

江玲燕離開了之後，宏仁卻還一直在腦中反覆看見她問：「很痛吧？」

逐漸地，江玲燕的影像疊上了蘭馨一張冷靜的臉。宏仁阻止不了心中湧動的對照。剛結婚，蜜月旅行時，就跟蘭馨說過同樣這段故事，讓蘭馨了解自己和二哥緊張關係的由來。為什麼蘭馨和江玲燕兩人的反應差這麼多？

江玲燕除了頻頻發出明顯是不能自已的驚呼之外，還會不斷冒出些近乎無意識的評論：「天啊！」「怎麼可以這樣！」「怎麼可能！」「不會吧！」「這是什麼道理啊！」「啊，你怎麼辦！」「你好倒楣噢！」「完了完了，你好可憐噢！」……

他努力搜尋記憶，卻找不出蘭馨的任何反應。蘭馨當然也沒有問：「……你打贏了嗎？」沒有問：「很痛吧？這樣打？」所以，講給蘭馨聽的版本，比講給江玲燕聽的，要簡化多了，少了很多細節。

「不是我，不是我。」宏仁發現自己反覆嘟噥這幾個字。什麼「不是我？」認真想想，知道了，自己在否認：「不是我故意要跟江玲燕講得比較多、比較精采。」不是我那是誰？是蘭馨沒有表現出要多聽的興趣。

記憶裡找得到蘭馨唯一的反應，是問他：「我怎麼辦？我看到二哥也一樣不理、不說話嗎？」宏仁不記得自己怎麼回答這個問題，在此刻，也一點都不想再花力氣去想了。

第二十五章

1

二哥每星期會到公司一次，從門口進來直直走進董事長室，頭抬得高高的，不理任何人，連對坐在董事長室門口的蘭馨也一樣視若無睹，幾個月下來，都還輪不到蘭馨擔心究竟要不要跟他說話。

二哥有比不理人更讓蘭馨厭煩的舉動。每次一進董事長室，他都要去動窗戶的百葉簾，有時候明明百葉簾已經拉到最密了，他還是一樣去拉繩子，發出卡搭卡搭的聲響，聽起來很不舒服。如果窗簾有一點縫隙，蘭馨就不免從縫隙中察覺到他那刻意無禮傲慢的眼光。

跟你爸爸說話，有多了不起？又有多祕密？蘭馨總是忍不住在心底這樣質疑。

不過，二哥還真神祕。她從來不曾得知任何一點二哥和爸爸談話的內容，顯然他們習慣壓低聲音說話，而且爸爸閒聊時也從不透露任何和二哥有關的事。蘭馨寧可相信是自己太敏感，但從無意到有心，幾次二哥來過後，她跟爸爸隨口提起，爸爸要嘛沒有應答，要嘛巧妙地轉開了話題。

她也試過問宏仁，宏仁就只會千篇一律地將為何不跟二哥說話的往事重述一遍，完全不知道、也不關心二哥目前到底在做什麼，他負責的子公司是怎樣的一家公司。

大哥和二哥形成強烈對比。大哥是公司的業務經理，在董事長室旁邊有一間辦公室，但他在辦公室出現時，比二哥更像外人。進門總是嗆呼著一路跟每個人說幾句言不及義的話，擺出和每個人都熟的樣子。看到蘭馨，他有時候故意誇張地用台語讚嘆：「愈來愈水，愈來愈水。」換成國語繼續說：「我這個弟妹到底要漂亮成什麼樣子呢？」有時則故意靠得很近很近，用會讓蘭馨起雞皮疙瘩的猥褻口氣問：「懷孕了嗎？怎麼會還沒懷孕呢？」那口氣，明顯不是要問懷孕，而是懷孕之前的另外一件事。

大哥和爸爸說話，即使沒有別人，即使關著門，都有些話語會傳出來，至少門口的蘭馨聽得見。大部分時候是人名，也常有應該是大哥習慣進出的地名，酒家最多，其次是西餐廳，還有最新的鋼琴酒吧。這些都不意外，蘭馨早知道大哥真正負責的是公司的對外關係，幾乎天天應酬，每個月帳面上都有好大一筆他的開銷。

不過，有時候也會傳來意外的片段，讓蘭馨不想偷聽都禁不住好奇地捕捉。例如，有一次大哥提到了「仙蒂」，那是一家往來客戶，公司定期支付款項給他們，帳上有數字，但從來沒有任何明確的項目。蘭馨看帳時就曾經好奇過，這是什麼公司，為什麼登錄的請款單上一貫都只有數字，沒有任何一個字的說明？

隱約聽到大哥說「仙蒂」鬧著多要一筆錢。從這裡開頭。接下來五分鐘內，顯然談的都是「仙蒂」。沒有任何一個完整的句子，但即便如此斷斷續續、模模糊糊，都給蘭馨清楚的印象，以及強烈的懷疑——大哥說的「仙蒂」是個特定的人，絕對不像是家公司，那幹嘛公司固定給這個人那麼多錢？

2

幾天之後，蘭馨意外地又得到了可能和「仙蒂」有關的線索。

下班等公車時，發現排在前面有個女生不斷試探地回頭看她，而她也覺得那女生很面熟，就禮貌地微笑點頭招呼。公車來之前，那女生放棄了前面的位子，跑了過來，為自己終於想起了她是誰高興地說：「你是徐蘭馨對不對？我沒記錯名字吧？你先生是許宏仁？」

一聽，蘭馨也就想起來了，還拍拍自己的腦袋，「你是張玉燕嘛！剛剛怎麼會想不起來？

前天才跟周書明問起你，怎麼路上遇見了認不得，我太糟糕了！」

兩人熱絡地回想了當時在「真北平」第一次見面，還有蘭馨和宏仁的婚禮。公車來了，話還沒說完，就繼續站在路邊說。

蘭馨問了前天同樣問周書明的話：「什麼時候結婚啊？還在拖什麼？」不過張玉燕的反應，和周書明大不相同。她沒有呵呵地說：「快了快了」，反而臉色一黯。蘭馨很自然地關心反應：「怎麼了？認識那麼多年，還有什麼阻礙嗎？」

張玉燕遲疑沒說話，但蘭馨直覺她並不是不願談這話題。

「宏仁老說周書明是他最要好的朋友，我又剛巧和周書明在同一個辦公室，有什麼事，可以叫宏仁幫忙啊？」蘭馨多說了一句鼓勵的話。

「不是你們家宏仁幫得上的，反而也許你能幫。」張玉燕下了多大決心似地說。

「我？任何我幫得上的……」蘭馨義氣的話還沒說完，就被張玉燕焦急地打斷了。

「你答應不怪我，……你答應不告訴周書明我跟你說的，可以嗎？」

蘭馨不明白，但好像也別無選擇，「我答應，當然。」

張玉燕突然孩子氣地伸出手來，「打勾勾？……蓋章守祕密？也別告訴別人？」

蘭馨努力讓自己不要笑，慎重地跟她打勾勾又用拇指蓋章。

然後張玉燕先嘆了一口氣，才說：「我希望他離開現在的工作才跟他結婚，但他覺得很難找到同等待遇的工作……」

蘭馨不敢相信自己聽到的。儘管才答應了不怪她，還是免不了心底不高興，周書明現在的工作有什麼不好？而且竟然對著周書明的同事說這種話？

張玉燕沒有察覺蘭馨的不快，繼續說：「也許你可以幫我解釋？讓我不用那麼擔心他的工作？……」

「我不懂你在擔心什麼……」蘭馨的語氣明顯變嚴肅了。

「他，周書明，有時候會說些公司裡的事，常常聽了讓我覺得很奇怪。……像是公司的業務經理養著一個女人，女人很年輕，卻還帶著一個孩子，沒人搞得清楚這女人、那孩子和那經理的關係。出去應酬，有時候女人裝作是經理的太太，但有時候，她又變成了經理帶來的什麼名媛或貴婦，更誇張的是，宴會結束了，這個名媛或貴婦，還會送客人回旅館，尤其如果請的客人是美國人的話……你知道我意思嗎？」張玉燕為難地說。

蘭馨不知道，卻又好像不能完全否認自己知道。她腦中自動浮現出「仙蒂」兩個字，然後自己趕緊在兩字後面加上一個大大的問號。

「也許是他的問題，但他總讓我覺得他們公司不尋常。工作弄得他神經兮兮的，有時候很亢奮、停不了嘴誇耀公司有多了不起，做了多大多難得的生意；有時候又變得緊張得不得了，好像隨時要有禍事臨頭了。……我沒辦法多問他，你知道男人哪個願意女人多問呢？何況我又還沒嫁他，更沒權利問了，可是常常這樣讓我覺得會出事，又不知會出什麼事，我怎麼敢嫁他？……」張玉燕掙扎著，終於忍不住低聲將話說出來：「我沒睡著都常常夢見他出事了，有時候是被抓了，有時候是失蹤了找不到人，有時候甚至是血淋淋的，我真的怕啊！」

蘭馨勉強擠出一絲笑意，一點點開玩笑的餘裕：「你這樣說，那我不是應該更怕？我也在這家公司上班啊，周書明還可以離職，你也可以不嫁他，我可是等於就嫁給了這家公司呢！」

張玉燕低頭，正式向蘭馨說：「對不起……」但立即又忍不住說：「你說沒問題，我就比較能安心了，你真的覺得周書明沒問題，公司沒問題吧？是他愛亂說，是我想太多？」

那種別無選擇的感覺又升上來了。蘭馨說：「就我所知沒問題的。我不知道周書明都跟你說了什麼，但我知道你真的想太多了。也許是一種『結婚恐懼症』的反應？別怕了，女大當嫁，該嫁就嫁了吧！」

說著這話，一道冷流爬過蘭馨的脊椎，要靠很大的內在力量，才能阻止她向張玉燕探問周書明還說了些什麼的巨大衝動。

3

那幾天，家中餐桌上的主要話題，是陽明山上的別墅。爸爸考慮要買，媽媽表達了委婉卻堅定的反對。爸爸的理由是聽到人家說，去年以來，陽明山的房價一直在跌，「我叫老二去調查了一下，真的掉了不少。」會跌價，很簡單，蔣總統不在了，和總統做鄰居的有利因素消失了。但爸爸認為跌到一定程度會回升，而且說不定已經快要回升了，因為不再跟總統做鄰居也有好處。蔣總統不在了，有些人反而會想搬到陽明山上住。

媽媽反對的理由，比較清楚明說的，是山上太遠，交通不方便。爸爸嘲弄地回覆：「有房子就一定要去住嗎？又不會有人拜託你去住，不要住就好了啊！」媽媽不理會不去住的因素，另開戰場，隱約地表示：不喜歡住在那裡的人。顯然這點打中了爸爸。爸爸沉默了一陣子，才冒出另一句話，收斂了原先的嘲諷語氣：「唉，鄰居不一定要來往，我們在這裡就跟鄰居有多少來往嗎？」

這樣的討論，讓蘭馨極度不自在。對買別墅的事，她和宏仁當然都插不上話，也沒有人會問他們意見。但她實在太不習慣聽到用這種態度提到「蔣總統」了。以前在娘家，怎麼可能一邊吃飯一邊說「蔣總統」三個字？自家的爸爸多麼重視這件事，他們從學校學回來，寫到「蔣總統」前面要空一格，爸爸都不滿，覺得現在的老師程度太差，隨便教，特別花一晚上時間，教他們還有一種情況，說到「蔣總統」是要另起一行，寫在頂格上的。說老實話，蘭馨完全忘了那是什麼情況，但爸爸當時嚴肅的面容，因為嚴肅而好像比平常老了十歲的樣子，卻隨時在腦中栩栩如生。她一直都覺得，爸爸就是在那一夜變老的。突然，她小時候記得的年輕爸爸，在反覆端坐說「蔣總統」的過程中消失了，再也沒回來。

可是婆家這邊，卻邊吃飯邊說「蔣總統」，而且只關心「蔣總統」不在了，有人要賣房子，有人要買房子。還有，媽媽閃閃爍爍說起陽明山上的人，她討厭的人，阻礙她不願意搬去住的人，眼神總是不自主地飄向大嫂和蘭馨。

蘭馨知道媽媽不是故意的，但不是故意卻使得她更不自在。我們是那種住陽明山上的人？住陽明山的人與我們何干？我們認識住陽明山上的人嗎？

賭氣般地，蘭馨認真想，我認識住陽明山上的人嗎？有，但不能算真的認識，因為他們也不能算真的人。小說裡的人。好像是《心有千千結》書裡的男主角住在陽明山上。他家甚至還有站著石膏雕像的庭院，是吧？讀小說時，的的確確羨慕過那種男人、那種住陽明山的富豪家庭。

但從來沒有想過那樣的家庭財富是怎麼來的？像宏仁他們家這樣來的嗎？張玉燕害怕、困惑的神情陰雲般飄過，到底是什麼使得她那麼困惑，又那麼害怕？宏仁他們家，也就要變成了住到陽明山上去的富豪了？他們家，不，是我們家。蘭馨突然領悟到：原來自己已經成了富豪家的一份子？之前為什麼從來沒有這樣想過、這樣感覺過？如果真的搬到陽明山上，就會有感覺了？自己到底想還是不想搬到陽明山上？

她覺得愈來愈難集中精神，既無法聽餐桌上的談話，甚至也無法追蹤自己的思路。一團混亂中，迷迷濛濛地飄著一份遺憾——好久沒看小說了。結婚後就失去了看小說的習慣與慾望，怎麼了？……

4

蘭馨選擇維持著迷迷濛濛的狀態。只要稍微再多清醒一點點，就邁不開往北投走的步子了，更不會有見到劉寬後說得出話來的勇氣。

這一次，沒有先寫信約好去的時間，蘭馨甚至弄不明白到底比較希望劉寬在，還是不在？像夢，也許更像是曾發生過的事在記憶中太過清楚的重演。輕輕一推，大門就開了，她走進去，試探地輕聲問：「劉先生，你在嗎？劉先生？」然後屋門咿呀開了，劉寬穿著米白色的套頭毛衣，口叼著菸出現了，看到她，沒有一點意外，像是本來就在等她似的，擺擺頭，說：「江玲燕，進來吧！」

蘭馨衝動地想糾正：「我不是江玲燕。」但立即忍住了。劉寬理所當然的模樣，給了她一時的勇氣，她必須藉著勇氣尚未消散前，趕緊將問題問出來，沒有時間解釋江玲燕不江玲燕的複雜狀況。

她還沒走靠近屋門就問了：「真的有『那邊』嗎？你去了又回來的『那邊』？」

連這樣沒頭沒腦的問題，都沒有讓劉寬意外。好像他也本來就在等蘭馨來問這個問題。劉寬取下嘴角的菸，手指移動，彈得老遠，掛上微笑，說：「當然有。」

聽了這答案，蘭馨猛地轉回頭，力道猛得腳下磕磕絆絆，差點站不穩跌倒，劉寬一隻厚厚的臂膀撐住了她。她完全不知道該怎麼想了，整個人只剩下一個顫抖的念頭，要趕快離開這裡。劉寬似乎洞識了她的意念，立即放開了她，只輕輕地在她耳邊說：「我知道你會怕。沒關係，你可以不用來這裡，我還是能夠回答你的問題。」

蘭馨瞪大了眼睛，直覺地問：「打電話嗎？」

劉寬臉上閃過笑，說：「那也可以。」然後就說了一串號碼，連說了三次，還體貼地確認：「記住了嗎？」

蘭馨記住了。不論心中如何慌亂，蘭馨還是出於禮貌的本能，也將公司的電話告訴了劉寬。

不過只說了一次，因為拿不定主意希望他記住還是忘掉。「好，我會打給你。」蘭馨倉皇離開前聽到的最後一句話。

第二十六章

1

宏仁打電話到公司找江玲燕，那頭拖遲了一陣子，才傳來：「喂」的回應。聽到那聲音，宏仁呆了一下，沒說話，那邊好像吞了口口水，又說：「我是江玲燕，您哪位？」

宏仁屏著氣趕緊把電話掛了。不可能！那頭說話的，分明是蘭馨！

一時思緒紛亂，愧疚、懷疑、困惑、焦慮各種情緒同時湧上，簡直應接不暇。他突然意識到，自己幾乎從來不曾打電話到公司找過蘭馨，也很少有和蘭馨講電話的記憶，那為什麼一聽就覺得那是蘭馨，彷彿看到了蘭馨努力裝作是江玲燕時的勉強模樣？江玲燕說話，和蘭馨很不一樣嗎？怎麼不一樣法？更不可思議的，有可能那麼巧，蘭馨來接找江玲燕的電話？她為什麼要這樣做，有任何理由她知道電話這頭是自己的丈夫？

不可能，絕對不可能。宏仁再三對自己確認。連自己事先都不知道今天會要打電話給江玲燕。在醫院裡遇到同行，將他買的血管藥交給他，他才會打電話問江玲燕如何取藥。如果不能用電話聯絡江玲燕，又如何將血管藥送到她媽媽手裡？

混亂稍稍平歇後，宏仁找出了口袋裡的小通信本。上回在醫院福利社談話，臨走前江玲燕曾拿過本子，在上面寫了聯絡方式。仔細看，她留的電話是公司的，但地址不是。地址應該是家裡的。

宏仁想了一下，突然覺得也許不要見到江玲燕反而更好些。這時間江玲燕不可能在家。他到醫院門口招了輛計程車，給了司機江玲燕家的地址。車子往東走，過了松江路後，宏仁一度後悔了，想起那天江玲燕媽媽那樣一副神智不清的容顏，要如何應付？但當時計程車司機正在抱怨開車多辛苦，付掉各種費用之後，根本養不了家，他就不好意思說要下車，一時又想不出該叫司機換開到哪裡去。

就試試看吧！大不了把藥又帶回來，另外再找江玲燕就是了。宏仁安慰自己。

2

江玲燕的家，如同宏仁想像的，在一個還錯落散著稻田和菜園的偏遠地方，附近有個大眷村，轉個彎，她家獨自立在那裡。因為周遭空曠的關係嗎？那外露土磚的房子，看起來很不堅固，好像風吹吹，就會吹得搖搖晃晃。

但江玲燕的媽媽，卻讓宏仁驚訝，和記憶、想像中的很不一樣。除了剛開始起身應門之外，她始終坐在一張最裡面的大椅子上，那個地方陰暗到宏仁無法分辨椅子究竟是什麼材質做的。她招呼宏仁坐下的位子，像是故意挑的，在房子裡另外一個最暗的地方。談了一會兒話，宏仁為了給用藥上的交代，不得不將自己的椅子挪到了窗口射進光線的地方，江燕玲媽媽已經布滿了陰影的臉上，竟然立即又多添加了一份不安。

不過，她媽媽毫無困難就認出宏仁來，也沒有像那天一樣沉默著不說話。雖然每句話都慢了一、兩秒，她準確地回應了每一句該回應的話。宏仁告訴她，自己不是醫生，只是幫忙拿藥的，按時吃藥之外，還是得定時去看醫生，醫生才知道吃藥的效果如何，是不是要繼續吃藥。

江玲燕的媽媽點點頭，言簡意賅地回應兩個字：「藥廠。」

宏仁問她什麼時候再去看醫生，擔心她不清楚，補了一句：「要不然我問江玲燕。」老婦人搖搖頭，又言簡意賅地回應：「下個月十八日。」連哪一天都清清楚楚。宏仁又好意地問：「看醫生的費用沒問題吧？」老婦人又搖搖頭，說：「問江玲燕。」

宏仁覺得都交代好了，起身告辭，這時老婦人唯一一次主動開口，她在黑暗裡低頭沒看宏仁，說：「藥費是許先生你出的吧？……謝謝。」

反而是宏仁不知該如何反應。擺擺手，最後只說了：「不用謝，不用謝……」

走出來，風一吹，宏仁才發現自己臉上有一層薄薄的汗。明明記得那天對江玲燕說的是他去跟別的藥廠代表要要看樣品，不敢保證有，若有就拿來給江媽媽用。為什麼老婦人會看穿了，而且說出來：「藥費是許先生你出的吧？」江玲燕也這樣認為，所以告訴媽媽的？還是老婦人自己看出來？從哪裡看出來他要幫忙出藥錢的？自己完全不覺得有露出什麼不尋常的跡象啊？

3

走出來才想到，這樣荒僻的馬路可沒辦法隨處招攬計程車。東張西望，也沒看到像是會有公車站牌的地方。宏仁只好走向旁邊的眷村，到裡面問人。

有幾個婦人坐在眷村入口不遠的人家門口，每個身上都穿著帶紅花的厚棉袍，一看就知道應該是過年時才新作或新改面的。宏仁過去問她們該如何回到市區裡。她們卻像是本來就商量串通好了，沒有一個直接回答宏仁的問題，而是輪流打探。「回市區哪裡啊？」「你從那裡來的？」「是醫生嗎？」「之前沒來過這裡？」「剛剛怎麼來的？」「從台大醫院搭計程車到這裡，費很多錢吧？」「還要找計程車搭？」……

宏仁耐著性子一一回答了，反而是中間的一個婦人先失去了耐心，突然拉大嗓門，張揚著說：「為了你好，以後千萬別再來了。看先生您不像個壞人，今天又只有我們幾個姊妹，我就明白地替你求個情，我們大家裝作沒看到你，沒這回事……」說著轉頭對其他人：「就別報了，別跟家裡的說，好吧？」轉回來換上了明白訓話的口氣對宏仁：「你不知道是吧？我們當你真不知道，相信你真不知道，那個姓江的人家不能進去的。……他們一家兩個男人都在牢裡，甚至就連那兩個男人是不是他們家的，都弄不清楚，匪諜啊，匪諜案啊，而且還沒有完全結案，遇到了匪諜案，其實也就沒有真正結案的一天，人槍斃了都還結不了。有任何人進出他們家，我們都有打報告的責任，你不知道吧？打了報告，你就成了準匪諜了，你也不知道吧？」

宏仁心猛往下沉，匪諜、準匪諜？自己到底走進到什麼恐怖的地方來了？那個婦人繼續說：「看你樣子，是個醫生吧？不必否認也不必隱瞞，我們了解年紀輕輕能當上台大醫生，不容易，所以我才跟幾位姊妹說了不報告。年輕人要多了解、多小心，亂闖亂闖會惹禍的。……繞過去，別穿我們村子，繞著走，到後面去，那裡的路上找得著0北的公車站牌，到大龍峒還是哪裡，好像可以換車往台大醫院。快走啊，記得，別再來了……」

第二十七章

1

宏仁沒有回家吃飯。蘭馨到家之前，他就先打了電話回家告訴媽媽，醫院的一個主任娶媳婦，他差點忘了這件事，遇到同行才想起來，晚上必須去吃喜酒。還特別說，他打了電話到蘭馨公司，但沒找到蘭馨。

媽媽轉述後面這段話時，表情不太自在，對於兒子不回家晚餐竟然還得專程另外通知媳婦，不以為然吧！大哥就連晚上不回家，也從來不需先跟大嫂說一聲，爸爸也不會打電話回來交代應酬的行蹤。蘭馨知道自己的反應也不太自然，不了解宏仁為何要特別這樣說？印象中，他從來不曾打電話到辦公室來啊？整個下午，到下班之前，蘭馨都在辦公室，不記得有錯失哪通電話？

錯失了的，是劉寬的電話，或說也許是劉寬打來的電話。但她不確定。因為對方找的是江玲燕，不是徐蘭馨。昨天離開北投後，預感劉寬應該很快會來電，櫃檯一說有找江玲燕的電話，蘭馨就跳起來慌亂地跟江玲燕做手勢，搶先去接。那頭鬼魅地沒有聲音，不只是沒說話，感覺上連正常的呼吸聲音都沒有，一下就傳來掛上話筒的喀搭聲。

蘭馨因而背了一整天劉寬唸給她聽的號碼，反覆遲疑猶豫，不知該不該打。打了說什麼？問劉寬是不是有打電話來？如果那通電話根本和劉寬一點關係都沒有怎麼辦？還要再追問「那邊」是真是假嗎？自己已經準備好要知道了嗎？……

讓她終究下不了決定打電話，最根本的原因，還是那通電話的沉默，讓她憂慮劉寬察覺了她不是江玲燕？雖然再三回想，想不出劉寬可能發現的理由，可是畢竟劉寬也更沒有理由出現在她對於「那邊」的想像中啊？如果劉寬知道自己騙了他，從一開始就沒說實話，就蓄意騙他？她更沒有準備去面對這件事了。

2

晚餐後，她在房裡聽著《遺作》。內在有一種控制不住的飢渴，一定要當下、立即聽到那音樂。而且那飢渴，和宏仁不在家有關，好像難得宏仁不在家得以自己一個人聽，在宏仁回家之前，可以聽到什麼不一樣的音樂。

這不合理。《遺作》已經聽太多次了，不需要唱片，上班時在辦公室，一個恍神的片刻，音樂都能從記憶中源源地流瀉出來。播放唱片時，耳朵聽見這一句，就能自然地跟著哼出下一句，還可以選擇哼不同樂器的不同旋律。甚至就連宏仁，也常常不自覺地跟著唱片哼唱。不可能再聽到什麼不一樣的音樂。

但沒有用，就還是急著要在宏仁回來前聽。心底又有另一個聲音說：先去洗澡吧，嫁過來之後，慢慢習慣了他們家那種泡熱水澡的舒服，泡過澡整個人肌肉被泡鬆泡軟了再來聽音樂，更好更適合。

也沒有用，仍然急著要在宏仁回來前聽。慢慢地，聽音樂的慾望和泡澡的慾望融合在一起了？音樂變得像水一樣，包圍過來，而且還是逐漸累積的水，一分分從腳底、腳踝、腳面、小腿逐漸淹上來。能夠清清楚楚感覺音樂之水淹到哪裡，因為那水，也是熱的。但泡澡的水，從外面經過皮膚往裡面熱，這音樂之熱，方向相反，從裡面熱出來，卻被皮膚封阻住了。

那熱凝積在皮膚的裡層，好像是有一隻手，溫暖的，帶著一點點縱橫紋路，正在緩慢地由下而上撫摸她。那撫摸不是機械性、物理性的，彷彿光從觸摸的速度，神祕地摸進到皮膚裡層的效果，就能感覺到那隻手，大大的，可以不斷延展的手，充滿了憐愛。

她被那抽象的、空虛的，只有一隻手，沒有主人、沒有臉、沒有五官表情的憐愛深深感動了。從來沒有接受過那麼單純、那麼徹底的憐愛。現在那隻手已經往上包覆住她的大腿了，大腿外側、大腿內側，她渾身不自覺地起了一陣顫動，不是冷顫，而是從來不曾經驗過的熱顫，熱流順著兩邊大腿內側衝上來，合流的瞬間使得她不禁發出了長長的「噢」聲……

那手還繼續往上，毫無差別如同撫摸其他部位般撫摸了她下腹最私密的地方，那地方突然自動地打開來，讓又像手又像潮水的熱度灌了進去，將一個她自己幾乎從來不知道存在著的空間塞得滿滿的……

純粹的手，沒有主人、沒有臉，克服了她的羞怯感，心中只發出極度微弱的一點點遲疑：「啊，還沒洗澡呢，不可以碰那裡，應該讓我先去洗澡……」但她甚至已經無力想像自己如何起身去洗澡了。又來了一波熱顫，她克制不住自己又發出了更長、音調更高的「噢」聲……

熱度已經升到腰了，開始有了重量，由原來的全面撫摸，變得好像纏捲、擁抱，但說不上來，形容不出用什麼肢體、什麼動作能如此纏捲、擁抱？

纏捲、擁抱，不只是一隻手的撫摸。像是另一個胸膛的光滑肌膚貼上了他的胸膛，從她的腋下像是穿過了另外兩隻手臂，在她的背後合攏、縮緊，她被包圍、封鎖在一種歡快的力量中，頸上勾過來了另一個有著圓圓弧度的脖子，然後耳朵裡吹進了氣息，先是若有若無、不確定的，像是不自覺輕微動作引發的至細至微氣流變化，但沿著她耳中的軟骨而變得愈來愈強，協助她畢生第一次意識到自己的耳朵原來長著那麼美好的彎曲線條，吹拂著耳朵的氣息開始有了起伏，停一下吹一下，吹時就將一道舒服的電流瞬間傳向她的全身，在胸部和下肢交會處感受得格外強烈，停時則從全身送回來一份難以言喻的渴望，最短暫的等待，最難以滿足的洞缺……

那是呼吸的起伏，她知道了。她竟然絲毫不害羞地知道了那是一個男人的呼吸，又毫不害羞地知道了那是、那只能是劉寬的呼吸。剛剛抽象、無形、散布的力量現在歸隊統整成了另一個人的身體，劉寬抱著她，然後發現自己也正用力地以兩臂緊緊回報劉寬，不，還有兩腿也彎曲起來緊緊地夾著劉寬……

3

在激情的最高端處，蘭馨發出了自己從來沒聽過的聲音，客觀地從耳朵裡聽到，她知道那聲音並不大，也不尖，但主觀地從身體內在撕裂的作用，如同從下體原本的虛無被填塞之處，愈填愈滿，愈滿愈漲，漲破撕開來，撕成兩半，迅即又成了四片、八片，分解散裂，那卻是她經歷過最激動、最高亢、山崩地裂的聲音。

還好有繼續流盪著的音樂，將她的激情叫喊溫柔、寬容地接納了，激情叫喊似乎變成了音樂的一部分，藏進到音樂裡，再將音樂襯墊為立體的……

激情慢慢退了，音樂還在，自己胸懷前面抱著的劉寬也還在。蘭馨依舊感受不到一點點的羞恥。「這一定不是真的，你一定得告訴我這不是真的，你不可能進到我的房間裡這樣對待我，我也不可能不害怕不拒絕不討厭。」她依偎在劉寬的胸前，微仰頭說。

「這不是真的。我們在音樂裡，不是在現實裡。」劉寬配合地說。

「我甚至不認識你，我不算認識你吧？反正無論如何我不可能認識你到願意讓你對我做這樣的事，我甚至沒有喜歡你。」蘭馨疑惑地說。

劉寬用手輕輕順著她的頭髮。「你不需要喜歡我，你只需要喜歡自由。」

「這就是自由？你說的在『那邊』能夠感受到的自由？真的嗎？這樣感受不到羞恥就是『那邊』的自由？」

「差不多是這樣。在『那邊』你慢慢會理解，感受不到羞恥還不是真正的自由，而是確切地知道，這沒什麼好羞恥的。」劉寬繼續輕輕順著她的頭髮。

「這樣還不羞恥？」蘭馨雖然感受不到羞恥，卻依然能感受驚訝。「因為讓你對我這樣，所以你才會說這樣不羞恥？」

「你沒有讓我怎樣。重點也不在我這個人，你還不懂嗎？是你得到了這份滿足，你不會否認是極大的滿足吧，這沒什麼羞恥的。」

蘭馨不懂。她沒有辦法依循著劉寬的邏輯再往下想，只能努力找出自己的邏輯。「因為這不是真的，我並沒有真的做了任何事，沒有發生任何事，所以沒有好羞恥的。初中的時候，我曾經夢見自己在考試的時候突然月事來潮，底褲一下子濕了，我沒有任何別的東西可以運用，竟然就拿考卷去擦了，當然將考卷擦成了一片一片紅色，紅紅白白的考卷，再也看不清楚上面的考題，我慌了，怎麼辦，這科就要被打零分嗎？不行，我怎麼能考零分？我不得不站起來，拿著血色模糊的考卷去跟監考老師換一張新的考卷，我站起來走了幾步，全班每個人都抬起頭來看我，而我立即察覺了他們都看到了我裙子上的血汙，有人發出了表示噁心的怪聲，如果不是在考試中，她們應該會群起叫喊並交頭接耳嘲笑議論吧？我忍耐著繼續走到前面，低頭將髒掉的考卷交給老師，羞得說不出一句話來，老師也沒等我說，馬上告訴我：不可能換考卷，那麼髒的考卷就是打零分。想到考試還考了零分，我更羞了。就在這時，我醒了，眼前一切都消失了，只剩一點點天快亮的朦朧光霧，立即我不羞了。完全沒什麼好羞的。剛剛的，這一切，應該也是這樣吧？」

劉寬搖搖頭，欲言又止地保持沉默。

「為什麼不是？怎麼可以不是？」蘭馨帶點撒嬌，不情願地問。

「你自己想。」

「我得自己想？還能怎樣想？……當然不是真的，包括你，都不是真的，但那感覺比和宏仁在一起時，他對我做那樣的事時，更真實？相較之下，他對我做的，好像籠罩在一片薄膜後面？」

「這就是了，你自己想出來了。」

4

「只要我聽音樂，你就會像這樣出現？」音樂接近尾聲時，蘭馨把握機會問。

「不，是當你想要自由，那樣的自由時，我會出現。」劉寬慢慢變得沒那麼厚、那麼具體了。

「那你真的知道我是誰嗎？」蘭馨趕著再多問一句她極度關切的問題。

「你是江玲燕啊，我當然知道。」說完，隨著《遺作》的最後一個長音震盪平抑，劉寬也消失了。

第二十八章

1

藉著酒意，宏仁堅持要送江玲燕回家。江玲燕拒絕了，但她拒絕的方式，是說：「不行」，而不是「不要」。

在宏仁昏暈的腦袋裡，這是個不能放過的差別。「為什麼不行？意思是你要我送你回去，可是卻不行嗎？你說清楚。」

江玲燕說起話來，也有點搖擺顛倒了：「要不要，我不知道，但不管我要不要，就是不行。」

「為什麼不行？你不是給過我你家地址嗎？我都到過你家了，為什麼不能送你回去？」

「很晚了，我要回家，你要回家，你要回蘭馨的家。」

「別胡說，那是我的家，是蘭馨要回我的家，不是我要回蘭馨的家。」

「隨便，所以你就不能送我回家。」

兩人這樣胡亂說來說去，激發了宏仁莫名其妙的意志。江玲燕不肯讓他叫計程車，說要自己去等公車回家，宏仁索性跟著她走到公車站牌，平常自己等車時感覺總也等不來的公車，卻一下子就來了，宏仁又跟著江玲燕上車。

車上很擠，江玲燕好不容易站穩了，回頭才發現宏仁跟上車了，意外之際，她伸手推宏仁：「你下車啦，你不能上車！」

但宏仁身後已經有更後面上車的人，退無可退，只能抓住江玲燕推過來的手，抵銷她的推力。稍再用力些，江玲燕就被抓進到他懷裡了。江玲燕要掙脫，但車子動了，又立即劇烈地轉彎，她連維持平衡都一時做不到，反而要靠著宏仁的力量，才能不摔跌到旁人身上。

車又一個彎轉回來，江玲燕很快放棄了掙扎，靠著宏仁，低聲問：「你要幹嘛，你這樣是在幹嘛？」

宏仁也低聲耳語回答：「我說了，要送你回家。」

江玲燕幽怨地說：「可是我說了你不行，我說了就不算，你說才算嗎？」

宏仁說：「但你沒有解釋為什麼不行，是因為沒解釋所以不算。」

「不能讓人家看到你送我回家，就是不能……」

宏仁的腦子裡突然有一塊醒了一下，像是打針前在手臂或屁股上擦拭酒精那樣地涼一下醒一下，想起了白天去江玲燕家的過程，勾起一股害怕，然而腦中大部分其他地方卻還沉浸在沒有特定方向的暈眩裡。「沒有人會看到。我送到公車站就好……不然我們走沒有人看得到的地方……天這麼黑了誰看得到我們？」

江玲燕沒有再說話，靜靜倚著宏仁，隨公車搖晃改變壓在宏仁身上的重量，一度使得宏仁幾乎懷疑她是不是睡著了，相應地也更覺腦袋沉重，自己也快睡著了。

大約睡著了一秒鐘，車又激烈一抖，驚醒過來，卻發現江玲燕雙眼天真地瞪得圓圓的，試探又誘惑地說：「下車了，這一站。」

真沒想到車上還有那麼多人。挨擠著才下了車，車呼嘯地走了，帶走車燈照明，留下站牌邊掛得老高的一盞小小的路燈。微光只照出了江玲燕的半邊臉，一小撮髮絲垂下來，和眉、眼的濃黑貫串在一起，襯得臉的底色更白，上面灑著的紅暈更紅。

江玲燕開步走，宏仁留在原地，盯著看她逐漸遠離的身影。逐漸沒入黑暗中的背影，兩肩顯得格外窄，而且格外單薄，像是一張貼在各種模糊夜影上的紙片，江玲燕走路時搖擺的手腳，則變成了紙片被風不規則的翻掀，她的步伐明顯地不正常，似乎一直踮著腳尖，不敢或忘了該如何將腳跟放下來。

就在江玲燕的背影即將徹底看不見的瞬間，宏仁衝動地跑了起來，往她的方向追去，追得近些，江玲燕應該是聽見了迫近過來的腳步聲，來不及回頭看察，本能地也拔腿奔跑。

兩人一前一後跑，宏仁加速到最快，終於趕上從後面抱住了江玲燕，江玲燕嚇得大叫，宏仁情急之下，藉著衝力將她推往旁邊的小巷裡，在一堵牆前面硬是將她轉過身來，摀住她依舊大叫著的嘴，貼著她的耳朵說：「是我！是我！別叫，是我，不是別人！」

江玲燕的兩隻眼睛依然晶亮地閃著恐懼。慢慢確定了抵著她的是宏仁，恐懼退去了，很快地換回宏仁剛剛看到的迷濛，加上了一點意外的挑釁。宏仁放開手，不再摀住她的嘴，她說：「是你就不叫嗎？為什麼？你抓著我做什麼？」

她喘著氣說話，胸部急遽起伏。額頭上落下來的髮絲比剛剛更多了，宏仁腦袋中一片空白，無法思考回答她的問題，整個人突然放鬆失去了所有的節制意志，將唇壓上了江玲燕的唇⋯⋯

2

宏仁真的不知道自己在做什麼。整個下午煩躁不堪，被一個奇怪的執念持續挑激著，不甘心，不甘心送了那麼一趟藥去江玲燕家，還因此遇到令人毛骨悚然的威脅，竟然江玲燕都不知道。

她晚上回家就知道了。不，她那個陰陽怪氣的媽媽，說不定什麼都不說。在她面前，她媽媽不是一直做出那種無視於外界，無力感應或記憶任何事情，徹底無用的模樣嗎？即使她媽媽願意說，會說什麼？她不會知道真正最大的代價——為了送藥，他被當作「準匪諜」！

慢慢地，他說服了自己，有權利讓江玲燕知道，應該讓她知道。不是要她感激涕零道謝，那不是他在乎的，也不是要跟她交換什麼樣的報答，那也不是他在乎的。只是要讓她知道，在他們家這種急難狀態下，有人對她這麼好，這個世界不會將人真正投擲入絕望無助的境地，給她鼓勵、給她應付困難的勇氣。

他不能再打電話到公司去。他強迫自己靜下心來計畫。去買了台北市公車路線表，找到了江玲燕回家應該要搭的公車，並且很慶幸地發現，她不會和蘭馨在同一個站牌等車。又從蘭馨平常到家的時間回推，在預想公司該下班之際，到那個公車站牌所在的馬路上來回逡巡。

他想好不巧遇到蘭馨的說詞——突然發現晚上有一場不能不去的喜宴，打電話要通知蘭馨卻找不到她，一看喜宴會場就在她公司附近，乾脆早一點過來當面跟她說，不意路上耽擱，到達時已經過了下班時間。如果遇到爸爸或大哥呢？不必考慮這個，這時間對他們兩人來說都太早了，何況爸爸有司機開的座車，大哥向來都搭計程車。

準備好對蘭馨的說詞沒有派上用場，他第一次走過公車站牌，就遇到了江玲燕，結果準備要對江玲燕說的話，說得七零八落，自己都覺得完全不可信。

但不管江玲燕信或不信，他還是將最後最關鍵的一句話說出口了：「如果你晚上沒別的事，我請你吃個飯，可以仔細、確切地將用藥該注意的事交代清楚？」

與其說江玲燕答應了，還不如說她一時沒有勇氣、也找不出理由來拒絕吧？宏仁急忙趁著她或自己反悔前，召來了計程車，吩咐司機開往中山北路、民權東路口去。

計程車上，宏仁說了幾次白天發生的事，自己怎麼找到江玲燕家，已經把藥交給了江玲燕的媽媽，江玲燕似乎都無法理解。她不斷地疑惑認為宏仁說的是假設的、未來的事，反覆強調：「當然不能麻煩你跑一趟，我過來找你拿。」「我家在很偏僻的地方，你不可能找得到的，就連計程車司機到了那一帶都常常會迷路。」……

宏仁只好將江玲燕家的大致模樣，江玲燕的媽媽最喜歡坐的位置說出來，江玲燕終於明瞭了宏仁要說的，一時之間，她呆愣住了，然後崩潰般地雙手掩面，自言自語說：「丟死人了，丟死人了，我家那樣子怎麼見人啊！丟死人了……」

車子到了目的地，下車時江玲燕都還不願將手完全從臉上拿下來。宏仁有了個念頭，跟江玲燕說：「我跟你玩個遊戲，打個賭，好不好？」

這話果然有了點效果，江玲燕從指縫中露出好奇的眼神，問：「什麼遊戲？」

宏仁指著馬路正對面，上下重疊的兩個簇新光亮招牌說：「看到了嗎？那裡『西北航空公司』大字，還有底下的『羅曼史西餐廳』？」江玲燕點點頭，「那就是我們要去的地方，但去到前，得先過馬路。這路口剛蓋了新的人行地下道，入口在那裡，」宏仁又指著，江玲燕又點點頭，「你有辦法走進地下道，找到西餐廳的出口出來嗎？」

江玲燕狐疑地看他，像是聽不懂他在說什麼。宏仁嘴角浮上了促狹的微笑，說：「別想得那麼複雜，很簡單，再簡單不過，你帶路走地下道，如果一次就走對了，那算你贏，但要是走上來，發現不是西餐廳的那個路口，那算你輸。」

這回江玲燕仔細觀察了四邊路口，確認宏仁所要求的，真的是件很簡單的事。給了她足夠勇氣問：「我贏了會怎樣？我輸了又會怎樣？」

宏仁早想好了：「贏了，晚餐我付錢……別急別急，你輸了晚餐還是我付錢，只是你要陪我喝一點點酒，可以嗎？……而且你根本不必問輸了會怎樣，就這樣走過去，你怎麼可能輸，不是嗎？」

江玲燕大概以為這不過是宏仁要請她吃飯的多餘藉口吧，答應了，然後帶著自信先走進了地下道，看準了前方直直走去，不轉彎，果決地爬上樓梯，出了地面抬頭看，左看看右看看，驚呼：「怎麼會這樣？」

江玲燕帶路走到了斜對角，不是西餐廳那裡。她不可置信地回望原先計程車下車之處，再看看宏仁，問：「難道，你會變魔術？」

宏仁被她逗得大笑，說：「承認你輸了嗎？」江玲燕雖有點不服氣，還是點了點頭。宏仁又問：「所以等一下陪我喝酒？……一點點就好。」江玲燕似乎微微嘆了口氣，認命地模仿宏仁的口氣說：「一點點就好。」

宏仁帶著她重新進入地下道，一邊跟她解釋這地下道的玄機，在地底下形成了一個X字，X的四個端點都是一個路口，因而要走到正對面時，必須先走到路正中心，也就是X字的交叉中心點，然後轉九十度，如果直直走，就越過了中心到達斜對面去了。

為了說明方向與方位，宏仁叫江玲燕伸出了手掌，用手指在上面畫圖，他手指畫過時，江玲燕被騷癢得直笑，並不自主地將手收回來，宏仁一下抓住了她的手腕，硬要繼續畫，她因而笑得整個人震顫了起來。

3

宏仁不無得意地感知江玲燕持續的好奇與驚喜。還沒進到餐廳，從看到「西北航空」依然燈火通明的櫃檯就開始了。「你搭過飛機嗎？」口氣中帶著期待與羨慕。

「搭過，但不是這家航空公司。我爸和我哥他們會搭『西北』的飛機去美國，我只搭過台北飛花蓮的班機，小時候是『民航』，後來是『華航』。」

走進「羅曼史」，裡面的燈光、擺設、氣氛，顯然對江玲燕很陌生，她明顯緊張地深呼吸。為了讓她放鬆，落座過程中，宏仁延續著搭飛機的話題。

「去年過年，爸爸決定到花蓮全家旅行，搭的是華航的加班機。過年旅客太多了吧，為了疏運，華航竟然動用了波音七〇七來飛花蓮。你知道波音客機？……最小的是七三七，最大的是台灣航空公司都還沒有，還買不起的七四七，一架飛機一次可以坐四百人，很大很大，『西北航空』就有這種號稱『巨無霸』的飛機，但也沒有飛台灣，只用在飛東京到美國的航線。七四七再下來，現在全台灣最大的民航飛機，就是七〇七。一次也可以坐兩百多人，等於五台公路局車能坐的那麼多人，想想看，五台公路局飛上天！

「我爸爸原本很高興，熱心對全家人解說什麼叫做『廣體客機』，不過一上了飛機坐好了，爸爸就變臉了，一張臉愈來愈臭，你猜發生了什麼事？」

江玲燕無辜地猛搖頭：「別叫我猜，我根本沒搭過飛機！」

宏仁將身體往後深深靠入椅背，好整以暇地說：「鄰座兩個人，爸爸那邊的，小聲講話，討論說花蓮機場的跑道比松山機場的短了三分之一，要飛七〇七很勉強哪，落了地機長得立刻緊拉煞車，飛機才不至於衝出跑道盡頭，更可怕是起飛，不管引擎如何怒吼，總感覺飛機一直飛不起來飛不起來，好像下一秒鐘就要衝進田裡面去了！

「聽那兩人的口氣，弄不清楚他們有沒有確切搭乘七〇七飛花蓮的經驗。這對我爸來說可真受不了，我知道他的個性，他會有的反應，要是確定那兩人沒搭過，我爸會嚴厲地叫人家不要胡亂講些不吉利的話；要是確定那兩人搭過，他則會客氣地請人家說得更詳細些，以便有所心理準備。偏偏弄不清楚，他只能在那裡乾瞪眼乾著急啊！」

「好可怕啊！真的會這樣嗎？」江玲燕問。

「我爸真的會這樣啊……」

「不是啦，」原來江玲燕聽到的重點不一樣，「我的意思是真的會發生跑道不夠長的事嗎？」

宏仁聳聳肩說：「誰知道？大概吧，花蓮機場真的很小……」

江玲燕掩口驚呼：「太危險了！你不怕嗎？你怎麼還敢坐啊？以後絕對不可以坐這種危險的飛機！」

宏仁不確定她最後一句的主詞，是「我」還是「你」？但心裡還是冒上一股暖流來，像是要慶祝什麼似的，他一面舉手招侍者，一面說：「我們來喝酒吧！」

4

江玲燕手抵著宏仁的胸前，輕輕推他，反而更讓他興奮，雙臂環繞到她背後，將她緊緊地箍住，江玲燕嘴裡發出了幾個模糊的聲音，宏仁藉機將自己的舌伸進她的口中，她連忙閉了口，兩排牙咬上了他的舌尖，他痛得叫了一聲，她又連忙鬆開原本要闔上的牙，一時沒有別的辦法，只能不斷扭頭，而且專注地閃躲不讓他的舌碰上自己的舌……

宏仁膽子大起來，用全身重量將她壓在牆上，分出一隻手來，探進她打開的大衣衣襟，順著腰際又鑽進她的毛衣裡，毛衣裡的棉衣比較短，於是立即就觸到了她皮膚。他將手往上摸她光裸的背，她扭動得更厲害了，而且兩手推前的力道增加了，口中又發出那幾個模糊的聲音。她扭動時，他在她背上滑走的手幾度重重地被牆擠壓了，他只好改變了方向，先是換到前方想去摸她的胸部，但如此一來，光靠一隻手幾乎無法繼續箍住她激烈掙扭的身體，只好又把手伸到後面，但這回改成往下，卻不意發現她的褲頭鬆鬆地張開了手可以輕易放進去的一道縫，他立即將手長長伸到底，貼在她的臀部上，猛力將她往自己的方向靠，不管上半身被她用力推開的距離，讓兩個人的下半身碰觸在一起，粗暴地將自己的鼠蹊部朝向前頂……

但就在他的手伸進了她的底褲的瞬間，眩暈帶來的鬆懈，他整個人被她全力往後推得站不定腳步，退了兩步，跌坐在地上。

強烈的痛與羞恥讓他酒醒了。跟做夢醒來一樣，一時恍惚不記得自己究竟在哪裡了。但和做夢相反的，醒來明白了自己在哪裡，非但沒有那種回到正常現實的安心，反而噩夢般的恐懼才要開始。

他頹然地倒坐在地上，看著靠牆的那個黑影，好像還沒有從方才的糾扭中擺脫出來，然後他聽到了剛剛一直拒絕不想聽到的話：「你在做什麼？你怎麼可以這樣做？……」

然後他看到在眼前突然變得如此高大的黑影離開了牆，開始朝他完全不知道的什麼地方狂奔而去。

5

宏仁無法確定剛剛狂奔離去的是幻影，還是當下眼前瑟縮在牆邊，彷彿努力要將自己盡量變小的女人才是幻影。

他等著，若是幻影，終究會消失吧？過了一會兒，他傾向於相信眼前的人應該不是幻影，幻影不會用具體的聲音說話吧？

「……你不可以再對我那樣，絕對不可以……」不再是幻影的人，以明確的江玲燕的聲音說，聲音裡帶著即將要哭的悸動。

「你回去吧，」宏仁仍然坐在地上，改變了一下姿勢，雙臂抱住膝蓋，將頭埋在兩膝間，疲憊地對著地上說：「我保證不會在後面追你……真的……我連站起來的力氣都沒有了……」

江玲燕哭了，邊哭邊說：「可是你不能這樣留在這裡……這裡很危險，你趕快走啦……而且……而且，我也沒有力氣走了……你為什麼要那樣對我……到底為什麼？……」

這正是宏仁害怕的問題，最不想聽到的問題。不是因為不知該如何回答，相反地，他一直都知道為什麼，他無法對自己承認、又無法對自己否認這件事。

在餐廳點第二瓶酒時，心底就閃過這樣的可恥念頭。再喝，就要超過自己的酒量範圍了，會進入一種無法控制的狂亂狀態，會把身體裡壓抑的慾望爆發出來。所以想要再喝。不相信桌子對面這個女孩，曾經和爸爸、和大哥怎麼樣，但光是不相信，光是要從開始迴轉的腦中將爸爸或大哥壓在她身上的意象排除出去，就刺激了他身體劇烈的反應。

心底持續閃著可恥的念頭。試試看又何妨？試試看不過就是為了讓她拒絕，愈堅定的拒絕愈好，愈能證明她不是，她不可能跟爸爸、跟大哥怎麼樣。試試看如果成功了，也沒什麼不好，爸爸可以、大哥可以，不是嗎？

他不能說出這些可恥的念頭，他無法面對江玲燕的問題。他一直沉默著，江玲燕愈哭愈厲害，哭到後來，身子順著牆滑溜下來，也坐在地上了。

宏仁感覺到前所未有的痛。從在牆上壓磨的手背，到重重落擊在地上的尾椎，一直痛到心裡。有一塊好像才剛剛長出來的肉，被江玲燕的哭聲捏著、刺著、剮著。他很想靠近點安慰她，卻既不敢又不甘心。不敢是怕引起江玲燕誤會，不甘心是他知道，這是唯一的機會，他能將那個問題問出來，唯一的機會。

江玲燕的哭聲逐漸緩和了，但想到要將問題說出口，立刻使得宏仁心裡那塊肉接受了好幾刀的凌遲。他必須忍耐，再痛都必須忍住，因為他更受不了不問出來，得不到答案。

「我問你，我一定要問你，你到底跟我爸爸有什麼不正常關係嗎？……跟我大哥呢？……」

一問，江玲燕好不容易收束了的哭聲又升高了。宏仁受不了了，半蹲跪地靠近過去，環抱著江玲燕的頭，以最柔和的口氣說：「別怕，告訴我，都可以告訴我，我絕對不會傷害你，我真的沒有一絲一毫的意思要傷害你，原諒我，拜託你原諒我……」

江玲燕只抗拒了幾秒鐘，就屈從地將頭靠在宏仁肩上哭。哭了好一陣子，下了極難極難決心般，終於一邊抽噎一邊開口說：

「……我就猜到一定是這個，你才會這樣對我……你知道，你們有人知道我多苦嗎？你知道我的家庭背景嗎？……你回去問你爸，問你大哥吧，董事長一定知道我的家庭背景，你就會明瞭，他們根本不會讓我接近他們的。

「我說完了之後，你也一樣不會再接近我，我知道。……我們是匪諜家庭，匪－諜－家－庭，夠嚇人吧，你嚇到了吧？……可是匪諜家庭的人，也要活下去啊！我常常很恨他們為什麼不把我一起抓進去？為什麼唯獨我一個人要接受侮辱，還要想辦法活下去？

「我能找怎樣的工作？你告訴我？……我做過兩個工作，都一下子就被趕走了。沒有人要一個來自匪諜家庭的女生，你不會沒注意到吧？」江玲燕擠出很苦很諷刺的一點笑，「我還是個女生，卻需要工作，沒有工作就活不下去，沒有工作媽媽也活不下去。……

「我進了你爸的公司，你爸一開始就說白了，我長得漂亮，更好的是還有點野，最適合在他身邊當秘書，帶出去應酬時會受歡迎。……跟他應酬的，當然很多都是會喜歡漂亮又有點野的女生了。這就是我的工作。……

「我喜歡這個工作嗎？……你會在意想知道？……不喜歡，一－點－都－不－喜－歡。我還沒那麼沒自尊，會喜歡只要打扮得漂漂亮亮，應酬時候裝出要嘛很甜要嘛很野的笑容。……可是，你會在意想知道？我下定決心無論如何一定要保住這個工作。……

「因為我已經知道如果丟了這工作，再來會怎樣。……那些人，他們已經找來了。……他們是每天去查資料，看哪個匪諜家庭、罪犯家庭有年輕女生嗎？……是這樣嗎？你知道嗎？……我現在才知道酒家、舞廳的小姐都是從哪裡來的……我以前實在太笨了，還常常懷疑：為什麼有人願意去酒家、舞廳上班當被人家罵被人家瞧不起的酒家女、舞女？現在我知道了。

「我知道公司裡有人不喜歡我，很多人不喜歡我。我怕他們，不喜歡我的人偏偏最有可能發現我的家庭背景，這是鐵律。鐵律！……我沒有辦法討好每一個人，討好了這個，就會因為討好這個有另一個不喜歡我。我很怕，我真的很怕，你知道嗎？」

江玲燕說話過程中，不斷穿插著向宏仁擲過來的問題，每一個問題都飛刀般準準地射中他心頭那塊神祕、敏感的肉，好痛好痛，但又無法否認痛中帶著一份自虐式的滿足，一再地肯定江玲燕這些話是真正要說給他聽的，特別說給他聽的。

停了一下，江玲燕繼續說：「……就在我最害怕的時候，有一天陪董事長應酬完回家，很晚了，就是走過這裡，黑漆漆沒有光，兩盞路燈相隔好遠的這裡，我一如往常擔心會不會有人從暗中突然衝出來，幾乎怕得發抖，突然有個奇怪的念頭在騷動著，我原來不知道是什麼，但就伸手鬆了綁頭髮的橡皮筋，然後將頭髮往前撥，然後我才知道自己在幹嘛，那天我穿了白上衣白長裙，我故意改變走路的方式，小碎步拖在地上，像走又像滑過，加上往前遮住臉的長髮，這樣就沒有人敢靠近我了吧？

「我真的安心了！夜裡走這條路，從來沒走得那麼順利！原來這樣就能夠安心……讓別人怕我，我就不必怕別人了，不是嗎？你說是不是？……」

江玲燕問的每一個問題，宏仁都無法回答，只能在手臂上加一點點力量，試著將她摟得更近更緊些。

江玲燕的聲音突然又有了哭意，她抽了抽鼻子，深呼吸之後，才又說：「那天回家後，我……我……這想法怎麼趕都趕不走。……我也要讓公司裡的人怕我，那我就不用怕他們了！……如果他們相信我是董事長的女朋友？……如果他們還傳言猜測『舍仔』，他們都叫你大哥『舍仔』，你知道吧？如果他們還懷疑『舍仔』也喜歡我，那有誰不怕我？還會有誰敢想對付我、害我？

「你能原諒我嗎？你能原諒我嗎？……我離不開這樣的想法，我不想再一直害怕了！……被人家這樣想、這樣看，不羞恥嗎？……是羞恥啊，但難道會比去酒家、舞廳上班羞恥？不會，不會，不會，不會，不會，不會，不會……」說著一連串的「不會」，江玲燕一邊在宏仁的懷裡反覆地搖頭，一次又一次擊打著他的胸口。

宏仁忍不住伸出手來，輕輕摸了摸她的頭髮，摸到了她半鬆開了的馬尾，心中又一陣凜然。

江玲燕不搖頭了。「何況我不需要真的跟他們怎麼樣。我只需要演得好像有怎麼樣，讓同事們去猜去說就好了。……辦公室變成了我的舞台，我不怕，我不能怕這樣的舞台。演好了、演對了，我就能一直在這家公司待下去，我和媽媽就能活下去了。」

宏仁的手還停在江玲燕鬆亂了的髮上，她卻突然離開了他的懷裡，猛地站了起來，宏仁一時以為有別人過來了，也連忙一起站起來。

「可是，你為什麼會知道傳言？……是蘭馨跟你說的？」江玲燕驚慌地問，沒等到宏仁回答，她又急急地自己否定了，「不可能，蘭馨不可能知道！」

「不是蘭馨，是家裡的其他人。」宏仁誠實地回答。

江玲燕又要哭了：「你們沒有告訴蘭馨吧？……拜託，不可以跟蘭馨說……我真的沒有，那是我自己演的、自己讓人家相信的，真的沒有和董事長怎樣，求求你幫我，絕對絕對不能讓蘭馨知道這樣的傳言……」

宏仁不懂，為什麼江玲燕要如此擔心懇求，為什麼那麼怕蘭馨知道？

「……有一天，董事長把我叫去了，叫我坐在他對面，我一坐下，心就涼了，桌上攤放著一份我再熟悉不過的文件，我爸爸匪諜案的起訴書。董事長完全沒有提那份文件，他只是說要我工作到下個月底就離職，也完全沒有任何商量的餘地。他又說，到下個月底前，我將工作移交給他家新娶的媳婦，要好好負責任的移交，如果移交過程都順利，雖然公司不可能留我，他會盡量想別的方式幫我。

「沒有用。費盡了心機還是沒有用。……董事長不會怕我，董事長會知道一切，而且，董事長真的沒有喜歡我，他毫不留情地把我趕走。……

「我只剩那麼卑微的一點點期待，或許，走的時候能多領一點點錢？……你會看不起我，對不對？……董事長說用別種方式幫我，除了多給一點錢，還能有什麼『別種』？……我理解他的意思就是好好服侍少奶奶，少奶奶滿意了，有機會收到一個紅包，半個月薪水？一個月薪水？有可能再多一點嗎？……

「我不要騙你，我不要騙你……」江玲燕說了兩遍，停了下來，不說了。

宏仁不能不問：「不要騙我什麼？」

她還是沒有馬上回答，好一陣沉默後才說：「我原來好討厭蘭馨，也好討厭從來沒見過的你。不，我恨你，覺得就是因為你娶了太太，才害我被從公司趕出去。……我知道不該這樣想，是匪諜案，不是你，但就無法阻止自己恨你。……也恨蘭馨。每天上班前，都要病態地反覆告訴自己，為了那一點甚至不知道有還沒有的錢，我要忍耐，我要笑，我要對那個什麼都不會，不過就是嫁對人的少奶奶好。

「還沒到月底，董事長又找我去。我又坐在同樣的那個對面位子上。董事長說：『如果你想留下來，可以換到業務部去。要留嗎？』我簡直不敢相信自己聽到的。搶在董事長可能後悔之前，我立即表示我當然要留下來，並且一直謝謝董事長願意給我這個機會。董事長就說：『不是我。不是我要留你。是蘭馨要留你，而且她留你不是出於同情，她很用心發現了你的長處，說服了我。我知道怎麼用你了。』……

「竟然是蘭馨救了我。可是我連謝都沒法正式的謝她，因為董事長叮囑不能讓她知道。結果，我到現在都好奇她到底發現了我什麼樣的長處。她有告訴你嗎？你知道嗎？我這個人會有什麼值得她發現的優點？……」

說到這裡，江玲燕抬頭看宏仁，面色土灰，似乎這才意識到剛剛發生的所有的事代表了什麼意義，她不可置信喃喃地說：「你是蘭馨的先生……你是蘭馨的先生……」

然後，她掉頭從牆邊走回黑漆漆的馬路上，愈走愈快，變成了半跑走，宏仁遲疑著，等她走了一段距離後，用差不多的速度遙遙跟著，一直跟到看見她走進家門為止。

第二十九章

1

蘭馨和宏仁大吵了一架，早上從家裡到公車站的路上。

一切來得太快，以至於蘭馨幾乎都弄不清到底怎麼吵起來的。能夠比較清楚回想的，只是自己問了宏仁一聲：「昨晚去了哪裡？」宏仁就爆發了。她不懂宏仁在氣什麼，問這樣一句話不行嗎？宏仁說不是不能問，是蘭馨問的態度很糟，擺臉色好像先認定了他做了什麼壞事。蘭馨覺得自己態度很正常，心裡更絕對沒那樣意思，宏仁回話說：「那是因為沒有鏡子，你看不到自己的臉色！」

蘭馨反擊：「明明是你認定我做了什麼壞事，硬把罪名加在我頭上！」從這裡，宏仁又轉了彎，說蘭馨做的事他可是都默默承受，從來沒有給過什麼評斷。豈不是暗示蘭馨做過壞事，他容忍下來不曾揭穿？蘭馨無法接受這樣的暗示，也就不願再往前走，站定腳步、提高音量，要宏仁把話講清楚。

宏仁說了好多話，繞來繞去，聽起來都不知所云，像是一連串無理取鬧的莫名發洩。蘭馨好幾次不得不打斷他，要他別瞎扯，聽到蘭馨形容他在「瞎扯」，宏仁更生氣了，話愈說愈激動，說的內容也就愈來愈混亂。

蘭馨終於決定放棄這樣無效的對話，轉身要繼續往公車站走時，突然，不知從哪裡來的一條線，幫她在心裡將宏仁激動、混亂的話串起來了。她知道宏仁在說什麼，不，她知道宏仁激動地在罵什麼了，因而覺得全身癱軟，一時既沒有力氣往前走，甚至也沒有力氣回頭面對宏仁。

宏仁說的，是蘭馨遲至凌晨才回家的那夜。他認定那天蘭馨和別人去幽會了。那不是「別人」，是宏仁的爸爸。宏仁會說得如此凌亂無序，原來因為他要指控蘭馨，他的妻子，和他的爸爸有染。

蘭馨恨不得自己有力氣也有勇氣一個轉身回頭給宏仁一巴掌。但她沒有。她僅有的力氣與勇氣，只夠用勉強可以讓身後的宏仁聽見的音量說：「請你不要再跟我說話，我一輩子都不要再聽到你說任何一句話！」

神智混亂中，她不知道宏仁什麼時候、怎麼離開的。也不知道自己被癱瘓在街上那個位置有多久。只隱約感覺到上班時間的路人來來往往，自己努力裝出平靜無事，似乎在等人的模樣，盡量避免引起注意。她一會兒感到慶幸這衝突不是發生在家裡，不會讓家人聽到宏仁說出的可怕指控；一會兒突然又憤怒宏仁只敢在街上說這樣的話，如果是在家裡，她就立即叫宏仁去爸爸面前把話講清楚，不然就把這可怕侮辱的話吞下去！

但很快地，憤怒轉成了悲哀，又轉成了更沉重些的無助。她懷疑自己真的會去找爸爸，把架吵到爸爸面前？那天晚上，她是和爸爸在一起沒錯。宴席上有客人帶來的德國白酒，是德國白酒吧？喝起來甜甜的，沒有什麼酒味，她就沒防備地跟著喝，喝完一杯又倒一杯。宴席還沒結束，就開始反胃，急忙進到廁所吐了，吐得一塌糊塗，而且一回座沒坐多久，明明胃裡沒東西了，都還是必須立刻再趕進廁所，又大嘔特嘔一番。

酒後完全失去了時間感，根本不知道宴席吃到幾點。只迷糊地聽到別人一直說她臉色很白，說她喝醉了，她自己的意識卻只剩下一股奇怪的好強堅持，努力不讓眼皮闔上，拚命拒絕承認自己醉了。

一樣在迷糊中，好像有一段幾個人扶著她在路邊，要讓她上車，董事長的座車，但她卻奮力抵拒。後來車開走了，她跟董事長和三、四個客人換了個燈色極為昏暗的地方。為了證明自己沒醉，她還又喝了一點啤酒，慢慢地好像反胃的感覺消退了。但再下來，她就完全不記得了。啤酒的作用上來，自己就睡著了？

然後在一張陌生的床上醒來。沒有人在她身邊。外套和一件薄棉衫被脫了下來，身上穿著襯衫和窄裙。她邊揉著惺忪的眼睛，邊跳下床來，就在這時一道門打開來，外面的光亮流瀉進來，使得她不得不閉上了已經習慣黑暗的眼睛。沒看到人，先感覺一隻手扶住她的肩膀，再來聽見爸爸的聲音：「醒了嗎？剛醒的嗎？那就可以叫司機來送我們回去了。」

她確信就是這樣，沒有發生其他的事。為什麼宏仁要這樣懷疑她和爸爸？然而這時她失去了方才對宏仁的盛怒，心底隱約地燒著一份不安，難道是宏仁察覺了她在夢幻情境中和另一個男人所發生的事？如此真實的夢幻，夢幻中比現實更具體的肉體感受，到底是什麼？有可能以任何方式被別人知道嗎？

這時候，還在腦中重現的記憶影像中，閃過一個奇怪的觸感，讓蘭馨全身爬滿了疙瘩。她記得從擺著陌生的床的陌生房間走出來時，兩邊，而不是一邊，有人扶著。突然，她的兩肩再肯定不過地記得被扶著的感覺。一邊應該是爸爸，那另一邊呢？

她閉起眼來回想。走出房門，外面似乎是一條走道，走道上掛著很多燈，照得很亮，她閉上眼睛，但又擔心腳下，所以一度用手遮住眉頭，勉強將眼睛睜開一道小縫，從睫毛間反射進來的光影中，有半張臉，一定有，看不清楚臉長什麼樣，但可以看見臉後面是一道綁得高高的馬尾，她認得那馬尾，那是江玲燕！

江玲燕在場！怎麼會忘了呢？那天的宴席，江玲燕也跟著去了，可能是爸爸交代的吧，江玲燕還穿了改良式的旗袍，吃飯時不斷起身為大家服務斟酒。

一直到凌晨上了車，江玲燕都在，蘭馨根本沒有和爸爸單獨相處，蘭馨安心地想起來，那麼只要找江玲燕來作證，宏仁就知道他自己有多麼無理取鬧了！

2

中午，蘭馨故意假裝有處理不完的急事，等江玲燕吃過家裡帶來的便當，找她一起出去喝瓶汽水。一離開辦公室，蘭馨就迫不及待地問起那晚上的事。

令蘭馨意外的，江玲燕的第一個反應，竟然是驚愕，脫口說：「為什麼要問這個？」然後強作鎮定說：「哪一天？我和董事長和你一起去接待客戶？有嗎？我沒有印象呢！」

蘭馨盡可能地形容那天的場景，確定江玲燕在場一起吃飯，江玲燕還是支吾其詞，客套地說：「唉呀，我的記性真差，我怎麼都想不起來有這一回事？」蘭馨又形容江玲燕那天穿的旗袍，顏色與剪裁，而且認識以來，只看江玲燕穿過那麼一次。江玲燕嬌嬌地笑了，說：「我怎麼也不記得自己曾經有過這件衣服啊？我衣櫥裡就少少幾件衣服，有哪一件不是一穿再穿的呢？」

江玲燕的態度，讓蘭馨感到不快，到了冰果店門口，賭氣地說：「算了，不問你了，我去問董事長好了，我不相信他也會忘記那晚你在場。」

江玲燕殷勤地去叫汽水，還多替沒吃中飯的蘭馨叫了一盤水果。坐下來，她有點誇張地拍拍自己的腦袋，說：「想起來了！唉，剛剛腦袋不知為什麼一時不管用。你說的那晚上，在座有從美國來的客戶那次是吧？我在，我真的在。你要問什麼？」

「我喝醉了，是不是？我想知道我喝醉了之後，尤其是我睡著了之後，發生了什麼事嗎？後來我醒來的那個地方，我記得有床、有一個房間，那是什麼地方？」蘭馨問。

「是喔，那天你喝多了，去廁所吐了好幾回。有客人說你醉得很可愛，董事長卻說你醉得很豪邁。」江玲燕說，蘭馨聽了不覺臉紅了。「但我記得的也就只有這樣，我不記得你有睡著啊？還是，我已經先回家了？」

不知為什麼，蘭馨強烈地覺得江玲燕說的不是實話。「沒有，你沒有先回家。我醒來時你還在，你還幫忙扶我上車，你在那裡。」

江玲燕做出驚訝的表情：「我？你看錯或記錯了吧？我不知道你說的是哪裡，我不可能留到那麼晚還沒回家！」

蘭馨警覺地回應：「如果你不在，怎麼知道有多晚？」

江玲燕也警覺地解釋：「我的意思是，我沒有看到你睡著，你還醒著我就離開回家了，我回家時還蠻早的。」

蘭馨低頭吸了兩口汽水，靜默下來。江玲燕一時不知該說什麼，也同樣低頭吸汽水，吸了之後找到了話題：「橘子口味的可樂好酸，你不覺得嗎？」

蘭馨沒有接這話題，抬起頭，專注地看進江玲燕的眼睛，問：「你後來見到我先生宏仁了嗎？」

江玲燕的眼神晃開了一下，才又晃回來，輕輕微笑：「見到了，他沒告訴你？……可能他太忙了，而且又不是什麼重要的事，所以沒說。……他人很好，但我媽媽用的藥不是他們藥廠生產的，他答應去說說看，能不能給我們便宜一點。……藥費真的是很龐大的開銷……」

是了，她見到了宏仁。蘭馨心裡想。而且還是自己叫她去找宏仁幫忙的。怎麼會笨到看不出這個明顯的連結呢？最有可能使得宏仁認定那天晚上她和爸爸有染的人，不就是當時明明在場的江玲燕嗎？也因此才會事情過了那麼久，宏仁偏偏在見過了江玲燕之後，才舊事重提。

笨！笨！笨！她在心裡將自己又罵了一頓，剛剛差點就想要將早上和宏仁吵架的事，一五一十告訴江玲燕！

江玲燕到底跟宏仁說了什麼？是宏仁過度敏感，從江玲燕的話裡自己想像成那樣，還是江玲燕真的就是那意思？如果真的是江玲燕說的，她為什麼要對宏仁這樣說？

蘭馨的身體裡有一個地方緊緊揪著，她多想知道究竟江玲燕說了什麼，究竟發生了什麼事！但她又無法自欺，絕望地知道當下問江玲燕問不出任何東西來。她連那晚後來還在場都否認了，能怎麼問？

另外，內在之所以揪得那麼緊，還有一個蘭馨更恨不得能拋卻、遺忘、自欺卻做不到的理由——她無法確定自己昏睡過去時，有兩、三個小時間，到底發生了什麼事，江玲燕或許知道，而她自己無從知道的事。

第三十章

1

宏仁告訴自己，不要多想什麼，一次想一件事，一個最簡單的畫面，畫面以外的，先不要想，不准想。他想的畫面，是昏暗的天色中，一輛公車斜擺著靠近過來，煞車發出刺耳的聲響，車停了，一群有的習慣性還穿著冬衣，有的敏感於季節變化已經換上春裝的人，像是被從一隻飽腹撐脹的魚從嘴裡吐出來般下到人行道上，接著在車掌吹起的尖拔哨音中，辨識出了江玲燕的身影。

就只想這個，別的都排除出去。不去想江玲燕怎麼搭上這班車，會不會不在這班車上，甚至會不會晚上另外有事不在這個時間搭公車。不想這個。也不想接下來，看到了江玲燕之後，會發生什麼事。都不想，只剩下那麼單純的一個畫面，事情就不複雜，自己就能站定在這堵牆邊耐心地等著。當然，也不去想，不能去想曾經在這堵牆邊發生了什麼事。

那個畫面真的出現了。然後宏仁才讓自己去想，接下來呢？再下來的畫面，他看到了，是江玲燕下了車，走過宏仁所在的牆，繼續往前，宏仁跟在她後面，走了五十步，不，四十步就好，宏仁叫她：「江玲燕」，她回過頭來，在她說任何話之前，宏仁一定要先說：「我昨晚忘了說：對不起。我一定要來說，不然良心不安。對不起。」

在自己有機會多想什麼之前，預計好的四十步到了，宏仁開口了，但和原先設想的不一樣，江玲燕沒有回頭，持續往前走。宏仁一時不知該怎麼辦了，愣在路上，看著江玲燕的背影，忍不住趕了上去。

靠近到確定江玲燕不可能聽不到的距離，他又叫了一聲，但江玲燕還是沒反應，維持原來的步伐往前走，沒變快也沒變慢，宏仁靠得更近，說：「我昨晚……我……」還是沒反應。沒辦法，宏仁只好伸手拉拉江玲燕。江玲燕這才止步，頭側轉了一點，說：「你哪位？我認識你嗎？」

宏仁尷尬地說：「你……明明知道我是誰……你也知道我在你後面……」

江玲燕維持著不情願將頭轉過來看宏仁的彆扭姿勢，說：「對，我知道，你是蘭馨的丈夫，你還是董事長的小兒子，那你在這裡做什麼？」

宏仁無奈地搖搖頭，說：「請你不要這樣對待一個真正想要幫你的人……」

江玲燕依然尖銳：「對，我忘了，我還應該知道，你是我們家的恩人，幫我們拿藥，幫我們省藥費……所以你覺得我必定會對你百依百順，是吧？」

「不是！」宏仁急急地辯駁：「我就是特別等在這裡要跟你道歉的，對不起，我昨晚忘了說，對不起……」

江玲燕語氣還是一樣生硬：「不敢讓你道歉，一定是我做錯了什麼，你才會那樣對待我。好了，現在可以放過我了，回去蘭馨身邊了嗎？」

宏仁說不出話來了。也想不出還有什麼理由可以留在那裡。只好默默悵然地回頭，而且費了好大力氣，克制自己不要依戀再去看朝相反方向走的江玲燕的背影。他回到了那堵牆邊，覺得好累好累，累到失去了繼續行走的力氣，就靠著牆不動。不過才幾分鐘前，他也是這樣靠著牆站，但現在回想起，竟覺得那像是很久很久的事了……

錯亂的時間，除了夜色帶來的濃厚濕氣，威脅著似乎又要下雨，宏仁整個人掏空了，感受不到其他的。完全沒有意識究竟過了多久，就在微細、若有若無的水珠開始落在頭髮上時，一個物體正面朝他撞過來，他背靠著牆，躲無可躲，只好瞬間認命地緊閉上眼睛，承受這從無有之處神祕闖出的力量……

撞來的，是一個軟軟、有溫度的人體，伴隨著不斷反覆以至於感覺只剩節奏而沒有了意義的聲音：「對不起對不起對不起對不起對不起……」那是江玲燕，只能是江玲燕，宏仁立刻知道了，但腦袋中好像另外立了一堵牆，阻止他真切地相信是江玲燕撲進了他的懷中，不可能，沒有道理……

江玲燕終於中斷了咒語般的「對不起對不起……」幽苦地說：「我不知道為什麼要這樣對你，我不是故意要這樣對你的……」

2

雨絲愈下愈密了，他們跑著離開牆邊，江玲燕招招手，要宏仁跟著她，跑了一小段路，宏仁開始笑了起來，自己都不知道在笑什麼，但就是止不住笑。江玲燕領他到了一家巷裡的麵店，進了店，江玲燕很自然地拿出手帕，替宏仁擦去臉上頭上的水珠，一邊擦，她也一邊笑了，兩個人站著，面對面，愈笑愈厲害，怕引來老闆和店內兩三桌客人的側目，連忙坐了下來，宏仁邊笑邊假裝看牆上的菜單，江玲燕則笑到不得不暫時將頭低埋趴在桌上。

好不容易笑歇了，宏仁問：「你笑什麼？」

「不知道。」江玲燕答。

「不可以說不知道，不知道就表示你是在笑我。」

江玲燕又笑了，「但如果我真的就在笑你呢？你那樣笑的樣子，傻傻的，很好笑啊！……你先笑的，你笑什麼？」

「不知道。」

「不－可－以－說－不－知－道……」江玲燕故意拉長了聲音說。「你在笑我？我有什麼好笑的？」

「不知道，就是想笑。看到你跑的樣子想笑，看到你拿出手帕的樣子想笑，看到你的手帕那麼小一塊想笑，看到你笑的樣子，傻傻的，也想笑。」宏仁從口袋裡掏出自己的手帕，比江玲燕的大了不只一倍。

「不要學我說話。……你的手帕比較大、比較好，那你自己擦。沒看過這麼傻的人，人家幫你擦，都不知道要低頭嗎，不知道自己長多高個……」江玲燕說著，宏仁伸長了手，用手帕幫她擦頭髮，她突然說不下去了，嘴角的笑容快速退去了，眼眶一下子就紅了起來。

宏仁沒有再說什麼，只是將本來停留在她頭髮上的手帕，挪下來，溫柔地按在她的眼角上。

3

吃麵時，兩個人說了很多傻話，不時爆發出一陣陣莫名的笑聲。吃飽了到麵店打烊前，在宏仁的堅持下，江玲燕說了一點家中匪諜案的事。

儘管他們坐在最角落的位子，江玲燕都還是緊張地將聲音壓低到使得宏仁經常聽不清楚的地步，每當宏仁想要往前靠近聽，又會被她以恐慌的神色，以及瞥向店老闆的眼光制止。以至於宏仁能聽到的，中間有不少缺漏。

「你幹嘛要知道這種事？知道了對你只有壞處，沒有一點好。」江玲燕先說。

「你都能經歷了，我卻連知道都承受不起？」宏仁的回應。

宏仁聽到的，一切起自她原本失蹤的哥哥回家了。哥哥失蹤了十一年，失蹤那年才剛過十歲生日。哥哥比她大三歲，對於哥哥失蹤時的事，她不太記得了，很長一段時間，家裡也刻意躲避著這話題，更不容易留下印象了。但是她明白記得自己小時候有一個哥哥，而且哥哥對她很好，哥哥失蹤前，她留下的最後影像記憶，是自己騎在哥哥身上，在村子裡和其他孩子玩騎馬打仗，全場跑來跑去殺來殺去的，好像只有她一個女生，哥哥自豪地對所有人說：「我只要跟我妹一隊，我們加起來天下無敵！」

十一年後，變成一個大人回來的哥哥，聲音啞啞的，一見到她就低沉地說：「玲燕，還要玩騎馬打仗嗎？」她怯生生但激動地回話：「太大了，不能玩。……你忘了你以前叫我小妹，不會叫我玲燕，因為不曉得哪個同學還是哪個親戚跟你說：『玲燕、玲燕，叫多了就不靈驗了！』」

她都不知道自己記得這樣的事，但一看到回來的哥哥，記憶就流瀉出來了。

可是媽媽的反應卻很怪，哥哥回來後好一陣子，媽媽都不願和哥哥單獨相處，而且媽媽還堅持要爸爸在外面另外租房間給哥哥住，理由是家裡太小了住不下。

哥哥說了他失蹤的經過，還有超過十年來的生活，但他說的時候，媽媽也好像不太有興趣聽。爸爸安慰哥哥說，媽媽為了失去哥哥心裡傷得太重，一時沒辦法適應哥哥回來的事實。哥哥的臉色沉鬱，似乎對媽媽的反應很難過、很自責。

然後，江玲燕跳過了所有的細節，可能還有一些她說了宏仁也聽不清楚。跳到媽媽發瘋了般，堅持回來的這個人，不是哥哥。為此爸爸很困擾、也很痛苦，那段時間中一再地問江玲燕，也和江玲燕一起偷偷地拿著舊照片比對，江玲燕相信，而且愈來愈相信，這個人當然就是哥哥。

不然他不可能知道那麼多妹妹小時候的事。他甚至會指著江玲燕的手掌中的一條線，說：「這條跟其他條都不一樣。這條是你拿小刀要削鉛筆割傷的，你記得吧？我從學校帶回來一把

『超級小刀』，真的『超級』啊，整把一體成形，不用平常的刀片。還銀亮亮的，好美。你一定吵著要，還要我的鉛筆去用『超級小刀』削，結果削出一長條口子來，流了好多血，你很勇敢，沒哭，但還是被媽媽發現了，害我被打個半死，記得吧？」哥哥說這些往事時，嗓音緊緊的，好像裡面含藏了多少滄桑般。

他如果不是哥哥，怎麼會知道這些？

但他們都說服不了媽媽。有一次，爸爸刻意安排將江玲燕帶出去，讓哥哥和媽媽獨處。不料等到他們回家時，家裡竟然坐了兩個警察，不見了哥哥。媽媽報的警，要警察來把「假哥哥」帶走。警察來之前，哥哥離開了，最後，警察帶走的是爸爸。

爸爸根本不知道媽媽跟警察說了什麼，也不知道警察在查什麼，在警察局傻傻地簽了切結書，保證回來的這個哥哥，就是江平天，就是原來失蹤了的那個兒子。然後，一陣子之後，哥哥和爸爸都被帶走了，變成了匪諜案，說這個回來的哥哥是假的，他假冒江平天的身分，是個潛伏的匪諜，爸爸簽下了具結保證，也就落了個窩藏、包庇匪諜的罪名。

宏仁無法不好奇地問：「所以他是假的？他不是你哥哥？」

江玲燕神情極度沮喪，反覆搖頭：「他們說他不是，媽媽也說他不是，但爸爸始終覺得他是，他自己也從頭到尾都說就是江平天。……我不知道，我真的不知道了……」

看到江玲燕沮喪的模樣，宏仁有點不忍再問了。沉默著，但終究還是被好奇心征服了：「警察沒有查出他真正的身分嗎？」

「後來根本就不是警察在查，是一些更可怕的人。他們從來不會告訴我們實話，他們說的每一句話都是在試探我們。他們給過好多種說法，他一下是這個人，一下又是那個人。……都好久了，案子起訴又收回，又起訴又收回，我也弄不懂，只知道一直還沒有判決結案，有人說是因為一直沒掌握他的真實身分，有人說是查不到他確實的匪諜行為證據，也有人說是因為還要弄清楚爸爸在案件中的角色，只有窩藏、包庇呢，還是有更深的參與。……我們都只能聽，只能等，什麼都做不了……」

宏仁不知該說什麼了，覺得說什麼都不對，都沒有用。內在有股強烈的衝動，想叫兩人中間的桌子消失，他就能把江玲燕抱住，緊緊抱著。好不容易壓抑了這份衝動，他帶些笨拙地勸慰：「……你要勇敢……不，你已經很勇敢了……」

江玲燕低下頭，好像要哭了，但立刻抬起頭來，勇敢地掛上笑容，說：「謝謝你，謝謝你願意知道，你也很勇敢……」

第三十一章

1

下午，蘭馨被找進董事長室，爸爸用商量的口氣說：「晚上跟我和查理吃飯？他們又從美國回來了，帶了兩個重要的美國新客戶。」爸爸說「查理」，音調很怪，流露出他平常藏得很好的台灣腔，聽起來變得比較像在講日本名字。

蘭馨立即答應了。反正宏仁連續好幾個晚上都不在家，兩個人幾天來只交換了生活上必要的最簡單對話，她無從問宏仁去了哪裡，不是真的不好奇不想知道，而是不願意再引發像那天早上的激烈衝突。

到下班和爸爸一起坐上車前，蘭馨想了很多，完全無心處理任何事。過程中有些畫面不時閃現，來自於自己過去生活的斷片：小時候手捏著一根結了果的蒲公英跑著，為了看一隻隻白色微芒紛紛飛走；長大一點，在動物園門口買了一隻風車，拚命對著風往前跑，要看風車能轉到多快；結婚前去試做婚禮的髮型，試好了頂著一個圓圓鳥巢般的頭髮出來，回家路上，和張月惠一起跑，看怎樣才會把做好的頭髮跑散，一邊跑，張月惠還一邊不時用手撩撥她的頭髮，她護著頭大叫：「別動！不可以作弊！要真正是風吹散的！」

這些畫面的共同之處——結婚前的生活，現在回想起來，即便只是不到一年前的事，卻都顯得如此遙遠，覆蓋了一層老照片般的迷濛，和現實天差地別。不，也許是倒過來的，反而是現實迷迷濛濛的看不清楚，不像記憶那麼乾淨、清晰，彷彿聞得到一股剛洗過澡的肥皂香，過去是水，現在卻是泥。

她想了很多，但大部分都是想不清楚、愈想愈迷濛的。宏仁、董事長、大哥、江玲燕……所有這些結婚後才認識的人，怎麼都那麼複雜？自己又是怎麼掉進到這個空間裡來的？她想起了劉寬的音樂帶領她進去的「那邊」，「那邊」顯然是有個入口的，現實這邊呢？沒有入口，但自己就掉進來了，沒有入口，所以也就出不去了？

她下了決心，晚飯時故意多喝了酒。喝到了一定程度，就到廁所去，對著發著尿騷味的馬桶，很容易就吐了，將食物和酒都吐乾淨。回座後，再重新吃一點、喝一點。她記得在飯局中聽過了，空腹容易醉，應該肚子裡有東西再喝酒，所以一直盡量不動聲色地持續吃，酒席上到最後的魚和炒飯，幾乎只有她一個人吃了。

還努力地回想上次酒醉的經過，讓自己的樣子看起來像是重演了那樣的酒醉。對於接下來可能發生的事，心中極度緊張，但最終還是依照計畫的，在宴席快結束時，裝作不支酒力睡倒在飯桌旁的沙發上。

喝了酒之後的耳朵裡一直響著自己的心臟和太陽穴動脈的跳動。第一次意識到兩者微妙的時間差，像固定敲擊著的兩套鼓聲。在兩套轟隆隆的鼓聲間，聽到幾個人語帶諷刺地討論她的酒量，但在爸爸一聲結論：「蘭馨是個好孩子，明知自己酒量不好，還是盡量喝，不讓客人掃興。」後就終止了。

然後她聽到奇怪的聲音，很像是二哥在說話。但晚宴上沒有二哥啊？可是那聲音實在太像二哥了，而且是由像二哥的這個人將客人接走了，聽起來還要去別的地方，是雙方都很清楚、很熟的地方。

然後有人來攙扶她了，手從她的腋下穿過，貼著她的胸部，她不禁全身繃緊了。過了一秒鐘，從手的大小、力道，以及傳過來的氣味，她確定那是業務部的一個女生。

那晚，應該就是江玲燕這樣過來攙扶她吧？江玲燕為什麼要否認？她盡量在不讓人起疑的範圍內自力行走，以免這女生扶不動她，會要別的男人來幫忙。她不要其他男人碰觸她。

她被扶上了車，爸爸簡短說了一句話：「把蘭馨一起帶過去吧，醒了再回去，這樣回去反而更不好。」

她偷偷將眼睛打開隙縫，卻無從觀察車子到底開了哪條路去了哪裡。慢慢地，假裝的迷迷糊糊狀態卻帶來了真正的睡意，不小心就在路途上打了個盹，直到車門打開瞬間被驚醒。

爸爸的聲音：「蘭馨，醒了嗎？蘭馨，醒了嗎？……」

攙扶著她的，變成了爸爸，她渾身像被電擊般顫了一下，那個業務部的女生不在嗎？她回家了？剛剛就沒上車？……難道江玲燕說的是實話，那晚，爸爸沒有讓她跟來？

沒有時間可以多想，甚至沒有時間去害怕接下來會發生什麼事，她必須立即決定，要繼續裝睡，還是睜大眼睛表示自己可以回家了？

她將眼睛睜開了半秒鐘，說：「……我醒了……」但馬上又閉上眼睛。爸爸的手還是撐在她身上，她努力維持著平衡，不要太倒向爸爸那邊，但又拖著腳步。爸爸沒再說話，將她半扶半抱地帶進了一扇寬敞的大門裡。

2

蘭馨僵直地躺在床上，花了一點時間讓眼睛適應黑暗。然後小心地轉頭朝各個不同方向，想確認房裡有沒有別人，也想看看這是不是上次醒來的那個房間。突然，聽見了爸爸的聲音，幾乎使得她從床上跳起來。

還好，稍微定神就發現爸爸的聲音來自房門外，他不在房裡，而且房門外還有其他人。是誰呢？爸爸的聲音停歇時，從外面傳來的只有很低沉，如同回音般若有若無，不確定的震動，微微地打在耳膜上。

蘭馨心中不自主地浮現出一道深深山谷的影像，不記得什麼時候看過的，兩邊陡峭的山壁長著高高細細的針葉樹，挺美的，但往下俯瞰，卻覺得那一層一層鋪疊的暗影，散發著一種危險的魔力，不懷好意地要引誘人跳下去，跳到那深谷裡，尤其是頭頂上的陽光愈是溫暖耀眼，對比的谷底黑暗就愈黑得深邃、徹底。

然後，換成二哥的形象浮了上來，經過蘭馨座位要走進董事長室時，從側影變成背影的模樣。一個如同谷底暗影般的男人。應該就是他，二哥在房門外和爸爸說話。

她完全聽不到二哥說的任何話，只能斷斷續續捕捉到爸爸比較高音的部分話語，拼湊地猜他們在說什麼。更麻煩的是，爸爸雜著用閩南語和國語說話，很多閩南語詞句，她連猜都無從猜起。

能猜到的，是他們討論了自己。爸爸似乎在告訴二哥，不用擔心蘭馨，她很能適應環境，比宏仁更能接受公司的情況。然後用閩南語說了一串應該是關於宏仁的話吧，從口氣上判斷，不太可能是正面的好話。

接著，爸爸提到了錢，好像是看著資料在對帳吧，一筆一筆的數字，但同時又穿插著人名。那些人名原本對蘭馨沒有任何意義，但突然爸爸連續講了兩個名字，聽起來像是蘭馨從新聞上知道的一對夫妻，是聯想的心理作用嗎？從這兩個名字開始，後面的名字感覺就都有點熟悉了。

大部分時候都是爸爸在說話，顯然二哥只是聽著。然而，再下來有了變化，爸爸說了一個短句子，後面接上了大串的沉靜。或者說，類似沉靜，聽不到有人說話的聲音。但蘭馨的直覺，那沉靜不是真正的安靜，散發著陰暗到聽不見的聲波，應該是二哥在說話。但怎麼會說那麼長一大串，都沒有被爸爸打斷？這不是爸爸的習慣，蘭馨知道的。除非是遇到很重要或很嚴重的事，爸爸不可能如此耐心一語不發地聽。

這讓蘭馨更好奇了，專注地等著爸爸發話。終於換爸爸說了，又是一個短句子，短到不論蘭馨多專注，都無從拼出內容來。但她捕到了一個詞，應該是「仙蒂」沒錯。不太有什麼其他詞語會和這兩個音混淆。提完「仙蒂」，又是好長一段沉靜，二哥在向爸爸進行長篇的報告嗎？

蘭馨全身起了雞皮疙瘩，「仙蒂」會是多陰暗的機構或個人，需要二哥在深夜進行這麼詳盡的報告，緊緊抓住爸爸的注意？

3

眼前這個人就是「仙蒂」？蘭馨難以置信地自問。

好奇心驅使她做了再簡單不過的事——去到帳冊上寫著的地址，想好了說詞，大膽地摁下門鈴。來開門的，是一個年紀和自己差不多的女生，剪了很短很短幾乎像是男生的頭髮，但不只是她清秀的臉龐，尤其是她高聳的胸部，讓人絕對不會錯認她的性別。

她的臉上有著和身上一樣錯亂的印記。兩眼大大、水汪汪的，帶著未成年少女的清純，但一直維持著似笑未笑的嘴角，卻有著一種看透人間的世故，滄桑、老成。她一開口，聲音裡有著濃濃的煙熏氣息，沙啞破散；但她說話的方式，卻又帶童稚的咬舌意味。

蘭馨的說詞是公司派她來確認一下，一直以來固定該給「仙蒂」的款項，是不是都正常支付、按時收到。但話一說出來，眼前這女人卻表現出對她的說詞最直接的不信，甚至不屑。

「公司派你來？」女人像是聽了笑話般，真心好笑地說：「這家付我錢的公司會派一個女人來找我？」然後女人粗暴地突然伸手探向蘭馨的胸部，蘭馨嚇得連退了好幾步。

女人大笑，「幹嘛怕成這樣？我只是想確認一下，你不會是男人裝的吧？我還沒出手摸那裡呢，這家公司派來的人一定都有懶趴，你有嗎？」

蘭馨窘迫不堪，回頭就要落荒而逃了，但又一想，糟了，莽撞的行動會有嚴重後遺症？女人會去告訴大哥、二哥或爸爸？要如何解釋自己的行為？

她停步，思考著如何拜託女人不要將這件事說出去，聽到女人收起了尖利的笑，用比較柔和的語氣說：「水查某，別騙了，別把我當笨蛋，有什麼事，光明正大來，老實說你要幹嘛吧？」

「我……」蘭馨喏嚅地說：「我真的沒有要幹嘛……」

女人手叉著腰，斜倚著門框，很爽朗直接說：「你跟公司什麼關係？老實說。你看起來太端莊了，不然我會猜你是公司新找來瓜分我工作的。還是你正在考慮，良家婦女受到下海的巨大誘惑，所以想來探問一下，這工作到底好不好，到底都在做什麼？」

蘭馨完全被震住了，只會搖頭，說不出話來，一時也弄不懂女人話中的意思。

女人嘆了口氣，語氣又更溫柔了，溫柔到近乎天真：「不好講、不方便講是不是？那就進來關了門講好不好？反正我閒著也是閒著。」察覺到蘭馨的防衛，她又說：「保證房子裡沒有其他人。你如果真的是公司的人，真的知道我，就知道我不是好人，但我有很多自認是好人的人都沒有的美德，我說話算話，還有，我不害人，我從來不害人。」

女人將身形一側，讓出門口來，蘭馨點點頭，走了進去。

4

「仙蒂」是一個人，不是公司，就是眼前這個對蘭馨散發出奇特神祕卻迷人模樣的女人。而且「仙蒂」對蘭馨的公司，「中美陶瓷」，簡直瞭若指掌，進到屋裡坐下來，說了幾句話，蘭馨根本無從招架，只能對仙蒂坦承自己的身分。

「許董的三媳婦？」仙蒂故意重新打量蘭馨，「讓我猜一下，猜錯一句賠你一百元。你是外省人？……猜對一樣。你爸爸在政府機關做事？……退休了？應該不是屆齡吧？……你爸幾歲？……是啊，還沒到該退休的年紀嘛！……讓我再猜一下，你爸退休前要嘛在經濟部工作，不然也跟經濟部有關？……對吧，我又猜到一樣。……那就更不用說：你先生和你絕對不是戀愛結婚的，一定是安排相親……沒什麼不好意思的，這是最簡單猜的。……太好猜了，刺激我想猜個難一點的：我猜你不知道你爸為什麼提早退休！……是啊，你還以為他正常退休，當然不知道他為什麼提早退休！」

這段話太驚人，也太過分了。蘭馨再遲鈍也必須察覺仙蒂不可能真正用猜的。她說的每一句話，應該都有她的把握，來自她對「中美陶瓷」和許家的認識。

蘭馨不能不打起精神來思考仙蒂話中的意思。她想起了大嫂，還有嫁進來後只見過兩、三次的二嫂。「你的意思是……」蘭馨阻止不了自己問：「這些就是許家娶媳婦的考慮？」

仙蒂毫不客氣地糾正她：「什麼考慮？幹嘛說得那麼含蓄，怕傷自己的感情嗎？你如果那麼脆弱，就不該跑來找我。這就是許家找媳婦的條件，許董向來計算得清清楚楚的。這點你必須佩服他的眼光，他有一種神奇的本事，能一眼看穿人家家裡的關係，還不是單純只靠表面的條件找人。」

「我聽不懂。」仗著仙蒂標榜自己坦白，蘭馨也就直率地說。

「唉，有時候我還是會有點心軟，不想把話說得那麼明白。我願意給你機會，收回你剛剛的話，跟我說你沒有一定要懂，不懂也沒關係。這真是為你好。」

蘭馨堅定地搖搖頭，「我要懂，除非你沒辦法讓我懂。」

仙蒂笑了：「你不像外表看起來那麼嬌嘛！……好吧，你確定今天之前我們沒見過面？」蘭馨不了解仙蒂的用意，但想了想，誠實點點頭。仙蒂又問：「今天之前我不可能知道你任何事吧？」這次蘭馨沒那麼確定了，說：「你也許從許家別人那裡聽說過……」

「好啦，聽說過就聽說過也沒差，你和你爸沒有很親近吧？你大概不會注意到你嫁人了之後，你爸爸有什麼改變吧？」仙蒂挑釁地問。

「我爸爸？你說的是娘家的爸爸？」蘭馨疑惑地在心中回想，結婚之後幾乎沒有和娘家的爸爸好好說過一次話，就連初二回娘家，大部分時間爸爸也都還是躺在床上休息。

「講個簡單的吧，『中美』這邊的爸爸，一定去找過你娘家那邊的爸爸，而且你一定不知道，兩個爸爸都沒告訴你，你信不信？」仙蒂篤定地說。

「怎麼可能？」蘭馨直覺地發出質疑，但面對仙蒂自信的態度，她不得不退縮了，改問：「他們為什麼要這樣做？你怎麼會知道？」

仙蒂聳聳肩，「簡單啊，這就是他們許家娶來媳婦一貫的做法啊！是你自己要聽的，別怪我說的傷感情——你以為人家是看上你，漂亮、賢淑還是大屁股能生？人家看上的是你爸爸，是你爸爸的關係。老大的老婆這樣挑的，老二的老婆這樣挑的，老三的老婆會不一樣嗎？……會不一樣嗎？……而且我說了啊，許董這人厲害，他挑的媳婦，還都跟家裡，尤其跟爸爸沒有很親，所以就算兒子和媳婦婚姻有問題，也不影響他和親家之間的生意。」

「生意？」蘭馨猛搖頭，「不可能，絕對不可能，你不知道我家，你不知道我爸，我爸現在病得很重，我爸以前在工作上沒有什麼關係，他最拙於拉關係了，絕對不可能和董事長做什麼我不知道的生意！」

仙蒂斜著眼，再度打量蘭馨。「是嗎？」

5

仙蒂真的很坦白，坦白到讓蘭馨害怕的地步，聽到一半，蘭馨忍不住瞪眼咋舌地打斷：「不要再說了，拜託你不要再說了。」

仙蒂同樣瞪著大眼，沒有真正停下來，而是問：「不想聽了？覺得不相信，還是覺得太髒太可怕？」

蘭馨正面迎接她的問題，鄭重地回答：「不是不想聽，是我要知道，你為什麼要這麼坦白告訴我？你有特別的企圖，對不對？」

仙蒂又說了一次：「你不像外表那麼嬌嘛！你覺得我有企圖，對，我有企圖，你認為我的企圖是什麼？」

蘭馨認真想了一下，「發洩？……也許還加上報復？」

仙蒂換了一種低抑的口氣，說：「嗯……看來你也沒有我以為的那麼聰明。發洩，對，我需要發洩一下，畢竟發生在我身上的事，沒辦法說給太多人聽，是吧？……但報復？」她明確地搖搖頭，「錯，大錯特錯，我為什麼要報復？你以為我恨許董他們？這就是你的人生和我的人生最大的差別了，我非但不恨，而且還感謝他們，很可笑很可恥吧？但這是事實，你不能了解的事實。」

仙蒂身子前傾，專注凝視著蘭馨，讓蘭馨能夠看入她長長睫毛底下黑亮亮的眼珠，說：「妹子，我有什麼企圖？……不如說我有什麼毛病吧？我最大的毛病就是看不得不真實的人。像大部分好人家的嬌嬌女。他們不知道活著，光是活著，都多為難，他們活在自己四面刷得粉白粉白的牆壁裡，以為那就是全世界，還自以為傲，以為所有的人都和他們一樣活在四面粉白的牆壁間，還要看不起從牆裡走出去，曬了太陽頂了風淋了雨跌了跤又在泥巴裡打了滾的人。

「有一個你一定知道、一定讀過的女作家，就不說她名字了，她寫的小說好多嬌嬌女都迷啊，當作愛情聖經來讀，但你們認識她，知道她的人生嗎？我認識她啊，她十七歲就談戀愛，就夜宿在男人家裡自願失去了童貞，換了幾個男友後，二十歲先懷孕後結婚，和丈夫吵得不可開交，然後又和有婦之夫通姦，被丈夫發現給打了個半死……她這樣活過，才能寫那麼多愛情小說。她小說裡寫的愛情，明明很激烈、很不尋常，你們這些嬌嬌女愛看，一本接一本追著看，但奇怪了，也可笑了，如果小說裡描寫的愛情讓嬌嬌女遇到了，哈，她躲都來不及啊！

「你們看不起我，我的毛病就是，我還看不起你們呢！你們只敢躲在別人的經驗後面，讓別人去經歷，讓別人去哭去苦去死去活來，讓別人去墮落去為了愛情誤上歧途，然後像吸血鬼一樣，吸人家付出代價換來的故事自得其樂。自己沒有一分一毫勇氣，為了愛情做任何一件會痛的事。我猜……不，我知道，你甚至也沒有為了愛情而付出被頂破處女膜的痛吧？一樣要落紅要痛，你們只肯為了婚姻，為了換一個有保障的丈夫而痛，覺得那樣才對，才值得，對吧，嬌嬌女？」

被仙蒂以眼神鎖定，正面接受仙蒂這段話的衝撞，蘭馨發現自己一動都不能動，不願被仙蒂這樣叫「嬌嬌女」，卻又不知該如何否認。

「要知道我的企圖，是不是？……我的企圖就是硬將嬌嬌女的眼皮撐開，逼她看到她不想看到的真實世界，不會每天有嬌嬌女跑來敲我的門，你自己送上門來給我的，我捨不得不用。不過，也別怕，門還在原來位置上，你怎麼進來隨時可以怎麼出去，那邊，也有電話，歡迎使用，歡迎打去找任何人來救你。……走吧，嬌嬌女，恕我不送！」

6

蘭馨不知道自己為什麼要留下來，但畢竟還是留下來，壓抑了各種複雜的情緒，將仙蒂願意說的都聽進去。

仙蒂很直白地說，她的工作，就是幫「中美」招待「特別」的客人。這樣的客人裡，有不少美國人，用得到她的英語能力。她十六歲就在晴光市場的酒吧工作了，畫上妝，跟人家說她二十歲。從只會最簡單的Hello、yes、dollar dollar開始，她沒有上過一天課，甚至連酒吧「前輩」轉手給的「英語九百句」都沒聽過一句，徹徹底底從和美國人喝酒中學英語，卻學得比別的吧女都快。

十七歲，她遇到了一個美軍顧問團的上尉，經常違規將她帶進圓山的軍官宿舍裡。這個Tommy對她真的很好，不只在酒吧裡給美金給得很慷慨，還留她在家裡，放一張張唱片給她聽，又教她彈吉他，一直稱讚她好有音樂天分，耳朵好，吉他和弦一聽就記得，一聽旋律馬上就能抓出和弦來。

所以，她又從聽歌唱歌裡學英文，學得更快更多。

「沒有人不愛聽我彈吉他唱歌，再怎麼正經的美國男人，聽幾首歌之後，就都融化了。不騙你，真的融化，你會看到他臉上的線條都變不一樣，都沒有角了，圓圓的、滑順滑順的。」仙蒂爆出一陣得意大笑，然後問：「想聽我唱嗎？」

蘭馨點點頭，是真的好奇想聽。仙蒂起身時，蘭馨還想出了一句玩笑話：「我臉上的線條有很多角，都不滑順啊？」

這時候，蘭馨才第一次有機會仔細看看仙蒂住的地方。不太像一般台灣人的住家，屬於美式風格嗎？比較大、比較空，沒有那麼多牆，寬敞的客廳只擺了皮沙發、長茶几，和一大架酒櫃。酒櫃旁邊，連續的空間，沒有另外隔開，是一張精巧的圓桌，擺放了四張椅子，那應該就是餐桌了？旁邊一眼通透看見廚房，依然沒有隔開，空間都是連續的。

仙蒂拎著吉他走回來，一坐下來，什麼都沒說，撥了吉他弦，立刻就唱：

We had joy we had fun we had seasons in the sun
But the wine and the song like the seasons have all gone
We had joy we had fun we had seasons in the sun
But the wine and the song like the seasons have all gone……

「特別招待，唱個最新的，你聽得懂歌詞的意思？」仙蒂持續撥著吉他。

「只懂一點點。」蘭馨誠實地答。

「沒關係，唱完再解釋，」仙蒂又聳聳肩，「反正我沒有要迷你，不用管妳臉上線條有角沒有角，我唱自己高興的。」

她將歌從頭唱：

Goodbye to you my trusted friend

We've known each other since we were nine or ten
Together we've climbed hills and trees
Learned of love and ABC's
Skinned our hearts and
Skinned our knees
Goodbye my friend it's hard to die
When all the birds are singing
In the sky
Now that spring is in the air
Pretty girls are everywhere
Think of me and I'll be there……

「好聽嗎？」仙蒂唱到一個段落，吉他繼續撥彈著，分神問蘭馨。蘭馨真心稱讚：「好聽，你唱得真好聽。」吉他聲音未停，仙蒂又問：「聽了高興嗎？」蘭馨點頭：「嗯。」

仙蒂放下吉他，誇張地瞪著蘭馨：「沒良心的人！」

蘭馨一頭霧水：「什麼？」

「這是死人的歌，你知不知道？……好啦，不算死人，快要死的人唱的告別的歌，一段跟朋友告別，一段跟愛人，一段跟爸爸，跟爸爸告別時他誠實表現了軟弱，說：『爸爸，要去死真難啊』，陽光的季節，但是季節過去了，時間用完了，很悲傷很悲傷的歌，你卻聽了高興，不是沒良心嗎？」

蘭馨知道仙蒂的話是開玩笑的，鬆了口氣。「不是沒良心，是英文沒學好，聽不懂歌詞，只覺得你唱得那麼好聽，所以就高興了。」

仙蒂點點頭，「我也高興，高興自己做了吧女，真的，當了吧女才有這些，我講的不是房子啊錢啊，是我的吉他我的歌，我能唱這種歌，中文歌沒有這種歌，中文歌的歌詞寫來寫去都是那樣，俗透了！哼，你們嫌吧女俗，卻不知吧女才嫌你們俗呢！」

7

英文好、會唱歌，讓仙蒂在美軍圈中快速竄紅。「一度還有人邀我去德惠街新開的豪華吧裡專門去唱歌呢！那家豪華吧是牛埔幫開的，牛牽到北京也還是牛，沒辦法，就是土啊！還拿可以上電視來誘拐我，說台北的歌廳、電視台的綜藝節目他們多有力啦，真是搞不清楚，以為我會稀罕上電視？」仙蒂臉上帶著傲氣。「我不喜歡對一大票人唱歌，感覺不對，沒有感覺，我只喜歡對一個人唱歌，我可以清清楚楚用歌征服他，歌一直唱一直唱，聽歌的人就一直愈變愈軟，變成我能捏過來捏過去、拉過來拉過去的模樣，這樣才過癮啊！」

而且這樣又自由又能得到更好的待遇、更好的機會。有一個她原本認識，也曾經迷戀過她的美軍軍官，特別又回到台灣來，脫下了軍裝，搖身變成了一個商人。就是這個美國人，將許宏明介紹給仙蒂的。第一次見面，在統一大飯店一起吃過飯，許宏明就塞了一大筆錢給仙蒂，表示美國人在台灣的所有費用，他通通包了。

那算是仙蒂和「中美陶瓷」做的第一筆生意吧！大概是美國人跟許宏明說了什麼，美國人走了，許宏明又來找仙蒂，說要幫她租個套房，說要和她長期合作。

「他是你先生的大哥，對吧？」仙蒂看著蘭馨，露出一點不屑的口氣：「真土，這個人！來的時候，又帶了一包錢，用報紙包著，比上次給的再多一點，然後就想動手動腳，被我用錢丟在他頭上，痛得他哀哀叫。他還要跟我翻臉，拜託，也不看看自己什麼角色，我從廚房裡拿來大魚刀，他都沒有警覺，一下子被我用刀抵住喉嚨，唉，要威脅他，其實根本不需用到刀，那只是要叫他安靜下來，別在那裡亂跳亂叫，他不敢跳不敢說不乾淨的話了，我告訴他，關於他們『中美』，你們『中美』，美國人知道的，我都知道了，他最好想想該用什麼口氣跟我說話，惹到我，我可是很明白要去跟誰說什麼話的！」

蘭馨想像著仙蒂形容的畫面，不知該覺得好笑還是可怕了。

仙蒂繼續說：「我把大魚刀扔到一邊去，他整個人嚇得跳起來。不用刀，看他能拿我怎樣！然後我告訴他，你們『中美』看錯人了，幫我租套房？我會看得上你們的套房？小裡小氣只能租個套房，也敢來跟我說要長期合作？這種條件，連想要收買我不破壞你們都不夠吧？罵得他落荒而逃。」

仙蒂停了一下，蘭馨忍不住猜測：「他逃走了，然後就換董事長出面？」蘭馨幾乎可以在腦中看見董事長如何面對仙蒂的表情。

提到「董事長」，仙蒂的情緒明顯緩和了。「對，就換董事長出面，第一次見到他，就是在這裡。他租了這個房子，好像是之前美國人住過、裝修過的。我依照秘書給的地址找來的，進門，裡面只有他一個人。彼此介紹過後，他就將一串鑰匙交給我，說這房子以後就歸我用了，愛怎麼用就怎麼用。為了證明從此之後我是房子的主人，他立刻轉身出去，關了門，再摁門鈴，等我開門放他進來。

「許董實在應該去演戲。他可以去演電視還是演電影。他說台詞比大部分演員說得都自然，你明知道他說的是準備好了的台詞，都不會覺得肉麻、噁心。他問我願不願意帶他參觀一下我的新居？其實是他要向我炫耀房子有多好，就是你現在看到的。房子坪數很大，但大部分都打通了，只隔一個房間，一個浴室。進了房間，他假裝好奇地去打開衣櫥，說：『哇，你的衣服都很漂亮啊！』我湊過去看，裡面掛著一、二十件新衣服，大部分是洋裝，我拿了一、兩件下來比比，還真都是我的尺寸。更特別的還在後面，撥開衣服，他從衣服後面拿出了一樣東西，說：『吉他？你一定喜歡唱歌，也很會唱歌吧？』」

仙蒂指了指靠在牆邊的吉他，「就是這把，很好的吉他。其實我也不懂吉他，但這把比我以前用過的都好太多了，我才知道人家說好樂器多重要什麼的，人家說有些吉他好像自己會唱歌一樣，這把就是。有這把吉他，我等於重新學彈，以前只彈和弦，有了這把，可以加上旋律，很神奇，旋律一個一個音像是會自己串起來，不會散掉，不會斷掉。」

說得蘭馨又心動了，請求：「能再彈一次給我聽？我剛剛沒準備，沒仔細聽旋律。」仙蒂做了個眼色，蘭馨立即會意，趕緊起身去將吉他拿過來。

If he brings you happiness
Then I wish you all the best
It’s your happiness
That matters most of all
But if he ever breaks your heart
If the teardrops ever start

I'll be there before the next teardrop falls……

仙蒂唱了另外一首歌，仍然是蘭馨沒聽過的。唱了一段，仙蒂繼續演奏吉他，將剛剛唱的旋律清清楚楚地在吉他上彈出來，還配上了和弦，一邊跟蘭馨解釋：「這又是一首傷心的歌，聽得懂嗎？我告訴你，傷心的歌才好聽，才感人。人別過得太幸福，幸福很無聊的。……這是個失戀的人，女朋友愛上別人，他當然很傷心，但他堅強地說：沒問題，去跟這個男人在一起吧，如果他能帶給你快樂，那就好，你快樂最重要，但要是有一天他傷了你的心，記得，在你下一滴眼淚掉下來之前，我就會趕到你身邊來……就是這一句：I'll be there before the next teardrop falls……」

8

蘭馨輕輕地，像是嘆息般問：「那天，董事長有聽你唱歌？」

仙蒂眼睛低低看著自己撥弦的手，微微點了點頭。蘭馨覺得夠了，心底篤定知道後來發生了什麼事，但奇怪地，知道了卻沒有太大的騷動，情緒反而比之前來得清澈、安定，也沒有對仙蒂或對董事長的任何不悅。這樣的情緒才讓她驚訝，不能理解自己為什麼會如此反應？

仙蒂繼續彈吉他，說：「再下來有一段西班牙文歌詞，別問我，我也不知道意思，但聲音很好聽。」她唱了，唱完西班牙歌詞，吉他依舊沒停，口中冒出了一句話：「最愛來聽歌的，還不是許董，是許宏年。你不會不認識他吧？我知道他跟你先生不講話。」

二哥？那個如同山谷暗影般的二哥？仙蒂和他們兩人，爸爸和二哥，都有這種私下唱歌親密相處的關係？蘭馨沒有辦法再維持清澈、平靜心情了。而且從仙蒂的下一句話，明明聽出她比較喜歡誰：「許宏年會唱這一段西班牙歌詞，唱得簡直和唱片裡的一模一樣，許董就不行了，沒有那麼高的語言天分，也可能是太老了……」

然後，仙蒂平淡地說了更讓蘭馨難以想像的事：跟「中美陶瓷」「合作」了一陣子之後，仙蒂發現自己懷孕了。她誠實地告訴許董，孩子可能是許宏年的，也有可能是一個美國人的。許董幾乎沒有考慮，立即要求她將孩子生下來。許董知道她的個性，將理由和條件用大白話說得再清楚不過。

理由是：他不願意失去家族下一代有仙蒂血統的機會。他的兒子，他兒子和媳婦結合可能生出來的小孩，都不會像仙蒂那麼優秀。仙蒂語氣中帶著一半自豪一半自嘲地轉述了許董的說法。「我有多優秀？我優秀在哪裡？你覺得很奇怪吧？去問你們董事長啊！」仙蒂說。

蘭馨卻回應以堅定的搖頭：「我不覺得奇怪，我已經知道你多優秀了，我大概也知道董事長在你身上看到的優點。」

仙蒂投來一個有點意外又有點感激的眼光。「你真的和外表差很多。」

許董給仙蒂的條件是安心懷孕，幾個月不必工作，等孩子生下來，反正生了就看得出是誰的。如果是許宏年的，公司與許家當然負擔孩子將來所有的開銷費用；如果是美國人的，公司也保證會找到適當的人家認養，仙蒂可以自己決定要跟孩子保持怎樣的關係。

仙蒂答應了，主要不是為了條件，而是為了理由。「你可以說我虛榮吧，沒關係，就是虛榮，他說我會生下一個比他兒子孫子都堅強、能幹，適合當領導人物的小孩，打動了我。」仙蒂說。

蘭馨看不出房子裡有孩子的蹤跡，大膽地猜：「孩子不是許宏年的？」仙蒂揉了揉額頭，露出點疲憊的樣子，「不知道。本來以為很容易分辨是還不是混血兒，但真的生下來才發現，嬰兒沒有金髮、沒有特別白的皮膚，光靠長相，還真難說。你不覺得，許宏年輪廓很深，其實也有點像外國人？」

蘭馨只能誠實地表示，和二哥接觸太少了，沒辦法靠印象評斷他的長相。

仙蒂又說：「孩子生下來也才發現自己有多不喜歡小孩。小孩在我身邊的那兩個月，現在想想，是我最虛偽的時候。每天都很累很累，後來搞清楚了，不是因為帶小孩累，最累的是騙自己。一直要說服自己，我是媽媽，當然喜歡兒子啊！我好愛他，他好可愛啊！唉，狗屁！我不是，我不是當媽媽的料，終於承認孩子不在身邊我不會難過，我鬆了一口氣，讓他們把孩子帶走，我也不想知道他再大一點看起來會像美國人還是許家人了，他們把孩子帶走時，我大哭了一場，已經很久很久沒哭了……」

「你到底還是難過……」蘭馨喃喃地說。

「別來這套！」仙蒂憤憤地說：「我難過，不是因為孩子被帶走，是因為認識到自己竟然那麼無情、那麼賤！在我骨頭裡！我喜歡抱男人，也喜歡男人抱我，卻不喜歡抱自己的兒子。那就是我，在我骨頭裡！」

蘭馨突如其來的強烈衝動，問：「一定要是男人嗎？如果是女人，如果是我抱你，你會討厭嗎？」

仙蒂像是嚇了一跳，但立即笑了，站起來張開雙臂抱住蘭馨，然後蹲跪下來，將蘭馨抱得更緊些，在蘭馨耳邊輕輕地說：「你真的很不一樣，他們怎麼找到你的？……也許，這次他們真的用了不一樣的標準選媳婦，也許，許董選了你來幫他們許家生比較像樣、強悍的兒子、孫子吧！這狡猾的許董！」

蘭馨發現自己喜歡被另一個女人這樣抱住的感覺。隱約察覺仙蒂的話中有奇怪不對勁的地方，但一時陷入軟軟暖暖舒服中，使得她懶得去追究到底如何不對勁。

第三十二章

1

宏仁再一次看錶，兩點五十分，算不清第幾次在心底告訴自己：「該走了，別再坐了！」卻仍舊一動不動。

在醫院的員工福利社，他持續望向左前方，看著記憶中幽靈般的江玲燕。上次，江玲燕就站在那裡，侷促不安地站著。宏仁不斷回想她的侷促不安，完全不能理解、更不能原諒，當時自己怎麼能坐視江玲燕如此侷促不安，竟然沒有一點想要保護她、安慰她的衝動？

如果是現在，他一定會想辦法叫江玲燕鬆開那緊張的眉宇，叫她亮亮的眼睛帶上高興的笑意。一個多小時了，他走不掉，離不開這個宿命的座位，因為好像繼續坐在這裡，就還有機會彌補自己當時的殘酷錯誤。

可以如何彌補?好想輕輕摸她的臉,用食指和中指的指尖,撫過她的眉毛,跟她說:「不要皺眉。高興起來,不要皺眉。」好想貼著她的耳朵說:「別擔心,有我在,我會處理。」可以不管她媽媽在旁邊,不管福利社裡其他不相干的人,就將她抱住嗎?沒有別的企圖,只是一直抱著她,給她被保護的感覺。

要怎樣才能不只逆轉、取消當天她在這裡經歷的不安,而是保證她再也不會那樣侷促、無助,像個小學生一般?

宏仁告訴自己,不能再想了。不能再想江玲燕,那是不對的,尤其不能朝這個方向往下想。但他還是如癱瘓般動不了身體,身體徹底的靜和腦袋中停不住的動,構成了再強烈不過的對比。

想起了蘭馨,想起了早晨不知哪來的火氣,將夫妻兩人的不愉快,在餐桌上,當著爸爸、媽媽和大嫂、姪兒爆發出來。宏仁吃完了碗裡的清粥,大嫂發現了,伸手來取他的碗要幫他再盛,本來只是平常的一個動作,但蘭馨卻像是突然回過神來,急忙擋住了大嫂的手。宏仁一下子管不住自己的嘴,話衝了出去:「不用假惺惺做給別人看!不稀罕你幫我添!」一邊狠狠地撥開了蘭馨的手,硬是將碗遞給大嫂。

一桌子的人都愣住了,大嫂不知所措,遲疑不知該還不該將碗接過去。蘭馨很尷尬地移開了手,也移開了眼光。宏仁更加不滿,重重放了碗說:「不用看爸爸!我知道爸爸是你的靠山,但請你弄清楚,我才是你丈夫,那個人是你公公!你有本事你叫爸爸修理我啊!」

蘭馨坐不住了，忽地站起身來，媽媽也一併起身，立刻佔住了蘭馨剛剛讓出來的空間，拉著宏仁：「你冷靜，有話好好說，用說的，看你在發什麼脾氣……」

爸爸在對面也說話了，「許宏仁，你給我節制點，我們家餐桌可以這樣摔碗筷的嗎？你爸爸還在，輪得到你在家裡大吼大叫？」

宏仁先是反射地低頭，屈服在爸爸的權威下，但隨即胸口一股氣怎麼壓也壓不下去，深呼吸，呼吸卻不受控制愈來愈急，仍然低著頭，他恨恨地回嘴：「你還在，什麼輪得到我？對，連我娶的太太都得先服侍你，你高興了才輪到我，是吧？」說完，立即用力站起來，以至於將椅子都頂翻了，不顧一切，什麼都沒帶，他衝向門口，大步走了出去，留下後面三個不同音量、不同情緒的叫聲，爸爸怒氣沖天喊：「許宏仁！」媽媽緊張叫：「阿仁！」還有一個低一點、沒那麼有把握的大嫂的聲音叫：「小弟！」

連外套都沒穿，走在馬路上，卻因為快步疾行而非但不冷，還逐漸冒出汗來。一邊走，一邊口中自言自語唸著想像中應該要對爸爸說的話：

「你以為你做什麼事別人都不知道嗎？偏偏我就知道你對蘭馨做了什麼事！……別問我怎麼知道的，問你自己怎麼做得出這種事！……因為你是爸爸，因為你是董事長，你了不起，就可以做嗎？……你不喜歡我，我知道，因為我不像你，我一點都不像你，我不喜歡玩女人，而且我還看不起你玩女人！……多少年了，你都還是這副德行，你夠了沒？小時候，我最小，我不懂，還被你利用來玩女人，你有沒有節制啊，你配叫別人要節制，你自己知道什麼是節制嗎？……你還好意思跟大哥說，那些女人，比你年輕得多的女人，都喜歡我，都覺得我很可愛，你利用我追女人！你良心給狗吃了啊你！……

「我知道你不喜歡我，我也知道你什麼時候開始不喜歡我的……我都知道！……你用那種不見笑的口氣叫我走開！你還露出那種不見笑的表情！不見笑！……我們小時候你還訓我們說：『做一個男人，最不能接受的，就是被人家說「不見笑」，絕對不能容忍！』你好意思說！……不能接受被人家說，卻一直在做不見笑的事！……你討厭我，因為我聽到別人罵你『不見笑』！你討厭我，因為你也覺得你『不見笑』！……承認吧，就是因為這樣對不對？對不對？……

「你把大哥、二哥都教成你那一派的，都跟你一樣不見笑，但你改變不了我！

「……那個女生罵你『不見笑』！那個女生躲在我後面，蹲得跟我一樣高，一邊哭一邊罵你『不見笑』！……我不知道她是誰，我也不記得她為什麼會出現在我們家，但她一定沒有比我大多少，我們玩得很高興……我才幾歲？八歲、九歲？我們可以一起玩得很高興，一直到你回家前，我們都玩得很高興……為什麼她還需要躲在我後面，躲在一個小孩後面！……她需要我保護她，她多可憐啊！……你好意思叫我走開！……你說，你拉她做什麼，你要把她拉去哪裡，為什麼她要哭，為什麼她要罵你『不見笑』，為什麼，你說啊！……你當著媽媽的面說啊！……

「我不應該走開的……我不應該走開的……你到底把她拉去哪裡幹什麼？……你到底幹什麼？……我不應該走開的……」

2

宏仁終於聚集了足夠氣力，站了起來，去到福利社小小的文具櫃，買了原子筆和信封信紙。買好了，又坐回原來位子上，開始寫信，寫給江玲燕。

開頭的稱呼，費了他最多的時間，直接稱「江玲燕」？感覺不合從小學到的書信禮儀。或是「玲燕吾妹」、「玲燕妹妹」？又很彆扭，不管當面或私下在心中，宏仁從來沒有這樣稱呼過她。而且，這樣開頭，好像有些話就沒辦法對如此稱呼的人說了。還是「玲燕」？他心怦怦地跳，不行，不能白紙黑字留下和她那麼親近的紀錄。

猶豫良久，他決定先不想了，留了一行空白，不寫任何稱呼，先寫內容。一旦決定了，下筆寫得很快很順：

「我小時候有一段時間，很羨慕別人家裡有姊姊、妹妹。我會問媽媽，為什麼我們家都是男生，沒有姊姊、妹妹，媽媽就笑我傻，這沒有為什麼，不是她或爸爸可以決定的。然後媽媽說：『別人還羨慕我們家呢，連生三個男的，不用幫人家養太太。』後來我知道了，媽媽討厭我羨慕人家有姊妹，她覺得我這樣想減損了她連生三個男生的成就。所以後來我就不再問這種傻問題，惹她不高興了。我也不再在心裡期待，家裡還有可能多一個妹妹。但是我還是常常想，如果我們家多一個姊姊或多一個妹妹會變怎樣。

「認識了你，我突然有一種強烈的感覺，覺得自己知道了答案。我突然比以前更遺憾更遺憾，我一直都沒有一個妹妹。如果我有一個妹妹，從小我應該就會學習怎樣保護我的妹妹，我會知道有一個人比我小，比我弱，卻又比我可愛比我珍貴。那樣我就會經常告訴自己，你是哥哥喔，你要為了妹妹變勇敢，也要為了妹妹變慷慨。

「認識了你，雖然只是短短的幾天，我突然一直反省看到自己的缺點。這是我寫信特別要謝謝你的。我一直不夠慷慨也不夠勇敢。我很少幫助別人，賺來的錢都花在自己身上，連等公車省計程車錢常常都做不到。最糟糕的是，我太膽小了，不只是很多事都不敢做，很多話都不敢說，甚至很多事、很多話都不敢想。

「你當然不是我妹妹，但謝謝你給了我勇氣，使我至少能夠這樣誠實的看自己、想自己，也許，等我認識你更深些，我會更勇敢，真正去說我該說的話，做我該做的事。」

寫到這裡，宏仁放下了筆，趁自己反悔前，將沒有寫上稱呼的信折好放進信封裡，鄭重地捏著信，走出了待了好幾個小時的福利社。

第三十三章

1

She's a woman
She's a baby
She's a witch
She's a lady
She's a free and gentle spirit
She can be what she wants to be
And if she wants to be with me tonight
That's alright……

蘭馨第二次再去找仙蒂，門鈴響了，裡面傳來的聲音說：「自己開門進來。」一進去，卻看到仙蒂搬了一張高腳椅在客廳，抱著吉他，故意用既深情又挑釁的表情，對著蘭馨唱這首歌。

蘭馨一下子臉紅了，雖然沒有聽懂每一句歌詞，但仙蒂的表情讓她不禁低頭要躲開，但一低頭卻就看見了仙蒂穿了一件迷你裙，坐在高腳椅上，就算兩腿交蹺著，都還是露出了大腿根部。

蘭馨的反應，似乎不只早在仙蒂的預期中，還為仙蒂帶來了極大的成就感。不放過她，仙蒂撥著吉他，又唱了一遍：

She's a woman
She's a baby
She's a witch
She's a lady
She's a free and gentle spirit
She can be what she wants to be
And if she wants to be with me tonight
That's alright……

然後，仙蒂下了高腳椅，拎著吉他，靠近蘭馨，近到將兩人的身體貼在一起，像念台詞般對著蘭馨的耳裡說：「她是個女人，她是個寶貝，她是個女巫，她是個貴婦，她是顆既自由又溫和的靈魂，她要怎樣就怎樣，如果她今晚要跟我在一起，沒問題……」

蘭馨被仙蒂身上濃濃的香水味，還有帶著濃濃性感的聲音釘住了，一動不能動，迷魅、困惑、害怕，卻又好像有一股忍不住想知道接下來要發生什麼事的期待。

接下來，突然一隻手按住了蘭馨的後腦，猝不及防地，仙蒂將唇緊緊貼住蘭馨的唇，整整停留了五秒鐘。

終於重獲自由時，蘭馨噩愣地用手摀住自己的嘴，仙蒂大笑，但立即換了很溫柔很溫柔的聲音說：「逗你玩的，別怕。我還沒有那麼愛你。我跟你說過我愛男人，不過，你給我一種奇怪的男人似的誘惑，讓我忍不住想碰一碰你。」

蘭馨驚魂未定，眩暈中只能傻傻地問：「我像男人？我有這麼粗嗎？」

仙蒂作態摸摸她的臉，一路沿著頸項摸下去，幾乎要將手伸入衣服領口裡，蘭馨趕緊躲開了。仙蒂又大笑，說：「不粗、不粗，我摸到的地方都很細，我摸不到的地方應該更細。」

「你別再作弄我了！」蘭馨抗議，故意嘟起嘴來表現生氣的樣子。仙蒂搖搖頭，突然又唱起來：

She's wild, warm and tender
She'll resist then she'll surrender
She's a free and gentle spirit
She can be what she wants to be
And if she wants to be with me tonight
Well that's alright……

唱完了，仍然體貼地為蘭馨翻譯：「她狂野，她溫暖，她柔情，她會抗拒，然後她會投降。……你會抗拒，但然後你會投降。……」

2

蘭馨覺得和仙蒂之間，有著特別、神奇的默契。來之前，她就想從仙蒂這裡知道二哥的事，沒等她提，仙蒂竟然就先說起了許宏年。

只是仙蒂的說法，完全超乎蘭馨的想像。仙蒂說，蘭馨給她的感覺，那麼像許宏年！

二哥許宏年？怎麼可能？蘭馨叫喚起記憶，明明記得宏仁描述和二哥的那段恩怨，當兵時被二哥陷害，聽起來那樣的二哥真的很卑鄙很可惡啊！宏仁說起來猶有餘恨的樣子，蘭馨記得清清楚楚，自己竟然像宏仁最痛恨，恨到長年不說話也不打招呼的二哥？

然而，再一想，蘭馨不覺給了自己一個淒然苦笑。所以這不是偶然？現在宏仁也不跟自己說話了，前兩天早晨也莫名大發脾氣，堅持將自己看做是會和她爸爸有染的骯髒女人！難道，就是因為自己像二哥？所以宏仁會表現得那麼極端、那麼厭惡？

仙蒂再說下去，蘭馨聽得愈發覺得不可思議。仙蒂形容，〈She's Hell a Woman〉這首歌是從許宏年那裡聽來的。唱這首歌的許宏年，是她遇到過最深情的男人，也是她遇到過最了解她的男人。許宏年表面上看起來很冷啊，剛認識時仙蒂甚至懷疑過他或許根本不喜歡女人，是那種喜歡男人的變態？他不隨便動手動腳，跟女人都保持一段距離，和那些稍微逮到機會就膩上來吃豆腐的男人，形成強烈對比。

可是那天，他突然一個人來，深夜，坐在沙發裡，叫仙蒂拿吉他坐到他旁邊，說：「陪我唱歌。會唱就跟我唱，不會唱就幫我隨便弄出一點吉他伴奏。」然後輕輕摟著仙蒂的肩，唱了這首歌。他唱的當下，仙蒂立即知道，歌裡說的「女人」，就是自己。

那種感覺，好奇怪，好難描述，不知道自己究竟聽到了什麼，怎麼會有這樣一首歌，一句一句打過來，一句一句穿透過去，說了自己的一生。乍聽，有個印象，歌詞裡講了好多好多，一幕接一幕、一場接一場，有一種類似像夢的時間，怎麼可能才這麼一下子，歌裡塞進了那麼多內容？

她不相信，更不能了解。她央求許宏年再唱一次。許宏年不肯。她問：「為什麼？」他說：「太坦白了，歌詞太坦白了，我不習慣。」天啊，這是什麼回答？但她不知道歌詞，不記得歌詞，無從知道歌詞裡坦白了什麼。

她又求，許宏年還是不肯。他愈是不肯，她愈是狂熱地想聽。僵持了幾分鐘，她想到了一個方法，說：「那你不要唱歌詞，哼旋律就好。沒有歌詞，沒有坦白。」許宏年沒有辦法再拒絕，就哼了一段旋律，她在吉他上彈奏出來，很自然地就記得了最前面的歌詞：「She's a woman／She's a baby／She's a witch／She's a lady……」再下來的她不知道了，她不管，就將這僅有的幾句一直反覆談反覆唱，像唱片跳針了似的，終於逼到許宏年受不了，接過歌聲往下唱……

她一句一句仔細聽，一句一句記下來，許宏年唱完了，她還將歌詞在心裡過了一遍，過了兩遍，確定自己都記得，忘不掉了，也確定了歌詞竟然如此簡單，和第一次剛聽時的印象，很不一樣卻又完全吻合。很不一樣，因為根本沒有什麼一幕接一幕、一場接一場，歌裡根本沒有故事、沒有情節；但不管了，歌詞還是一句一句說了她的一生，一個女人，一個這樣的女人，原來她的一生這麼幾句話，很簡單的幾句話就講完了……

然後，她才意識到屋裡的沉默，感覺到許宏年的緊張，他在緊張什麼？她疑惑地想。啊，坦白，他說歌詞太坦白，哪裡坦白？她知道了，她放下吉他，在他耳邊清唱：「And if he wants to be with me tonight ／ That’s alright……」

That’s alright。

3

蘭馨對仙蒂表達了不可思議，仙蒂說的許宏年，一點都不像她知道的許家老二，也一點都不像她偶爾看到來辦公室找董事長的那個人。

仙蒂有點不耐煩，甚至帶些暴躁口氣說：「你知道什麼！」隨即改換了比較溫和的口氣說：「這世界上沒有人認識他，他也不想讓人家認識他，他只想躲在陰影裡，他有病，唉！」

仙蒂長長的嘆息，不知怎地，竟然使得蘭馨鼻子一酸，眼眶裡瞬間注滿了淚水。

「你知道他什麼？」仙蒂大剌剌地盤腿坐在沙發上，完全不在意在蘭馨面前清楚露出了淺黃色底褲，大剌剌地問。

蘭馨感受到莫名的壓力，莫名的心虛，結結巴巴好不容易才說完了許宏年害了弟弟關禁閉的事。後面加了一句保留的尾巴：「……這是許宏仁的說法啦，也許許宏年有他的理由……」

沒想到仙蒂卻說：「那是他，那是他會做的事，他會想盡各種方式掩藏自己的身分，假裝是別人。」

停了一下，仙蒂說：「你知道他現在都不開車？他有一輛福特 Mustang 跑車卻從來不開？有車幹嘛不開，不開又幹嘛留著車？……那是他大學時最要好的同學留給他的。那一定是個病得比他更重的人。那人有一天打電話給許宏年，說要他在一個特定的時間去幫忙將車從海邊開回台北，在往宜蘭的路上，他們以前發神經就會一起跑去看海聽海，夏天甚至帶著啤酒在那裡通宵過夜的地方。許宏年沒有多問就答應了，他手上有那輛車的備分鑰匙，兩個人是這樣的交情。他先搭火車再換計程車，好不容易才到達那個地方，一眼就看到那輛 Mustang 停在路邊，但去開車門時，差點被嚇破膽。裡面坐著一個女孩，好像還是個高中生，渾身淋得濕濕的，哭得唏哩嘩啦的，看到許宏年像看到鬼般尖叫。」

仙蒂指著飯桌，很客氣又很虛弱地說：「可以幫我把菸拿過來？沒有菸，我沒有力氣說下去。」

但是拿到了菸，點起了菸，仙蒂看起來比原先還更無力。「許宏年花了好大力氣，才讓女孩鎮靜下來能說話。你知道發生了什麼事嗎？這個人把他的小女朋友帶到海邊，然後在那女孩面前一步步走進東北季風掀著大浪的海裡，在那女孩面前！他就這樣一走了之，把許宏年叫去，把車子和女孩交給許宏年！……他為什麼要做這種事？我也想知道啊……許宏年更想知道吧？那個女孩更想知道吧？

「他沒有留任何遺書。許宏年一直知道他精神狀況不太好，看醫生、吃藥，他會自殺並不意外。但為什麼要用這種方式？為什麼要帶那女孩去？還給那女孩留了像是謎語一般的話，說：『如果你愛我，就背過身去。』這倒底什麼意思？……

「許宏年一直相信這裡面有特殊的意思，那個海邊場景，特別找他去，那是好友留給他的訊息，他相信，那個女孩也相信。他說：『像是外星人傳來，等待被解讀的訊息』，所以很自然的，有一陣子他就和那女孩在一起。他說：『那不真的是愛情，比較接近是解讀密碼的合作』，變成男女朋友比較方便討論、解題，可是因為這樣，兩人在一起就會一直要討論、解題。……最後，那女孩先受不了，先投降了，死了，跳樓，又是叫許宏年去收拾。」

仙蒂摁熄了菸，仍然盤坐著不動，說：「吉他給我。」拿到吉他，完全不經思考、準備，開口就唱：

He's a real nowhere man
Sitting in his nowhere land

Making all his nowhere plan for nobody……
Doesn’t have a point of view
Knows not where he’s going to
It’s he a bit like you and me……

「這是那個朋友最喜歡的一首歌，我以前沒聽過，有一天，許宏年唱給我聽，我很感動，我知道他真愛我，沒有人那麼愛我，他也從來沒有那麼愛過別人……」

4

仙蒂又說了一段許宏年的往事，當然也是蘭馨在許家從來沒聽過的。

許家開過餐廳，為了方便而不是為了賺錢。「中美陶瓷」生意做到一定程度，許董幾乎每天晚上都在應酬、請客，他就起心動念，乾脆自己開餐廳，要請客在自家餐廳請客，要應酬在自家餐廳應酬。

那時許宏年在唸高中，他爸爸應該是有什麼樣的事業打算吧，就要他到餐廳裡幫忙。他爸爸是個做什麼事都有用意、都有想法的人。錦州街是怎樣的地方，仙蒂知道，所以仙蒂的看法是他爸爸特別安排許宏年和附近的幫派熟悉，牽上關係。

幫派？要自己的兒子去和幫派熟悉？蘭馨無法理解、更無法相信這種事，眼神空洞地盯著仙蒂動著的嘴，心中努力地想像她所認識的爸爸、董事長，如何和這樣不可思議的事連結上。

仙蒂嘴巴繼續動，繼續說著。地理位置的關係，餐廳真的吸引了不少經常在那裡活動的幫派人士。「他們當然不是好人，」仙蒂加了一句特別針對蘭馨說的評語：「但他們是人，而且常常比一些你以為是好人的人更像人。你只是剛好沒碰過他們，別把他們想像得多恐怖，如果你碰到了，也就是碰到了，以你的個性，大概還會和其中一些人成為朋友吧！」

蘭馨瞪大眼睛搖搖頭，但仙蒂同樣瞪大眼睛誇張地點點頭。

許宏年認識了一些人，他們來的時候，就招他過去，坐下來喝點酒一起聊一聊、鬧一鬧。他年紀最小，等於是他們的小弟，但他有不一樣的身分，他們覺得他挺有趣的。

尤其覺得他很會說話，以他的年紀，而且聲音好聽。「他聲音是真好聽，所以才那麼會唱歌。有很舒服的中等音高，偏低，最重要的是很穩，好像每個音都在控制之中，很有把握，讓人聽了安心，也讓人容易聽進去。」

有人便突發奇想，建議應該培養許宏年當廣播人才，將來可以靠聲音吃飯。另一個人就附加上一個私心考量，最好是去做廣播新聞，在新聞界有人脈，在這個時代愈來愈有價值。

酒話說一說，愈說愈認真，就真的介紹了許宏年去電台裡幫忙，一周兩、三天，放學後到電台，整理晚班節目文稿和收拾資料。

許宏年高中功課當然不好。一頭是餐廳，另一頭是電台，都比學校有意思多了。更有意思的，是他有了將餐廳和電台連繫在一起的想法。

廣播新聞曾經一度嚴重威脅報紙。那年代廣播圈流行的笑話是：「有廣播了還需要報紙嗎？報紙不會消失嗎？喔，不會，因為廣播不能拿來包油條！」但是這種情況改變了，幾家報紙非但沒有消失的跡象，還大幅擴張，愈印愈多。他們吸引讀者的祕訣，是大量刊登社會新聞，通姦、搶劫、命案……每天大幅大幅報導。

廣播界的人都感覺到自己的行業在報紙的新攻勢下節節敗退。要反攻，一定也要有更多的社會新聞。可是廣播怎麼做社會新聞？在當局的嚴格控管下，廣播絕對不可能像報紙那樣報導社會新聞的。

在電台，感受到了廣播新聞的困境；換到餐廳，聽進出餐廳那些人東說西說，許宏年找到了解決困境的辦法。

他想像：可以有一個節目，不是新聞，是一個節目，找他的這些朋友們，將他們在餐廳餐桌上關於社會新聞的意見說給大家聽。他們是真正的「社會」，他們是真正知道「社會」的人。

當然，他們在餐桌上說的話，有很多絕對不能播出去，但光是能播出去的，就夠多夠豐富了啊！為了證明這一點，許宏年在餐桌上和他們練習了一下，給他們看電台錄音室的照片，要他們假裝自己戴上了大耳機，對著桌上麥克風，把剛剛閒聊的對話再講一遍。

「大家覺得台灣的治安變壞了，好像很容易就能弄到刀，甚至還有槍，是這樣嗎？」

「幹，……不能說幹，那不要幹，連不要幹也不說，好好，就是沒有幹的意思，要講國語，還不能講幹，我不會講話了啦……換人講、換人講，國語最好的來講……」

「要他媽的，或操，人家才覺得你在講國語，知不知道？……他媽的也不能講？那我們他媽的要怎樣講？台灣人用幹的，外省人用操的，有什麼不一樣？可是為什麼大家都覺得外省人比較……比較……怎樣說？」

「高尚啦！高尚會說嗎？你有所不知，幹和操是不同款，我們台灣人用幹的，是一定是男人在上面，壓得女人哀哀叫；他們外省人用操的，可以讓女人在上面，女人自己哀哀叫，這樣不同款，這樣比較高尚，知嘛？……」

他們幾個人七嘴八舌扯遠聊開了，許宏年氣得大叫：「鬧什麼鬧啦！我們在做節目不知道嗎？」

他的叫聲竟然將充滿酒氣的一整桌鎮住了。趁他們陡地安靜下來，許宏年鄭重地，刻意將聲音壓穩、壓沉，再說一次：「很多人說台灣治安變壞了，刀械似乎無法有效管理，到處發生持刀、甚至持槍搶劫、傷人的事件，你認為呢？」

場面真的被他的話語控制住了。角頭老大放下了酒杯，認真地回答：「不是這樣。怎麼可能是這樣？以前到處都有打鐵鋪，主持鐵店的師傅，很多都是日本時代當學徒出來的，日本時代要出師有那麼容易？至少要打出一隻像樣的刀才能算，不是隨便的刀，是日本刀、武士刀。對吧？」老大轉頭問另一個人。

那個人對刀有特別的了解吧？也很認真地接話說：「對，常常還不只打一隻，要打兩隻，一長一短，長的是『太刀』，短的是『脇刀』，意思是說可以掛在這裡，胸坎邊腋窩下，不用掛在腰上。『太刀』和『脇刀』打法不一樣，『太刀』要夠重卻又要揮起來靈活，『脇刀』要又薄卻又硬，刀刃可以磨得很利很利，傳說一刀劃過去就能取人首級……我們是沒試過啦……」

老大把話接回來：「這樣你就知啦，以前打鐵師傅都會打刀，要拿到刀反而比較容易。現在呢？這些打鐵店都快關完了啦！什麼都政府收收去了，根本連原料都拿不到，政府的鋼鐵廠，還有跟政府關係好的鋼鐵廠才拿得到原料，他們什麼大大小小的東西都做，連鋤頭、鐮子都要跟小鐵店搶，小鐵店哪裡比得過？以前鐵店師傅不隨便做刀，更不隨便賣刀的啦，從雙連一直到螢橋，你走得草鞋破底了，都找不到一家願意打刀賣刀的。師傅他們賣農具賣菜刀，過得好好的，幹嘛費力氣幫你打刀？而且他們當徒弟時有教，刀不能亂打，日本人這個很嚴的，不是像樣的武士，打鐵師傅是不能幫他打刀的，台灣頭到台灣尾，你給我找個像樣的武士來看看？

「說實在的，以前，我們有刀啦，我們一定有配合的鐵店、師傅嘛，不然我們混什麼？」

般人不會有刀，想要出來混的，沒有參加我們，也拿不到刀。這樣，我們也很少需要用到刀，一年看有沒有一兩次動刀的，動到刀那就一定是大事了。

「現在不一樣了，現在不像話了。很多打鐵師傅活不下去，逼得胡亂來，只要有人付錢，扁鑽也打、小刀也打、短刀長刀都打。那種刀能看嗎？你知道『掃刀』？這騙肖騙吃的啦，以前哪有叫『掃刀』的這種東西？『掃刀』其實就是不像樣、不及格的武士刀，現在的人也有臉打這種刀，把這種刀拿出來，還要裝個樣子，說我們拿的是『掃刀』！幹！……歹勢，又幹了。」

「去掉，去掉，請繼續說……」許宏年很有架式地鼓勵著。

「差不多說完啦，不是刀變多了，是刀進到不一樣的人手裡，有些打鐵師傅也不像師傅了，買了車床，連槍也願意打，還有更不像樣的年輕人，不是打鐵店的，是鐵工廠裡的，像我們這邊東光什麼的，就雇了一堆啊，真工夫沒學到什麼，真打鐵他們不會啦，但用車床很熟練，他們就會去造不像樣的土製手槍，我跟你說，這種槍，我們不用，太恐怖了，還沒打到人，常常先爆開來炸瞎你眼睛！爛刀爛槍，但有沒有用？有啊，唬人嚇人有用啊，這樣當然會亂嘛！亂了新聞上再亂報什麼幫派不幫派，幹，……歹勢，不要幹……我們是幫派啦，那些跟我無關係啦……」

5

許宏年很興奮，覺得這節目真的可行。一、兩個月間，他有時間就在餐廳裡找這些幫派的人討論，講什麼話題比較適合、比較能吸引聽眾。其中一個角頭還給了很明確的意見：「最開始，第一集，來解釋解釋什麼幫派不幫派。我們也不是生下來就當幫派，別人沒有需要、幫派沒有幫人家，幫派能存在？你們去問，從六條通到錦西街的商家，他們要不要我們？幹，……歹勢，不要幹……他們跟我們什麼樣的關係，他們為什麼要付保護費？……這樣，大家不要不知道亂講幫派有的沒有的，這一定好聽……」

進了電台，許宏年跟節目人員，甚至和兩個主持人提了這個構想。其中一個主持人有興趣，還找了他的助理教許宏年怎麼寫節目計畫案，說可以提提看。許宏年熱切地準備，他的情緒感染了餐廳裡的人，開始想像節目播出，誰上節目說了什麼話，會引發什麼樣的反應……

可惜，熱烈氣氛只維持了十天吧，許宏年將抄寫得端端正正的計畫案送上去才兩天，叫他可以提提看的主持人就雲淡風輕、若無其事地走過來，搭著他的肩說：「小鬼，計畫書寫得像模像樣的嘛！應該謝謝我給你這麼好的訓練機會，是吧？」

許宏年鼓起勇氣問計畫會通過嗎？主持人眼睛睜得好大，半晌，大笑出聲，重重地拍許宏年的肩和背：「你以為那是真的計畫書？你以為電台會用一個打工高中生的提案做節目？我有給你這樣的誤會嗎？這明明就是給你的特訓，你還不明白嗎？」

許宏年真的很意外。突受打擊下，他忍不住誠實地說：「……你給我的感覺是……是真的有機會……」

主持人擺擺手，拉下臉來：「這可不是我的問題！」

許宏年很沮喪。他甚至不知道該怎樣去說這件事。他突然從餐廳消失了好一陣子。爸爸問他，他不得不漲紅著臉片片斷斷地說了。爸爸不以為意，皺皺眉說：「怎麼可能誤會電台真要用一個打工高中生的提案呢？……那你就再休息幾天別去餐廳吧！」

爸爸的反應，刺激了許宏年。爸爸這麼看不起他的提案，覺得一定不可行，但明明那麼有社會經驗的人也都相信他設計了好節目！

於是他反而鼓起勇氣回到餐廳。那些人從爸爸那裡聽到消息了嗎？他們很夠意思地都不提電台和節目的事，另外找話講，讓許宏年沉默地陪坐著。但飯吃到一半，另外一個角頭大哥面色凝重地走進來，手裡還拿著一台小型的電晶體收音機。他粗手粗腳地撥開桌上放得滿滿的菜盤，將收音機放在正中央，說：「聽聽看。」

收音機裡播的是許宏年打工電台的節目。有兩個聲音像是在吵架一樣，一個很高很尖，一個很低很粗。然後第三個聲音，用標準的電台音高、標準的電台腔調說話的聲音，介入居間協調。

聽了一下，大家都聽明白了。尖高聲音的女人，是一家冰店的老闆，低沉聲音的男人，則是一個附近的「老大」，從頭到尾都只叫「老大」，沒有姓，當然更沒有名字。冰店老闆向「老大」「請教」，她開店那個地區的幫派要收保護費，那條街上每家店每月三百元，應該給嗎？三百元合理嗎？如果不給會有什麼後果？

「老大」一再強調他在「這一行」已經退下來了，主持人也一再插嘴強調這種事最好找警察，警察才是真正保護良民、維持秩序的力量，不過一路談下來，「老大」其實還是主張：收保護費其實和店家賣冰收錢一樣，都是生意，也解釋了店家付三百元能得到什麼，「那邊」收了三百元花在哪裡，三百元不是隨便訂的。過程中，女老闆和「老大」一定會有意見衝突之處，誰也不讓誰搶著說話。

原本嘈雜的餐桌，大家都安靜了；甚至連別桌都察覺到這桌的氣氛，被影響也變安靜了。打破安靜的，是這個餐桌上的「老大」，他悶悶地說：「這個人，講得不太好。」

「老大」一說話，其他人立刻跟著七嘴八舌批評剛剛聽到的。「老大」下一句話對著許宏年說：「那個人，就是你說的主持人，叫你寫節目計畫書的那個？」許宏年咬著唇，恨恨地點了點頭。

「老大」也點了點頭。然後又搖了搖頭：「這樣不好，這樣很不好。他偷了你的節目？……」許宏年遲疑著，不知該怎麼反應，「老大」突然一拳重重地垂在桌上，暴怒說：「幹！他敢偷我們的節目！」「老大」虎地站起身，直直往門外走，整桌所有人，除了許宏年以外，都匆忙跟著站起追出去。

6

第二天清晨，天才剛亮，許家門上響起了重重的敲門聲，連續敲了十多下，許家還來不及有人起身去開門，門突然就被強行撞開了。七、八個穿制服，還配帶著各種裝備的警察衝了進來，許家人個個倉皇從房裡出來探看，和其他警察一起來的派出所管區鐵青著臉故意忽略許家家長疑惑的招呼，一邊伸直手臂、手指誇張地指著許宏年：「是他，是那個！」

他們將尚未真正從睡夢中清醒過來的許宏年抓住，甚至不讓他換掉睡衣。許媽媽大哭，許爸爸慌忙地打電話找人，都沒用，五分鐘之後，許宏年就被帶走了，雙手銬住，而且還是銬在背後。

響著警鈴的車子感覺上開了好久，開到一個許宏年不認識的分局，仍然是睡衣、雙手銬在背後，許宏年被帶進一個燈光奇亮的會議室，會議桌邊坐了幾個穿警察制服的人，和幾個平常服裝的人。

他一被帶進去，穿制服的警察就站起來，其中一個帶著得意的表情，看著手上的十行紙唸了起來。聽著那人唸的內容，許宏年才知道發生了什麼事。昨天晚上，有一群黑道暴力份子，強行闖入了許宏年打工的電台，持棍棒將電台的門口警衛打到昏迷，然後一路亮出長刀威脅，逼迫電台員工指出一位主持人的所在，那位主持人躲進了廁所，後來又試圖假裝自己是別的員工，終究還是被認出來了，遭到暴力份子拳打腳踢圍毆將近十五分鐘，打成重傷。

「面對這種膽敢侵入國家機構的暴力行為，警方絕對無法坐視、寬貸，接獲報案後立即展開調查，剛過午夜，便鎖定了犯罪份子，循線逮捕了XXX與XXX等一共六名不法人士。經漏夜偵訊，XXX等人供出了此次行動的幕後教唆者與出資雇用者，警方立即再度行動出擊，順利逮捕了主犯許宏年歸案。……」

後面跟著唸了一段許宏年的基本資料。警察唸完了，一個穿便服拿著筆的人用不以為然的口氣問：「這傢伙，頂多高中生吧？還是沒唸高中？比較適合當去砸人的小弟，不像主謀者、教唆者吧？」

另外一個警察立即強調地回應：「你不知道他爸是誰吧？看看他爸的身分你就不會這樣想了！別寫啊，你自己知道就好，抓了他，就能證明他爸是那麼大個幫派的操控者，不然你以為這個幫派最近為什麼那麼囂張，他們覺得自己有靠山，靠山夠硬，這次我們就讓他們看看誰比較硬！」

許宏年被帶進了偵訊室，被命令坐下的同時，就有一顆拳頭打在他後頸上，他往前傾，剛好迎向另外一顆打在他肚子上的拳頭。他一下子從嘴巴裡吐出酸水來，還沒吐完，一桶水冷不防潑在他臉上，瞬間連耳朵都進了水，濛濛地模糊聽到有人說：「幫你洗一洗！」引發了不知總共幾個人的笑聲。

偵訊過程中，他始終弄不清楚到底有幾個人在房間裡。只記得隨時有人問，隨時有人動手，而且問什麼答什麼怎麼答，好像和會不會挨揍沒有直接關係，或說，好像動手的人根本沒在聽問答，完全不在意問答，按照自己的任性想打就打，想停就停。

他們問他認不認識趙光男，就是那個「老大」。他們問他怎麼認識的。他們反覆問他是不是透過他爸爸認識的。他們問他給了趙光男多少錢讓他們去砸電台。他們問他錢是怎麼付的，錢又是怎麼來的。

他很努力誠懇地回答每一個問題，但顯然他們不太管他的回答，堅持問他們要問的問題。他說是在餐廳裡當服務生認識的，他們還是繼續問是不是和爸爸有關。他回答絕對沒有給錢，他們還是繼續問高中生怎麼會有錢。他剛剛聽了應該是記者的人和警察的對話，下定決心無論如何不能牽扯到爸爸。

最後一個聲音冷冷地阻斷了其他人的問題，說：「就這樣吧，都聽到了，你堅持沒付一毛錢是吧？你果然身分不同，小小年紀在幫派裡就很有地位了，是吧？所以不必給錢，使個眼色就能讓趙光男去打去砸。外面別人看趙光男覺得很了不起，在你少爺眼裡，他不過就是你們家家奴，是吧？少爺！……夠了，押回去吧！」

許宏年焦急地想要再辯解，兩個大漢已經將他架了起來，幾乎腳不著地架著走，丟進了充滿了汗味和尿騷味的小牢房裡。當時他心裡還想著，糟了糟了，他們還是找到方法牽連爸爸了。

不知道過了多久，爸爸和媽媽來看他了。他被帶回偵訊室，裡面除了爸爸媽媽之外，還站了三個警察。爸爸低聲問他：「被打嗎？」他低聲回覆：「還好，不嚴重。」但五個字還沒說完，聲音已經哽咽了。媽媽帶了衣服來給他，他不願在警察監視下換衣服，只挑了上衣往睡衣上加，媽媽還一直在他身上摸啊找啊的，確定有沒有傷口吧。爸爸又低聲說：「不怕，找好律師了，這律師的哥哥是法官，他叔叔也是法官，不怕，知道嗎？」他盡量用正常的語氣和音量回覆：「好，我不怕。」

在牢裡他徹底失去了時間感，不清楚到底是爸媽來的那天稍晚，還是隔了一天，他被警車載到一棟古老的大建築物，站在一間陰冷得讓人發抖的房間裡，聽一個穿黑袍的人看著一份文件，唸了差不多有十分鐘。他唸的，是許宏年被起訴的罪名。許宏年沒辦法專心聽，但即使如此，還是讓他大為驚訝，因為除了砸電台以外，多加了好幾樣他聽都沒聽過的事。他想要喊：「我沒有！這和我無關！」但旁邊另一個人制止了他，跟他說：「不要說話，有意見要用書面上呈。」

他又被帶回了警局。回程有一個警察告訴他，很快就會把他換到別的地方去關。果然很快，這次他確定頂多一、兩小時吧，兩個警察一邊說話一邊進了牢房拉他，一個說：「媽的，什麼等級的人，可以這樣做？他們打算要怎樣銷案？說我們抓錯人？」另一個慘白著臉，說：「媽的，別問了！等級比那個還高，好像是直接從法院攔走，當作從來沒有這個案子！」那一個還不死心，又問：「不是都上新聞了嗎？新聞也能取消當作沒有嗎？」「媽的！你也管太多了，憑你，幫人家操什麼心！」

這回，許宏年上了一輛民車，不是警車。車上連司機加許宏年一共四個人，卻一路沒人發出一點聲音來。車子停在許家門口，許宏年下了車，車子立刻加速開走。

許宏年回家了。

7

許宏年沒事了。和出事時一樣突然，恍如一夢，還要靠洗澡時看著、碰觸自己身上到處瘀青，才能確定真的走了一趟警察局、法院，坐了幾天的牢。洗好澡，特別仔細刮了鬍子，從來沒覺得刮鬍子是那麼重要又那麼舒服的事。時間感還沒法那麼快恢復，儘管手錶上指著晚上九點五十分，他還是穿上了正式的襯衫和長褲，拒絕再換睡衣。

好像知道他做了外出打扮似的，餐廳來了電話，說「趙老大」正在店裡，問他要不要過去。他沒多想，就跟那邊說：「我馬上過去。」喝掉媽媽特別準備的一碗黑乎乎不知是什麼的中藥，披上一件薄夾克，走出門，一路走，他才能夠開始想。

對了，現在知道那個「老大」叫趙光男。他也被放出來了，他也一樣都沒事了。但事情不就是由他開始的嗎？他為什麼要去砸電台，還打傷了兩個人。依照那晚上「老大」衝出去的模樣，他在意的，是被偷走的節目吧？他真的那麼想以「老大」的身分上節目侃侃而談，所以氣節目被偷走了，換成不是那麼有資格的別人去當「老大」，不是嗎？有可能是為了替許宏年出氣？如果不是，為什麼警察會來抓許宏年，還說是許宏年指使這件事？警察怎麼想的，又怎麼查的呢？

他愈想愈不對。時間上太快了。只能相信警察說的，警察根本沒有去查，是「老大」或他身邊的人告訴警察的。他們說許宏年叫他們去砸電台。他們為什麼要這樣陷害他？

他愈走愈疑惑，卻又好像愈走愈清楚、愈生氣。快到餐廳時，腳步已經接近小跑了，雖然自己也不知道到底在趕什麼。

偌大的餐廳打烊後空蕩蕩的，一眼就看見「老大」自己踞坐一張大圓桌，連桌上都是空蕩蕩的，只放了一瓶紹興酒和兩個酒杯。其他人都在廚房裡忙著收拾。

許宏年微喘地走到「老大」面前，「老大」示意要他坐下，他坐下了，「老大」往杯裡倒了酒，交給他：「這杯，你爸爸剛剛用的，沒關係吧？」

沒關係，只是為什麼爸爸會來和「老大」喝酒？他沒問，也不是很想知道。「老大」跟他碰杯，然後將酒一飲而盡，許宏年也同樣乾杯。兩人默默地乾了四、五杯吧，許宏年身體裡儲積了足夠的熱氣，讓他能說出話了：「你為什麼要陷害我？為什麼要害我被抓？」

「老大」顯然本來就在等他問，臉上的反應似乎在嘉許：不錯，我還以為你不敢問呢。「老大」的答案早就準備好了：「給你嘗嘗滋味，不過就是一點點滋味，做我們這種人的滋味。」

許宏年沒有問出口，但他的表情應該說得很明白，他不可能這樣就了解，為什麼他需要嘗這種滋味？這又是哪門子的滋味？

「老大」把手肘撐在桌上，在捲起的衣袖下露出了一道很深很長的刀疤，前傾上身對許宏年說了一長串話：

「是你爸爸說要安排你以後處理跟我們之間的代誌的，也是他說，如果有機會，要讓你更深入了解我們。這機會太好了，我能不用嗎？這就是我們的生活，日本歌裡唱的：『浪人以生死賭輸贏，生死都比不上贏回一口氣。』歌我以後教你唱。有人對不起我們，不管是明著來的、暗著來的，我們都要討回來，而且只有一種討回來的方法。我們靠讓人家怕活下去的，有人可以不用怕我們，我們就活不下去了。

「憑什麼讓別人怕？就憑我們不怕啊！不怕不是說我們所向無敵，沒那麼好，而是我們知道要付出什麼代價，明明知道卻還是做，不會不做。……幹，你看我很大條了，對吧？我跟你說，遇到警察，被警察抓了，照樣打、照樣潑水。他們怎麼對你，也一樣對我。我們拿警察沒法。警察就是我們的代價，懂嗎？

「有一些人，比我們更怕警察，他們絕對不敢叫警察，這種人好對付、好修理。可是還有一些人，算是警察那一邊的。但我們就怕他們嗎？不能，遇到了照樣對付、照樣修理，然後再換我們被警察抓進籠子裡對付、修理。

「你要知道這些，你要經過這些，你才站過我們這邊來，才算自己人。……是啦，我故意的啊，故意叫他們去抓你的，但我不是說了嗎？他們怎麼對你，也一樣對我，我得到什麼好處嗎？我陪你！你十七歲被打被灌水，唉，沒事啦，我都快四十了，誰比較嚴重？

「而且我知道你沒事的啦，我也沒事的啦！……這些警察憨呆憨呆，還以為能對付你爸，哈，差遠了！你爸也有他的陰謀，故意讓他們誤判，以為可以耍威風，耍啊，耍得愈大，愈難收拾，他們也就愈會記得你爸是不能惹的！」

許宏年一直記得「老大」這長長一番話，多年來不時自覺或不自覺就會想起，也一直記得聽完「老大」的話，自己問了一個一出口就後悔了的蠢問題：「你的意思是我爸故意不早點救我……」

「老大」哈哈大笑，說：「為什麼要早救你？被警察打過，你人生就改變了，你變成了跟我們一樣的人，不好嗎？」

8

聽仙蒂鉅細靡遺地講述許宏年的這段遭遇，蘭馨覺得愈聽愈冷，快要忍不住抖了起來。仙蒂說完了，她也問了一個一出口就後悔了的蠢問題：「他爸爸安排的……那為什麼他爸爸沒有安排許宏仁？為什麼只有許宏仁被放過了？」

仙蒂帶著同情的眼光看她，說：「許宏仁，你先生？……你怎麼會問我？應該你最知道才對啊！……不過，如果你不知道，嗯，我會勸你還是不要知道的好。」過了一會兒，仙蒂又補了一句：「你確定許宏仁被放過嗎？」

第三十四章

1

家裡亂成一團，因為蘭馨失蹤了。連續兩天沒有回家，最後有人確切看到她，是前天的中午，在公司裡，大家幾個人出門，蘭馨說她有董事長交代的事急需去辦，沒辦法一起吃飯。

爸爸記得那天早上沒有要蘭馨特別去辦什麼事，不過他不確定是不是更早一兩天交代了什麼，蘭馨惦記著，選了中午休息時間去處理。爸爸平常的行程和會議，由蘭馨安排，紀錄也都保留在蘭馨那裡，那本藍皮封面的記事本，似乎隨著蘭馨消失了，找遍了她的座位都沒找到。

爸爸抱著頭苦想，想不出蘭馨可能去了哪裡的模樣，讓宏仁很意外。彷彿在兩天之間，爸爸老了許多，經常露出宏仁沒見過的迷茫神情。宏仁無法將注意力從爸爸身上移開。看著爸爸，他先是克制不住地有了一個奇怪且殘酷的比較：如果現在失蹤的是媽媽，爸爸的反應？會比這樣更嚴重嗎？他恨自己這樣想，逼自己將這個念頭拋開，但取而代之盤桓在腦中的，變成了另一個比較：自己和爸爸，誰比較冷靜？誰比較慌亂？這樣的表現可以解釋為誰更在乎蘭馨些嗎？

從這個比較，又生出一個宏仁逃躲不掉的感受，一份近似報復的快感，自覺極度卑鄙的快感——啊，你也嘗到被剝奪、被搶走的痛了？

不只爸爸的反應每分每秒騷擾著他，還有大嫂。他從來沒有看過大嫂表現出那麼強烈的情緒，竟然強烈到對著大哥抬高音量說話：「這種時候你待在家裡幹嘛？爸不是叫你出去找蘭馨嗎？出去找啊！」大哥怎能容忍被用這種語氣對待，正要發作反擊，爸爸發出了雷霆般的怒吼，應和大嫂：「去找！找不到就不要回來了！」

大嫂在家裡坐立難安，甚至沒有心情做飯。她一直和爸爸坐在客廳裡，時而低聲時而高聲交談，談的，每一句話都是蘭馨。吃飯時間要到了，看見客廳裡的局面，媽媽就自動走進餐廳裡了，好一陣子後，大嫂才意識到廚房傳出的味道，慌張地跳了起來，要去接手，卻又被爸爸大吼叫回來：「讓她做！」

一起坐在客廳裡，宏仁很不自在。剛開始，爸爸問了他一串問題，急切地要他回答。後來，爸爸像是突然想到了什麼，問話中間急轉彎換了題目：「你們這幾天還吵？和好了嗎？」宏仁愣了一下，沒有說話，不知該怎麼說。從那一刻起，似乎爸爸和大嫂就用了另一種態度對待他，難以形容的態度，好像有點尷尬，有點無奈，又有點不耐煩，不能不維持將他包括在局內的圈圈中，卻又嫌他實際上幫不上忙？

蘭馨會到哪裡去？宏仁想到能問的，只有周書明和江玲燕，但他們兩個人，爸爸一定都問過了。爸爸或許問過公司裡的每一個人？就連宏仁認為不相干的人，都牽扯進來了。中午過後，二哥帶著消息回來了，宏仁才知道，竟然是二哥去了蘭馨娘家，確定蘭馨並沒有回娘家。二哥說：「不可能，他們不可能說謊，蘭馨沒回去。」宏仁忍不住對爸爸抗議：「要去她娘家問，應該是我去吧？幹嘛叫他去？」爸爸嚴厲地訓他：「你怎麼去？說我找不到太太了，她有沒有回娘家？讓人家知道她失蹤了？讓人家擔驚受怕，女兒到哪裡去了？讓人家怨恨我們，女兒交到我們手裡，怎麼弄不見了？讓人家知道你跟蘭馨吵架了，所以認為她會生氣回娘家去？……」

宏仁不服氣，搶著辯駁：「我沒有覺得她會回娘家，她更不可能是因為生我的氣……而且這不是重點，重點是他去幹嘛，他去有比較好嗎？」

「好多了！」爸爸氣得青筋暴露：「你以為我們都跟你一樣沒腦袋嗎？宏年不是去問蘭馨有沒有回娘家，他是假裝有急事找不到你們夫妻，所以看看你們是不是剛好一起去了她娘家。這樣人家以為你們兩人在一起，只是一時找不到，才不會驚惶，你懂嗎？不懂就別一隻嘴亂動！」

宏仁只好沉默下來，靜靜地聽二哥用不情不願勉強讓他聽見的音量說：「蘭馨好像去找了仙蒂。我還來不及好好問仙蒂，她可能知道什麼。」

宏仁正要發問，沒想到大嫂竟然出口比她還快：「仙蒂是誰？是蘭馨的朋友嗎？」

二哥沒接話。爸爸也等了一下才說：「那是工作上有來往的一個人，和蘭馨。讓宏年趕快去問問看，就去問問看。」

二哥起身了，宏仁從側面看到他堆滿了憂心的臉，在二哥後面，線條平行福顯得，是大嫂同樣堆滿了憂心的臉。宏仁霎時有點不知該如何理解他們。他們對蘭馨，都有他從來沒有意識過，沒有辦法理解的感情？從哪裡來的感情？

2

宏仁又去找了江玲燕，一見面，他就將理由說得盡量明確：「對蘭馨、對有人失蹤，你知道很多我不知道的。」

江玲燕否認自己很了解蘭馨，尤其絕對不可能比宏仁知道得更多。兩人為了這點來回爭執了一陣子，宏仁突然不耐煩地橫空迸出一句話：「別跟我爭了！為什麼大家都那麼喜歡她？她失蹤了，連我大嫂都那麼難過，連我二哥都表現得很關心，為什麼？我不知道！在家裡，只有我媽沒表現出那樣的驚慌失措，沒有被她失蹤的事給淹沒了！……對啦，還有我，我和我媽，在同一邊，我怎麼會和我媽在同一邊？……我不知道！你一定知道，至少比我知道！」

江玲燕先是直覺地驚呼：「你怎麼可以說這樣的話？……你的意思是你不擔心你不難過？……你太可怕了……」然而應該是看到宏仁整個人近乎扭曲的痛苦表情吧，她心軟了，改用一種同情的口氣說：「你到底在講什麼啊？你到底在想什麼，我不懂，你能告訴我嗎？」

宏仁不自覺地提高了音量，還好他們並肩走在圓山附近一條空蕩蕩的人行道上，沒有人會注意。「我不知道我怎麼了！她失蹤了我不知道該如何反應！我就是覺得不對勁，她不是那種會失蹤，會掉到什麼危險坑洞裡，等著人家去救她的人！如果是你失蹤了，別怪我，我只是舉例，我心中不會有任何疑惑、沒有任何疑問，我分分秒秒想的，一定就是你的無助，你在某個地方受苦，也許在尖叫、在大哭，我幾乎都能聽到你的尖叫和大哭，我心裡會很痛很痛，痛得沒有別的選擇，就是滿頭大汗急著去找你、去救你！就算實際上只能無頭蒼蠅般地在街上跑來跑去，我也都必須那樣跑來跑去，全身繃緊地想：江玲燕，相信我，我一定會找到你，上天下地我都會找到你，我不能讓你消失不見，因為我還要找到你跟你說：『你知道我很疼你對不對？你知道我很愛你對不對？』我不准你失蹤！」

江玲燕困惑了，深深地困惑了，她無法判斷宏仁的話都只是「舉例」嗎？還是他用了奇怪的方式在向她表示感情？她努力想要判斷，然而宏仁臉上和聲音裡的痛苦，近乎絕望的痛苦征服了她，她無法再想什麼，拉著宏仁停了腳步，就在空蕩蕩的人行道上緊緊地抱住了他。

宏仁也激烈地回應了她的擁抱，抱得她幾乎無法呼吸。但宏仁沒有停止痛苦的聲音：「我看到我爸爸是那樣，咬著牙一定要把蘭馨找回來。我看到我大嫂是那樣，好像蘭馨是她的小孩，好像是她的兒子小正或小平被綁架了，她突然從不知哪裡生出了勇氣與力量，不管綁匪再怎麼可怕，她都要和他們周旋到底，把蘭馨要回來。……我不想看到他們！我就是沒有他們那種感覺，而且我討厭他們表現出的那種感覺！……我怎麼了？我怎麼了？……」說到後面，宏仁的話聲粗啞撕裂了。

江玲燕試著找話安慰他，「別對自己太嚴苛……也許是，也許是你對蘭馨太有信心了？你覺得她很能幹，總是很有把握，不像我這麼沒能力，她不會讓自己受傷害的，所以你不會那麼擔心她……這沒關係，這沒關係的……」

宏仁突然鬆開了原本緊抱著的手臂，將江玲燕推開一段距離，兩手捏著她的雙肩，用充滿血絲的眼睛瞪著她問：「那你覺得呢？你真的了解我的感覺？你知道什麼？你覺得蘭馨去哪裡了？……」

被這樣連珠炮般地問，江玲燕先是搖搖頭，頭搖的幅度愈來愈大，終至一邊搖頭一邊落淚了。宏仁還是盯著她看，看到斗大的淚珠成形、滑出，他疼惜地說：「你怎麼哭了呢？是我害你哭的嗎？我說了什麼傷了你嗎？……你不要哭啊，我不要你難過……」

江玲燕還是搖頭，用極其微弱且不穩的聲音說：「不是，不是你……但也是你……你不該問的。你讓我想起來我的感覺……我的感覺是蘭馨總是知道自己在做什麼，要走開，一定是她自己要走開，要回來，她自己就會回來。……我寧可相信她自己要走開，所以找她也沒有用。不要找了，你們找不到她的。她有理由要走掉，什麼理由呢？她有什麼理由要從現在的生活裡走掉？……」江玲燕哭出聲了，話語含在哭聲中，宏仁必須低頭把耳朵湊到她嘴邊，才聽得到她說的：「……唯一的理由，我能想得到的，是她覺得她丈夫不愛她……她知道她丈夫不愛她……所以她走掉了……這是我亂想的，沒有道理亂想的，我不能這樣亂想……我應該要一直祈禱一直祈禱她趕快回來，我要去拜拜，所有的廟都去拜一圈……我要她回來，她對我那麼好，我當然要她回來……可是，我卻又沒辦法不想，她也許不會回來了，她也許不會再跟她先生在一起了……我好壞我不能原諒我自己……」

江玲燕說不下去了，宏仁重新把她摟入懷中，自己也流下了眼淚，下巴抵著江玲燕的頭頂，輕聲地說：「我怎麼辦？……我們怎麼辦？……」

第三十五章

1

蘭馨去到了「那邊」。整個過程來得太快，以至於她還無從真切感受到「那邊」和原來的現實有什麼不一樣。

從仙蒂家走出來，她心情很亂很亂，簡直形成不了一個像樣的想法，一切都片片斷斷、支離破碎。穿插在各種斷片之間鬼魅出沒的，是仙蒂的歌聲。這裡唱一句、那裡唱一句，蘭馨聽不懂的歌詞，卻格外迷人，但每當她要專注捕捉歌聲時，歌聲就消散在風中，一股冷冷的、空空闊闊的風，完全不像她在台北吹到吹過的風。風和仙蒂的歌聲一樣迷人，卻又和仙蒂的歌聲同樣難以捉摸，瞬息而來，又瞬息即去。

慢慢地，仙蒂散碎的歌聲好像在風中逐漸聚攏，拼圖似地一塊塊拼起來，不過不屬於同一首歌，來自不同歌曲的一段一段，要如何拼起來，拼成什麼？她站在風中，聽著風，然後將風中的歌聲聽成了熟悉的音樂，《遺作》的音樂……

不知從哪裡來的《遺作》音樂，頓時讓她覺得好累好累，一個個人影帶著威脅惡意地在她眼前轉啊轉，以奇怪、不可思議的角度轉著，轉出一條條醜陋且鬼魅的幻影，她不想去辨認那些人，但他們不放過她，轉著轉著會驀地如同嚇人盒裡跳出來的小丑般，刷地衝過來，帶著幾乎要將她撞倒的動力，給她看一張張急速靠近過來時嚴重扭曲的臉，宏仁、爸爸、二哥、大嫂、仙蒂，還穿夾了幾個她記不得名字，和爸爸一起應酬時看過的客戶……

她覺得被逼得喘不過氣來。好不容易，總算有兩張比較正常些，不是這樣兇猛衝過來的臉，在意識的邊角浮現了。她認出來，一直浮在左下角，輕飄飄沒有重量的，是江玲燕。另外一個，帶著遙遠的光亮穩定近前移動的，是劉寬。

她確知自己沒有開口，卻在同一瞬間也確知劉寬聽見了她的問題：「我可以當江玲燕去『那邊』？」劉寬毫不遲疑地點點頭說：「當然可以，你就是江玲燕。江玲燕。」

立即，一道類似劍光般直線斷然劃過，到處衝撞的影子消失了，劉寬也消失了，只剩下一直浮在左下角的江玲燕，浮上來浮上來，浮到中央，變成正對著蘭馨，對著蘭馨眨眼，不，霎那間，蘭馨知道那是自己在眨眼。

她在公司的廁所裡，對著鏡子，對著鏡子裡的江玲燕。和上次聽著《遺作》而在恍惚中遇見劉寬時一樣，發現鏡子裡的自己是江玲燕，她只有溫溫的驚訝，沒有震撼，更沒有害怕或擔憂。相反地，身體上非常明確而實際地感覺到一股輕盈，幾乎使她要叫出：「江玲燕那麼瘦嗎？」那樣的輕盈，和前一刻所感受到的沉重壓力，形成了強烈的對比。

不需掙扎，也不需準備，她從廁所裡走出去，跨著自覺變輕了的步子，走向辦公桌，順便看了一眼屬於徐蘭馨的座位，沒有人，沒有徐蘭馨的蹤影。

2

她發現整個下午，自己持續地想著兩個人。一個是宏仁，一個是本來不認識，幾秒鐘後，突然就啟悟明白了是江玲燕的哥哥的人。

她記起來劉寬曾經說過，曾經跟還是蘭馨的那個人說過，如果用別人的身分進入「那邊」，需要經歷一段記憶重疊的過程，原來的記憶沒那麼快消散，新的記憶會疊在舊記憶上。

宏仁應該屬於舊記憶，而那個哥哥則是新記憶？因為進入了新的身分，所以對於宏仁的記憶，被改變了？原本和宏仁聯繫在一起的抗拒、厭惡、憤怒、焦躁等情緒，一下子變淡了，增添了讓她很不習慣的甜意與嬌羞。不過讓她更不習慣的，是想起那個哥哥時，附隨的感覺，無法形容，無從說起，太模糊又太複雜？

她試著看清楚那記憶中的哥哥。最先看到的，是他特殊的視角。雖然沒有很高，沒有比她高多少，在她面前哥哥卻總是要將頭低下來，頸子彎折出一個角度，然後看她。因而會看到他額上非常明顯的一條一條抬頭紋，那麼多又那麼深，顯得很深沉又很老，和他的其他五官搭配不上。

會是因為小時候，和哥哥分開之前，哥哥很高、自己很小，所以哥哥就養成了這樣看的習慣，回來後，儘管自己長高了，哥哥還是很自然用這種角度、這種姿態？她發現自己如此想著。

所以江玲燕和哥哥分開過？本來清晰的哥哥，好像被這樣的疑問給推開來，快速地向後移動，移到相當距離之外，在眼睛裡成了一個模糊的輪廓。只勉強看得出他穿了一件黑夾克，夾克的外型是新近流行的，通稱叫「軍刀機夾克」。這種夾克會流行起來，是因為之前發布了海峽上空捷報，國軍的「軍刀機」在空中擊落了進犯我領空的共匪「米格機」。照片中建功了的飛行員，就穿著這樣的夾克，露著白白的牙齒，對著鏡頭開心地笑。不過哥哥身上穿的，即便隔了那麼遠的距離，都還是可以感覺得出和飛行員穿的絕對不是同一回事，材質差多了。

然後一個帶著詭異回音的聲音突然在記憶中響起，嚇了她一跳。「這真的是你哥哥？你真的相信這是你哥哥？……再說一次你哥哥剛回來的情況。記得什麼都要說，什麼都不能隱瞞。」然後她聽到自己說，用江燕玲的聲音說：「我已經講了好多遍了，也寫成報告紀錄了……」有回音的聲音不為所動，機械性地重複：「再說一次，記得什麼都要說，什麼都不能隱瞞。」

她再次看到那個穿了劣質「軍刀夾克」的哥哥遠遠走過來，不一樣的是這回旁邊還有一個人，爸爸，江玲燕的爸爸。爸爸用像是要哭的聲音，過大、控制不住的音量說：「妹妹，妹妹，看看誰回來了，你哥哥回來了！過來讓你哥哥看看，去跟你媽說哥哥回來了！」

爸爸連下了兩個無法同時執行的指令，因而她既沒有向前，也沒有回身去叫媽媽，停在原地沒動。那個人影靠近了，愈靠愈近，卻奇怪地一直維持著那樣模糊的輪廓。然後那個人，哥哥，對她說了第一句話：「玲燕，還要玩騎馬打仗嗎？」

第三十六章

1

已經第五天了，由大哥去警察局報了案，不可能再對蘭馨娘家隱瞞了。道理上當然該由宏仁去告知，但像是早有默契似的，大嫂立即堅定地說：「我陪你去。」

到了蘭馨娘家，宏仁開口跟岳父岳母打招呼，然後大嫂就將場面接了過去。大嫂說的，是宏仁從來沒聽過的山東話。因為用山東話說的緣故嗎？宏仁感覺岳父岳母的反應，沒有想像中那麼激烈。

他沒辦法完全聽懂他們說的，也就無從插話，只能行禮如儀地隨著不同人說話，將頭跟著轉來轉去，甚至不敢任意點頭或搖頭。說著山東話，使得他們的對話有著奇特的親近，閒話家常，不太像會是在說什麼嚴重的事，以至於宏仁似乎成了莫名其妙闖進人家家中的陌生人，做個尷尬的旁聽閒人。

偶爾，三個人會將注意力突然放到他身上，或流利或拙劣地從山東話轉換為國語對他說話，也許是不習慣這樣的轉換吧，幾乎每一次，宏仁都遲鈍地無法有效反應過來，及時找到對的話。

大嫂夾雜著國語和山東話替他解釋：「小弟擔心壞了，也沒睡也沒吃，沒有主意。……出來時公公就交代了，請親家不如到家裡去，長輩們一起商量拿主意，可能比較適合些？」

宏仁不記得出門前爸爸有這樣交代。是更早就跟大嫂說了的？所以也確實早就安排了讓大嫂陪他來？早就想好大嫂要用山東話向岳父岳母宣告這個可怕的消息？宏仁更覺得自己是個局外人了。

岳父岳母接受了建議，簡單換了出門的服裝，就上了等在外面的車，直驅宏仁家。他們見到了宏仁的爸爸，宏仁作為局外人的感受，非但沒有減弱，還變得更嚴重。

當然是宏仁的爸爸主導了對話。但他其實自己說的很少很少，只快速重複了剛剛大嫂應該就說過的，從蘭馨失蹤後如何分頭找，又都做了哪些事。然後他就發問，客氣、迂迴卻又固執地問各種關於蘭馨的問題。

蘭馨要好的朋友。蘭馨過去的習慣。蘭心回娘家時說過的話。蘭馨對於最近生活的看法。蘭馨擔心什麼、害怕什麼。

宏仁看著聽著，不只是加入不了他們的對話，連這樣對話的氣氛都覺得愈來愈難掌握。岳父岳母剛開始時，明顯情緒不安，回答反應不時帶有敵意，絕對不願接受婆家要將發生這種事的責任推在女兒和娘家身上，但慢慢地，他們愈說愈平靜，甚至愈說愈起勁，兩人互相補充，有時還會搶著說。他們說話時，都專注地看著宏仁爸爸，使得宏仁忍不住也轉過頭盯著自己的爸爸。看著看著，他不覺恍神了，瞬間不能確定這臉上佈滿了憂鬱、卻又表現得如何好奇激動的人，到底是誰，真的是爸爸嗎？

2

他們，岳父岳母，說蘭馨是個外柔內剛的孩子。平常很聽話，很順爸媽的意，但關鍵是絕對不能冤枉她，要是她感到被冤枉了，那她強起來是會要槓到底的。小時候，剛上小學吧，有一次不知道為什麼惹爸爸生氣，爸爸罵她，罵過頭了，將不是她做的事也一起堆上去罵，她就突然強起來，抿著嘴，一聲不吭，卻拿眼睛狠狠不動搖地瞪著爸爸，爸爸更氣了，拿掃把桿打她，她也不躲不動不哭。打了幾下，爸爸捨不得打下去，卻又覺得非得讓她屈服不可，就說要把她趕出去，送去孤兒院。媽媽也被她那殺氣騰騰的眼神犯著了，就配合著收拾一個小包，要讓她帶去孤兒院。整個過程，她都維持著那樣僵直的姿勢，毫不動搖。媽媽說：「包收好了，帶你去孤兒院，去了就回不來了！」她竟然也就伸手接過小包，往門外走。

不退讓，更不乞求，甚至連一顆淚水都忍住沒流。反而是她弟弟，看到她往外走，放聲大哭，大叫：「不要！不要！我不要姊姊去孤兒院！」她回身抱住弟弟，淚流下來了，但還是什麼都沒說。還好弟弟一場大鬧，給了大人下台階，當作是看弟弟那麼心疼，所以讓她留下來。看得出來，她放下小包鬆了一口氣，但爸爸再要她認錯道歉，她仍然將嘴抿得緊緊，仍然不出聲。

她可以倔強到這種程度。但從此之後，好長一段時間，她對弟弟簡直百依百順，弟弟要去哪、要買什麼東西，她沒有不答應的。弟弟也捉摸清了她的弱點，只要引她回想起這一段孤兒院往事，就能讓她答應所有的事。

「畢竟，她還是軟，心軟得不得了，尤其遇到了對她好的人，心軟得不得了。」蘭馨媽媽結論說。

他們又說蘭馨有很多朋友，以前在女中人緣很好。可是好像從來沒有到人家家去住不回家的。她說她不喜歡打擾人、麻煩人的感覺。就算同學歡迎她去，沒有道理人家家其他人也都會高興。這一點她很敏感，有時太敏感了，會很快察覺，有時還會放大別人不歡迎她、不喜歡她的信號。

蘭馨媽媽嘆口氣說：「這幾年，我不知苦口婆心勸過她多少次。女孩要嫁人，要住到丈夫家裡，有時別那麼敏感那麼脆弱。到人家家裡是去當媳婦的，不能想著別人把你當客人，奉承著招待著，那樣就不是嫁人了。別老注意人家不愉快、不高興的反應，也別老把別人的不愉快、不高興朝自己身上攬，覺得一定是衝著自己來的。能不聽就別聽，能不看就不看，更重要的，能不記就別記，不是這樣嗎？

「她嫁過來，你們應該都對她很好吧？她沒回娘家抱怨過，真的，回來都高高興興的，說你們好。特別說公公好啊，還給她工作，好大的公司好大的信任。也說大嫂好啊，所以我一看到，就知道這是大嫂，不會是別人。大家都對她好，這孩子會跑哪去呢？對她好的人，不都在這一屋子裡了？她還會要去哪裡，找誰找什麼？」

蘭馨媽媽說話時，宏仁不覺地將頭埋得低低的，沒有提到他，都沒有人提到他。

3

岳父岳母在家裡吃過了中飯才離開。開飯時滿滿的一桌菜，到大家都離座時，依然還是滿滿的一桌菜，連平常最堅持勸菜夾菜的爸爸，都默默一語不發地撥著碗裡的白飯。只剩下大嫂有一搭沒一搭地用山東話招呼親家，順便問了蘭馨有沒有跟父母一起參加過山東同鄉會的活動？

大嫂家裡和同鄉會很熟，她下午就去問問，請同鄉們發動幫忙探問，勉強算是找到了一點正面的發展。

他們走的時候，決定由大嫂陪著，送他們回家後，車子再載大嫂回娘家和去同鄉會。出門前最後一刻，大哥突然表示也要跟著去，說的時候還有意無意地轉頭瞥了宏仁一眼。大哥會一直在家，一起吃中飯，已經很令人意外了，竟然還說：「我順便陪她回娘家走走吧，也很久沒看看那邊的爸爸媽媽了。」

宏仁有一種肚子上被偷襲了一拳的劇痛感。大哥在暗示什麼嗎？還是故意在別人面前表現什麼？是表現給蘭馨父母看，還是表現給自己的父母看？宏仁一時迷茫沒有頭緒，也就一時做不出任何反應來。

客人走了，宏仁回到房裡，迷茫狀態沒有那麼容易結束。未經思考地，他放起了唱片，不自覺地用音樂灌滿似乎愈來愈空洞的房間。因為音樂聲音太大了，所以沒聽到有人開門有人進來？一抬頭，才發現爸爸抱胸直直地站在面前。

「你在幹嘛？在放音樂？」爸爸用明顯不悅，接近憤怒的語氣問。

宏仁反射地站了起來，忙不迭怯生生地解釋：「不是音樂……我不是自己要聽音樂……這是蘭馨最喜歡的音樂……她每天都要聽……」

爸爸立即鬆開了原本緊繃的臉色，好像瞬間連支撐著全身站立的脊椎也一併鬆開了，一邊說：「是嗎？她最喜歡的……」一邊將椅子拉過來垮坐在上面。「這是什麼音樂？她為什麼喜歡？」

宏仁不知道該如何形容這音樂。「古典音樂？……一首古典音樂，有好多種樂器……」隨著他的回答，爸爸的眉頭明顯地皺了起來，宏仁又本能地慌了，為了顯現自己沒有和這音樂那麼疏遠，趕緊說了蜜月時在台中飯店裡發生的事。陳述完了還再強調一次：「我特別下樓到咖啡館去幫她要來的。」

但這樣的強調沒有說服爸爸？爸爸眉頭還是皺著，用嚴肅的口吻說：「你不要像我，我不要你像我，你不知道嗎？」

這是什麼意思？怎麼會有這樣的話？宏仁不可能知道，不可能聽得懂。

爸爸指指床沿，示意宏仁坐下來，有很長的話要對他說。

4

「我十九歲娶你媽媽，但我不是真的娶你媽媽，我是娶了一個半山的女兒。為了活命。剛結婚，我發誓一定要愛她，對她發誓，但也是對自己發誓，我真的想要做到，我必須要做到。

「一些亂七八糟的事你不要知道比較好。但是你要知道，那是民國三十六年，春天，我已經說了，我才十九歲。我有三個同窗，他們一起去南洋當『志願兵』，回來了兩個，另一個沒回來，唉，也算回來了吧，但只有一隻手指骨裝在同窗的布袋裡回來。你聽不懂的。

「他們拉我去喝酒，喝了酒就直直哭、直直哭，日語台語混著說，說在南洋怎樣建機場，怎樣躲美軍飛機轟炸，建一段美軍就炸一段，可是不能不建，不建的話零式機不能飛來降落，美軍會炸得更厲害，還可能會登陸。炸彈投下來，人死得好快，一震白花閃過，你就不知道自己活著還是死了，震得昏昏沉沉，要好久才能確定自己活著，但身邊都是死人。

「然後，他們拉我去參加他們『復員兵』的團體，雖然我根本不是『復員兵』。他們拉我跟團體一起上街，還不知從哪裡弄了一輛車來，車上架了一個大鼓，像是過年要舞龍舞獅的陣頭。他們又拉我去台中，再轉到嘉義。然後在嘉義他們幾個人鬧翻了，有人要去打游擊，有人想回家。我沒有那麼想回家，亂糟糟的回家幹嘛，但我更不想去打游擊，所以我就回家了。

「回家沒幾天，同窗又來找了，臉色青森森，叫我馬上離家馬上逃。說是有明確的消息，我們都在『清鄉』的名單上，走不離的話就會被抓去槍斃了。我不想被槍斃，就一定得走，但要走到哪裡去？能走到哪裡去？而且走了就一定不會被抓到嗎？

「走了幾天，不記得幾天了。好像是走到了蘇澳，又走回頭。到了基隆，幾天沒洗澡，也沒好好吃飯睡覺了，受不了，心一橫，在火車站前找了一家破破的舊旅社去住，旅社裡有飯堂，竟然讓我在飯堂裡遇到了救星。

「那個老人是來吃飯的，他說因為旅社的老闆有漁船，船回港網裡有不好看難賣的魚，就通通放進鍋裡煮魚湯。那魚湯裡除了海味就只加一點白味噌，連鹽都不用，就鮮美到吃了會上癮。老人眼睛很利，一看就知道我在跑路。他一開口就問我跑路為了哪樁，躲哪裡的仇家？他問得那麼直，我找不出話來騙，也直說在躲『清鄉』追捕。老人不太相信，說『清鄉』要抓的，都是地方有頭有臉的人，不可能有像我這麼年輕的小夥子。我告訴他我怎麼得到消息，又做過哪些事去過哪裡，他才說：『若是這樣，倒也有可能。』

「第二天吃飯又遇到他。他很驚訝我還在。我誠實地說，想走，卻提不起力量走，更不知走哪裡去，寧可告訴自己軍警今天不會搜進旅社來，再休息一天。老人想了想，說：『我帶你去見一個人，敢去嗎？要去嗎？』我那時候心裡真的很煩，心情很差，被他這樣挑戰就生出了一點自暴自棄的氣魄，說：『去就去。』連問都沒問要帶我去見誰。

「結果是去見了你宜蘭外公，你有猜到吧？你們都叫『宜蘭外公』、『宜蘭外公』，實在他是台北人，是當時台北最有名又最有錢的『半山』。他怎麼那麼有錢，沒人知道，傳言說他的錢是在上海和大連賺的，戰後大把大把搬回台灣。他去基隆，是為了要買礦山，把本來屬於顏家的半片山買走。

「老人跟你宜蘭外公很熟，但一對他說『清鄉』，他立刻變臉，要把我們請出去。算我運氣好，還是運氣不好？外公他女兒，你媽媽，十六歲，陪著他到基隆的，也在旁邊。這個女兒出聲阻止了他。他把女兒帶到裡面去，隱隱約約聽到他們父女對話，講了好久，他一個人出來，問我叫什麼名字、哪裡人、做了什麼事，最後還留我暫時待在他那裡，他去看看能不能救得了我。

「我那年十九歲，人生才剛開始，但就有了很多覺悟。我讀日本人寫的書，裡面有一句話說：『愛上一個人，就像是創造一個宗教，而那宗教信奉的神是不可靠的。』你知道這句話嗎？躲在他們家時，我幾乎天天想起這句話，而且對這句話有了完全不一樣的感覺。以前覺得這話好神祕，把愛情的對象比做神，而且是不可捉摸的神，愛情就是要去找那樣的神，同時找那樣不確定的罪受。現在，都是看到你媽，這家裡的女兒，就想到這句話。她就是我的神，我能不能得救要靠她，可是我沒有把握她救不救我，這個神不可靠，但我又只能靠她。有希望卻又真絕望。

「我後來知道我的神怎麼救我的。在那之前，當局找了你外公，跟他要一份名單，說法是要他提供認為有份量，可以出面協助平亂的地方仕紳名單。憂心時局動亂，你外公很認真地想了、寫了、交了。但是沒多久之後，就傳來各方消息，說當局開始依照『清鄉名冊』鎮壓抓人了，而好幾個列在你外公給的名單上的人都被抓或失蹤了。你外公當然心情很壞很壞，他擔心他交去的名單變成了『清鄉名冊』，他會害死這些人。裡面當然有很多他的朋友，還有很多他的長輩。

「他女兒，你媽媽，在我身上看到了一個機會。你媽媽勸他：何不就幫幫我，去探問看看我有沒有被列在『清鄉』裡，藉此順便可以打聽那名冊到底怎麼來的，或許根本和他一點關係都沒有，他可以不用那麼自責。

「可是你外公到死都沒告訴我，我是不是真的在『清鄉』的名單上。你媽說她也不知道。不怕你知道，你都長那麼大了，我那時陣就是一個想法，先是怎樣讓你外公願意救我，後來變成怎樣讓你外公不能不救我。所以我勸啊拐啊，你媽點頭願意嫁給我，怎麼勸怎麼拐就不要說了。我決定要賭就賭大的，人生只能這樣，小賭一直賭一直賭，落尾一定輸的。不信你去賭賭看，那種賭小的，算下來絕對是賠的，只是累積著賠，不覺得那麼痛，其實都是賠。賭大才有機會贏，就算機會不大，至少有機會，贏了就走，才是贏。

「我去跟你外公說要娶你媽。賭命啦，你知道嗎？很有可能，他大發脾氣，幫你讓你躲進家裡，你竟然恩將仇報要把我女兒偷走？還是個可能命在旦夕的人，有什麼條件娶大戶人家女兒？很有可能，他立刻就把我趕出門。但也有可能，他因為疼女兒就答應了？我變成他們家女婿，他能不救我，難道要讓女兒當寡婦嗎？

「賭上命去跟你外公講的時候，我發現自己很靜很穩，一句一句說得清清楚楚，雖然有那麼大的年紀和地位差別，我覺得講話的那時候，那場面竟然是我的，不是他的。當下我有一個很強烈的感覺，一個信念，我覺得自己一定能成功，然後，就特別覺得像我這樣的人十九歲被槍斃掉，太可惜了！

「你外公沒有當場拒絕我，更沒有把我趕出門，我知道我成功一半了。但兩天後，他真的答應我的請求時，我心底還是非常非常激動。我活了！我活了！那一刻，心內滿是感激，下定決心，我一定要好好愛那個救我的人，一定要一輩子好好待她。

「我真的那樣決定，後來我沒做到、做不到，但我從來沒有忘記過那個決定，我要告訴你。」

5

爸爸為什麼要說這些？宏仁沒有任何頭緒。他從來不知道爸爸有過這樣死裡逃生的經驗，更從來不知道爸媽結婚，有這麼不尋常的背景。但他當然知道爸爸沒有做到對媽媽好，不需要爸爸提醒，也不覺得知道他下過那樣失敗了的決心有什麼意義。

但他沒有勇氣當面質疑爸爸，也沒有勇氣誠實表示不想聽。爸爸還有更多的話要說。

「你外公為什麼變『宜蘭外公』？因為徹底的失志。他的名單害死了人。他弄不明白他的名單和『清鄉』的關係，就只知道在他名單上的人，死了十幾二十個。他自己心裡過不去，就把家產分一分，不問世事隱居到宜蘭鄉下去了。

「我和你媽分到了一點點，算是多加一點嫁妝，現金、珠寶、他去基隆買的煤礦的股份，但沒有土地。土地不會給女兒，都讓你舅舅他們分走了。但沒幾年，他們分到的土地也沒了。不是全沒，少了一大部分。『耕者有其田』徵收地主土地這你知道吧？土地沒了，更冤枉的是連錢也沒領到。領到什麼？一疊『實物債券』，可以分十年領米啦，另外一疊『四大公司』股票，都是紙，土地換紙，他們都這樣說，都這樣看。他們都覺得一疊疊的紙沒保障，急著想把債券和股票換成錢。債券可以換穀子換米，還有保障，賣得出去，股票呢？誰會要買呢？找來找去找不到人，就問到我頭上來。

「應該說倒到我頭上來吧！對你，自己的後生，不需要說大話。對別人，幾十年我都說我眼光跟你那幾個舅舅不一樣。我看到他們看不到的股票價值，所以他們賣多少我就全數收多少。真實的不是這樣。我是出一口氣，過過癮，這幾兄弟，平常看我不起，當面都說你媽怎麼還了嫁給我，現在我要讓他們來求我。這對我很重要，我不能忍受往後必須一直在外家那麼沒地位，外家有錢有勢，我離不開又得罪不起。

「我跟你媽媽說，就當作買貼壁的紙。那時候他們差不多都絕望了，覺得這部分的土地價值全都扔進水裡了，我願意跟他們買，他們高興的。我當時心裡設了底線，頂多把你外公多分的部分全部拿來買嘛，那本來就是多的，我用來買他們來跟我拜託，對我感恩。

「結果，現金、珠寶拿出來，沒全用完，就把他們的股票都買了。真的，他們看我的臉色都改變了，我幫了多大的忙呢！

「股票沒有拿來貼牆壁，在抽屜裡放了一兩年，差不多都忘了，有人找上門了。有名有姓，有頭有臉的台灣人，大姓大族。這個人問起，我才仔細看了股票，發現真的，我手上有的，都是水泥公司的股票。他認識你大舅，知道我手上有不少水泥股，找來要買，一談才發現我手上的股數，比他以為的多得多。

「他錯就錯在露出了又驚又喜的表情，一瞬間，被我看到了。我想我馬上了解了他要做什麼，你那些舅舅們一輩子也想不通也不會理解的事。他太聰明了，他知道這些土地主們都把股票亂賣亂丟，不懂股票的價值，他要來撿便宜。用很便宜很便宜的價錢買到夠多股票，這家公司，政府拿出來交換民間資本的，不就變成他的了嗎？

「從他那瞬間的表情，我判斷如果加上我手上有的，他應該就快要夠可以達成目標了吧？當機立斷，我老實不客氣跟他說，股票可以給他，我不要錢，我要參與經營。要賭就賭大的，人生只能這樣。雖然我完全不懂經營水泥公司，連水泥廠長什麼樣子都不知道，但我有把握一件事，用那麼低的成本買來的公司，一定很容易經營，大不了把公司資產賣一賣，也能大賺。幹嘛看賣股票那一點錢？

「來回談了幾次，沒幾次，頂多一個禮拜，定案了，他得到了水泥公司，我得到了董事職位。一年多之後，我離開水泥公司，變成了『中美陶瓷』的董事長。

「你以為董事長職位是怎麼來的？你以為『中美陶瓷』是怎麼來的？我跟你說，和我人生裡的其他東西都一樣，是賭來的。在水泥公司的一年多，很痛苦卻也很刺激。他跟我想像的一樣奸巧，但我不是像他以為的那麼天真。我如果是他，會怎麼想？來啊，你來當董事啊，其他董事都是我自己的人，你能幹嘛？過一段時間，找個藉口，其他董事聯合起來，隨便也能把你趕出去！他一定這樣想，不是嗎？

「我有我的想法。我是要藉著當董事，把公司上上下下、裡裡外外弄清楚，找到我離開的條件。花了我一年多的時間，才找到我要的，又找到去跟他要的方法。我故意讓自己在公司裡討人厭。成事不足，敗事有餘，是這樣講的，對吧？我就到處問，到處調查啊，這件事要報告、那件事也要報告。增加他們的工作，拖延他們的進度，但有個原則，不會弄到真正誤事。

「我知道他們都希望我走，可是又沒搞到他們非下手趕我不可。然後我才去提條件，把陶瓷部門獨立出來，歸我，我就不管水泥公司了。沒有人想得到。陶瓷部門，誰看陶瓷部門啊！你知不知道，做水泥，主要原料是石灰，這知道？那知不知道做水泥，還要加黏土？水泥廠挖來的黏土，日本人發現很適合拿來燒陶器，就順便設個陶瓷部門，純粹是順便。

「我看的不一樣，真正不一樣。我看到日本人的調查，又找人做得更詳細，徹底確定黏土的品質有多好。黏土來源歸我，將來水泥廠黏土原料我負責供應，合約寫得清清楚楚。他以為我看的是黏土原料的利潤，那真是小，而且又不是沒別人可以提供黏土，算算，付這一點代價讓我走，省掉我干預水泥公司，很划算，馬上答應了。

「我又賭到了。我賭他不知道這黏土多有價值。我把這好的黏土拿去賣陶瓷廠，換等級低的黏土讓他們做水泥，就賺不完了！他要找別人買黏土，我還求之不得呢！然後，我擴大自己做陶瓷，控制了比別人好的黏土，先就贏一半了，剩下一半，那就要有比別人好的技術。只要知道技術在哪裡，用買的、用偷的、用搶的，不管，一定要弄到。你從來不知道，我現在告訴你，『中美陶瓷』就是這樣來的！」

6

原來還有這樣一段歷史。宏仁不得不承認，自己從來不知道，好像也從來沒想要知道。有記憶以來，爸爸就一直都是董事長，也似乎一直做同樣的工作，沒有發生什麼會影響到宏仁，讓宏仁需要注意，會留下印象的變化。

正當他好奇著，那大哥、二哥呢？他們知道這段歷史嗎？爸爸在椅子上稍微調整了姿勢，又說了：

「你從來不知道，因為我不要你知道。你知道你是什麼嗎？你是家裡的……家裡的……」一直都滔滔說著的爸爸，意外地突然找不到語詞了，「家裡的混蛋……豎仔！對，就是豎仔！」說出這個詞，讓爸爸鬆了一口氣，不顧宏仁對這樣被罵有多莫名其妙，爸爸往後穩穩靠坐，沉默瞪著宏仁。

宏仁也只能沉默等著。等了好久，才等到爸爸的說明。「我故意把你養成一個豎仔，你最小，命最好，可以不用那麼強，不需要那麼衝。你哥哥，大哥、二哥他們不行，他們要接我的事業，因為要跟我一樣衝，所以要跟我一樣強。你要謝謝你大哥，他唸初中的時候就有個樣子了，可以和同輩的人混，也能跟比他大的人混，我覺得這個兒子有機會，就決定不需要你了，不過問你，讓你媽把你養成一個膽小的豎仔。你不用知道我們在外面怎樣拚搏，跟你沒關係，你只需顧好自己就好了。

「你以為我看不出來你眼睛裡是什麼嗎？你看我、看你大哥，有時候看你二哥的樣子？你瞧不起我，瞧不起你大哥，對吧？你大哥常常想揍你，都被我阻止了。你知道我跟他說什麼？你要聽嗎？……我跟他說：『我們厝內可以有個正常人，你弟弟不過就是個正常人，你幹嘛跟正常人過不去？』你知道這什麼意思？我們，你大哥、二哥，甚至你媽媽，都不是正常人。你大哥聽了也接受，只能接受，他了解我的意思，我們是自己想要不正常的嗎？正常，我們就活不下去了，你也活不下去了！

「我不想管你。我不想叫你知道我們怎麼在拚搏，但我也不想老是看到你那張看不起人的臉！看到了我就想罵人，但罵你做什麼？我們拚下搏下，不就是為了讓家裡有人能過正常生活嗎？罵你、不准你過正常生活，我不是毀了自己拚搏的目的？所以算了，任你去，不要讓我看到最好，你靠我們的拚搏，所以可以有你正常的人生，這樣就好了，就夠了。去啊！

「我沒有正常的婚姻，你大哥沒有正常的婚姻，你二哥也沒有。他們娶的太太，說明白了，都是我事業的一部份，像買保險一樣，靠親家的關係托著公司，免得出問題了一下子摔到谷底去。說句難聽的事實，我跟親家熟的程度，一定超過你大哥跟你大嫂。我不知道嗎？我心知肚明啊！別人的婚姻，夫妻關係是主，從夫妻關係生出親家關係；我們家的婚姻，從我開始，到你大哥、你二哥，都是倒過來的，親家關係才是主，夫妻是附帶的，這種夫妻能好到哪裡去？你告訴我！

「你不一樣，我讓你不一樣！」爸爸明顯地動了氣，「……你看看我和你丈人多生份！你結婚之後，我有去找過他，有打算過他的關係嗎？我看開了，我不希望你像我，努力了那麼多年，我們家應該有個人可以正常結婚、正常生活了，何況你又那麼看不慣我們所做的犧牲，那就你吧，你去，正常結婚，結了婚以後，好好的正常愛你太太。那不就是你要的嗎？那不就是你看不起我們的理由嗎？你覺得我不愛你媽，你看不慣我、看不起我，那你就好好愛你太太啊！

「你怎樣愛了？告訴我！你怎樣愛到現在她不見了？告訴我！你覺得我對不起你媽，可是我曾經在全家人面前對她大小聲嗎？我有幾天在全家人面前給她臉色，擺明了不跟她說話嗎？我承認，我有把你媽氣到離家出走，但也就是回娘家，她有氣到要躲起來，不讓你找得到她？我有嗎？

「你到底跟她吵什麼？你嫌她什麼？她哪裡不好，需要被你這樣氣？你告訴我！你告訴我！你不需要跟我去應酬，你的工作夠簡單夠單純了，你回家就好好對待蘭馨，好好疼她不行嗎？你擺什麼派頭，擺什麼架子？要擺到外面去擺，不要回家對太太擺，弄到把太太趕走了！」

爸爸愈說愈大聲，神情愈來愈激動，到了爸爸自己覺得受不了，或覺得太危險的程度，倏地站起身，沒等最後一個字的語聲落完，轉頭就衝出去了。

留下了同樣激動，激動得渾身發抖的宏仁，他這才知道原來爸爸認定蘭馨是被他氣走的，是為了躲他才失蹤找不到的。明明爸爸是他們夫妻之間僵局的主要原因，卻還能這樣大聲斥責他！而且爸爸為了蘭馨罵他的口氣，加上爸爸擔心蘭馨的不尋常程度，讓宏仁更加不知道該如何看待自己本來懷疑的事了！那麼多糾結纏在一起，他理不清說不明，爸爸又不給他任何說話的機會，糾結就更深、更難解了。

第三十七章

1

蘭馨覺得自己在一連串的夢裡。交疊的影像、畫面、聲音、觸感以加倍速度撲來，失去了原本的頭尾連續，而且沒有了原本的熟悉和陌生區分，更特別的，是沒有了強烈的情緒，最基本的，明明是快節奏的時間，主觀上傳來的卻是完全不搭調、脫節了的悠悠遠遠，一點都不急，急也沒用，還是失去了急的感受？

那個是哥哥的人，回來的哥哥，江玲燕的哥哥現在變成了自己的哥哥，戴上了帽子，奇怪但又覺得無所謂，頂好的帽子，遮去了他的抬頭紋，使得他好像一下子年輕了五歲，還是年輕了十歲？但不對啊，年輕十歲，那就差不多回到他失蹤的那時候了，於是前面出現了十歲時的哥哥，兩個人兩個影像，天差地別，十歲的那個，手裡拿著一隻包穀，剛煮好的吧，燙得他輪流在兩隻手上來回丟著，一邊嘛著嘴要吹，但包穀丟來丟去，自己的嘴跟不上自己的手，頭搖來搖去，口裡的氣卻很少剛好吹在熱包穀上，而且嘴巴還要騰出來說話，說：「小蘭，你等等哈，等等哈，涼一點給你一口。」啊，不對，這是蘭馨的哥哥，不是江玲燕的哥哥。立即換上了另一個十歲左右的男孩，在空中，不，是在樹上，自己在對著他叫：「不可以跳，媽媽說會跳斷腿！」呼地一聲，哥哥化作一片黑影落了下來，嗤著牙拍著腿說：「沒斷沒斷，媽媽說會斷就一定不會斷！」年輕十歲了的哥哥當然不像從樹上忽地落下來的這道黑影，他眼裡有一層霧霧的東西，好像隨時在想著丟掉了的什麼東西，他最喜歡的東西找不到了，再也找不回來了，他笑起來的時候，是無奈地接受事實，最喜歡的東西再也找不回來了。

然後有一個人，穿著黑西裝黑長褲，裡面白襯衫最上面的扣子打開了，露出好瘦好瘦的脖子，蘭馨知道自己認識他，是誰？對了，是從劉寬說的故事裡跑出來的人，把團長小提琴家帶到那個空蕩蕩的大房間裡，讓他聽暗啞神祕聲音的人，不過下一秒鐘，他顯現了不一樣的身分，他說：「他都快三十五歲了，你們會不知道？三十五歲假裝二十一歲，你們信？這說不通。……很簡單，說不通的背後一定有詭計，詭計一定是要危害國家的，你們是一群危害國家的壞份子！」

又疊回哥哥的抬頭紋，他摘了帽子，他低著頭，對著一張看起來歷盡滄桑的木頭桌子說話，偶而才抬頭乜斜看江玲燕一眼。「我只是想換當個別人。這些年我換當過好些人了，我不是匪諜！我真的沒有什麼祕密任務，我更沒有要害你們！……這是我活下去的方法，是我活得有意思的方法，不然我早就可以死了。……你們把我當江伯豪，我努力當江伯豪，讓你們相信江伯豪回來了，你們不高興嗎？你們高興了，給我吃給我住，換了我能活下去，這算公平吧？他們怎麼可能查出我什麼匪諜證據？」

「……但你怎麼知道騎馬打仗的事？你不是江伯豪，為什麼第一次看到我就說騎馬打仗？」

哥哥低著頭，聲音似乎是從桌面反射上來的，帶著由下而上浮升的奇怪效果：「……我猜的……」

「不可能！別再騙了！沒有人可以猜得到這種事！」

「……我不知道怎麼來的，直覺，我靠這樣的直覺扮演別人，第一眼看見你想到什麼我就說什麼，我必須相信自己的直覺，不然無法開口說第一句話。」

「不可能！一定有人告訴你！你一定從哪裡聽來的！是我哥哥，你遇到了我哥哥，你認識江伯豪對不對？拜託你老實告訴我！」

「我說過幾百次了，我不認識江伯豪，我只是偶然間聽人家說你們家兒子失蹤，失蹤很久了，他叫江伯豪。好吧，也許有提到他和妹妹的關係？但我不記得了。我不記得在哪裡聽來的，那是好幾年前的事了……我上一個身分演不下去了，我逃出來，走投無路，想起好幾年前聽來的江伯豪，決定來試試，換演江伯豪看看吧，真的就只是這樣。」

「不可能！不可能！不可能！」

2

在辦公室裡，大家都叫她江玲燕，她發現自己竟然也沒有不習慣，不會有應對不過來的問題。唯一的困擾，如果能稱為困擾的話，是每次被叫「江玲燕」，她就會想起劉寬來。劉寬在這裡嗎？有機會在「那邊」，不，現在成了「這邊」遇見他？遇見了，應該談另外一邊的事？可以談嗎？

出於好奇，她盡量不著痕跡地跟同事提起徐蘭馨這個名字。同事歪著頭問：「那誰啊？」她多補充一句：「好像是董事長他們家的人？」同事還是不解地搖搖頭。

原來，在「這邊」，徐蘭馨沒有在公司上班，所以和江玲燕不會有交集？但在「這邊」的許家，應該還是有個媳婦徐蘭馨吧？徐蘭馨還是許宏仁的太太，嫁給了許宏仁？難道有可能，徐蘭馨，自己，沒有嫁給宏仁？那自己嫁了別人嗎？宏仁呢？娶了另一個徐蘭馨，還是娶了別人，還是沒有結婚？

腦中轉著這些念頭，卻不覺得特別奇怪，平靜、淡然，帶著安穩的理所當然。她發現似乎沒有什麼事會讓自己驚訝了。因為進入了「這邊」，有心理準備什麼事都可能發生？還是，這就是劉寬形容過的「自由」？不被驚訝，不被原有事實牽絆的「自由」？

只是，不驚訝不表示沒有疑惑。在心頭一道道滑過的淺淺的疑惑，像冰刀在冰上劃出來的弧線。變成了江玲燕，不再是徐蘭馨，也沒關係嗎？也可以不必知道、不必關心自己，那個徐蘭馨，和宏仁的關係變成如何了嗎？再也不會見到宏仁，也無所謂嗎？

這最後一個問題，在她心中掀起了進入「這邊」之後，最強烈的反應。也是最明確的態度，不，不行，不行，不能見不到宏仁。必須要見到宏仁。但見到了要怎樣？突然，原本的強烈與明確瞬間消散。

如何見宏仁？作為太太，以蘭馨的身分？那不可能了，她現在是江玲燕，江玲燕可就沒有道理非見宏仁不可了。所以一定想見宏仁，來自蘭馨殘留的記憶？可是會穿過那道裂痕，進入「這邊」來，最主要的原因正是不想繼續在和宏仁的夫妻關係泥沼裡打轉，受不了他們家複雜的過往與現實，為什麼來了「這邊」，卻反而想見宏仁，那麼強烈覺得不能不見到他？

3

還來不及想通這個問題，她要見到宏仁的希望，竟就徹底打破了。

上班時，幾個同事面色凝重說著董事長三天沒來上班了，然後其中一個同事揭露了原因——董事長的小兒子突然死了，聽說是染上重病，病發後急速惡化，醫生還來不及找出救治方法，就斷氣了。

董事長的小兒子？那不就是許宏仁嗎？不可能，宏仁活得好好的，宏仁應該活得好好的，他那麼年輕，身體沒有什麼毛病啊，尤其他是在藥廠工作的啊，每天進出醫院，在醫院認識那麼多人，怎麼可能沒辦法救他？

她幾乎脫口說出一連串的質疑、否認意見，但很用力地阻止了自己。沒有道理江玲燕會說這樣的話，那是屬於宏仁的太太，蘭馨的意見吧！

該如何接受、應對宏仁的死？這太荒謬的消息！太荒謬了以至於讓她在感受到切身具體痛苦哀傷前，先想起了劉寬的話，安慰了自己；喔，不必難過，死去的其實只是宏仁在「這邊」的幻影，從現實裡隨著延長過來的幻影，宏仁絕對不可能屬於「這邊」，因而在現實那邊，他應該還是活得好好的，每天過他的正常日子吧？

然而，就在這瞬間，劉寬說的另一句話，狠狠地打了她一下。為什麼會是宏仁？為什麼來到「這邊」後，第一個死去的，竟然是還來不及見到的宏仁？依照劉寬解釋的邏輯，自己最愛的人是宏仁？不可能，不可能，再怎麼自欺、再怎麼不了解自己都不至於到這種程度吧？

突然，她記起了些什麼，沒有影像、沒有聲音、沒有具體的感官感受，而是一股幽幽的難過，從原來一片不尋常的麻木中像一點點小燭火般燃起來，愈來愈大，愈來愈大，大到一定程度，逐漸痛了，剛開始是針頭反覆刺在同一點上，愈刺愈深，被刺的地方有了燒灼的感覺，愈燒愈燙，然後範圍擴大了，從針尖大小變成筆尖大小，再變成擀麵棍頭大小，再變成手掌大小，到了手掌那麼大，痛法也跟著變了，不再是刺的、敲的、撞的，變成愈來愈緊的抓握，從頭到心，被超大力量糾得好痛好痛……

然後自己轉身回頭，開始跑，明明已經痛得喘不過氣來了，卻還是拼命逼著自己快跑，跑得不夠快，有一樣東西就將永遠失去了……

直直地朝一堵牆跑去，繞過牆，牆邊站著一個人。收不住腳步，又直直地撞進那人的懷裡。那人當然嚇了一跳。自己卻沒有驚訝，知道那人就是宏仁，就是為了不讓他消失才這樣失魂地跑的。

但那個自己，投入宏仁懷中的，不是蘭馨，是江玲燕。是江玲燕。愛宏仁的，是江玲燕，怎麼會是江玲燕？

第三十八章

1

蘭馨失蹤已經兩星期了。宏仁沒有辦法繼續整天留在家裡等消息，也不可能一直跟藥廠請假，就恢復了上班。

回到醫院將各科診間繞了一圈，跟每個認識的醫生、護士問問好說幾句話，讓他得以不必去想蘭馨失蹤的事，時間過得意外的快，看錶，竟然已經到了中飯時間。然而，立即，將時間變得稠密，只能艱難涉過的力量又回來了。鬼影般地靜靜出現在他身邊。

二哥，鬼影子般的二哥，不可能會在醫院裡遇到的人，光是他的存在好像就改變了整個醫院環境的人。而且宏仁還無法掉頭避開，因為根本沒注意到二哥是從哪個角落裡浮冒出來的，冷不防聽到他的聲音隨著他的腳步在身邊飄著：「為什麼你不會想要去找最後見到蘭馨的人？」

「什麼？」宏仁不得不回應，無法維持這些年來的態度，保持沉默不理會。不只因為二哥劈頭飄來的是一個問句，而且是語帶責備的問句，而且牽涉到蘭馨。

「你聽到了，別裝作沒聽到。在家裡說的，你在場。……蘭馨那天中午離開辦公室後，去找了仙蒂，去找了仙蒂！仙蒂是她最後見的一個人，然後就再也沒有人見到蘭馨了。可是你到現在沒有問過仙蒂是誰，沒有去找過仙蒂。」二哥維持著責備的口氣，堅定地說。

宏仁沉默了，緊緊閉著嘴，像是想起來自己的原則，不跟二哥說話。

「為什麼！為什麼你不去找仙蒂？」但二哥卻相反地似乎完全忘了兩人不說話的這件事，提高了音量問。

宏仁極度厭惡二哥這樣咄咄逼人，更厭惡被他這樣質問。他想頂回去，大叫：「干你什麼事！」但舌根突然乾得不得了，使得他發不出想像中的大叫聲音。

然後二哥用命令的口氣說了宏仁完全沒有準備，卻又完全無法拒絕的話：「我帶你去找仙蒂。你再怎麼沒良心，就算裝也請你裝作努力要找太太的線索。」

2

舌根上的極度乾燥，一直沒有解除。但坐在車上，宏仁還是盡力從徹底乾燥的喉嚨裡擠出一句話來，「蘭馨為什麼要去找，去找，……這個仙蒂？……你知道嗎？」

他知道自己打破了誓言，主動跟二哥說了第一句話。為了蘭馨，為了關心蘭馨下落所以破了例，這樣或許能扳回一點立場？

二哥本來就陰晦的臉色更暗了，雖然沒有抽菸，卻用一種彷彿含著濃濃煙塵的聲音說：「她要知道我的事。她想知道為什麼我看起來那麼怪、那麼不快樂。她還想知道為什麼像仙蒂那樣的女人，竟然會愛我。……這是仙蒂告訴我的。」

二哥的回答，對宏仁來說非但沒有解除疑惑，還塞過來更多的問題。蘭馨為什麼要知道這樣的事？這樣的事與她何干？她又怎麼會知道仙蒂和二哥的事？

「蘭馨為什麼要知道這樣的事？我和仙蒂的事跟她有個屁關係？你心裡一定這樣想，是吧？」二哥竟然就這樣說了。宏仁一下子不知該惱怒，還是該感動原來二哥那麼了解自己？

「有什麼問題，問仙蒂吧，別問我。」二哥顯得很疲倦很疲倦。

仙蒂像是從另外一個世界來的人，對宏仁來說。她穿著一條很緊很緊的大紅色原子褲，上身卻是寬寬大大的套頭線衫，不是她的尺寸，下擺長長地幾乎拖到了大腿。臉上應該沒有化妝吧，但嘴唇卻泛著艷紅的血色，似乎炫耀著她的血比別人都濃都紅。

而且她說的話，明明每個字每個音都是國語，卻聽起來像是外國話。宏仁覺得好像自己莫名其妙地聽懂了英語還是法語似的。

「蘭馨有一種能力，對她自己不好的能力，她隨時能辨識出承受著愛情痛苦的人，她會特別被這種人吸引。」仙蒂沒等宏仁問，就這樣說。宏仁皺了皺眉頭，不是很有把握自己聽到了什麼，再看看仙蒂垂下來的濃黑長髮，不知為何，會覺得她好像是個靈媒。

仙蒂不管他的反應，繼續說：「我不覺得她自己曾經受過那樣的苦，她身上有一種乾淨，沒沾染過愛情的乾淨，讓我那麼喜歡她，一看到她就想碰碰她，就想抱她。」宏仁又皺了皺眉。這次仙蒂就不放過了，瞪著宏仁的眉頭，她說：「不像你，你八成也沒有沾染過愛情，但你身上就只有無聊，徹頭徹尾的無聊！」

宏仁覺得不可置信，才見面三分鐘吧？這女人竟然就罵他，而且用這種奇怪的語言，他不自覺地撇頭看了二哥一眼。更不可置信地，二哥在笑，二哥笑得那麼不協調，他整個人是個成年人，是現在，卻只有那笑容是從過去搬來的，小孩時候他們一起玩時的笑。

也是出於直覺本能吧，二哥收了笑，出聲試圖替他解圍：「你管他幹嘛？說你的。」

仙蒂微微嘆口氣，又說：「我喜歡她，我唱歌給她聽，我跟她說你們家的事，我知道的都說了，尤其是他，」掉頭看了看二哥，「的事。我從來沒跟別人這樣說過。我只為值得的人唱歌。要嘛值錢，很多很多的錢；要嘛值得我的感情。一邊說我就一邊知道對她不好。不該說。但我忍不住還是說，還是說。因為她有那樣的氣質，讓人覺得她真的想知道，她真的關心，即使是對你們家這些傷痕累累的流氓們，許宏年，許宏明，你爸爸，這些不值得關心的人，去死了對這個世界也沒關係沒損失的人，她都真正關心。」

宏仁忍不住又看了看二哥，怎麼能任由她這樣說話？二哥還在笑，還是那副從過去硬生生移植過來的男孩笑容，好像仙蒂正在說多麼有趣的故事似的。

然後仙蒂低下頭，語氣中染上了一層沮喪。「還有我。另一個不值得被關心的人。」

宏仁快快地將原先準備好的問題說出來：「她，蘭馨，跟你說了什麼嗎？你能想得到她去了哪裡嗎？」

仙蒂抬起頭，說：「我跟許宏年說過了，我什麼都跟許宏年說了。他堅持要我直接再對你說一遍，我不知道這是什麼鬼道理，反正你想知道你自己問他。蘭馨沒有跟我說什麼，她只有聽，她表現得真正想聽，都是我在講，講許宏年這傢伙的陳年往事。講到後來，我有強烈的感覺，覺得她其實很受不了這一切，她想要去一個可以離開這一切的地方。當下，我後悔了，我就沒有回答她最後問的問題。現在我更後悔。許宏年告訴我蘭馨失蹤了，我什麼話都沒有說，然後這王八蛋，坐在那裡的王八蛋，就說了一句話，把我惹哭了，我真的很久沒哭了，遇到多少事我都沒哭，但他一句話略倒了我。」

仙蒂停了下來，看著許宏年。一片好靜好靜的沉默。還是宏仁打破沉默的。他也看著二哥，問：「你說了什麼？」

二哥臉上沒有笑了，恢復了看起來總是那麼疲憊的眼神，「我說：『他媽的，徐蘭馨失蹤，全天下只有兩個人聽了沒有嚇一跳，一個是你，一個是她丈夫。他媽的，你最好告訴我這是怎麼回事。』」也許是因為模仿、複製自己對仙蒂說的話，二哥話中雖然夾著粗口，但語音卻一直都很溫柔，低啞的溫柔。然後，他轉頭，不理會宏仁，對著仙蒂說：「然後，他媽的你就哭了。」

仙蒂哼笑了一聲，應和地說：「對，我他媽的就哭了。」

3

二哥點了一支菸，交給仙蒂，然後轉頭對宏仁說：「許宏仁，我錯了，我現在恨不得那時候就讓你揍我一頓。我是該被你揍的。是，我太可惡了。那樣我現在就能夠狠狠揍你，揍回來。」

宏仁好像被感染了二哥的累，站不住，頓坐進沙發裡，然後才問：「我做了什麼，為什麼你要揍我？」

二哥看看仙蒂，又看回來，說：「你把她弄哭了。真糟糕。」

仙蒂抗議：「不是這樣，糟糕的是我為什麼哭的理由。」

宏仁覺得不只累，而且頭痛了。連聲音都衰弱了一半：「你們到底在說什麼？」

「我要說，你完了，許宏仁，」二哥說：「現在，你比我們都可惡了，你不知道嗎？我們壞，老爸壞，許宏明壞，我壞，但我們再壞，我們沒有無情，無情比壞更壞，不然你問仙蒂……」

「我……哪裡無情？」

仙蒂把話接過去，「還裝？剛剛都不裝，現在裝什麼？你聽到了，許宏年說，蘭馨失蹤，全天下只有兩個人沒有嚇一跳，一個是她丈夫，他媽的，她丈夫就是你。你都沒有否認。你連否認都懶得否認。他媽的，你要慶幸我不是警察，不然光憑你不否認，我就有足夠理由懷疑是你殺了蘭馨……」

「你在胡說什麼！」宏仁再累都必須大聲抗辯，「別亂誣賴！他……他也說你沒有嚇一跳，我也要懷疑是你殺了……」

「別激動，你沒弄懂我的意思。我會殺人，如果需要的話。但我不會殺蘭馨，因為我喜歡她，我也不覺得你會殺她，但那是因為你不是有辦法殺人的人。我會哭，是心疼為什麼蘭馨那麼好的女孩，對愛那麼細緻的女孩，會他媽的遇到一個不愛她的丈夫？你說啊你說啊，不然你現在就當著我和你哥，說你愛她，摸著良心說你愛她，你說說看啊，你說說看啊！」仙蒂咄咄逼人地對宏仁叫著。

宏仁勉強將話一字一字擠出來：「你憑什麼這樣說……你不認識我……我懷疑你也不認識蘭馨……」

仙蒂呼出一口菸，像是沒有聽見宏仁說了什麼，「我還真恨不得有怎麼樣，有更複雜一點的原因，所以你沒嚇一跳。但我當下，他媽的就是當下立即馬上，就知道那是怎麼回事，因為你不愛她，可能從來也沒愛過她。我跟許宏年說，不信你問他，擦著眼淚說：『別拿我跟你那個弟弟相提並論，他不是沒有嚇一跳，他是沒辦法表現出應該有的在乎，他真的就沒那麼在乎他太太不見了，他疑惑、他驚訝，可是他不在乎，所以看起來就像沒有嚇一跳了。』

「許宏年還跟我說：『你怎麼知道？你又不認識我弟？』我不認識你弟？」仙蒂突然轉成對許宏年說：「你不是跟我說了那麼多？這時卻又來推說我不認識你弟？他也學你，說我不認識他，好像這樣就能推翻我說的。我不認識你？」再轉回來對著宏仁，「我有多認識你，夠不夠認識你，去問你哥，問他都跟我說過什麼！這你們許家家務事我不管。但我確確實實認識蘭馨，我確確實實知道她絕對不像一個有人愛的女孩，她同情我，她也同情你哥，但她其實沒資格同情我們，她沒愛過，沒被愛這樣狠狠地狠狠地傷過，也就沒被愛這樣狠狠地狠狠地抓起來關起來包起來抱起來過，哪有資格同情我們呢？但她就是同情，真正的同情。她不知道自己沒資格，但其實她又知道自己沒資格。

「我也沒辦法覺得意外，聽說她不見了。就是覺得她應該會想走開。我可以清清楚楚感覺她想走開。她不要待在沒有愛的那邊，可以她又怕像我們一樣那麼痛，因為她真的感受得到我們痛。她怕。不管她怕什麼，她就是怕。怕到會想走開。

「她身上有一種走開的氣味，不騙你，我聞到了，還是一種走開的聲音，我也好像聽到了。」

4

從仙蒂住的地方走出來，被下午的陽光一照，宏仁一陣天旋地轉。好不容易才站定了，看到二哥用一種關心的眼光看著他，他一時反而不知該如何對應了。

「她說話很沒道理啊，會有走開的味道？走開會有味道？可以聞得到？」宏仁忍不住抱怨。

「那是因為她用說的。」二哥一邊點菸一邊說。

「什麼？」

「可惜你沒機會聽到她用唱的。才會說沒道理。」二哥呼出了第一口菸。

「什麼？」宏仁還是聽不懂。

「如果她用唱的，你就什麼都會相信了。味道、聲音、走開、來到……隨便她要唱什麼，都有道理，再有道理不過。」

宏仁不可置信地搖搖頭。二哥不顧他的反應，吸口菸又說：「我老是碰到這種人。你們覺得像瘋子一樣的人。我認識的神經病都唱歌，他們一唱歌，我就相信他們。你知道我的一個大學同學？他是個音樂迷，整天都在聽音樂，整天都在唱歌。他光是放音樂，舞會的時候坐在最角落最角落的地方，守著唱機放音樂，就這樣，都能把到一堆馬子。他唱歌就更不得了了。馬子簡直恨不得吞了他。你有印象？老是開一輛美國跑車的？」

宏仁搖搖頭，沒印象，「你到底要說什麼？」

「我要說，」二哥也搖搖頭，「你這個人哪裡懂什麼有道理什麼沒道理？你認為的道理是最沒道理的。你也不唱歌，也不聽歌，也不抽菸，也不喝酒，也不知道女人……」

「我有喝酒，我工作需要喝酒。」宏仁鄭重地更正二哥。

二哥讓步點點頭，「好，你喝酒，你會喝酒。但你不唱歌，沒錯吧？你就不會知道這種道理。我那個同學，他唱歌能讓人相信，有一個叫 Nowhere Land 的地方。他對著一個女孩唱披頭四的《Nowhere Man》，唱完了，他就消失了，走進到海裡消失了。媽的，我不只老是碰到唱歌的人，我還老是碰到消失不見的人。然後那個女孩就一直相信，一定真的有一個叫 Nowhere Land 的地方，相信我同學一定去那裡了。媽的，我花了整整兩年的時間，要說服她沒有那個地方，我同學就是死了，就把他忘了吧，都做不到，媽的，每次覺得快做到了，快要拉住她了，那歌聲就又在她心裡響起來，她就又要去找 Nowhere Land。媽的，你知道什麼有道理沒道理？我同學唱的 Nowhere Land，就是比我說得再多，都有道理，你懂嗎？」

宏仁帶點驚惶地說：「我不知道你在說什麼。」可是不知為什麼，他卻沒辦法立即從二哥身邊離開。

「就像仙蒂說蘭馨，她不知道，但她又知道。你不知道，但其實你知道。你以為自己不知道，但其實知道，至少會知道，明天、後天、下禮拜、下個月，你就知道了。……我在說你還感覺不到的，但已經在你身體裡。我那同學有病，很重的病，本來就活不久。可是我每次回想起來，都覺得他走進海裡去的那一天，是他活得最好，最沒有理由去死的一天。如果說他一輩子的每一天，要我選一天，他最不可能會死，我一定會選這天。有至少一打的馬子繞著他，有的隨時願意跟他打炮，有的願意每天二十四小時照顧他。但他就愛這個十八歲的女孩，愛到什麼程度？沒有別的男人做得到的。你大概不懂吧，你不懂這個。他發誓要給那女孩最舒服最激烈的高潮，卻又不奪走她的處女身。這樣他死了，女孩還可以完整的嫁人，不會被瞧不起。疼她到這種地步。

「你不懂，可憐的弟弟。你不懂那有多難，你根本就不懂怎樣讓女生高潮吧？你看不起我們和女人的關係，你對，你有道理，但有些事你就永遠不懂，你懂女人的高潮嗎？你了解女人有高潮嗎？你會愛一個女人愛到只要她有高潮，自己什麼都不要？

「你還要聽嗎？還是你覺得我說的事情太髒太可怕，寧可我住嘴？」

二哥捻熄了菸，沒有一點情緒，沉靜地等著，要宏仁回答。

宏仁艱難地嚥了嚥口水，說：「你說吧。……我是不懂，我也不懂你到底要講什麼，但如果你想講，那我就聽。」

二哥又從菸盒裡夾出一根菸來，放進嘴裡，卻沒有點火，含了一下，把菸夾了下來。「我也不懂我到底要講什麼。只覺得或許講一講會弄明白。……還有更奇怪、更特別的，我這個同學，根本不相信處女什麼的，他會直接說『那就是屁！』他有一套從外國雜誌外國書裡讀來的看法，強調處女、重視初夜，是社會用來控制女人的方法，什麼什麼的說一大堆，我永遠聽不懂，我沒那麼聰明，英文也沒他那麼好。……不過，有我聽得懂的，像是他說他找女朋友一定不找處女，因為又不是虐待狂，發現女人跟你在一起，最親密的時候，她那麼痛苦，有什麼樂趣？她只感覺痛苦，不能享受，你有什麼樂趣？又像是說，在意太太是不是處女的男人，是垃圾、是廢物，是患了忌妒病的畸形。……但他卻小心翼翼地保護那個女孩的童貞，女孩要給他，一直想要給他，他拒絕，他一直拒絕，默默地要把女孩的童貞留給她未來的丈夫，很可能就是他認為的患了忌妒病的畸形！

「他那麼愛這個女孩，那麼愛，但為什麼又要在她面前，當著她的面，直直走直直走，走進東北季風捲起的大浪裡，走進海裡？就這樣走進海裡。這不是比奪走她的童貞，讓她不再是處女更殘酷嗎？為什麼要這樣做？為什麼？為什麼！」

二哥的臉，因激動而扭曲著，但他很快地控制住了，恢復原本的漠然。而且正因為前一刻的激動，使得後一刻的沉靜，顯得更冷、更疏遠。他從口袋裡拿出火柴，劃亮了，點上菸，再用宏仁看不清楚的手法，將還帶著餘火的小木枝彈得老遠。

「我想起來這跟你什麼關係了。」二哥說，「你的女人這樣不見了，我警告你，你會很慘，不是現在，而是以後，一直一直的以後，愈來愈慘。你現在還沒那麼痛，可能還沒開始痛起來，因為還沒有一個東西，一顆大石頭，一顆起火燒得很燙很燙的大石頭，重重地打到你。你現在還只是問，她到底去哪裡了，她什麼時候會回來，頂多加問一句，如果她回來了會怎樣。你還沒問，還沒覺得需要問：她為什麼要走？她為什麼要用這種方式走？你也就還沒有開始去比對：她是會做這種事的人嗎？她做這樣的事是要叫我怎樣嗎？……

「我同學，把那個女孩和問題留給我。他為什麼要這樣做？你能了解你能解釋嗎？把一個看著他走進海裡的女孩，一個聽他唱過 Nowhere Land，發瘋了相信他走進海裡是為了要去 Nowhere Land 的女孩留給我，為什麼？你知道那女孩的童貞後來給了誰？……對，是我，還能是誰？只能是我，他媽的就這樣留給我，到底為什麼？……我不是真的要問你，你什麼都不懂，什麼都聽不懂，我只是要告訴你，這樣的問題會來找你的，來找到你了，就不會走了，你慘了。蘭馨為什麼要走？為什麼偏偏在見過仙蒂後不見了？你完了你完了，仙蒂是個你絕對沒辦法的女人，你不可能在她那裡得到答案，卻又不可能確定不會在她那裡得到答案。仙蒂大概不會幫你找到蘭馨的下落，但你想要知道為什麼蘭馨走了、消失了，你只能一直回來問仙蒂。但你搞不定她的，就像我搞不定那個女孩一樣。……這麼久了，我都還在痛，痛得發麻，你知道嗎？……再過一陣子，你就知道這種痛法了。」

5

宏仁什麼都不知道了，那麼多的話，莫名其妙洶湧而來的指責，一大堆奇怪的問題，然後還有預言，二哥說的算是預言嗎？

他覺得自己快要滅頂窒息了。僅有讓自己維持呼吸的方式，是用一個念頭，一個畫面，一個框框，把所有其他的都排除出去。他摸索著，慢慢看到了那個畫面，徹底的黑，用墨汁濃濃地在紙上塗出來的，全面的黑，沒有任何空隙的黑。太濃的黑，以至於有了厚度，有了一點好像可以走進去的縱深，還沒走進去，那有深度的濃黑起了一點點的波動，變成了微微晃漾的黑，黑波一層層晃過去、晃過來，形成了隱隱約約的韻律，如同呼吸般的韻律。一吸一吐，一吸產生了內凹的波線，一吐產生了外凸的波線，波線和波線碰在一起，柔和地一部分分開一部分融合，從線到面再到立體，濃黑中有了一個身體，分開了背景和前景，那剛好落在中央的身體動著，卻分不出是往前還是往後……

專注而簡單的念頭來了，走進去，走進那黑暗中，去到江玲燕的旁邊。那身體，無論多黑，又被多黑的墨色包圍，他都知道是江玲燕的。什麼都不要想，去在夜暗中找到江玲燕，拉住她，不讓她往後消失入背景裡……

但在現實裡，只有黑暗，而且是不純粹的黑暗，沒有江玲燕。宏仁先是如常在公車站牌附近等，但愈等愈晚，對於自己錯過了下車回家的江玲燕的懷疑愈深，腳步不覺地朝江玲燕家的方向移動了。每次移個幾十步吧，另外找到了能站著而不受注意的地點，又停下來，再繼續等。

江玲燕真的從黑暗背景中浮現出來時，宏仁已經繞著她家那棟獨立的破房子不知走了多少圈了，渾身籠罩在焦麻的緊張裡。幾乎要確定江玲燕不會回家了，失蹤是會傳染的，江玲燕也跟著蘭馨失蹤了，那這下子要去哪裡找江玲燕？會在找江玲燕時，一併把蘭馨找回來了嗎？她們像是兩姊妹手牽手去了一趟郊遊般，又手牽手回來了？會希望用這種方式，江玲燕把蘭馨帶回來？當然，總比找不到江玲燕好。但如果是江玲燕單獨回來，蘭馨仍然不見蹤影呢？還是倒過來，蘭馨回來了，江玲燕卻一直沒回來？……

他阻止不了自己胡思亂想，而且愈想愈荒唐，因為除了等待，他什麼事都不能做。他問自己：為什麼？為什麼徹底失去了行動力？還是根本從來就沒有行動力？對於太太失蹤，並不是像二哥說的，沒有嚇一跳，不，自己只是沒有辦法行動，覺得被癱瘓了，就是無法像別人，像爸爸像大哥，甚至像不可思議的大嫂，立即就知道該做什麼，立即就說出了該說的話，起身去做該做的事。潛藏不住，愈升愈高的，是對於蘭馨的怨懟，為什麼她會有這麼強的行動力，幹嘛去找仙蒂，有任何理由她要認識仙蒂，要去問仙蒂這個那個，還聽仙蒂唱歌？而且，她甚至還失蹤了！走得那麼遠，遠到找不著路回家？還是遠到讓大家，所有那些有行動力的人，都找不到？有行動力的人行動起來都不夠，蘭馨是要預期她丈夫怎樣？

她丈夫。她丈夫。她丈夫在黑夜裡踱步等另一個女人。仍然除了等待，無法有其他行動。等著什麼事發生在自己身上。懷抱著上次如同奇蹟般的記憶，等著等著，什麼事都沒做，就有一個熱呼呼的身體衝進懷裡來……

這次，江玲燕沒有衝過來。她遲疑著、不可置信地打量著，確定黑夜裡孤伶伶的暗影，不是鬼而是宏仁時，用了一種比見到鬼更恐慌，還多加了明顯沮喪的口氣說：「你來這裡做什麼？

你不知道，這裡是不能來的嗎？你不能來這裡啊！」

其實宏仁知道，早就知道，但他到這一刻，聽見了江玲燕的聲音，才開始害怕，怕到瞬間全身猛烈地發抖，他靠近江玲燕，想要得到一點克制顫抖的熱度，江玲燕卻急急地將他推開，又急急地握住他的手腕，將他朝遠離她家的方向拉。

江玲燕不知哪來的力氣，拉得宏仁顛顛躓躓的，而且完全失去了方向感，一直到江玲燕陡地放開他的手腕，他才意識到他們走回了站牌附近的那道牆邊。他燃起了整夜唯一的行動意志，把江燕玲緊緊抱住。

6

抱住了江玲燕，宏仁好想哭，大哭一場，但他沒有，因為江玲燕先哭了，而且一下子就如同河水決堤般，整個人在他懷中強烈抽搐，臉深深埋著抵著，才悶擋住原本應該會有的嚎啕哭聲……

稍稍平靜一點，江玲燕勉強說：「你來做什麼？……你也要被抓走嗎？……」便又轉回大哭說不出話的狀態。

好久好久，宏仁才弄明白了，自己今晚真的不該來，但回頭又想，不，今晚不能不來。

江玲燕請了假，到新店軍人監獄看她爸爸。她不了解那究竟是怎樣的程序，只知道前幾天收到了公文通知，叫家屬今天去。去了，從頭到尾是濃濃的不祥感。她清清楚楚地看見了爸爸臉上、身上露出的瘀青。但比傷痕更可怕的，是爸爸毫不避忌地說了在裡面如何被詢問如何被打。爸爸還說，以後或許只能通信了，恐怕見不到，可是收到了信，信裡寫了什麼都不要信，都是假的。爸爸說到這裡，她就哭了，拜託爸爸不要說，旁邊還站了幾個穿制服配槍的憲兵，都可能聽得到爸爸說的話，爸爸為什麼還要說這些話？

可是爸爸說沒關係，這一次可以講。這次沒講，大概就沒機會了。一定要講。爸爸嘆氣說沒辦法，沒辦法啊，要救你們母女可就沒辦法了。放過你們母女，條件是要供出整個組織。沒有組織怎麼辦？他們說得很輕鬆，沒有組織那就去想一個出來。不能沒有組織，一定有組織的。只好想了一個組織。

爸爸說，在組織裡他是聯絡人，只是聯絡人，負責提供假哥哥掩護。叫江玲燕記得，他在中間，上面有線，下面也有線。供了上面兩條線，下面兩條線，沒有多的了，再打都打不出多的。上面兩條、下面兩條，他們也就沒打那麼兇了。爸爸一定要說的，這案子還會弄多大、弄多久，不知道，反正此後寫的信就都別相信，將來應該會知道，爸爸給的上面兩條、下面兩條是哪幾個人，要江玲燕知道了，就盡量對人家家人好一些。雖然必定也沒多大力量，但能幫就幫點吧。

時間到了，爸爸被穿制服配槍的憲兵架起來，爸爸變得好小好矮，走幾步，爸爸回頭，江玲燕忍不住叫了：「爸！那哥哥呢？」爸像是使盡了一切力量，被拖走前特別很堅定地說：「你沒有哥哥。記得，你從來沒有哥哥。」

江玲燕說完了，宏仁衝動地說：「但你有我，記得，你有我。」江玲燕抬頭用淚眼望著他，「真的嗎？真的會有你嗎？」

第三十九章

1

蘭馨擺脫不了這個想法：一定要看看在「這邊」的另一個徐蘭馨。就算劉寬解釋過，就算明知那只是幻影，她都還是想去看看「自己」，尤其是用當下的奇特身分，一半蘭馨一半江玲燕，去看看那應該仍然純粹的「自己」。

看到了「自己」，要跟她說什麼呢？要告訴她這個消息嗎？你的朋友江燕玲，你這樣幫過她的江燕玲，愛上你丈夫，而且很愛很愛，依照她記憶裡存留的情景，你丈夫應該也愛她吧！那是「外遇」，你先生有了外遇。

想像著這番話，她不得不感覺到其中的古怪與反諷。如果這是個外遇事件，那麼自己就既是被外遇欺騙、傷害的太太，也是那勾引別人丈夫，傷害人的壞女人。更怪的是，無論從太太的角度想，或從壞女人的角度想，她都無法有強烈的感受，不憤怒、不傷心，也不羞愧、不害怕。以至於她根本不覺得見到那個「自己」時，應該談這件事，這件事沒那麼重要。

那什麼才重要？重要到值得在兩個自我見面時來談？……她想不出來，但突然一個大轉彎了的想法蹦上來，錯了錯了，兩個自我見面不該談什麼重要的事。來到「這邊」、換了身分的蘭馨，很快會失去了原有的記憶，完全換成江玲燕的記憶了，那豈不是應該藉這個機會，和還是蘭馨的人，好好聊聊過去，給自己一段時間，重新活在蘭馨的記憶裡？

問她記不記得小時候喜歡過的男生？記不記得花了幾天，不，幾乎是幾個月的時間，翻遍了書，主要是瓊瑤小說吧，想要寫一封信給那個男生，要寫到光明大方，不失女生的矜持，卻又能讓男生知道心意，還要寫得文辭優美，叫他讀了就睡不著覺，叫他忍不住一讀再讀，讀到每字每句都會背了，也就在心上將信的主人的模樣轉過千百次，同樣難忘。結果，信還沒寫好，知道了那男生寫信給另外一個女同學。他喜歡的是別人！記得那樣的苦嗎？至少那幾天，心底呼天搶地，覺得自己失戀了，覺得自己是全天下最傻又最可憐的人。

問她還記得什麼？記得自己小時候愛漂亮嗎？還有一些害羞的事，只能問自己，只能在遇到自己時談。胸部漲起來時的感覺？第一次發現用指尖碰觸變大了的乳頭會有觸電般的舒服？第一次褲底突然滲紅，同時肚子裡有一塊地方劇烈地收縮，好像要把自己拉進某個小小的洞穴裡去的感覺？和學姊去碧潭冰果室，每個人拿到一杯很涼很涼，金黃色的飲料，所有人心照不宣都沒說什麼，一起舉杯一飲而下，沒多久，好多人都開始叫啊跳啊，大家搶著說話，還有人吐了。記得那時候自己做了什麼嗎？真的到處抱人，那麼愛抱人，如果不是同學擋著，甚至要去抱店裡的歐吉桑老闆？怎麼會喝了酒就愛抱人呢？……

真的好想找個人可以談談這些。

2

她沒有勇氣去許家，也沒有勇氣去參加許宏仁的告別式。沒有勇氣是再明確不過的事實，但她弄不清失去了勇氣的，到底是江玲燕，還是身體裡殘存的徐蘭馨？

還有哪裡可能遇到另一個蘭馨呢？她信步走啊走，走到了原來娘家的附近。

沒想到竟然就看到了如此熟悉的一幕景象。看到媽媽了，在家門口不遠的地方，媽媽手上握著一包東西，過了家門卻沒進去，直直地朝她走過來。她一度以為媽媽認出她了，但後來一想，知道了，媽媽是先去買了早餐，再往另一個方向要去幫爸爸拿藥。

那是她出嫁前經常做的。媽媽雖然不願意，還是代替了她。突如其來的不忍，使得她沒多想什麼，在媽媽從身邊過去時，試著叫了一聲：「徐媽媽……」

她盡量自然地說明，自己是許宏仁的朋友，叫江玲燕，參加過蘭馨的婚禮，而且在他們結婚後，和蘭馨變熟了，所以一看就認出徐媽媽來。「您和蘭馨長得好像啊！尤其是眼睛和笑容。」這是真心話，第一次發現自己原來的眼睛和嘴角，都像是從媽媽那裡抄來的。

而媽媽的反應，就是媽媽。「我剛剛有笑嗎？你怎麼會看到我的笑容和蘭馨很像？」一邊說一邊開朗地笑了。然後媽媽問她怎麼會一早在這裡？

她趕緊編了個藉口，說來找一個親戚，沒想到來得不夠早，人家出門去了，正不知現在該幹嘛才好。這麼快找到可信的藉口，還有立刻做出天真的小煩惱模樣，是江玲燕的本事吧？

媽媽立即又有了預期中的反應：「那要不要到我家坐坐？既然你沒事，就來啊！」

她先是猶豫遲疑一下，再露出了如釋重負的笑容，接受了媽媽的邀請。心中暗驚，這是何等精確有效的表情啊，媽媽，任何人，看了都會很高興吧？

她先陪媽媽去拿藥，再回家。藉著拿藥，路上就問了爸爸的狀況。

「他這病治不好的啦！」媽媽說，使她嚇了一跳。媽媽趕緊解釋：「你別誤會，不是那個意思，沒什麼嚴重的，不嚴重，才治不好。他那是這裡，」誇張地指指胸口，「這裡的病，心病。」

「人家不是說心病也還有心藥醫……」

「那不是『人家說』，那是《梁祝》裡黃梅調唱的吧？……他這心藥沒處找，找得到就好了。怕自己回不了家，每天想家，這怎麼醫？以前兒子、女兒照顧他時，還有做父親的威嚴要顧，現在一個去當兵，一個嫁人了，換做對我，唉呀，就沒顧忌得讓人受不了了。……退化了，退化變成個找媽媽的男孩，想到就哭，明明是大人，都老人了的哭聲，但哭的內容卻都是：『我要回家，我不要在這裡，讓我回家，你帶我回家，你答應要帶我回家的……』煩死了！」

她幾乎脫口而出說：「媽，別講了，別在外人面前這樣講！」但一想，外人不是別人，就是自己。她必須忍耐，從媽媽口中多知道些。

媽媽又說：「……你以為我沒安慰他，沒哄他嗎，我先是跟他說：『你就已經在家裡了，要怎麼再回家啊？』他一聽就哭得更厲害，嚎啕大哭，說：『這不是我家！我不要死在這裡！我都快要死了，還不讓我回家！死一定得死在我家！』我看他鬧得不像話了，只好改變方式，說：『好好好，別鬧，過幾天就帶你回去，好不好？』你知道他怎麼說？他睜著眼，像看到鬼一樣，大叫，說：『我不要你帶，你不能帶我回家，是蔣總統要帶我回家，蔣總統現在不能帶我回家了！』搞半天，他說『你答應帶我回家的』，原來是說蔣總統啊！」

她真的緊張了，克制不了拉住媽媽的衝動，低聲勸：「這不好在路上說吧？給人家聽到了不好吧？」

這時兩人走到樓梯間門口了，媽媽卻沒打算要開門的樣子。站定了，嘆口氣說：「不在路上講，回去就不能講了。……他病好不了，不只是回不了家，而且還自己嚇自己。常常大鬧一番說要回家、要回家，鬧到最高潮，突然一下子就安靜了，整個人萎頓下來，縮著，在那裡拚命發抖，問他怎麼了，他改口說他沒有要回家，他沒有。唉，你知道怎樣，他想像自己回到老家了，才突然記起來老家現在已經是匪區了，回到匪區還得了！連被人家知道自己想要回匪區都夠嚴重吧，嚇得屁滾尿流。

「還不只怕這個。稍微清醒一點時，就開始怕蔣總統死了，台灣會守不住。唉，這倒是怪我，我受不了他每天在家裡鬼哭神號，就託一位老朋友，說服他去參加一個聚會，聊聊天散散心嘛。誰知道這些人聚在一起，什麼不好說，卻都在交換各種恐怖的情報，他們裡面有搞情報的，說什麼這一年來大陸哪個軍區哪個軍區怎麼調怎麼動啊；什麼文革大亂，共產黨政權不穩，剛好利用打台灣來處理內部不安；什麼兒子畢竟不比老子啦，蔣總統是無可取代的軍事用兵之神……反正是說了一夜，聽得他回來後，更睡不穩了！」

沒想到爸爸狀況竟然惡化成這樣。她努力想出話來安慰媽媽：「就是這一陣子吧，難免人心惶惶，總是會安定下來的，過了就沒事了。」

媽媽瞪大眼睛，不領情地說：「過了？這怎麼過了？都一年多了，有安定下來的感覺嗎？連我也怕啊，我可一點都不想回大陸，多少年了，還回青島去嗎？我怕的是台灣住不下去，台灣都不能住了，去哪？除了跳海沒別可能了，頂多只是選要跳巴士海峽還是跳太平洋，是吧？」

3

她不是很明白究竟想還是不想見到爸爸，聽了媽媽那樣形容後。但別無選擇了，跟著媽媽上樓，開了門，心揪一下，因為爸爸的房門開著，從裡面明顯地傳出了談話聲。她立即辨認出和爸爸說話的，是樓下的高先生，高書懷。

媽媽探頭進去交代了一下，先將房門關上，回頭對她說：「有個鄰居來，他們說他們的，我們說我們的。」

「我們」要說什麼？她環顧自己的家，很快地發現茶几上放著一本書，她認得的書，不用仔細看書名，就知道是《金閣寺》，日文本。

她找到了話題，帶點誇大的羨慕口氣，對媽媽說：「徐媽媽，你能讀日文書？不會吧？」將書拿起來，裝模作樣翻了翻，又補一句：「哇，這小說很有名呢，一定很難讀吧？」

媽媽露出了混和著不好意思和得意的表情，說：「唉呀，沒什麼，以前學過一點。」

她很好奇，媽媽怎麼又將《金閣寺》拿出來讀呢？跟另外那個蘭馨有關係嗎？就再維持著同樣的崇拜語氣，說：「是在大學裡學的嗎？讀這麼深的書，一定不是隨便讀讀吧？有什麼特別原因要讀嗎？」

媽媽上鉤了。臉微微紅著，思量了一下，竟然就對眼前這個第一次見面的江玲燕低聲地全盤托出。

「我的日語，是小時候學的，在青島，我是青島人哪，知道青島在哪裡吧？」

「知道，課本讀過，在山東半島的南邊？」

「你們什麼都從課本裡讀來，好孩子。但讀課本的好孩子，就沒辦法知道我們青島的事了。抗日戰爭爆發沒多久，民國二十七年初，我們就被日本人佔領了。名義上屬於『中華民國臨時政府』管轄，但實際上就是淪陷了，就是日本人在管嘛！政府跑了，國家不要我們，我們小老百姓能怎麼樣？你們課本一定是說，敵後打游擊，對抗日本人，我們在大都市，青島那個時候就比現在的台北市還大了，對了，你們課本讀過嗎？青島可是最早的院轄市之一呢！……沒讀過？五大院轄市沒讀過？這課本在教什麼！除了首都南京之外，有北平、上海、漢口、天津、青島五大城市升等為院轄市，沒印象？……比台北升等早了四十年！

「你能想像在台北打游擊？別傻了。在大都市裡，就只能接受被日本人管，他們規定小孩要學日語、日文，我們就學啊！是這麼來的。」

她想起以前媽媽不是還特別叮囑不能將學日文的事說出去？怎麼自己那麼容易就說了？但一時也想不出以江玲燕身分提醒媽媽的方法。

媽媽又說：「其實這些年，日文沒在用，也忘得差不多了。可是啊，……可是啊，……奇怪的事發生了。前幾天，另外一個朋友轉了信給我，說是受託的，有人從海外打聽我的地址，信封上寫的的確是我的名字，卻沒有任何寄件人資料，姓名、地址都沒有。拆開一看，更玄奇了，信是用日文寫的！我看了三行，哇哇哇，不得了了，這個人怎麼跑出來了？你知道他是誰嗎？這個寫信的人？」

她腦中閃過一個猜測，凜然一驚，但以江玲燕的身分也沒辦法說，只能表現得高度好奇地搖搖頭。「不知道。」

媽媽將說話聲音再放低一度，但聲音中不乏興奮地透露：「是以前的男朋友，嫁給他之前先認識的男朋友，二十多年沒消息了。……竟然遠從日本，輾轉找啊找，就一定要找到我。唉，難道他以為都這麼些年了，我可能還等著他嗎？

「共產黨打到青島，他就逃到日本去了。他以前日語日文就學得不錯，我們差不多好。他竟然就在日本安居落戶了這麼些年，而且竟然都沒結婚，難道還真在等著我？我不信，我可不信！」

話是這樣說，但從口氣到表情，剛好相反，媽媽應該願意相信，興奮之情就是從這裡來的吧？她心情複雜，勉強做出應和一句：「哇，這人那麼癡情啊？」

媽媽似乎對這樣的應和不是很滿意，說：「如果真的還在等，那該是我太有魅力了吧？」

隨即自己不好意思起來，趕忙又說：「不可能，假的啦，信上隨便說說，反正也沒把握信寄得到，說幾句好聽話又不需本錢！」

停了一下，又連續轉了好幾種情緒：「但光是願意這樣寫信這樣來找，也很夠意思的，不白費我當年跟他戀愛一場。別以為只有你們年輕人談戀愛，我們年輕時也談戀愛，談起來也很深情、也很瘋狂的。他寫信來，給了地址，求我給他回信，最好還能去日本找他。信最好是交給原來給我信的那個朋友代轉，別透過郵局，若用日文寫更好，更不容易被檢查，出問題。……他有心啊，說中日斷交後，三年來從日本觀察台灣，覺得台灣風雨飄搖，很不容易啊！他用日文寫『好不容易』，但我知道他真正要說的，應該是『很危險啊』。又說近日發生的大統領變化，使得台灣處境更困難，要我好好保重。唉，這樣說，豈不就和房裡那口子去聽來的一樣了？大統領變化，光就是蔣總統去世這個變化，台灣要住不下去了！

「我很多年沒寫日文了。能說寫就寫啊？想起來，前一陣子和我女兒，就徐蘭馨啊，聊起來，聊到了這本小說，這是我家裡唯一的一本日文書吧，就找出來讀讀，複習日文吧！」

她聽著，心中癢癢地有好多問題想問，「這人，從日本寄信來的，是那個在偽政府工作的前夫，還是被你一去天津就拋棄了的那個？」「寫去日本的信，要寫什麼？」「你認真想去日本嗎？拋下生病的爸爸，還是帶著爸爸一起去？」「讀《金閣寺》，讀到金銅鳳凰那一段了嗎？可也有迷離幻夢的感覺？」……

但一個都問不出口。

4

半小時左右吧，裡面的房門開了，高書懷邊說：「你躺好休息，別起來，別起來」，邊走了出來。顯然，爸爸躺著，她連忙跟媽媽做了臉色和手勢，表示不要驚擾爸爸。於是，媽媽就只替兩人客套地介紹了一下，各自姓啥名啥，還把江玲燕的名字說成了「江燕玲」。她也懶得糾正，很正式地和高書懷點頭招呼，便一起告辭出來。

高書懷在前，她在後，下了樓，高書懷又再客氣地點個頭，就要進自家門裡去了，她突然按捺不住說了一句：「有這樣關心的鄰居真好啊！」高書懷顯然沒預期她會說話，一時反應不過來，臉紅了，才說：「應該的，遠親不如近鄰嘛。」

「認識他們，徐家，很久了嗎？」她知道自己純粹是沒話找話，但沒辦法，如果幾秒內不說話，高書懷就進門，沒得再說了。

「從他們搬來到現在，不少年了。」高書懷客客氣氣回答，客氣得看來沒什麼興趣要多說。

她只好直接試這個話題：「您和他們家女兒，徐蘭馨熟嗎？我是蘭馨的朋友。」

高書懷多了分警戒，但同時卻又將身體多轉了三十度過來，說：「就都是鄰居嘛，他們一家我都認識，爸爸、媽媽、女兒、兩個兒子。」然後做了個「為什麼問？」的疑惑表情。

她決定再大膽一點，就說：「我聽她提過，有一個特別的鄰居，見多識廣，跟他說過遊歷世界的經驗，讓她好心動，恨不得自己也有那樣的機會，離開台灣，到處去走走。抱歉這樣唐突，不是您呢？」

高書懷脫口而出：「她提過我？真的嗎？」明顯喜出望外。

「啊，那就真的是您了。太巧了，第一次來他們家拜訪，竟然就遇到您。」

高書懷態度改變了，笑著說：「快別說『您』了，不怕舌頭打結嗎？剛剛徐太太也說了，我姓高，就叫我高書懷吧！你，看，我就不『您』了，是來找小馨的？」

喔，對了，他會跟著爸爸叫「小馨」。她想了一下，小心地說：「我前幾天和蘭馨通過電話，她提到可能會回娘家住幾天，今早剛好經過，順道，想說如果她在娘家，又可以說說話。」

「她要回娘家啊！」高書懷臉上有了藏不住的喜色。不過才一秒鐘，由喜轉憂，問：「但她沒回來啊？……要回來住幾天，有什麼問題嗎？」

聽著她心裡有一種甜甜又苦苦的感覺。高書懷是真的關心啊，自己真不該這樣騙他。還是小心地說：「沒有啦，沒有啦，她應該只是想家吧，不會有什麼問題。」

高書懷忍不住還要追問：「她……嫁過去，都好吧？有沒有問她習不習慣，和婆婆處得來嗎？丈夫對她好不好？」

「她結婚都半年多了，吧？」補上一個疑問語尾，免得太確定。「應該沒什麼不適應，我覺得。……高先生可以去找她啊？」

「她幾次回來，我都沒碰上，真不巧。……我怎麼去找她？只是以前的鄰居……」

她深吸了一口氣，確認自己現在是江玲燕的身分，大膽將話說出來：「可是我聽蘭馨說來，好像不只是鄰居，她說雖然高先生年紀大她不少，但挺談得來的……」

喜色又回到了高書懷臉上，「她真這樣說啊？……我們是談得來……但也沒太多機會談……」

話聲落了，但她感覺得到高書懷還有話要說，就等著，低頭看看自己的鞋，江玲燕喜歡穿的尖頭鞋，再抬頭。

高書懷說：「其實，我也沒大她多少。她以為我大她很多，其實沒有。」

她真的意外且聽不懂了，「這是什麼意思？」

高書懷猶豫了一下，應該也是鼓足了勇氣，壯了膽才說：「你下次遇到她，可以偷偷跟她說件事嗎？我覺得該讓她知道。沒幾個人知道，但該讓她知道。我沒辦法直接跟她說，也許托你跟她說比較適合。你是她的好朋友吧，她才會跟你提到我，你們一定很有話說，才會說到我。我，不值得說的啊……」

高書懷繞著說，說了這一大串，她還是不明白他的意思。只好還是靜靜地等著。

總算等到了。「……我用的，是我叔叔的身分。叔叔比我大了十九歲。他沒過來台灣，但陰錯陽差的，東北保衛戰的最後階段，他進了行轅做幕僚，才做了沒幾天，就大撤退了。他不願跟著國軍走，回通安去了，但名字還留在帳冊上。

「我孤身到台灣，沒有親戚，沒有本事，沒有工作，幾乎要餓死了。天無絕人之路，找了一個叔叔的好友，在省政府。他給我這條路。用叔叔的名義，去叔叔的部隊報到，反正裡面不會有認識叔叔的人。他幫我從省政府出個證明，證明我是我叔叔，然後他再找個管道，把我調到省政府。

「這條路竟然走通了，兵荒馬亂之際，大家覺得什麼樣事情都有可能吧，包括一個四十歲的人看起來只有二十歲。我變成了我叔叔。不過我沒有進省政府，一在部隊裡報到，就因為我的滿族身分，被調到蒙藏委員會去。……你們不會知道這些……蒙藏委員會這麼多年來，地位最高最有能力的委員長，既非蒙，也非藏，是我們滿人，叫做關吉玉。沒聽說過？

「看關吉玉在官場的資歷就知道這人多不簡單。我到現在還會背。抗戰勝利，松江省省主席，然後，東北行轅經濟委員會主任委員，然後國民大會代表、立法委員，然後，糧食部部長，然後，財政部部長兼中央銀行總裁。這是什麼樣的人才！但奇怪的是，關吉玉幹過半年左右的蒙藏委員會委員長。他看到委員會裡的蒙人、藏人都不像個樣子，就積極晉用我們自家滿人。

他下來之後，蒙藏委員會連換了兩個漢人委員長，當然不會對我們少數民族真心照顧，關吉玉當時已經去了財政部，卻還是關心，看這樣不行，就繼續想辦法多安插滿、蒙、回、藏血統的人進委員會。

「我就是這樣被他找去的。知道他要把我調去蒙藏會，我簡直嚇破膽了。他待過東北行轅，說不定認識我叔叔？說不定是看到故人名字，所以才做這樣決定？他找我去，我怎麼辦？豈不就敗露了？會被槍斃吧？

「但這時候後悔也來不及了。去自首嗎？說不定也一樣是槍斃？只好硬著頭皮，一邊想辦法準備，一邊禱告碰運氣。我將我記得叔叔一輩子的事，加上能查得到的相關資料，死活背下來，決心一口咬定我就是他，無論如何不鬆口，甚至想到就算最後被槍斃，死前我都還要高呼：『冤枉啊！我就是高書懷！我就是高書懷！』覺得唯有如此強烈的決心，或許還能給我撐開一線生機。

「提心吊膽了好些日子，都沒有被約見。想想也是，當時他主持財政部，越界安排蒙藏委員會人事，哪還能大張旗鼓約見這邊的人？我過關了，但從此我就牢牢記得高書懷曾有過的所有經歷，我變成了高書懷，我就是高書懷。

「麻煩你轉告小馨，我想我欠她這個解釋。真的見了她，我恐怕沒有勇氣這樣全盤托出。」

她聽得目瞪口呆。這是什麼樣奇怪故事？更奇怪的，高書懷原來並不是高書懷，而江玲燕原來也並不是江玲燕！她抑制不住衝動問：「那你本來是誰？我的意思是你本來叫什麼？」

高書懷黯然地搖搖頭，不知是真是假地回答：「不記得了，那個名字沒有意義。我就是高書懷。」

5

離開時，她頭昏昏重重的，有一種不真實的感覺，像是生病發高燒時，和這個世界失去了直接的聯繫，隨時都有一層厤厤霧霧的什麼隔著。一邊走，她一邊試著將剛剛發生的事重新整理一次。爸爸的病變嚴重了，竟然會那樣嚎啕大哭。媽媽在複習日文，準備寫信給她的前夫還是前男友，打算找機會去日本？更玄更奇的是高書懷。他不是高書懷，而且他的年齡一下子少掉了十九歲！

都是嚴重的祕密，但他們為什麼那麼輕易就說給第一次見面的江玲燕聽？高書懷表白身分，甚至是在狹小隘窄的樓梯間，一手扶著不知哪家的腳踏車龍頭。這不合理，這絕對不像事實。所以，是「這邊」特殊的方式？人人用這樣輕忽隨便的態度處理自己生命的祕密？另外那個蘭馨也會同樣隨便就找個人說出最深的祕密？例如和劉寬曾經有過的身體經驗？

她臉紅了一下。但只有一下子。更不一樣的，她不得不注意到，並對自己承認，是她沒有辦法用原來的、現實的方式吸收、反應這些訊息。台灣可能要淪陷了，過去認為連想都不敢想的最悲慘的事，現在卻激發不了切膚的恐懼。對於媽媽的前夫，也沒有強烈的好奇，無法勉強自己去想像媽媽和前夫久別重逢（而且可能還是在日本）的情況。確認了高書懷喜歡自己，還知道高書懷並不是長輩，心中也只有淡淡的愉悅，不過就是證明了當時那一句「我喜歡你」的確發生過。

怎麼了，稍微強烈些的情感，都煙消雲散，再也找不到了？也是「這邊」的特殊風格？

第四十章

1

宏仁聽到房門上有敲門聲，很不一樣地敲法，不是媽媽，打開門，竟然是二哥。二哥不客氣地將門推得大開，從他旁邊走了進來，一屁股就坐在椅子上。

「你幹嘛？」宏仁問。

二哥嘆口氣，「來幫忙拉爸爸去上班。他一個多禮拜不進辦公室，公司很多事慢慢都停擺了。他說先交給許宏明處理，你那個大哥，他能處理什麼？我昨天去，要什麼沒有什麼，別說後面的訂單沒人在找在追，就連既有要出貨的狀況，也都一問三不知，他媽的，你們出貨時間不確定，我要怎樣訂船期，聯絡那一邊接貨出車？」

宏仁不懂，為什麼要跟他說這些？似乎完全沒有意識到他的疑惑，二哥繼續說：「我們家做的是多複雜的生意，不是一般的進出口，你那個大哥知道，卻又不知道。平常都是我和爸爸在處理。每一關每一關都要算得準準的，不能出一點差錯，別人根本不知道，更不可能插手。這邊海關出貨，要算準我們自己的人值班；那邊海關到貨，也要算準他們自己的人值班。這邊的國防部祕密搭那邊的國防部，連兩邊海關都不能知道。我們的精密陶瓷出去，他們國防部勾搭的軍火商領貨，等於領到了付款證明，再祕密將貨運到我們國防部在美國的空頭公司，表面上看，這家公司付高價買我們的貨，實際上，錢不是給我們，給了軍火商。然後軍火商再用進口原料的名義，將我們國防部要買的軍火拆裝運來，我們去領貨，領了再轉交我們國防部的祕密單位。

「這不是生意，許宏仁，我們家不是在做生意，是在搞諜報，不對，是被諜報搞，我們是中美諜報裡面一個很小很小的角色，專門幫人家轉錢，光是轉錢就那麼複雜、那麼難了。許宏仁，我覺得該是讓你知道的時候了，我們家是搞這個的。你爸爸，你大哥，我，我們是搞這個的。」

宏仁更不懂了，既不懂二哥剛說這段話的意思，什麼我們、他們的，更不懂二哥為什麼這時候要說？

二哥抹了抹臉，似乎努力要讓自己打起精神來，「我必須讓你有心理準備，如果爸爸再不去上班，我們家的生意會出問題，我們家的生意出問題，和別人家生意出問題不一樣，會很嚴重很嚴重，很糟糕很糟糕。」

宏仁被二哥的口氣嚇到了，二哥不像大哥，二哥不是會誇大的人，平常再大的事他都故意擺一副不在意的樣子。

「那爸到底怎麼了？」宏仁緊張地問。

二哥聳聳肩，說：「你自己去看，你自己問吧。」

宏仁隨著二哥走出房門，看到了爸爸，爸爸正要從客廳沙發上起身，但宏仁覺得時間好像一下子被撥慢了，爸爸花了比平常多了幾倍的時間才站直。爸爸轉過來，對著二哥說：「走吧！」也就這麼短短兩個字，宏仁又覺得聽來格外空洞，和爸爸的眼神一樣空洞。宏仁已經很習慣爸爸將目光略過自己，但以前，那目光會清楚地落在別的地方，爸爸不看，和他看什麼同樣具有力量。這次，宏仁卻完全追蹤感受不到爸爸目光去了哪裡。有眼睛，卻沒有目光？

爸爸老了。宏仁突然心驚地意識到這件事。

2

在外面如常跑了一圈醫院，晚上回到家，宏仁很意外地又看到了二哥。他原先沒看見二哥，看到了是從樓梯上走下來的一位老先生，很老了，但穿著打扮得很正式，淺色麻質西裝，綠色領帶，甚至還戴了和西裝同樣顏色的帽子。老先生走得很慢，一階一階下，但一面下卻口中一直不停地說話，乍看下像個大聲自言自語的瘋子，再看一下，才察覺他的話，原來是對著走在後面一起下樓的人說的，而那個面色凝重的人，就是二哥。

宏仁讓開樓梯，站在門口看著二哥將持續說著話的老人送到巷口，再等了一會，二哥才走回來。二哥對宏仁說：「陪我抽根菸，可以嗎？我還不想上去。」

宏仁沒有拒絕，兩個人站在大門口說話。宏仁無法不有奇特的感覺，眼前浮現當時和二哥打架打到大門口的景象，想到這麼些日子裡賭氣不講話的情況，好像是很久很久以前的事了。還有當時帶著蘭馨第一次從這大門走進去，家裡有蘭馨在的日子，好像也同等遙遠了。

二哥說：「屋漏偏逢連夜雨，這個人怎麼偏偏選今天出現？」

「他是誰？來找你的？」宏仁問。

二哥苦笑：「像嗎？像是找我的？你怎麼看的？當然是來找爸的。……爸爸的一個老朋友，他自己說二十幾年沒見面、沒來往了，卻今天找了來。」

「來幹嘛？」

「討債。」二哥深深吸一口菸，再用力地吐出來。「來跟爸爸討好大一筆債。」

「爸爸欠人家？欠多少？」

二哥再深吸一口，用力呼一口，「一條命。照他的說法，欠人家一條命。」

「什麼?別開玩笑。……他是來尋仇的，爸爸的仇人？」

二哥鄭重搖搖頭，「剛好相反，照他的說法，是爸爸的恩人。」

「這到底怎麼回事?你知道？」

依照那人說的，多年之前，他曾經和爸爸一起牽涉在一樁案子裡，很大很嚴重的案子，大到嚴重到他不願意再提。兩個人一起逃亡，但後來他被抓了。他吃了很多苦頭，被羅織成共產黨員，被逼著要供出同夥，他都忍住沒有牽連到爸爸。他之所以那樣做，是因為深深相信如果處境交換，爸爸也會同樣保護他。他險險逃過一死，坐了二十多年牢，去年才因為蔣總統去世大赦出獄。在獄中他就聽說爸爸一直在外面，沒有被抓，感到很欣慰，覺得自己的堅忍與承受有代價，救了一個人，救了他年輕時最看重的一個朋友。

出來一年多，卻陸陸續續聽到了很多不一樣的說法。雖然別人勸他，已經虛耗了二十多年在牢裡，出來就別再往後看了，趕緊享受剩下的生命。但他沒辦法不回頭看，都已經虛耗了二十多年在牢裡，難道還能不將過去的事實弄明白嗎？

讓他過不去，耿耿於懷的一個說法，是爸爸後來找到了一個有力人士，把自己的案底除掉了，才能有事業上的發展，還做國民黨政府的生意，做得那麼大。他一定要來找爸爸，親自問明白，這是真的嗎？

「是真的吧，」聽到這裡，宏仁不自覺地插嘴，「有力人士，就是『宜蘭阿公』，不是嗎？」

沒想到二哥竟然不知道這件事，從未聽過爸爸說，也很驚訝宏仁怎麼會知道。宏仁老實地形容了一下那天爸爸進到房間來的情況，二哥皺緊了眉間，像是要解答極困難的數學題目似的。最後他搖搖頭，以接近自言自語的音量說：「他跟你說這些幹嘛？平常他都要我們別跟你多說的。」

回到那個戴帽子的老先生。原來他和爸爸只差一歲，而且是小爸爸一歲。看到他的模樣，想像坐牢二十多年所帶給他的折磨，讓他看起來簡直比爸爸老了至少十歲，二哥沒辦法不同情他。聽了他來跟爸爸求證的事，二哥更同情他了。

他一直用很溫和的口氣說話，講爸爸的事，即使說的內容充滿了指責。聽起來很奇怪，像是在說一個做錯事的小孩，受寵的小孩，明明知道他做了可怕的事，還是無法對他發怒，無法抬高音調兇他。

老先生要求證的第一件事：爸爸的生意，真的是靠國民黨政府起來的嗎？這個公司，原先就是公家企業？現在的生意，也都還是透過國民黨？

宏仁疑惑地問：「這有怎樣？這不可以嗎？」

二哥制止他：「你不懂，先別亂問。聽就好。」

老先生要求證的第二件事：爸爸靠著有力人士脫身了，卻從來沒有想到要幫忙被抓的老友，坐視老友被羅織、被判刑，差點被槍斃，都不曾試圖要營救。是這樣嗎？

宏仁聽了也覺得有點緊張，又問了：「爸爸沒見他吧？你有告訴爸爸嗎？」

二哥做出不可思議的表情：「你在講什麼？不然我回家幹嘛？他找到公司去，爸爸叫我去帶他回家，在家裡談。」

宏仁覺得更緊張了，「那爸怎麼說？」

二哥沒有立刻回答。他掏出菸盒，敲敲盒底，又敲彈出一根菸，含在嘴裡，手摸過身上每個口袋，狀似在找火柴，摸過了卻沒掏出火柴，沒點火。宏仁等待的耐心快要到極限了，二哥才說：「我本來同情這個老人，想像爸爸會怎樣對付他。爸從來不讓人指責的。爸大概會嘲笑他，還是誇張表現對他的同情，暗示他因為被關太久關到精神錯亂了，也有可能講一講就兇暴地把他趕出去，威脅叫警察，甚至真的叫警察。我覺得他很可憐，自不量力要來質問我爸爸。

「但結果完全不是那樣。在老人面前，對著老人溫和的指責，爸爸竟然完全垮了。爸爸什麼都承認，還承認了人家沒有要他承認的事。他承認沒有救老友，因為自己嚇破膽了，沒有那一丁點的勇氣，別說拜託人家救老友，就連打聽都不敢。然後他承認好多年做惡夢，同樣的一個夢，夢見老友來找他，告訴他：『你跟我們在一起了。』他不知道『我們』是誰，但他知道那個很陰暗很陰暗很冷很冷的地方，是一間牢房的後門通道，好怪啊，牢房有後門？牢房的後門通向一個堆滿屍體的地方，然後他就看到自己的屍體，自己的屍體旁邊老友的屍體正在說：『你跟我們在一起了。』

「他承認自己投降了政府。投降。而且因為投降了政府，得到榮華富貴。只有這裡，他稍稍替自己解釋，說投降政府，本來真的不是為了榮華富貴。為了活下去。為了活下去，也不可能拒絕得到榮華富貴的機會，給你榮華富貴你不要，這種人一定有問題，不能讓人家看出有問題。

「然後，他說要補償老友。願意拿出幾百萬來。老友跟爸說：『你看我現在像有命花幾百萬的樣子嗎？我要拿你幾百萬，我又有什麼資格來問你投降的真相？』然後老友就要走了。我送他出來，他還是很溫和很溫和，跟我說：『我不應該來。我是要來聽他否認的。說他沒有這樣沒有那樣。他都承認了，我就不知道該怎麼辦了。』

「我真不想上去看到爸爸。我不知道他怎麼了？不，其實我知道他怎麼了。可是他一定也不知道自己再來該怎麼辦。我不想看到爸爸不知道自己該怎麼辦。我以前沒有看過爸爸不知道自己該怎麼辦。」

二哥終於拿出火柴點了菸。宏仁呆愣著，半晌還是問了：「爸到底在說什麼？什麼投降？你懂嗎？」

3

二哥終究還是沒有再上樓。宏仁進門，客廳沒人，轉到餐廳，只有大嫂帶著兩個孩子在吃飯。他拒絕了大嫂的招呼，假裝自己在外面吃過飯了，實在是不知道要怎麼在孩子面前跟大嫂說話。爸爸對那位老友認錯時，大嫂也在場嗎？該問大嫂，還是假裝什麼都沒發生都不問？

宏仁走進房間，裡面燈是亮的，而且有人。他仍然第一時間錯覺以為那會是蘭馨，定睛再看，是媽媽。

雖然意外，但他立即理解了媽媽為什麼在這裡。和二哥同樣的原因吧，躲避那個在老友面前垮掉的爸爸。

媽媽不會預期到他已經從二哥那裡知道發生了什麼事，帶點尷尬地說：「我在這裡坐一下。」宏仁體諒地只點點頭，沒多說什麼。

母子倆靜靜地對坐好一陣子，宏仁假裝看書，拿著蘭馨留下來的《金閣寺》，但其實連一行字都沒看進去。媽媽低著頭，不知想什麼。

終於媽媽抬起頭，像是下了極大的決心，用很嚴肅的口氣說：「我問你，你是有給人家怎麼嗎？你老實講。」宏仁也抬頭，一臉迷茫。媽媽又說：「我是絕對沒給她怎樣，你爸都向著她，我有可能給她怎樣嗎？是不是你？你有跟別的女人怎樣嗎？不然一個女人好好的，怎麼會跑不見了不回家？」

宏仁這才聽懂媽媽在問蘭馨的事，心頭一驚，眼前閃過江玲燕的影子，但立即對自己否認，不可能，不可能和江玲燕有任何關係，盡量用最明確的口氣說：「我沒有，為什麼連你都要懷疑到我頭上呢？」

媽媽沒理會他的抗議，以他沒聽過的幽暗語氣說：「我想走，走了不要回來，有過好幾次。」沒看宏仁，媽媽繼續用同樣的幽暗語氣，一一數想要走了不回來的情況。

第一次，是大哥才剛剛出生時，「宜蘭外公」突然出現在台北家裡，帶來了可怕的消息，說爸爸將家財，大部分都是媽媽帶來的嫁妝，都花光了，還在外面欠了一些錢。外公問媽媽知不知道錢都花到哪裡去了，因為爸爸喝醉了去哭去求救，但語焉不詳。媽媽當然不會知道錢到哪裡去了，她根本不知道發生了什麼事，到後來連丈夫的下落都不知道了。爸爸失蹤了好幾天，全無訊息，媽媽既生氣又傷心地決定，如果他還回來的話，自己就一定要走，不回來了。

但她太擔心爸爸的安危，以至於等到爸爸真的回來時，她高興安心得走不了。

第二次，是爸爸失心瘋般迷戀一個叫阿珠的女人。名字俗、長得俗，不知道有什麼好的，頂多就是年輕嘛！十八歲還是十九歲，爸爸堅持說不是酒家或舞廳裡認識的，說是鄉下清白出身的女孩。強調這做什麼？明白就是要娶來做小的。媽媽那時也沒覺得自己老，才剛過三十歲，但就被爸爸用這種方式凸顯比較，很氣，受辱。一氣之下離家出走，去住在二舅家，狠下心來連兒子都不看不理，隨便他啦！住了蠻久的，兩三個禮拜？太想念兒子了，回去看看，大兒子驕傲地告訴媽媽，那個女人離開了，被他趕跑了。她不相信大兒子真的有這種本事，應該是那女人找到更好的機會吧，那種女人不會要留著幫你照顧三個兒子的。

還有第三次，宏仁不一定知道，爸爸參加人家的投資，開酒家。常常上酒家、上舞廳也就算了，竟然還要自己開酒家？這是什麼荒唐、過分的想法！為了這件事，夫妻吵得很厲害很厲害，天天吵，爸爸不讓步，堅持說參加投資酒家，對他當時的事業很重要，說了一大堆理由，這些人有多特別啦，會來到這些人開的酒家的人又有多重要啦，媽媽也很堅持，「我不要做酒家的老闆娘，太丟臉了！我怎麼出去做人？」爸爸先是說他只投資不是老闆，媽媽怎麼可能成為酒家老闆娘，然後又說媽媽就算想當酒家老闆娘還沒資格呢，氣話說了一堆，什麼酒家老闆娘要有的條件，反正很侮辱人啦，最後爸爸說：「那離婚啊，離了婚就一定不會是什麼老闆娘，我做的事都不會沾到你！」

這種話他都說出口了，媽媽當然在家裡待不住。想走，但走不開，因為那年剛好大哥考高中，二哥考初中，媽媽走了，會害他們考不到好學校吧？所以勉強又留下來。但也就從那時起，媽媽再也不過問爸爸的事業，爸爸也什麼都不跟媽媽說了。

還有第四次。第四次很難啟齒。媽媽說算了，別講了。反正就有第四次。又有第五次。第五次，是為了二哥。「哪有那種無良爸爸，陷害自己的兒子，讓他被警察抓去關，還抓去打？」媽媽說的，宏仁聽不懂，有這種事？但媽媽不肯說細節，繼續痛罵：「講什麼要讓他了解社會，要栽培他，要把他鍛鍊得比老大還更強，一定要這樣，無良爸爸，無良心爸爸！」

媽媽想要保護二哥，二哥被放出來之後，決定要帶著二哥和宏仁走。卻被二哥勸住了。二哥不要走。二哥說他了解爸爸在做什麼。又說被關被打時，他想了很多，想懂了很多。他不會為了這件事離開爸爸。

媽媽氣憤地對爸爸叫：「你帶壞一個，不夠嗎？這第二的，明明就好好的，有惹到你嗎？你一定需要也把他帶壞嗎？」

其實第四次，會有第四次，就是因為大哥。媽媽回頭講。爸爸帶大哥上酒家，還把他留著跟女人在一起。大哥那種年紀，又是那種個性，一下子就迷上了女人，他沒有斬節，沒有辦法控制自己，天天什麼事都不做，就找女人。有爸爸這樣害自己兒子的嗎？那時候媽媽有很長一段時間，除非必要不跟爸爸說話了。為了大哥，又和爸爸起衝突。爸爸還是那一副了不起的模樣，不知道了不起什麼。又說他的做法都是為了事業好，也是為了大哥好。還說：「你自己生的兒子，你卻不知道，你以為他是什麼人才嗎？你以為靠他的個性和他的能力，會有什麼前途嗎？我看人看那麼多，我知道什麼適合他。他可以在外面闖一闖，愈早知道怎麼闖、怎樣和人家拚搏打混，對他愈好。你對待他的方式，才真正會害死他！」

媽媽忿忿不平：「他能夠說得那麼大聲，倒過來怪我，我不了解我兒子，我會害了我兒子！讓兒子每天玩女人，還是他比較對？還要使弄兒子反對我，你知道那一陣子你大哥每天怎麼對我大小聲嗎？都是他使弄的！」

這一次後來沒走成，因為顧念宏仁。其實這些年，看著大哥、二哥都倒向爸爸那邊，媽媽就只能把希望放在宏仁身上了。都是為了宏仁。

「我千拜託、萬拜託，拜託放過你。兩個兒子跟他夠了。留一個，也不是留給我，是留著給他過正常生活，別跟他過那種奇奇怪怪、複雜的生活，安定吃一份頭路，自己爬上去做自己的事業，娶一個某，生幾個後生，就這樣。

「早知道，我就要堅持娶一個本省人媳婦。比較乖的那種，土直一點都沒關係。乖乖待在家裡服侍丈夫就好。不會弄得像現在那麼複雜。……不過，我也不能不想，你也還是你老爸的兒子，兒子就是兒子，壞血統也在你身體裡，我保護你這麼多年，敢有用？是不是你也做了什麼無良的事，讓你媳婦決定離開，她看來就比我勇敢、能幹，去了就去了，不回來就不回來了，是不是這樣？」

媽媽頭低低的，語聲愈來愈低，沉默逐漸瀰漫佔滿了整個房間。

第四十一章

1

她差不多完全變成了江玲燕，能夠愈來愈清楚、自由地探入、叫喚江玲燕的記憶。她刻意去到了在植物園裡的歷史博物館，又是一個張月惠念北一女時帶她去的地方，在二樓，有一個面對荷花池的空間，放了幾張椅子。平常日，博物館人少，這個不屬於展覽間的地方，就更不會有人來了。

一方有鏤花菱格的窗前，看著放晴、陽光燦亮的天空，給了她所需要的勇氣，面對那天晚上發生的事。記憶之眼中，先看到蘭馨，過去的自己，喝了酒之後臉色慘白，神情茫然，但嘴裡卻還喃喃說著話，看了難堪的模樣啊！心中忍不住叨念著，希望趕快跳過這段，記憶裡的蘭馨可以趕快睡著，但一想又遲疑了，睡著後真的會比較不難堪嗎？

然後，她看到了江玲燕記憶中的董事長。很奇怪、近乎錯亂的感覺，有一股疏遠、害怕、甚至嫌惡隨著董事長的影像湧上來，但同時另外有一股親切感，甚至想要往前靠近的衝動，也在競爭著她的注意力。她了解這就是身體裡有兩種記憶產生的混淆，但仍然無法不迷疑困惑。

董事長一直試圖阻止蘭馨繼續喝酒，但擺出一副像是賭氣般表情的蘭馨卻不聽，有人敬酒就端起酒杯喝，很豪邁的樣子。這樣的反應，當然就惹來其他人起鬨，拿她當中心不斷找她喝了。董事長把江玲燕叫過去，端著酒杯站在蘭馨後面，跟大家說：「要喝跟她喝啦，我們這個江小姐更會喝，喝醉了更有趣喔！」江玲燕心裡的恐懼和厭惡更深了，討厭酒討厭這個場合，害怕董事長更害怕萬一自己喝醉了不知會發生什麼事，卻別無選擇只能陪笑站在那裡，像是個等待萬箭射來的無助標靶。

但箭卻沒有射過來。也喝多了的客人，無視於江玲燕的存在，堅持仍然拿蘭馨當灌酒的對象。江玲燕鬆了一口氣，傻傻站在那裡，突然，董事長生氣地在她耳邊罵：「擋個酒都不會，妳跟著過來幹嘛？」董事長愈罵愈兇，但因為包廂內聲音實在太吵了，江玲燕聽不清楚董事長到底罵了什麼。好不容易，聽懂了一個命令：「把她攙去啦，看不出來她又要吐了嗎？趕快去！」

江玲燕慌忙地把蘭馨攙起來，但還來不及扶到旁邊的廁所，蘭馨就吐了，激烈的嘔吐使得她站不住，蹲了下去，一直嘔一隻嘔。江玲燕手忙腳亂，一邊拍著蘭馨的背，一邊又覺得應該去拿衛生紙或叫人，全無防備，被一個狂暴的巨響嚇得幾乎整個人跳了起來。

很難形容的聲響，很多不同的聲音組合在一起，雖然有先有後，卻混合起來，大聲到讓人區別不了先後。巨響過了，接著是徹底的安靜。被震駭出的安靜維持了幾秒，董事長用低啞卻堅決的口氣說：「滾，都給我滾，算我白癡請你們這些人來做客人。滾，我是主人，到此為止，結束了，你們都出去。」

江玲燕這時才稍稍平靜了些，能夠判斷剛剛的巨響是怎麼產生的，應該是董事長將桌布用力一掀，桌上所有的杯盤碗筷都被掀到地上了。

又過了幾秒，另一個同樣低啞、同樣堅決的聲音說：「許董，我看你也沒喝幾杯，現在是在跟我們搬哪一齣？」

總算公司裡的其他同事回過神來了，一個趕緊靠近董事長，一個去向發話的人道歉，一個一邊吩咐：「叫許宏年，快叫許宏年來！」一邊將開門探頭的餐廳員工推出去。

董事長還是同樣低啞、堅決：「我沒有在搬哪一齣，我在趕你們走，這樣還不夠明白嗎？我不請你們了，你們這群豬狗不如的人，不配當我的客人！」

另外一個低啞、堅決的聲音不甘示弱：「你說話最好給我客氣些，你知道你在侮辱誰？我們可都沒得失你，你幹嘛突然罵人？你罵的每一句，我都會讓你付出代價，你不相信就繼續罵罵看，看你的事業夠讓你罵幾句？」

「隨便你去啦！」董事長回應：「我沒興趣罵你，你這種人，你們這些人，我講再難聽的話罵你們，也都不算冤枉你們啦！我不是怕你的威脅，是真的沒興趣罵你，我只要你走，你滾，你就當作我已經罵你一百句了，看要拿什麼代價都沒關係，只要你現在就走出這個房間就好。」

對方聽了氣得要衝過來，被旁人拉住了，董事長完全不管混亂場面，把江玲燕推開，自己扶起吐到眼睛張不開的蘭馨。

2

江玲燕什麼都不敢說，和董事長一人一邊攙架著蘭馨上車。車上，江玲燕看了看錶，十一點半了，很快就要沒公車了。董事長立刻察覺了，嚴厲地說：「我會叫司機送你回去，別給我做一副擔心太晚的樣子。」江玲燕嚇得心怦怦直跳，平常就怕董事長，但也從來沒看過他兇成這樣。

車子沒開多遠，到了一個既像人家又像小旅館的房子，門口有櫃檯，櫃檯進來一條走廊，兩邊各開了分散的三個門。打開其中一個門，裡面有平常擺設的客廳，再進去，是一個房間。

許宏年已經在那客廳裡等著了，董事長吩咐江玲燕留在房間裡照顧蘭馨，他和許宏年在客廳裡談話。

房間不大，卻配置了一個不成比例的大床，以至於床以外就沒有太多空間了，江玲燕只能坐在幾乎頂著門放的唯一一張椅子上。那麼靠近門，也就那麼靠近門外的客廳，客廳裡的談話，她不想聽都不行。

最先聽到的，就是關於她的討論。許宏年悄聲問了什麼，董事長用正常的音量回答：「不必管她，她不敢怎樣，她說什麼也沒用，她家裡有問題，她不敢。」江玲燕心中燃起火來，遷怒地恨恨瞪著昏睡在床上的蘭馨。

「到底發生什麼事？老陳說得很嚴重，但我聽不懂。你大發脾氣，和盧總正面對罵？真的有這種事？為什麼？」許宏年恢復了正常的音量問。

「沒什麼，哪有什麼嚴重的，吵翻了就吵翻了，我忍受他們那麼多年，受不了了，被他們當病貓看，看太多年，總得找機會做一回老虎。」

「但……你找的這個時機不太好吧……不就是為了維繫跟盧總的關係今天才請吃飯的？……這樣不就都完了？」

「也不是他說完了就完了的，你不必那麼抬舉他。」

「爸，你是說真的，還是說氣話？……盧總說了不算，誰說了算？你還能去找誰？再上去除了美國人，就只有次長了，連參謀本部都沒有人了吧？……你到底在氣什麼？」

很長的一段沉默，長到好像兩個人的對話已經結束了。然後，許宏年才打破沉默：「是因為蘭馨？因為他們灌她酒？……我問老陳，老陳說就你突然發脾氣前就只有這件事讓你不高興。其他，本來都說得好好的。」

「當然不是，怎麼可能為了這種事？那是我借題發揮，對他，對他們，不滿很久了。」

「到底不滿什麼？是什麼要今天這樣發作？你幹嘛不講，不講我怎樣去收拾？不是要我去收拾嗎？我不知道怎麼收拾？」

「誰說要你去收拾？」

「不然叫我來幹嘛？而且不是我收拾，難道叫許宏明去嗎？」

「……我沒有叫你，不是我叫你的，你可以先回去。不用管……」

又來了一段沉默，比上次稍稍短一點。許宏年嘆口氣，「這到底是在幹嘛？他們的生意不要了嗎？你的意思是這樣嗎？你說清楚好不好？……我絕對不想去收拾，最好沒我的事，但盧總，好像不是我們得罪得起的，你確定要這樣？」

「……算了，先這樣吧……這不是人，把我當什麼？已經告訴他們，那是我媳婦，還當著我的面不只灌她，覺得她聽不懂台語、聽不懂英語，嘴巴裡不乾不淨，也太看人不起了吧，當作我連我們自家的女人都保護不了嗎？我表現得夠明白了，還不肯停，是怎樣？」

「……原來，還是為了蘭馨嘛？……你對她，真的不一樣。」

「哪有什麼不一樣？可以讓她當著我的面被欺負嗎？」

許宏年沒有馬上答腔，兩人間又保持了一段沉默。許宏年又說話了，但這次口氣中夾帶了奇怪的笑意，雖然看不到人，聽聲音都感覺得到他臉上應該是一副輕鬆。

「爸，別騙自己了啦，我們家什麼時候在保護自家的女人？……我不是講你一個，許宏明和我也包括在內，我們哪有在保護自家的女人，哪個女人被我們保護過了？……這不是你教我們的嗎？要小心女人，要懂得利用女人，女人有可能是好資源，也有可能是大破壞。你不是一直這樣看女人的嗎？怎麼會要保護女人？」

董事長沒有說話。還是許宏年的聲音：「你不用想什麼話來堵我的嘴，我早就想告訴你了，這不是什麼丟臉的事。你對蘭馨特別，這不是什麼丟臉的事，你還不了解嗎？我早就看出來了。你那次突然決定不讓她經手海關的那筆錢，本來說要跟她說美國祕密生意的，你又遲遲不說，我就知道了。許宏明還不相信，跟我爭說你另有打算，絕對不是為了保護蘭馨。爸，我不知道為什麼是她，但不管是誰啦，終於有人會讓你願意要保護了，多好啊！到這個年紀，你終於要做像男人做的事了？」

「你發酒瘋嗎？胡說八道什麼！」

「不用兇我，你知道我的酒量，你知道我現在絕對沒有比你醉。家裡、公司裡，就我一個人不怕你兇，不然你也不會把我用在這種地方了。你就承認自己對一個女人好，又怎麼樣？你為什麼不能直接說：媽的，為了這個女人，我生意不要了又怎樣！許宏年我沒有要你去幫我收拾生意！如果你能這樣說就好了……」

「她是我媳婦！她是你弟弟的太太，我會要對她怎樣？你也不要講得太離譜了！」

「唉，我沒有說你要對她怎樣，你只是想保護她，這樣你聽不懂？……你不能相信自己只是要保護她嗎？爸，這就是你最可惡的地方，你把我和許宏明都害慘了的地方。你要我們也相信，沒有這種事，你從來沒有保護過一個女人，害得我們也都跟著你，沒有這種能力。我們是最孬的男人，你不知道嗎？我保護不了那個女孩，讓她自殺了，我還覺得應該不是我的錯。……還好我遇到了仙蒂，她讓我知道，不，那都是我的錯，錯得一蹋糊塗。但仙蒂，她完全不需要我保護。所以，我還是從來沒有保護過任何女人，還是跟你一樣最孬的男人。幹！」

「……你回去啦，你真的醉了……」

「幹！不要再說我醉了，我清清楚楚告訴你，爸，這次，你就勇敢一點，別去道歉，別去收拾，媽的，管他盧總多大勢力，我們有我們的辦法，繞過他，你要繞過他，我就幫你做。賺這種錢，差不多了，煩死了，剛好換個方式吧，為了在裡面躺平了的那個，你願意嗎？……你想想吧……我回家了。」

3

記憶中，凌晨時分，江玲燕幫忙將蘭馨扶出來時，上了車，董事長特別靠近過來，嚴肅地說：「你今天沒有跟我們一起過來這裡，知道我意思嗎？……有這樣家庭背景的人，一定聽得懂我說什麼吧？」

江玲燕拚命配合地點頭，惶恐地說：「我剛剛也睡著了，一進去就睡著了。」董事長還是維持原來的口氣：「我不管你什麼睡著沒睡著，你就是沒來過。」江玲燕順從地說：「知道了。」

但在江玲燕的心底，除了惶恐和順從之外，還有別的。強烈，主觀上不管如何努力壓抑都壓不下去的厭惡。一直響起許宏年的聲音：「我們是最好的男人，你不知道嗎？」

然後是江玲燕的一連串自語獨白：你根本連自己的媳婦都保護不了，只會欺壓我！原來你想的是那麼骯髒的勾當，用自己的媳婦來色誘客戶，等到客戶真的被誘到了，露出色瞇瞇的饞樣，你才受不了了大發脾氣，什麼男人嘛！可憐的徐蘭馨，嫁進這樣的人家，還自以為了不起，以為在董事長面前受寵。可悲又可恥呢，她不知道自己只是董事長手裡的工具，其實也沒比我好多少。

和江玲燕的獨白一起湧現上來的，是舊身分裡蘭馨衝突的感受。她怎麼想也想不到那天晚上發生的，是這樣的事。爸爸為了她這樣得罪公司裡最大帳戶的老闆？更怎麼也想像不到二哥會這樣跟爸爸說話，尤其不可思議的，不是二哥說話的內容，而是他的口氣。他竟然可以這樣頂撞爸爸的權威？甚至對爸爸說髒話，爸爸沒有大怒？而且他的口氣好像是在平常的陰暗裡突然放進一道光亮似的，夾雜著一點奇怪的，和說話內容不搭調的輕鬆。不知道從哪裡來的輕鬆。

另外，她想反駁江玲燕。沒有，不是這樣，事實明明就是爸爸沒有要她去「色誘」客戶，明明就是她自己搞砸了，不知節制喝得爛醉，才讓場面失控的。還有，她從來沒有覺得在董事長面前得寵而自以為了不起。沒有！

但來自兩份不同記憶的兩個聲音，雖然存在於同一個身體裡，卻像是兩條平行線一樣，完全無法交會。一直並存著並響著。然後，兩個聲音的音量逐漸有了消長變化，蘭馨的愈來愈低、江玲燕的愈來愈高，慢慢江玲燕的意識又幾乎佔滿了。

江玲燕想著她哥哥。不要想卻又不能不想。她想著，這一切原來都可以避免。爸爸會繼續在家裡，媽媽不會病倒，只要那時候她不要認定那個人是哥哥。為什麼會選擇和媽媽有不一樣的看法？做母親的不是應該最知道嗎？自己懷胎十月生下來，又自己養大到十歲。兵荒馬亂中，一直帶在身邊沒離開過的兒子，江家傳宗接代的兒子，再重要再親不過的兒子，媽媽怎麼可能會認不出來？

媽媽認為不是，爸爸覺得是，一人一邊，那就只能由剩下來的妹妹決定了。她被放在她並不想要的位子上，也不知道自己的決定會變那麼重要。她不是故意的。她說是，爸爸就篤定相信是，因為爸爸多麼希望兒子回來。那難道媽媽會不希望兒子回來？她又重新看到媽媽當時的眼神，那不是懷疑，比較像是恐懼。她又重新看到媽媽要把哥哥趕出去的眼神，那也不是生氣，比較像是恐懼。像趕鬼一樣地要把哥哥趕出去。

還是，媽媽覺得哥哥已經是鬼了，不能接受鬼回來了？但哥哥明明有血有肉，能吃能喝，是個不折不扣的人，媽媽為什麼要用像看到鬼的恐懼眼光看他？難道，還有一個難道，而且是江玲燕自己其實早就知道卻不願承認的難道——難道是因為媽媽本來就確定了哥哥已經是鬼？媽媽知道哥哥已經死了，只有爸爸一直以為哥哥失蹤？

她覺得頭痛，頭腦裡有一個部位，反覆閃著陰影，看不清卻又排不掉的陰影，晃著晃著，覺得一定跟哥哥、跟媽媽有關，小時候，很小很小時候的自己看到了什麼？也許，正因為這樣，她才堅決認定哥哥是真的，這樣那個陰影就可以走掉，不要一直在那裡晃著晃著？

她頭更痛了，然後心底突然叫喚出來：「宏仁。宏仁。」她好想馬上見到許宏仁。想得換成胸口痛了，但不是刺痛，而是柔柔的痛。從來沒有那麼想念許宏仁，甚至好像從來沒有那麼想念一個人過。想要趕快把這些事，哥哥和腦中的陰影，告訴許宏仁，問他的看法，他會幫忙找出答案來，他會充滿疼愛地抱著她說：「這不是你的錯，你別再想了。」然後自己也就真的能夠不再想。

殘存的蘭馨的意識跟隨著江玲燕的記憶，覺得痛，覺得迷惘，又覺得心疼。弄不清楚事情的先後，也沒有了時間感，但有一件事是再明確不過的，唯一清楚明白的，江玲燕在戀愛中，那是戀愛的感覺，她和宏仁，是真正的戀愛，是徐蘭馨從來不曾經歷過、體驗過的戀愛。

這樣一個從來不曾戀愛的徐蘭馨，在「那邊」已經失蹤不見了，在「這邊」也很快就要消失了。以後就再也沒有一個從來不曾戀愛過的徐蘭馨了。

但，這樣對嗎？

第四十二章

1

大嫂對宏仁說：「剛剛有電話找你，那個江玲燕打來的。我叫她十分鐘之後再打，你自己去接，抱歉，我不幫忙接。」

宏仁發出了一聲無奈的悲嘆，忍不住說：「她不是你以為的那種女生，那些不實的傳言……」

他的話竟然被大嫂打斷了，「我不管什麼傳言，我只管事實。事實是你太太蘭馨失蹤了，她竟然還打電話來找你，這樣的事實不必別人告訴我。」

宏仁還想解釋什麼，大嫂鐵著臉回頭就走了。自從蘭馨失蹤後，大嫂簡直變了一個人，尤其在對待宏仁的態度上，明確地表現出敵意來。

那真是如坐針氈的十分鐘，宏仁在客廳裡等著電話再度響起。還好電話的確響了，還好大嫂的敵意驅使她聽到電話鈴聲就刻意地起身回房間了，似乎連和江玲燕打來的電話共處一個空間，都讓她受不了。宏仁反而鬆了口氣，簡直無法想像如何在大嫂面前和江玲燕說話。

那頭是很低抑很沮喪的聲音，直接大膽地問宏仁能不能出去。那樣的大膽叫宏仁害怕，像是無望中豁出去般。他當然要去找她。

見了面，江玲燕果然臉色很差很差。宏仁關心地問她發生了什麼事，才開口試著要說話，江玲燕的眼眶就紅了。試了幾次都說不出來。換成心急如焚的宏仁豁出去了，鼓起勇氣說：「我們去一個比較私密的地方談，好嗎？」

最私密的地方，是跨過中山北路，對面的國賓飯店。江玲燕順從地跟他進了飯店大門，似乎完全沒有意識到現實發生的事，沉浸在自己的煩惱中。宏仁其實完全沒有概念國賓飯店的房間到底要花多少錢，也不確定自己身上錢夠不夠，但既然豁出去就豁出去吧，讓江玲燕在門廳沙發上坐下，他深吸口氣走向櫃檯。

還好，一夜的房錢他付得起；還好，櫃檯沒多問，只請他填登記表，並查對身分證。櫃檯人員翻看身分證時，他幾乎要搶著說明：「是我和我太太要住。」但又覺得太刻意、太心虛了而沒說。拿到了鑰匙，江玲燕仍然是那一副神情恍惚的模樣，跟著他進了電梯上了樓。

一進房門，江玲燕就絕望地將自己全身的重量拋擲給宏仁，好像再也沒辦法多撐著自己站任何一秒似的。宏仁緊緊將她抱住，她帶著哭聲在宏仁耳邊說出了使得宏仁渾身打了個寒顫的話：

「會不會是我媽殺了我哥哥？會不會？所以她當然知道回來的那個是假的？怎麼辦，我覺得我知道我媽殺了我哥哥！……」

囈語似地，江玲燕片片段段地說著那個陰影，那個陰影，在記憶中不停地晃著晃著，一度她以為是夢，朦朦朧朧地夢中有媽媽，媽媽的背影，但不單純是背影，而是媽媽做著什麼，或媽媽想要做什麼的背影。怎麼可能從背影裡感覺到想要做什麼？沒道理，因而只能是夢，就應該被當作夢放下來，不要想，不要去想。

但現在不能不想。陰影回來了，和哥哥一起回來，也不對，是哥哥不再是哥哥之後，陰影回來了，跟著媽媽癱瘓了不說話不行動的病一起回來了。她常常不敢多看媽媽，尤其是絕對不要看到媽媽的背影。在家裡，媽媽起身她就不自主地別過頭去，不要看到，不要看！

為什麼媽媽的背影讓她那麼痛？媽媽的背影裡有她最大的錯誤，相信了一個不是哥哥的陌生人是哥哥。那個背影，現在的背影聯繫到從前的背影，她只隱約記得的背影，但如果多看幾眼現在的背影，就不會再那麼模糊的背影？陰影裡的媽媽到底要做什麼？

在背影之前，或之後，或不知什麼時間什麼地方，有爸爸和媽媽激烈的爭吵，還有媽媽對哥哥的大聲斥罵，她愛她哥哥，只願意背著她衝殺戰場的哥哥，但她不敢靠近過去，因為爸爸那麼生氣，媽媽那麼生氣，哥哥，你為什麼要惹他們這麼生氣，你怎麼可能惹他們氣成這樣呢？

那個背影，要做什麼的背影，很孤單很孤單，她不想記得卻仍然不能不感覺到，旁邊沒有爸爸，也沒有哥哥，但為什麼自己在那裡？為什麼自己在那裡卻絕對無法改變媽媽背影的終極孤單？為什麼沒有哥哥，卻一直想起哥哥，覺得就是哥哥使得媽媽的背影那麼孤單？不是因為哥哥不在，而是因為哥哥在又不在。

自己到底在說什麼啊？別人一定聽不懂，自己也聽不懂。別人一定聽不懂，那很好，但自己不可能完全聽不懂、一直聽不懂，明明這是自己說出來的話。會有一個解釋，會有一種能夠弄懂的方式。不能想，卻又不能不想。

會不會，會不會，她阻止不了這個猜想，會不會她看到了背影，哥哥失蹤時的背影，不是哥哥的背影，卻是媽媽的背影，是媽媽正要偷偷地將死去的哥哥埋葬？一定發生了什麼事，哥哥不會就這樣消失，一定發生了什麼事，哥哥死了，但不能讓爸爸知道。爸爸必須相信哥哥走丟了，可是哥哥躺在冷冷的土裡，一層一層重重的泥土裡。她也不應該知道哥哥躺在那裡，躺在媽媽的背影遮出來的一片陰影那邊，她不應該知道，她應該相信哥哥走丟了。她真的願意相信哥哥走丟了，她必須相信哥哥走丟了，所以她會相信哥哥回來了，哥哥長大、完整地回來了，沒有躺在媽媽的背影後面，她當然要相信，她當然要認為那就是哥哥，真的哥哥，躺著的不是，沒有一個躺在冷冷地底下再也不會長大的哥哥，沒有，沒有……

宏仁感覺到懷中的江玲燕顫抖著，愈抖愈厲害，然後江玲燕突然崩潰般地大叫：「為什麼要讓我遇到這種事？為什麼？這不公平！這太不公平了！」接著江玲燕抬頭，宏仁可以清楚看到她連微紫的唇都在顫抖，她問：「你比較聰明，你可以告訴我在我身上到底發生了什麼事嗎？拜託你，拜託你，告訴我，好不好，好不好……」

「別亂想，你想太多了，你需要停下來，好好休息一下，不要再想……」這是宏仁唯一想得到的勸慰。

江玲燕又激動起來：「你幫我，你能讓我不要再想了嗎？我不要再想了，不要再想了……」

宏仁立即用嘴堵住了她的嘴，吻她，江玲燕像是帶著點自暴自棄的情緒，維持著激動，回應他的吻。

在唇與唇緊貼之際，江玲燕身上的顫抖傳給了宏仁，他不自主地從身體最深處顫動著，混和了期待、慾望、恐懼與宿命而產生的顫動。

2

激情結束之後，離開了飯店，宏仁送江玲燕回家，計程車上，江玲燕靜靜地偎著宏仁沒有說話，宏仁也沒開口。

但他發現自己心中湧動著停不下來的話，不是對江玲燕說的，而是對著蘭馨無止息的呼喚。

「不管你在哪裡，都請你回來吧，拜託，回來！我願意跪在你面前，向你道歉，誠實地告訴你，這段日子裡，我曾經暗自希望你不要回來，留在那不知哪裡的地方，我就可以不必去想、去知道究竟該怎麼跟你繼續生活，我可以重新開始，更有把握更有準備地去愛我想愛的人。

「是的，就是現在靠在我旁邊的人，你看得到嗎？你知道了，會生氣嗎？我完全不了解你會用什麼方式生氣，我也不願去想像你會怎樣生氣，最好不知道，不知道就好了。

「但我現在需要你回來，回來吧，拜託！我還是會跪在你面前道歉，誠實地告訴你我是多麼自私，自私地需要你回來。如果你不回來，我和這個女孩，將永遠都只是一個祕密，不被接受、不被諒解。大嫂不諒解她，一定的，爸爸不會諒解她，因為爸爸那麼疼妳。二哥不會諒解她，二哥說得對，你留下來的謎會跟著我一輩子。二哥不知道的，你留下的謎還會跟著她，折磨她。她經不起這樣的折磨了，真的。

「我能告訴你她是個什麼樣的人嗎？你認識她，但你不認識這樣的她吧？她已經經歷太多了，那麼年輕，就要承擔那麼多。陰影、祕密，有了又失去，失去了又回來，回來了又失去的哥哥。可能即將失去了的爸爸，還要覺得自己害了爸爸，可能害死了爸爸！

「還有她媽媽……她怎麼活啊！她需要有人幫助她，陪著她，全心全意疼她陪她，不然她如何再活下去？她只有我，但我在她身邊，不會被了解，不會被祝福。因為我還有你，一個失蹤了的太太，一個失蹤了所以就會永遠都是我太太的人。

「我突然很害怕很害怕，我一直想到爸爸跟我說過的那段話，說他原本發誓要好好愛我媽媽，卻做不到。我覺得，他就是從那裡開始了我不能理解的可怕的人生旅程，走成今天這個可怕的董事長，你們眼中的董事長。

「我害怕，我是他的兒子，我似乎格外知道他所說的，不是知道，而是感覺到。我也曾決心好好對待你，但我做不到我決心要做的。你失蹤時我就明白了。我甚至沒辦法對你不見了感到該有的痛苦。仙蒂罵我罵得對，我啞口無言。我決心愛你做不到，現在我決心愛江玲燕，但我能做得到嗎？我怕，如果這個決定我也做不到，是不是，我就會走上我爸爸的那條路？

「以前，沒有多久之前，你失蹤之前，我一定很有自信覺得那不可能，我和我爸？天差地別吧！但最近我沒辦法那麼自信了。爸爸也不是一開始就這樣，我發現，而且二哥也不是一開始就這樣。我根本不確定二哥到底是怎樣的一個人？我認識他嗎？我真的和他一起生活那麼久嗎？那大哥呢？憑什麼我覺得自己不一樣，有和他們不一樣的命運？

「我怎麼會用到『命運』這樣的字眼？我不知道，不是我用的，是這兩個字自己來找我的，從我頭上掉下來的。我不要爸爸那樣的命運，我也不要二哥那樣的命運。我要江玲燕，我要好好的、下定決心地愛她。

「拜託回來吧，蘭馨，你聽得到我叫你嗎？回來，我答應你，我會誠實地不愛你，和你離婚，讓你去尋找自己的命運、自己的幸福。你願意因為這樣回來嗎？別人可能覺得這樣太殘忍，但不知為什麼，我曉得你會寧可我這樣誠實，這樣勇敢，對吧？」

第四十三章

1

她發現，在「這邊」，連時間都不再那麼清晰果決，簡單的幾天都會算不明白，而且也不會有一定要算明白不可的必要。

因而說不出來究竟進入「這邊」幾天後，劉寬出現了，能夠確定的，是她的感覺，儘管逐漸習慣了「這邊」的模糊狀態，她還是認定劉寬「終於」出現了。

劉寬出現的霎那，她想起來了自己迷迷茫茫地其實一直在等他，期待他會來。見到劉寬，她衝口說出：「我要回去！告訴我要怎樣回去！」

劉寬顯得有點意外，問：「你要回哪裡去？」

「回我來的地方，原來那裡啊！」然後她意識到劉寬可能的疑惑了，嘆口氣說：「回去當我原來的徐蘭馨，你以為的江玲燕。」

劉寬更聽不懂了。他既不認識眼前的這個江玲燕，也不認識她口中說的徐蘭馨。

她只好硬著頭皮從頭解釋了徐蘭馨如何假借江玲燕的名義去找他，後來又選擇以江玲燕的記憶來到「這邊」的經過。幸好，在「這邊」承認這件事，似乎也沒有了那麼強烈的羞恥感，比較能夠面對。

劉寬恍然大悟般認出她來，認出了她說話時還帶著原本蘭馨的語尾習慣。「難怪，我一直感受到有人在『這邊』叫我，叫得很急，來了卻沒見到認識的人。」

「我叫你叫得很急？你能感受到？你因為這樣才又跨到『這邊』來的？我自己沒覺得啊！」

「感情和經驗，在『這邊』都會減弱很多，這樣你才不會受到那麼強烈的羈絆，才能得到自由，你不可能還不知道吧？因而從這裡發出的訊息，到了『那邊』會被放大。我能感受得到，你是通過我才進來的，你通過了我的身體，你的身體的一部分留著，還留著，拉扯著我。」劉寬解釋。

她想起了自己如何「通過」劉寬身體的經驗，還是有殘存的一點不好意思。但隨即匆忙地對劉寬提出要求，因為她清楚感覺到如此要求的那個人，已經快要消失了，埋沒在江玲燕的記憶與體驗中，她不知道到底還有多少時間……

「快告訴我，要怎樣能夠離開這裡，回去……你是怎麼回去的？」

2

必須先說劉寬為什麼會不想再待在「這邊」，會想回去。他待了夠久，得到了她還不能真切體驗的問題。劉寬形容了那回想起來既快速卻又漫長的過程。

「你也覺得這裡的時間很怪，對不對？」她迫急地插嘴問。「好像讓人失去了快或慢的判斷？」

劉寬同意，另加補充：「不只是時間，應該是所有的判斷，都失去了原來的標準。」

最讓劉寬困惑的，是愛與不愛的標準。接他進來的使者──他的前妻──明白告訴過他，進到「這邊」後，人會經歷一連串的死亡，要將你從「那邊」帶來的幻影逐漸消滅，最終你的身邊才會只剩下「這邊」的人，不再混淆。幻影會死去，依照嚴格的順序──你愈愛的，死得愈早愈快；你不愛的，卻會留到最後。

反正都是幻影，孰早孰晚，有什麼關係？劉寬原來頗有自信地這樣想。但真正進來了，經驗和想像的，完全不一樣。他曾經交往過一年的女友，一個有夫之婦，是第一個死去的，他不意外。證明了自己真的愛她，在所有的人之中，最愛她。而這個女友還常常覺得他愛得不夠多！

多麼想拿著「這邊」的證據，去給還活在「那邊」的女友看，大聲地說：「你從此不能再質疑我了！」

然後就來了奇怪的事。既然這是他最愛的人，因此第一個死去，為什麼他沒有太強烈的難過呢？想著要大聲對她說：「你從此不能再質疑我了！」同時意識到自己其實沒有這樣的機會去說，再也不可能見到這位女友了，也還是沒有強烈難過的感覺。

他讓自己在路邊的一張椅子上坐下來，疑惑地回想和女友在一起的時光，尤其是那份足以突破世俗婚姻藩籬的激情，女友的身體、女友緊緊抓住他將指甲深陷入他背上的狂亂時刻、女友故意挑逗地伸長了腿慢慢褪脫絲襪的動作、女友充滿了慾望的眼神……他盡量完整地都想過一遍，在有著人來人往的大街旁長椅上，竟然也都沒有任何窘迫尷尬之處，沒有惹起生理上的突起反應。

然後，接到了一個一個後續的死訊，就沒有那麼順理成章了。幾乎每一次都給他帶來巨大的困惑，怎麼可能是這個人，而不是那個人？我可能愛這個人勝過愛那個人嗎？最不能接受的，是媽媽比外婆先去世，意謂著他愛媽媽勝過愛外婆？怎麼可能！

朋友，在音樂行業上或因為教書而認識的人，就更難理解了。很多他覺得極度厭惡的人早就死了；他還蠻珍惜欣賞的，卻一直留著。他不斷地在心中叫著：「不對不對，這個人該先死！我對你那麼好，你怎麼可以不先死！那個人不可以死啊！我那麼恨你，你怎麼能死！」

情緒徹底錯亂。平常習慣不都是「愛之欲其生，惡之欲其死」嗎？在「這邊」，反應卻要倒過來，希望自己覺得愛的該先死，才證明自己的愛。可是，會期待這個人趕快去死消失，還能說自己愛他嗎？

劉寬每天都活在愈來愈嚴重難解的錯亂中。他再也弄不清楚自己是怎樣的一個人，為什麼自己的感覺和幻影消失的順序有這麼大的差異？幻影消失的順序表現出了一個什麼樣的人，一個更真實的劉寬？一個劉寬自己都不知道、不認識的劉寬？

慢慢地，他無法單純接受「這邊」提供的答案。愛不愛，愛多少，真的可以有整齊的標準答案，排出整齊的順序來？真的只能接受這樣的答案，否定自己的感覺與記憶？

只要一這樣想，就會遭到一陣強烈的暈眩襲擾，常常強烈到使得他反胃嘔吐。他去找了前妻，說了他的困擾，前妻不動聲色地罵他：「笨啊，你在『那邊』就愛鑽牛角尖，連到『這邊』也還是改不掉？你不知道重點在於幫助你去除過去的牽絆嗎？重點在於獲得自由！你不是為了獲得擺脫牽絆的自由才來的嗎？那順序不重要，只是從最羈絆的先解除起，就會愈來愈容易，哪有人反而陷在關心順序，而不知道享受自由！」

但被罵、暈眩都阻止不了他的懷疑，終於，他不得不承認，或許自己並不想要這樣的解脫與自由？

3

劉寬終於說到了《遺作》的來由。

幾經波折，他發現了從「這邊」回到現實的管道。那是一片樹林，他去過，走過了很多次，但會在某個轉彎處，突然發現自己忘記了如何進來和出去的方向與路徑。密密的枝葉遮去了天空，陽光隱退，白日瞬間消散。變成了「白夜」。

「白夜」中他會聽到雀鳥驚飛的聲音，像是在逃避某種快速迫近中的災難，然後會有鬼魅淒厲的嘶吼聲，在人心中灌注了最強烈的恐懼。之後，會有一股「林中之聲」響起，短短的一個動機，通常是四個音，有長有短的組構，不斷反覆，那是暗語、線索、指引，要依隨著那動機走去，最終將走到林間一塊神祕的空地上，那裡覆蓋著蒼白、透明的光，照得像是一個祭壇般。

他必須要在那裡，聽著「林中之聲」的反覆詢問，一次又一次回答：是的，我願意，我願意放棄在我身上最珍貴的能力；是的，我願意，我願意放棄在我身上最珍貴的能力……為了離開「這邊」，離開自由，回到不自由的現實裡。

劉寬走了兩遍，那條森林白夜之路。第一次，站在那迷疑的祭壇上，他說不出：「是的，我願意」。於是「林中之聲」包圍住他，告誡他，要記得自己當時如此嚮往自由，意圖擺脫現實的心境，不要遺忘了那樣的初衷，不要再嘗試離開「這邊」了。

但他沒有真正聽進「林中之聲」的告誡。而是在那裡，祭壇上投下來的虛白顏色，似光又非光的情況，使他聯想起了d小調的和聲，配合特別的里底亞音階，從未想像過的和聲進行變化。他無法想著這音樂的可能性時，同意放棄自己身上最珍貴的能力，作曲的能力。

他從森林白夜中退離出來，花了十天的時間，瘋狂地趕寫了這樣一首樂曲，表面上是F大調，但從頭到尾浮漂著d小調和聲；表面上是一首「夜曲」，但實質上描述的卻是「森林白夜」，一種不自然的夜，白日被阻擋在森林外，包圍著森林，俯瞰著森林，憐憫森林中不透光的不自然之夜……

寫成了之後，確定最後一次配器的調整，帶著空前未有的音樂成就驕傲，他在樂譜上寫下了《遺作》兩字標題，是的，這就是他終極最後的作品了，他不可能再寫任何作品了，也還好，有了這一首，他可以將作曲的能力交付給「林中之聲」，永遠留在「這邊」，他活著，但他的作曲能力將就此死去。他完成了可以對自己交代的最後《遺作》。

緊緊抱著樂譜，他重新回到林中，重新經歷了那樣的過程，在蒼白祭壇上毫不遲疑地說了上百次「是的，我願意，我願意放棄在我身上最珍貴的能力」，然後，回來了，回到了現實中。

「但，你真的，真的就失去了作曲能力？不可能吧！」她驚訝地問。

劉寬卻黯然點頭，「當然是真的。《遺作》就是那個還會作曲的我留下的最後作品，我活著，那個叫劉寬的作曲家卻死了。我甚至連更動、修改樂譜的能力都沒有了，沒有了。事實上，我剛剛跟你說d小調和聲什麼的，都是當時記得的，現在我根本不知道那代表什麼意義。這作品，是我的，也不是我的，我聽這作品、了解這作品的程度，跟你一樣，說不定還不如你呢！」

「天啊！不會真的那麼糟吧……」她的手情不自禁地摀住了嘴。

劉寬苦笑，「就是那麼糟。樂團排練到錄音時，我去了幾次，指揮、團員問我意見，我都很客氣地說：『由你們詮釋，加入你們的詮釋，樂曲會更豐富、更好。』指揮還多次感激我那麼信任他。他不知道，我無從有意見，我已經聽不出來他們在演奏什麼了。……不過，或許也沒那麼糟吧，回到現實之後，我翻出過去寫的歌曲樂譜，用現在的程度改寫，改掉所有我現在弄不清楚為什麼要那樣寫的部分，再靠著過去的關係，將這些歌拿去發表了，竟然得到比以前好得多的反應，我的歌，現在寫的應該是程度差得多的歌，賣得很好呢！」

4

「可是，我身上最珍貴的能力是什麼？……我不知道啊！你知道嗎？」她突然想起這個關鍵的問題。

「我怎麼會知道？」劉寬無辜地回答。

「他們會從我身上拿走什麼？我會少了什麼？……糟糕，我怎麼想也想不出來。我沒有專長，我沒有最珍貴的能力，那怎麼辦？我會因此就回不去了嗎？」

劉寬安慰她：「別急，更別慌，先想清楚你確定要回去？為什麼一定要回去？」

她很認真地想了又想，幾次要開口說話，都被劉寬制止，勸她：「再想一下，不要那麼快做結論。」

終於她爆發出來：「我不要這種自由，我不要這種溫溫吞吞對什麼事都好像隔著一層的感覺，我也不要做別人了，我必須要回我自己，我要繼續當徐蘭馨，你們不能不讓我回去當徐蘭馨，拿去吧！拿去吧！我身上要有什麼你們覺得有價值的，都拿去，我不在乎，我不管了，讓我走！讓我走！」然後換上了哀求的口吻：「拜託，帶我去那個森林，去那個祭壇，愈快愈好！」

劉寬沒有想到她會那麼激動，扶住她的肩，說：「冷靜下來。冷靜一點。我會帶你去的，放心。……可是我必須告訴你，進入森林還有一道關卡，雖然我兩次都通過了，但我不敢保證你能通得過。」

「那是什麼？」她皺著眉頭問。

「眼睛，森林中某個樹梢後面，一雙看著你的眼睛。」

「那是什麼？」她有點不耐煩又有點不安地重複問。

「保護你，引導你可以平安走過種種威脅的一雙眼睛，沒有那樣一雙眼睛，你會被森林裡的種種現象欺瞞、驚嚇、誤導，以至於要嘛匆忙逃出來，要嘛始終找不到那塊空地……」

「這是什麼意思？」她的聲音裡有一份令人同情的絕望，「我要怎樣得到這一雙眼睛？那是誰的眼睛？」

劉寬幾乎都不忍心說了。「那是現實裡一個真心愛你的人，在你失蹤之後，真心一直在找你的人。他不但沒有放棄，沒有習慣你不在的日子，而且他願意為了將你找到，付出很高的代價。……護衛我的那雙眼睛，是我外婆的。為了找到我，她連自己的命都可以不要。她一直在那樹梢後看著我，為我找路。……必須要有這樣一個人……」

第四十四章

1

宏仁不可能不注意到家中的變化。晚餐桌上少了蘭馨，卻常常多了大哥和二哥。而大哥和二哥兩人的狀態完全不同，甚至徹底相反，大哥的脾氣愈來愈焦躁，經常眉頭深鎖，沒有了過去那種隨時開朗談笑的態度；本來總是陰鬱的二哥，卻相對好像愈來愈輕鬆，嘴角經常不自覺地浮上微笑。

他們找爸爸談的話題，也區隔開來，不但沒有交集，還會彼此衝突，互相指斥。大哥要說的，是公司裡的事，而且幾乎都沒有好事，一連串的問題、一連串的失敗，愈來愈大的財務坑洞。他每次一提，爸爸還沒反應，二哥就先抗議，叫大哥別把公司的事帶回家來，被他抗議，大哥更焦躁更氣了，大叫：「爸都不在公司裡，我要怎樣在公司跟他談公司的事？」二哥不會被他的聲量嚇住，依舊維持平靜的口氣，頂回去：「是你都不在公司裡吧？你永遠有外面的應酬要去參加，不管白天黑夜，不是嗎？」大哥叫得更大聲：「那是我在幫公司做牛做馬！不然公司能有今天？」二哥還是平靜地回應：「那就好，靠你繼續這樣做牛做馬，公司不就沒問題了，不是嗎？」這時候，通常需要大嫂介入，一邊按耐大哥，一邊拜託二哥少說一句，才控制住不至於出現更火爆的場面。

二哥和爸爸談的，幾乎都是蘭馨的下落。他一說蘭馨，大哥就誇張地做出「又來了」的表情，有時也明白地講出口：「又來了，又要將時間花在這沒進度沒結果的事上！」大哥說的次數多了，二哥轉頭瞪他，「你說清楚，你現在當著大家說清楚，沒進度沒結果是什麼意思？你有種就將你心裡想說的說出來！」

被這樣挑釁，大哥真的說了：「蘭馨不會回來了！她一定是死了，好嗎？不然就是投共到大陸去了！不然怎麼會這麼久了都沒有消息！」

於是餐桌上一片大亂。宏仁先衝過去要揍大哥，大哥一拳頂回來，同時氣得罵：「你裝什麼丈夫樣！你根本就不希望你太太回來，你以為我不知道！」大嫂趕緊將大哥拉住，二哥站起來擋住了宏仁，媽媽也尖叫：「你們都幾歲了，還打架？要吵要打出去，出去就不要再回來了！」一邊叫一邊哭了。

最奇特的，是爸爸。騷亂中，他撫著眉頭，閉上眼睛，什麼話都沒說，彷彿一下子退得遠遠的，不在這個屋子裡了。好不容易騷亂平息了，他才張開眼睛，用拇指緩緩揉著太陽穴，看著二哥，說：「你再講一次，那個叫張月惠的同學說什麼……」

2

有一個晚上，吃過飯後二哥要離開，宏仁說：「我跟你一起，我剛好有事也要出去。」二哥投過來一個意味深遠的眼光。

出了門，轉過巷口，二哥就說：「問吧……你要問什麼就問吧。」

宏仁是真的有話要問二哥。但還不確定該怎麼問。想了一下，他說：「你覺得能找到蘭馨，是不是？你相信她會回來，對吧？」

二哥沒有回答，反問：「為什麼你這樣認為？我從來沒說能找得到她，到目前也沒探聽到什麼比較清楚的線索……」

「但你一直微笑。」宏仁急急地說出了自己最大的疑惑，「別否認……我發現每次跟爸爸講找蘭馨的事，你都在微笑。一定有理由讓你那樣微笑。……但你跟爸說的內容，沒有一點點樂觀的……」

二哥思索著。好一陣子才說：「要聽真話？」

「當然。」

「真相不是你想像的，找蘭馨找得並不順利。但我是真的高興，高興到掩藏不住。這種高興全世界只有一個人了解，那就是仙蒂，她也一樣高興，替我高興。我沒有把握你能了解，仙蒂說不會有別人了解，叫我千萬不要跟別人講，講不通的。所以我幾乎每天都去找她，只有她知道我的感覺。……」

宏仁趕緊說：「告訴我……說不定我也能了解，我是蘭馨的丈夫……」

「這和蘭馨有關，卻和蘭馨的丈夫無關。……好吧，我告訴你，我高興的理由，就是許宏明暴躁生氣的理由。我高興爸爸不放棄找蘭馨，為了找蘭馨，他甚至無心管公司，他真的很多事都不管了，叫其他人都去找許宏明。他精明了幾十年，會不知道許宏明是怎樣的人，會不知道許宏明有沒有能力解決現在公司的問題？

「我不是要跟你自誇，因為這真的不是什麼多光榮的事，如果爸爸真想解決公司的問題，該找誰？……對，應該找我，而不是找許宏明。但他卻寧可叫我幫忙負責找蘭馨，不是去救公司。」

宏仁真的困惑，二哥的重點是？「你高興爸爸比較看重你？不對啊，比起來，挽救公司不是比較重要嗎？」

「看吧，你聽不懂。不講了。」

宏仁趕緊要求，「拜託，不要不講，你講，我不要問，其實剛剛一問出口，我自己就覺得不對，我知道有別的道理，我現在還想不通，你繼續說我應該就能想通了，拜託！」

二哥考慮了一下。「你自己想不通的。就連我明白告訴你，你都不見得想得通。……好吧，告訴你，現實的狀況是，爸爸花了三十年建立的這個王國，快要垮掉了。本來看起來那麼巨大、那麼堅固的王國，其實很脆弱，光是一道裂痕，小小的一道裂痕，很快愈變愈寬愈大，可能就會讓王國瓦解了。」

「有這麼嚴重？你不擔心？」

「我擔心個鬼！我高興！你還是搞不懂嗎？我會笑，打從心裡笑，就是因為這個許家王國快垮了！太好了！……而且更好的，是爸爸自願要讓它垮的。他也累了吧？他看清楚了，付出這樣的代價建立、維持這個王國，不值得？……我不知道！我知道的是他現在的選擇：他覺得這王國甚至還比不上一個徐蘭馨！如果拿這王國去換徐蘭馨平安回來，他一定馬上換！我高興這個！」

宏仁從來沒聽過二哥用這麼激動的口氣說話。他不敢再搭腔了，等二哥恢復了平常低沉、慵懶的風格，又說：「為了這個王國，我們都付出太多代價了。三十年後，他突然看懂了嗎？不敢愛任何人，隨時活在各種汙穢的祕密中，強迫讓自己習慣，然後又要自己的兒子習慣。不能去想別的，就只告訴自己，這樣才對，只能這樣，必須這樣活著、活下去。

「我高興他後悔了，他不要了。他寧可要保護這個女生，雖然我還是不知道蘭馨到底有多特別，但我相信仙蒂，她說蘭馨很特別，蘭馨一定很特別。蘭馨在爸爸的身上敲開了一道裂痕，讓他看到了什麼，我也不知道那是什麼，但也一定是很特別的，突然他原來以為那麼重要的王國，和那裂開了顯現出的特別的相比，變得一點都不重要了。

「我高興蘭馨失蹤了。別誤會我的意思，我比誰都更希望能找到她，把她找回來。我指的是她失蹤所造成的，所改變的。唯一沒有被她改變的，只有許宏明吧？那也沒辦法了，許宏明被爸爸教得太好了。打從心底相信爸爸自己都沒有真正相信的那些鬼話。我一直都知道鬼話就是鬼話，不會變成人話。我只是不相信自己有資格不理鬼話，不照著鬼話過日子而已。」

二哥停住了步子，轉過來看著宏仁。看得宏仁心裡發毛，然後二哥才說：「你也被改變了，是吧？」宏仁遲疑了一下，點點頭。二哥拍拍他的肩，說：「我們找了很多人在查，大概沒什麼事是我們沒查到的，你知道我意思吧？」

宏仁聽懂了。臉上一陣紅熱。但他強迫自己鼓起勇氣，用最堅決的語調對二哥說：「你不要誤解我，我和你一樣希望蘭馨能回來，付再高的代價我都願意將她找回來。」

第四十五章

她依照劉寬指示的，在城邊找到了那片森林。果然一進去沒走多遠，好像白天就變成了黑夜，不，好像白天就消逝了，進入一種沒有白天的奇特空虛時間中。她聽到了各種聲音，她知道那是要來使她害怕、恐懼、進而誤導她的。她又知道對於這些聲音，她完全無能為力，無法抗拒。除非在林子裡，已經有了那一雙眼睛，願意護守她回去的眼睛。她沒有把握誰會那麼堅持尋找失蹤了的徐蘭馨。爸爸？媽媽？哥哥？弟弟？一張張臉在她眼前閃過，林子裡的聲音愈來愈響，不，是好像變得愈來愈濃，遲滯阻擋著她的腳步。要怎麼到達那個有透明光的祭壇呢？每一個方向看出去都只是同樣的白夜，同樣的枝葉繁密的樹木。

她嘆口氣，盡量阻止自己擔心：會不會再也出不去了？為了讓自己分心，她想著：如果能回去，要做什麼？要再去一次中華路，再吃一次「點心世界」的韭黃鍋貼，看到張月惠吃到韭黃鍋貼就滿足成那樣的表情，那麼亮、那麼美、甚至那麼艷麗。

然後，在一個神奇的瞬間，她彷彿在樹林間看到了爸爸，另一個爸爸，董事長。在他旁邊，是那永遠如同山谷般陰暗沉靜的二哥。二哥旁邊，紅著一張臉的宏仁。她直直地朝他們的方向走去，突然在心底淺處、深處，都找不到一絲一毫的恐懼了。

後記

就在這本小說《一九七五　裂痕》付印之際，詩人楊澤將他兩本絕版多時的舊作——《薔薇學派的誕生》和《彷彿在君父的城邦》——整理重出。這兩本詩集，是楊澤的文學開端，保存了他的年少青春，似乎也同時保存了我所知道的島嶼年少青春。

重讀這兩本當年曾經使我徹夜難眠，或者該說徹夜不願入眠的詩集，更進一步肯定了我對那個時代的強烈記憶印象。那個時代之所以年少、之所以青春，因為人們還不斷在作夢，夢見一個現實以外，比現實更好更高貴的時空。

《薔薇學派的誕生》中的年輕詩人，夢想著龐大無比、籠罩一切的愛情，在那愛情面前，卑微卻又勇敢地說：「請讀我——請努力讀我／非掌非臉非鐘非碑的／我是縮影八〇〇億倍的一個／小寫的瘦瘦的I／請讀我——請努力努力讀我／我是生命，我是愛，我是不滅的／靈魂，焚屍爐中熊熊升起的一片／一片獨語的煙」

《彷彿在君父的城邦》裡的年輕詩人則夢想著龐大無比，悲劇性的國族歷史，壓靨著他，並給他超越個人小我的生命意義，「在風中獨立的人都已化成風。／在風中，在落日的風中／我思索：一個詩人如何證實自己／依靠著風，他如何向大風歌唱？／除了——啊，通過愛／通過他的愛人，他的民族／他的年代，他如何在風中把握自己／一如琴弦在樂音中顫慄、發聲／與歌唱……」

甚至可以更精確地說：那個年代，人們被迫不只活在現實裡，因為現實如此壓抑、如此無聊、如此不堪，只活在現實中，沒有其他另類時空的想像與構築，會讓人承擔不住現實的重量。楊澤這些早期的詩，寫成於一九七五年到一九八〇年左右，正是《一九七五　裂痕》所要記錄、摹繪的時代。那是一個空氣中隨時漂浮著恐嚇與壓抑，神話與謊言，口號與標語的時代，現實，不管甚麼樣的現實，只能存在於恐嚇與壓抑，神話與謊言，口號與標語所形成的暗影之下。要想在這樣的社會中活下去，便不得不耗費精神對付這些無所不在的暗影。

我知道我不可能用現實的、寫實的筆法來趨近這個時代，因為現實和虛幻、想像交錯雜混，才是那個時代的個性。還有，我決定我也不要只寫恐嚇與壓抑，神話與謊言，口號與標語，好像在那個時代，暗影是王，人在暗影中如此卑微，暗影可以征服一切，可以徹底勝利。

在這樣兩個基本創作原則下，而有了《一九七五　裂痕》的雙重時空結構，也有了超過二十萬字的篇幅。如同人類歷史上任何值得被紀錄被理解的時代，我希望能呈現那個時代中，人性被暗影無情地扭曲折磨，人只能訴諸於另一個時空的想像來追求自由與安全，然而在龐大而深邃的暗影，再怎麼堅決的逃避逃離衝動，終究無法取消使人勇敢使人高貴的最大力量。

——沒有功利理由的愛，人唯一真實的救贖。

文學叢書 528

1975裂痕

作　　者　楊　照
總 編 輯　初安民
責任編輯　宋敏菁
美術編輯　黃昶憲　陳淑美
校　　對　吳美滿　楊　照　宋敏菁

發 行 人　張書銘
出　　版　INK 印刻文學生活雜誌出版有限公司
新北市中和區建一路249號8樓
電話：02-22281626
傳真：02-22281598
e-mail:ink.book@msa.hinet.net
網　　址　舒讀網 http://www.sudu.cc

法律顧問　巨鼎博達法律事務所
施竣中律師
總 代 理　成陽出版股份有限公司
電話：03-3589000（代表號）
傳真：03-3556521
郵政劃撥　19000691 成陽出版股份有限公司
印　　刷　海王印刷事業股份有限公司

港澳總經銷　泛華發行代理有限公司
地　　址　香港新界將軍澳工業邨駿昌街7號2樓
電　　話　852-2798-2220
傳　　真　852-2796-5471
網　　址　www.gccd.com.hk

出版日期　2017年 3 月 初版
ISBN　978-986-387-152-1

定　　價　520元

國家圖書館出版品預行編目(CIP)資料

1975裂痕／楊照 著. --初版. --新北市：
INK印刻文學, 2017. 03
面；14.8×21公分.--（文學叢書；528）
ISBN 978-986-387-152-1（平裝）

857.63　106001992